KB264204

韓國近代短篇小說의
人物研究

韓國近代短篇小說의 人物研究

洪泰植 著

한국학술정보㈜

머 리 말

　小說을 學問的인 硏究 對象으로 보는 것은 일단 적절하지 못하다. 그것은 연구되어지기 위해서 存在하는 것이 아니라 그저 읽히기 위해서 존재하는 것이라 생각되기 때문이다. 讀者가 읽어서 재미를 느꼈다면 小說의 機能은 遂行된 셈이다. 小說自體도 그 以上을 기대하지도 요구하지도 않을지 모른다. 그러나 小說 속에는 우리가 그냥 재미로 읽고 지나가기에는 너무나 심각한 人間의 苦痛과 所望, 또는 悲願이 항상 자리 잡고 있기 때문에 우리는 재미 이상의 非常한 關心을 갖지 않을 수 없다. 우리는 인간에 대하여 무한한 관심과 好奇心을 가지고 있다. 이것은 人間이 普遍的으로 지니고 있는 知的 欲求와 관련되며, 더 나아가 自己의 存在意味를 確認하고자 하는 지극히 人間的인 衝動이기도 하다. 小說을 단지 읽는 것에서 그치지 않고 學問的 硏究의 對象으로 삼고자 하는 것은 이러한 人間探究의 熱情이 作用하기 때문인 것이다.

　小說은 哲學처럼 人間에 對한 關心에서 출발하지만 哲學과는 달리 人間의 微細한 感情과 心理를 그려 보여줌으로써 獨自的인 藝術性을 獲得한다. 小說을 社會的 文化的 副産物로 보고 그것을 사회사나 문화사적 脈絡에서 관찰하려고 하는 傾向이 상당한 說得力을 갖는 것은 事實이지만, 그럴 경우에도 作中人物은 風俗圖의 出演者나 時代精神의 代辯者로 理解되어져서는 안 된다. 많은 小說들에서 個人과 世界의 相衝, 혹은 對立이 葛藤構造의 一般的 樣相으로 나타나지만, 그것은 사회 현실을 反映하기 위한 것이라기보다는 人間의 平均的 慾望을 드러내고자 하는 의도가 더 큰 것이다. 時代와 社會의 反映物로서 人物을 設定하는 경우에도 그는 自發的인 意志나 能動的 主見에 의하여 행동하는 人物로 그려지는 것이 바람직하고 또 실제 作中人物들이 그러할 때 感動的이고 印象的이다. 그러므로 歷史的 現象이나 文化的 樣相과 같은 小說外的인 要素와 관련하여 人物을 연구하는 것은 作中人物 硏究의 本領이라 보기 어렵다. 물론 人間은 文化 안에서 살며 歷史에 拘束되기도 하지만 그것들을 否定하거나 收容하는 것은 人間自身의 意志이기 때문에 우선은 外的 要因과의 關係는 이 연구에서는 다음 단계로 미루어져야 한다. 小說 作品論도 그렇지만 人物에 대한 論議는 특히 小說 作品 그 自體만이 唯一한 眞實이라고 보는 精神에서 시작되고 진행되는 것이 바람직하다. 作品 안으로 들어와서 그 世界에 살고 있는 人物들과 함께 울고 웃음으로써 우리는 그들의 秘密에 눈을 뜰 수 있게 되며, 나아가 人間을 이해할 수 있게 되는 것이다. 이것이 小說의 作中人物을 硏究하는 目的인 것이다. 作中人物의 硏究는 궁극적으로 人間이 人間을 探究하고자 하는 熱情에 깊이 관련되기 때문이다. 그리고 小說의 藝術的 形式을 決定하는 것이 作中人物이므로 이의 연구는 곧 小說美學의 기둥을 세우는 作業이기도 하다.

　본연구서는 필자의 博士學位 論文을 根幹으로 하여 만들어진 것으로서, 임의로 선정한 1920~30년대의 韓國短篇小說의 作中人物을 검토한 내용을 담고 있다. 필자가 意圖한 바는 人間性과 小說이라는 藝術形式 사이의 관계를 解明해 본다는 것이었으나 여러 가지로 힘이 모자라 뜻한 대로 되지 못한 것 같아 부끄럽기 짝이 없지만, 作中人物 硏究의 한 과정으로서의 의미라도 찾을 수 있다면 다행이라 하겠다.

　끝으로 이 연구가 이루어질 수 있도록 지도를 아끼지 않으신 명지대국문과 洪文杓 敎授님을 비롯한 여러 敎授님들, 審査를 해 주신

金允植 教授님께 깊이 感謝드리며, 出版을 맡아주신 編輯陣 여러
분께도 깊은 感謝의 뜻을 전하는 바이다.

2005年 8月 日

著 者

目　次

第1章 序　論 ·· 13

　Ⅰ. 研究의 目的과 意義 ···································· 13
　Ⅱ. 研究의 現況 ·· 24
　Ⅲ. 研究의 方法과 範圍 ··································· 27
　Ⅳ. 研究의 限界性 ·· 31

第2章 性格指標(character-indicator)로 본 人物 ····· 35

　Ⅰ. 性格指標의 槪念 ······································· 35
　1. 誤導된 自尊心의 破壞性
　　－＜遺書＞의 ‘나(○○씨)’ ························ 43
　　1-1. 人物의 關係網 ····································· 43
　　1-2. 빗나간 自尊心의 破壞性 ···················· 52
　2. 오이디푸스 콤플렉스와 自尊心의 對位法
　　－＜狂畵師＞의 ‘솔거’ ······························· 75
　　2-1. 솔거에 대한 印象的 스케치 ················· 75
　　2-2. 솔거의 自尊心(復讐慾) ························ 78
　　2-3. 솔거의 挫折과 죽음 ···························· 91
　3. 現實과 樂園, 그 平行線의 悲劇性
　　－＜狂炎 소나타＞의 ‘白性洙’ ··················· 103
　　3-1. 天才와 藝術에 대한 破壞的 熱情－K씨－ ·········· 105

3-2. 復讐, 破壞, 樂園回歸의 所望과 倫理的 破綻

　　-白性洙- ··· 112

4. 에로스(eros)의 覺醒과 昇華를 通한 自己救愛

　-<벙어리 三龍이>의 '三龍이' ····························· 125

4-1. 三龍이의 人間關係 ·· 128

4-2. 三龍이의 에로스와 自己救援 ···························· 134

5. 束縛과 苦役의 空間, 그것의 否定과 破壞

　-<불>의 '순이' ··· 146

Ⅱ. 人間性과 플롯 ··· 161

第3章 行動模型으로 본 人物 ················· **169**

Ⅰ. 行動模型의 槪念 ··· 169

1. 아이러니(irony)의 犧牲者 ····································· 174

1-1. 豫想과 結果의 不一致 -<송동이>의 '송 서방' ······· 177

1-2. 돈과 幸福의 乖離

　　-<白痴 아다다>의 '아다다'- ························· 190

(1) 아다다의 아이러니 ··· 191

(2) 아다다의 慾望과 죽음 ····································· 197

2. 페르조나(persona)의 犧牲者 ································· 204

2-1. 和解의 拒否와 不幸한 終末

　　-<明文>의 '전판서와 전주사'- ······················ 210

(1) 전판서[田聖澈] ··· 214

(2) 전주사 ··· 220

2-2. 所望的 思考의 페이소스

　　-<B 舍監과 러브레터>의 'B 舍監'- ················· 241

Ⅱ. 行動模型과 人間의 眞實 ·· 259

第4章 結　論 ·································· 267

參考文獻 ··· 277

英文要約 ··· 283

索　引 ··· 291

第1章 序　論

Ⅰ. 研究의 目的과 意義

　本稿는 小說의 構成要素의 하나인 作中人物(character)의 연구를 목적으로 하여 쓰인 것이다. 작중인물의 연구는 여러 작품들의 인물들을 종합적으로 抽象化하는 人物의 類型에 대한 연구와 개별적인 작품의 주인공의 특성을 糾明하여 인간(인간성)과 소설이라는 예술 형식 사이의 관계를 알아보고자 하는 연구로 대별된다고 본다면 본연구는 후자 쪽에 주로 초점을 맞추고 그 논의를 진행시킨 것이다. 인물에 접근하는 각도나 그것을 바라보는 측면에는 여러 가지가 있을 수 있겠으나 여기서는 性格指標(character-indicator)를 인물 파악의 기준으로 삼았다. 성격지표를 통하여 인물이 행동하는 원인을 규명해 보는 것이 인물파악의 가장 확실한 방법이라고 생각하기 때문이다. 그리고 이 성격지표를 통하여 밝혀진 행동의 요인은 인간의 평균적 욕구나 의지로 해석될 수도 있다고 보고 그 요인에 근거를 둔 인물의 行動模型의 설정의 가능성을 진단해 보기도 했다. 성격지표를 통한 행동 요인의 규명, 나아가 거기에서 출발되는 행동모형의 설정에 관한 용어의 개념에 대해서는 해당 章에서 알아보기로 하고 본장에서는 우선 소설의 작중인물에 대한 연구가 갖는 意義를 일반론적인 입장에서부터 검토해 보기로 한다. 인물에 대한 어떠한 논의도 기본적인 일반론에서부터 출발되어야 한다고 보기 때문이다.

　다음을 인용하는 것은 그 속에 小說에서의 인물의 比重과 人物

연구의 의의와 그 연구의 성과에 대한 論議가 모두 포함되어 있다
고 보기 때문이다.

  이 장은 원래 '중간보고'라는 부제를 붙일 예정이었다. 왜냐하면, 현
  재로 해서는 人物 構成에 대한 어떤 논의도 그것밖에는 될 수 없기 때
  문이다. 소설의 기법 가운데 인물 구성의 기법은 오늘날 가장 논란의
  대상이 되고 있다. 그리고 그 성과는 다른 어떤 논의의 성과보다도 불
  만스러운 것이다. 그러나 모든 소설가는 그 아름답고도 만만찮은 첫 페
  이지를 시작하면서 '누군가'의 이야기에 착수하는 것이다…… 소설가가
  어떻게 자기 길을 찾아나가는가 하는 것은 오직 자신에게 달려 있다.
  그러나 작중인물의 고전적 개념을 아끼고 사랑하는 사람이면 누구나 소
  설가가 이야기를 하려고 하는 대상이 되는 비범한 사람들로부터, 많은
  도움을 받게 되기를 희망할 것이다.1)

  보다 세련된 독자나 보통 수준의 독자나 소설을 대하면 먼저 '누
구에 대한 어떤 이야기인가?'에 관심을 갖게 된다. 독서의 목적에
따라 '무엇에 대한 이야기인가?'에도 관심의 초점은 놓여질 수 있지
만 대개의 경우는 '누구에 대한 어떤 이야기인가'에 일차적인 관심
이 가게 된다. 이것은 우리들의 소설 독서의 경험에 비추어 보더라
도 부정할 수 없는 사실이다. 소설가의 입장에서도 무엇을 쓸까보다
는 자기의 체험 세계 속에 남아 있는 印象的인 人物에 대한 흥미
와 호기심에서부터 작품제작을 시작한다는 것은 많은 작품들이 입증
하고 있다. 김동인의 <배따라기>는 우연히 대동 강변에서 만난 뱃사
람에 대한 흥미에서부터 이야기가 시작되며, 현진건의 <故鄕>은 기
차간에서 만난 기묘한 옷차림과 言行을 보여주는 사람과 같은 좌석
에 앉는 데서부터 이야기가 시작된다. 이처럼 작가의 관심이 일차적

---

1) 金炳旭 編, 崔翔圭 譯, <現代小說의 理論>, 大邦出版社, 1984,
   p.290.

으로 인물에 놓이는 만큼 그것을 읽고 이해하고자 하는 독자의 관심
도 인물의 범주를 떠날 수 없음은 당연한 것이라 하겠다. 소설에서
의 인물은 作家와 讀者의 가장 큰 공동 관심사이며 작가와 독자가
相互侵透하여 疎通하는 수단이라고 할 수 있다. 이것을 작품 자체
에 고정시켜 생각해 보면 소설의 사건은 人物을 중심으로 하여 전
개되어 하나의 意味網을 형성하고, 그 소설이 형성한 의미망은 인
물에 의하여 전달의 출구를 갖게 된다는 뜻이 된다. 傳達과 理解를
예상하지 않는 소설이란 존재할 수 없는 것이라면 소설에서 인물이
야말로 가장 중요한 요소가 되지 않을 수 없는 것이다. 소설 연구의
가장 핵심적인 위치에 캐릭터의 연구가 자리 잡고 있는 것도 이러한
까닭에서이다.

아리스토텔레스는 비극의 플롯은 行動의 模倣2)이라고 했는데 소
설의 플롯의 개념도 여기에서 발전된 것에 불과하다. 행동은 누가
하는가? 행동의 주인은 인간이다. 인물이 없이는 사건이 생겨날 수
가 없는 것이며 아리스토텔레스가 ‘悲劇의 精神’이라고 중대시한
플롯도 존재할 수 없는 것이다. 플롯의 構造를 파악하는 것이 작품
이해의 중요한 과정이라면 무엇보다도 인물의 연구와 검토가 先行
되지 않으면 안 될 것이다. 그러므로 소설 연구가는 자기가 연구하
고자 하는 작품에서 사건의 핵심에 자리 잡고 있는 인물을 찾아내는
데서부터 연구를 시작해야 할 것이다. 사건의 핵심에 자리 잡고 있
는 인물이 곧 주인공이다. 소설 속에는 주인공만이 등장하는 것은
아니며, 주변적인 인물들이 사건 진행에 상당한 영향력을 행사할 수

---

2) Aristotle, <詩學>, 孫明鉉 譯, 博英社, p.61.
　　Aristotle은 이어서 비극에서는 plot이 제1의 원리이고 성격묘사가 제
　　2의 원리라고 하여 plot을 비극의 정신으로 보았다. 이러한 관점은
　　우리의 논의와 다른 것 같으나 성격묘사가 인물의 전부는 결코 아니
　　라는 점, 행동은 인물에 종속된다는 점을 생각한다면 소설의 일차적
　　인 요소는 인물이라는 우리의 견해는 수정될 필요가 없다.

도 있는 것이지만 역시 주인공의 確定이 무엇보다 중요한 것이다.

　　소설에서 인물이 차지하는 비중은 대단히 크므로 어떤 작품의 기본적
인 패턴을 따져보는 방법 중의 하나는 '이 작품은 누구의 스토리인가?'
하고 물어보는 것이다. 다시 말하자면, 하나의 작품을 대할 때 누구의
운명에 관한 것인가를 따져보는 것이 제일 중요하다는 뜻이다. 즉, 작품
속에 펼쳐지는 사건은 누구의 상황에 대한 것인가를 밝히는 것이 중요
하다는 뜻이다.3)

　　이 진술은 인물 연구의 중요성과 주인공의 확정의 중요성을 언급
한 것이다. 그러나 누구에 관한 이야기인가에서 누구를 밝히는 것은
쉬운 것 같으면서도 어려운 일이다. 인물이 비교적 적게 등장하는
단편 소설과 같은 單純構成에서조차도 작품에 따라서 주인공을 가
려내기가 模糊한 경우가 허다하다. 현진건의 <貧妻>에서는 작중화
자인 '나'가 주인공인지 아내가 주인공인지, 아니면 두 사람 다 주인
공인지 구별하기가 용이하지 않으며, 그의 <藥價와 貞操>에서는 최
주부가 주인공인지 청잣군 아낙이 주인공인지 가려내기가 쉽지 않
다. 더구나 視點(point of view)의 이동이 자주 나타나는 작품에서
는 이것이 좀 더 어려운 문제가 된다. 장편 소설과 같은 多數人이
복잡하게 등장하는 複合構成의 경우는 주인공을 잡아낸다는 것은
더욱 어려운 작업이 될 수밖에 없다. 이러한 주인공의 확정은 작품
을 이해하는 하나의 열쇠가 되기 때문에 우리는 어느 정도 혼란과
곤란이 따르더라도 누구의 運命에 대한 것인가를 확인하지 않으면
안 된다. 어느 인물에 초점을 맞추느냐에 따라 해석의 각도가 달라
지고 그 작품의 주제가 달라질 수 있기 때문이다. 우리가 소설을 읽
을 때 자주 작품 속에 개입된 작자의 직접적인 論評을 통해 그 작

---

3) Cleanth Brooks & Robert penn warren, *The scope of Fiction*,
Appleton Century-Croft Inc.. p.151.

품을 이해하게 되는 경우를 체험하게 되는데, 이 경우 사건의 진행 속에 침투해 있는 목소리를 W.C. 부우스는 "內包作者의 劇化된 代辯者(dramatized spokesman for the implied auther)"4)라고 지칭하고 있다. 작품에 따라서 정도의 차이는 있지만 이 극화된 대변자로서의 내포작자가 한 작품의 이해에 많은 도움을 주고 사건에 어느 정도 신빙성을 부여하는 것은 사실이다. 우리가 부우스의 견해를 수용한다 하더라도 우리의 관심은 작자에 있는 것이 아니라, 인물의 自發的이고 독립적인 存在者의 모습에 있는 것이기에 내포작자는 하나의 참고 자료에 지나지 않는 것이다. 소설 작품에 대한 우리의 최종적인 관심사의 하나인 主題를 구현해 나가는 中心人物(Protagonist)의 자발적이고 능동적인 행동과 성격이 가장 확실한 작품 이해의 열쇠라고 보는 것이다.

또 하나, 소설에서 인물의 중요성이 부각되는 이유는 독자의 作中人物에 대한 反應 때문이다. 즉, 독자가 하나의 소설에 대하여 갖는 미묘한 심리적 반응은 대개 인물과 관련해서 일어난다는 말이다. 이것은 독자가 작중인물과 자신을 同一視(identification)하는 데서 오는 현상이라고 볼 수 있다. 실제 우리가 소설을 읽을 때 어느 부분은 尋常하게 지나가는데 어느 대목에 이르면 자신도 모르게 非常한 관심이 발동하게 되는 것을 자주 체험하게 된다. 대개 그런 부분을 종합해 보면 작중인물이 우리와 너무나 흡사하거나 상당한 공통점을 보여준다는 것을 발견하게 된다. 말하자면 우리와 작중인물의 同一視가 이루어진다는 것이다. 白痴 '아다다'가 돈을 바다에 버리는 장면에서 상당한 감동을 받는 것은 내가 할 수 없는, 그러면서도 그렇게 할 수 있었으면 하는 잠재적인 慾望을 작중인물의 행위를 통하여 간접적으로나마 실현할 수 있다는 데서 오는 만족감 때문인 것이

---

4) Wayne C. Booth, The Rhetoric of Fiction, The Chicago University press, 1973, p.211.

다. 우리 자신과 작중인물의 동일시에서 오는 기쁨인 셈이다. 헨리 제임스는, "좋은 소설은 생명을 유지하면서 그 빛을 발사하고 완전해지려는 우리의 욕망을 자극한다."5)라고 했는데 '완전해지려는 우리의 욕망'은 작중인물에게 투사되는 우리의, 진정한 勇氣에의 욕망과 같은 것이다. 문두에서 인용한, '작중인물들로부터 많은 도움을 받게 되기를 희망할 것이다.'라는 구절도 이러한 독자의 작중인물에 대한 하나의 반응으로 볼 수 있는 것이다. 작중인물에 同化되려는 독자의 이러한 경향이 반드시 좋은 것만은 아니라 하여 故意的으로 우리들의 倫理的인 眼目이나 良心에 저촉되는 인물을 그려내는 작가도 있다고 한다. 실제 독자가 작품 속의 주인공과 자신을 동일시하는 데서 오는 迷妄과 虛妄한 破滅을 <보바리 부인>은 우리에게 잘 보여주고 있기도 하다. 아마, 나보코프(Navokov) 같은 작가는 '엠마 보바리'와 같은 불행을 막기 위해서―독자의 자기 동화를 방지하기 위해서 不美스러운 類型의 주인공을 선택하였는지도 모른다.6) 독자는 혐오감을 불러일으키는 인물을 좋아할 리가 없기 때문이다. 그러나 이러한 견해는 지극히 사소한, 어떤 현상에 대해서나 생겨날 수 있는 부정적 측면에 지나지 않는다. 오히려 그것은 소설에서 인물의 役割과 影響力이 얼마나 큰 것인가를 反證하는 자료가 될 뿐이다(이러한 독자반응의 문제는 '受容 理論 reception theory'의 영역에서 좀 더 세심하게 연구되어질 가치가 있을 것이다). 독자가 소설을 요하는 근본적인 이유는 '재미있다.'라고 느끼기 때문이며, 온전히 그 재미는 작중인물에의 동화 내지는 동일시에서 오는 기쁨에서 연유하는 것임은 분명해졌다. 좀 확대해서 해석한다면, 독자는 작중인물에 자신을 투사함으로써 에머슨적인 자기발견에 이를

---

5) Henry James, <小說藝術論 *The art of fiction*>, 尹基漢 譯, 學文社, 1982, p.13.
6) 金炳旭 編, 崔翔圭 譯, 앞의 책 p.320.

수도 있고, 간접적이나마 욕망을 실현할 수 있으며, 自己實現(selbst verwirklichung, Indivisuation)의 방법을 배우게 되기 때문에 소설을 요구하게 된다고 감히 말해도 좋을 것이다.

우리가 어느 요소를 통하여, 이를테면 배경이나 문체 같은 다른 요소를 통하여, 어떻게 작품에 접근하느냐 하는 태도는 연구자의 취향과 목적에 따라서 多岐한 모습으로 나타날 수 있다. 그러나 작품의 연구는 작품의 해석이며, 주제의 해명 및 평가에 그 목표가 있다고 한다면 캐릭터의 연구가 가장 믿을 만하고 확실한 방법임을 부인할 수 없다. 소설의 역사는 새로운 인간형의 발견과 창조를 통하여 부단히 인생의 수수께끼를 풀려고 노력해 온 역사임을 우리들 모두는 부인할 수는 없기 때문이다.

그런데 여러 평자들은 이처럼 중요한 작중인물의 연구의 결과나 업적에 대해서는 다분히 회의적이고 否定的인 견해들을 표명하고 있다.7) 그들이 인물의 중요성 자체를 부정하거나 거부하는 것은 아니지만 인물의 연구가 소설의 다른 요소나 분야에 대한 연구에 비하여 不確實하고 五里霧中을 헤매고 있다고 보기 때문에 상당히 회의적인 입장을 취하는 것이라 생각된다. 앞서의 문두의 인용문에서도 '인물구성(characterization)'이라는 제목에 '중간보고'라는 副題를 달 필요성을 지적하고 그 이유를 '인물 연구는 논란의 여지가 많고, 또 결과가 불만스럽기 때문이라'고 했다. S.R. 캐넌은 자신의 연구를 다음과 같이 조심스럽게 평가하고 있다.

---

7) 이런 견해를 표명하는 서양의 이론가들이 어떤 일관된 이론적 근거를 강력히 제시하는 것은 아니지만, 그리고 특정한 학파나 평자가 따로 있는 것은 아니지만 상당수의 논문들에서 이 점을 조금씩은 언급하고 있다.

오늘의 사서시학에 있어서 스토리를 구성하는 사건들이나 그 사건들 사이의 연관성에 대한 연구는 상당히 진척되었지만 작중인물에 대한 연구는 그렇지 못하다. 작중인물에 대한 체계적이고 비환원적이며 비인상주의적인 이론의 탐구는 지금껏 서사문학에 맞서 본 적이 없는 도전의 하나인 채이다. 그러나 나 자신의 노력도 이러한 목표에는 미치지 못하고 있으므로 이 장에서는 그 이유를 밝혀내 보려고 한다.8)

이 인용문의 내용대로라면 그녀의 연구서에도 '중간보고'라는 副題가 필요할 것이다.

이처럼 인물 연구의 결과에 만족하지 못하고 불만을 표명하는 근거는 일부 평자나 작가들의 작중인물에 대한 기본적인 태도의 변화와 그 중요성에 대한 의문이 대두되고 있기 때문이 아닌가 한다. 그들은 信仰에 대한 회의가 神의 죽음을 선언하게 했고 개인주의의 팽배가 휴머니즘의 退潮를 助長했듯이 현대사회의 개성의 普遍化가 소설 속의 작중인물을 소멸시켰다는 견해를 보이고 있다. 아닌 게 아니라 현대 사회에서 개성과 나아가서 인간성을 경시하는 風潮는 하나의 풍조를 넘어서 심히 우려할 단계에까지 이르고 있다. 거대한 집단의 한 구성분자로서의 책임을 다하기 위하여 자신의 주관이나 취향을 억제하거나 포기해야 하고 집단이 요구하는 한 부속품이 되어야만 살아남을 수 있는 생존의 법칙이 굳건히 자리 잡고 있는 이 시대의 개인이 자기로서 설 수 있는 땅은 없다고 봐도 과언은 아니다. 집단의 한 부속품으로서 살아가는, 일상에 함몰한 개인은 자기를 망각할 수밖에 없으며, 또 이 시대의 추세는 그렇게 되도록 훈련시키고 있다. 개성의 포기는 인간으로 하여금 위대한 것을 모색하는 생활을 떠나서 些小한 滿足에 耽溺하는 生活을 추구하게 한다. 현대인은 보잘것없는 것에 대한 호기심, 값싼 흥미를 충족하는 것으

---

8) S.Rimmon-kenan, <小說의 詩學, *Narrative Fiction: Contemporary poetics*>, 崔翔圭 譯, 文學과 知性社, 1985, p.49.

로 성취감을 맛보는 왜소한 인간으로 전락해 가고 있는 것이다. 소설은 어느 시대에나 그 시대의 산물일 수밖에 없다는 관점에서 본다면 개인의 의미가 점차 소멸되어 가는 시대의 소설에서 작중인물이 전시대의 리얼리즘 소설의 인물처럼 확연하게 부각되기가 어렵다는 논리는 성립될 수도 있을 것이다. 이런 입장에서 작품을 쓰는 대표적인 작가들이 로브-그리예(Alain Robbe-Grillet)나 나탈리 사로트(Nathalie Sarraute) 같은 사람들이다.9) 그들은 이름도 없고 형태도 없는 그 무엇에 대하여 관심을 가질 뿐이다.10) 이들의 소설을 '누보로망(Nouveau roman)' 또는 '反小說(anti-novel)'이라고 한다는 것은 주지의 사실이다.

이 소설들은 어떤 작중인물이나 이야기에 앞서서, 고전적인 의미에서의 소설이 시작되기 이전에 일어나는 일을 이야기함11)으로써 전통적인 소설 형식에 반기를 든 것이다

그러나 오늘날의 대부분의 소설들은 과거의 사실적인 소설에서처럼 선명한 인물을 추구하고 있으며, 또한 창조하여 보여주고 있다. 현대인이 점차 왜소하여지고 조지 오웰의 <1984년>에 나오는 것과 같은 획일적이고 전제적인 사회에서 기계의 부품처럼 타락해 갈수록 古典的 의미의 인물의 창조는 필요한 것이다. 종교가 인생과 인간의 참다운 의미를 일깨워 인간을 구원하려는 것처럼 소설가도 소설 속의 인물을 통해서 잊혀진 인간의 偉大性을 드러내어 현대 사회의 정신적 위기를 극복하는데 기여하고자 하는 것이다. 독자들도 자신이 왜소해

---

9) *Alain Robbe Grillet (1922-): <고무 Le Gommes> (1953), <질투 La Julousie>, <미궁 Labyrinthe> (1959).
　　　*Nathalie Sarraute: <향일성 Tropismes> (1938), <미지인의 초상 Portrait d'un inconnu> (1944), <천체관 Le plunetarium> (1959).
10) S. Rimmon-Kenan, 앞의 책 p.50.
11) 金炳旭 編, 崔翔圭 譯, 앞의 책 p.287.

지면 질수록 위대한 자신의 모습을 그리워하고 선망하게 되며 그것을 (소설 속에서) 찾으려고 할 것이다. 인물에 대한 연구의 결과가 불만스럽다면 그것은 작중인물이 소멸되었다거나 연구가 불충분했기 때문은 아니다. 소설가가 끊임없이 새로운 인물을 만들어내고 있고, 또 현실에서 끝없이 새로운 인간형이 탄생되어 나타나고 있기 때문이다. 이미 창조된 인물에 대한 연구도 未完의 상태인데 새로운 인물에 대한 연구에 손이 돌아갈 여유는 없는 것이다. 그것이 인간의 한계이기도 하다. 인물 연구가 미흡하고 오리무중이 된 것은 소설 속의 인물이 없어졌기 때문이 아니라 인간 그 자체가 헤아릴 수 없을 만큼 복잡한 존재이기 때문이다. 이런 의미에서 '누보로망'과 같은 것은, 제임스 조이스류의 의식의 흐름의 수법에 의하여 쓰인 心理小說이 하나의 가능성을 열어놓은 것처럼 소설의 많은 새로운 가능성 중의 한 試圖에 불과한 것이라고 보고 싶다. 시대와 인간 의식의 변모에 따라서 새로운 형식은 언제나 탄생이 가능한 것이기 때문이다. 현대의 대부분의 독자들은 여전히 사실적인 소설 속에 등장하는 고전적인 人物을 기다리고 있다. 기묘하고 이해하기 힘든 새로운 소설보다는 우리에게 친근하고 우리와 같은 실재 인물로서의 성격을 갖추고 있으며 우리의 理想을 실현해 보여주거나 삶의 지표를 제시해 주는 산뜻한 인물이 등장하는 소설을 기다리고 있는 것이다. 작중인물은 작가의 이념을 전달하기 위하여, 독자의 요구에 응하기 위하여 언제나 살아있어야 할 것이다. 우리가 우리와 같은 소망을 갖고 있는 작중인물을 통하지 않고서는 소설이 제시하는 인생의 참된 의미를 전달받을 수도, 거기에 접근할 수도 없기 때문이다.

위에서 작중인물에 대하여 다소 거창하게 그 중요성을 열거한 것은 소설에서 인물의 역할을 과장적으로 강조한 것이 아니냐는 비난을 받을 수도 있을 것이다. 위에서 지적한 것처럼 反小說이 제한된 독자이기는 하나 어느 정도 인기를 얻고 있으며, 여러 평자들의 논문 속에서 인물의 無用說에 대한 주장을 단편적으로나마 볼 수 있기 때문이다. 또한, 小說 詩學의 정립을 위하여 공헌할 수 있는 소설의 다른 요소가 얼마든지 있기 때문이기도 하다. 그리고 諷刺的이기는 하나 寓話的인 소설에서는 인물이 그렇게 중요하지 않을 수도 있다. 필자는 이 모든 것을 부정하거나 그 가치를 낮게 평가하려는 것은 아니다. 소설을 구성하는 아무리 많은 요소가 있다 하더라도 그 요소들은 독립적으로 존재하는 것은 아니다. 모든 요소가 상호 긴밀한 연관성을 맺고 유기적으로 통일될 때 소설의 세계는 秩序와 形式을 획득하게 되는 것이다. 그러한 유기체로서의 질서와 형식을 만들어내는 가장 중요한 요소가 인물이라고 보기 때문에 그것을 강조한 것이며, 소설 미학의 핵심적인 기둥이 인물이라고 보기 때문에 장황하게 언급해 본 것이다. 그런 의미에서 다음의 인용문은 다분히 설득적이다.

> 한 작품의 자격을 따져 보는 확실한 방법은 인물의 동기와 행위가 일관성 있게 그려졌는가를 살펴보는 일일 것이다. 위대한 작가들이 이상하게 보이며 기묘하고 때로는 분명히 자기모순처럼 보이는 인간성의 여러 가지 경우를 일관성 있게 표현할 수 있다는 것, 이것이야말로 바로 소설이 갖는 가장 중요한 가치이다.[12]

이로 보아 作中人物의 硏究는 인간성의 解明과 체계적인 小說美學의 定立에 공헌하는 작업이 되어야 함을 알 수 있다. 인간성의 해명은 철학의 범주에 드는 것이기도 하지만 소설 자체가 추구하는 목적이기도 하다. 소설에 대한 이해와 해석, 그 가치의 평가는 작중인물의 연구를 통해서만이 가장 확실한 것을 얻을 수 있다. 그러므로 작중인물의 연구는 소설미학의 정립, 나아가 문학사의 정리를 위

---

12) Brooks & Warren, 앞의 책 p.153.

한 기초 작업이 되는 것이다. 여기에 인물연구의 의의가 있는 것이다. 이런 뜻에서 필자는 부분적이나마 **1920-1930**년대의 작품을 대상으로 그 인물을 연구하여 보려고 한 것이다. 그리고 소설에서의 인물의 창조는 순전히 작가의 創意에만 의존하는 것이 아니다 다분히 文學的인 慣習의 토대 위에서 이루어지는 작업이다. 벙어리 삼룡이와 백치 아다다는 그리 먼 관계는 아니며 <藥價와 貞操>의 청잣군 아낙과 김유정의 <산골 나그네>의 나그네 여인도 우연히 비슷하게 된 것은 아니라고 본다. 한 시대의 인물을 다루는 技法은 다음 시대에 하나의 모범이 될 수도 있는 것이다. 전대와 후대의 인물의 비교 연구가 본고의 내용이나 목적은 아니지만, 소설의 연구는, 문학적 전통 위에서 인물이 어떤 방향으로 창조되어 가느냐하는 문제를 풀어 보자는 데도 한 목표를 두어야 하리라 본다.

Ⅱ. 研究의 現況

모든 작품론들은 원칙적으로 작중인물에 대한 언급을 필수적으로 요구한다. 소설 작품에 대한 연구는 작중인물에 대한 연구를 전제하고 시작된다 해도 과언은 아니다. 그러나 소설의 다른 요소들보다 인물 그 자체를 구심점으로 하여 진행되는 연구는 일반적인 작품론과 구별되어야 하리라 본다. 또, 한 작가에 대한 작가론의 일부분으로서 작중인물에 대하여 언급하는 것과 작중인물 그 자체에 초점을 맞추어 연구를 진행하는 것은 그 의도와 방법에서 구별되는 것이다. 이렇게 보면 특정한 한 작품에 대한 研究史는 그 추적이 가능하지만, 그 작중인물에 대한 연구사의 설정은 거의 불가능하다. 실제, 본고에서 다루고 있는 작품의 작중인물의 경우 인물 그 자체에 초점을

맞추고 연구한 논문은 별로 눈에 띄지 않는다.13)

따라서 본고에서처럼 개별적인 작품의 주인공들을 중심으로 인물을 연구하는 경우는 연구사의 검토보다는 인물 연구의 현황을 점검해 보는 것이 좋을 것이다.

주 13)에서 본 논문들과는 달리 본격적인 인물에 대한 연구로서 눈에 띄는 것으로는 朴東奎의 <現代 韓國 小說의 性格 硏究>14),

---

13) 제목 그 자체에 '인물 연구'라고 명시된 예는 거의 없다. 본고에서 다루고 있는 작품의 경우 '인물 연구'라고 제목에 명시되거나 그 내용상 관련이 있다고 보이는 것으로는 다음과 같은 것들이 있다.
　* 金東仁의 경우
　　· 김경희, "'광화사'의 심리학적 연구", 金東仁 硏究(새문사, 1982)
　　· 金興圭, "황폐한 삶과 영웅주의", 文學과 知性 第27號 1977 봄호.
　　· 宋河春, "한국 현대소설에 나타난 作中人物 연구", 고려대 대학원, 1980. 2
　　· 申盛媛, "金東仁의 '광염소나타'論", 이대 대학원, 1980
　　· 李仁福, "1930年代 小說에 나타난 죽음", 열화당, 1979. 9
　　· 정준섭, "東仁 短篇의 人物研究", 단국대 대학원, 1978. 2
　　· 洪秀善, "現代小說의 人物類型論－春園과 東仁을 中心으로－", 梨大 韓國語文學 研究 第8號, 1968. 2
　* 玄鎭建의 경우
　　· 金仁煥, "'B사감과 러브레터'의 구조해명", 玄鎭健 硏究(새문사, 1981)
　　· 조진기, "소설에 나타난 지식인의 양상－특히 20년대 작품을 중심으로－", 嶺南語文學 3輯, 1976. 10
　　· 蔡壎, "주인공상을 통해 본 빙허 문학의 특색", 국어국문학, 1970. 9
　　· 洪泰植, "玄鎭健 小說의 人物研究", 國語敎育(44, 45 合併號), 1983. 2
　* 羅稻香의 경우
　　· 金炳旭, "나도향의 '벙어리 삼룡이'", 한국 소설 작품론(문장), 1981
　　· 蔡壎, "1920年代 韓國作家研究", -志社, 1976
　* 桂鎔默의 경위
　　· 洪泰植, "'白疾 아다다' 研究", 明知語文學 16號, 1984. 12
　그밖에 李在銑의 <韓國短篇小說研究> (一潮閣, 1982)와 尹弘老의 <韓國近代小說研究> (一潮閣, 1984) 등이 작중인물에 대하여 비교적 자세히 언급하고 있다.
14) 朴東奎, <現代韓國小說의 性格研究>, 文學世界社, 1980. * 이 책은

정현기의 <한국 근대 소설의 인물 유형>15), 曹南鉉의 <韓國 知識人 小說研究>16), 金用成의 <한국 근대소설의 인물 연구>17), 宋河春의 <한국 소설에 나타난 作中人物 研究>18) 등이 있다. 이들의 공통되는 점으로 두드러지게 나타나는 것은 인물을 유형적으로 파악하려고 했다는 점, 한 시대의 인물의 의식을 통하여 精神史的 맥락을 읽어 보려고 한 점 등이다. 한 작품의 총체적인 이해에 결손이 생기지 않도록 하면서 인물 그 자체에 초점을 맞추어 논의를 진행하기란 상당히 어려운 것이다. 인물을 어느 기준으로 묶어 도식적으로 파악한다든가, 精神史의 흐름을 엿보기 위한 수단으로 이용한다든가 하는 경향이 강하게 드러날 때는 이미 진실의 왜곡, 혹은 문학으로부터의 逸脫이라는 愚를 범하게 될지도 모르기 때문이다. 또 인물 그 자체의 心性－인간성에만 관심을 가질 때 문학이 철학이나 심리학의 종속물로 전락할 수도 있다는 점을 경계하지 않으면 안 된다. 위의 연구서들은 인물 연구에 따르는 이런 위험성에 대한 우리들의

인물의 성격을 원론적인 측면에서 설명하고, 한국 현대 소설에 나타난 인물의 성격이 사회적, 시대적 변동을 거치는 동안 어떻게 변화되어 왔는가를 살펴본 내용으로 되어 있다. 인물의 유형론과 史的 고찰이 중심이 되어 있다.

15) 정현기, <한국근대소설의 인물유형>, 인문당, 1983. * 이 책은 주로 <三代>, <濁流>, <太平天下>를 중심으로 인물을 정리한 유형론과 그것으로부터 소설을 이해하는 실마리를 찾고자 하는 태도를 보여준다.

16) 曹南鉉, <韓國 知識人 小說 研究>, 一志社, 1984. * 이 책은 지식인 계층을 작중인물의 한 유형으로 결정하고 작품들 사이의 공통된 주제의식과 구성방법을 정신사적 관점에서 검토하고 있다.

17) 金用成, <한국근대소설의 인물연구>, 인동(전주), 1986. * 저자는, 주인공의 삶이 머문 자리와 그 시간의 의미 천착에 주력하였고, 근대소설의 전반적 현상인 주인공의 한계 상황이 보여준 상징성을 읽으려고 하였다고 서론에서 지적하고 있다.

18) 宋河春, "한국현대소설에 나타난 작중인물 연구", 고려 대학원, 1980. 2

각성을 촉구하고 있다.

작중인물의 연구가 작품론의 한 하위 개념으로 인식될 때는 作中人物論의 독자성은 상실된다. 심지어는 작가의 傳記的인 측면을 검증하는 자료 정도의 의미밖에는 지니지 못할 수도 있다. 그러나 前章에서 지적된 것처럼 작중인물은 작품 그 자체를 지배하는 절대적인 요소이므로 作中人物論은 소설의 어떤 요소에 대한 연구보다도 큰 비중이 주어져야 할 것이다. 소설에서 인물을 제거하고 나면 남는 아무것도 없음을 우리는 잘 알고 있다. 소설 작품의 연구가 의례적으로 언급하는 정도를 넘어선 본격적인 인물 연구가 좀더 많이, 활발하게 전개되어야 할 것이다.

Ⅲ. 硏究의 方法과 範圍

작중인물은 어떤 점에서는 현실의 인간과는 구별되어야 하고, 또 어떤 점에서는 유사하거나 같아야 된다고 평자들은 각양각색으로 의견을 개진하고 있지만 한 가지 분명한 것은, 작중인물은 인간다워야 한다는 것이다. 여러 가지 현실적인 인간과는 다른 점도 있지만, 그가 살아서 숨 쉬고 움직이는 원리는 현실의 인간과 같다는 것이다. E.M. 포오스터는, "엄밀한 정의를 내릴 수는 없지만 그들은 우리와 같은 방향을 따라 행동하는 경향이 있다."[19]라고 약간 자신 없는 목소리로 말했지만, 이것은 정당한 견해다. 소설은 창조된 허구의 세계이므로 그 세계에는 그것을 지배하는 원리와 질서가 있어 작중인물은 그것들에 순응해야 하겠지만, 그 질서와 원리는 실제적인 인생의 그것들과 전연 다른 것이 되어서는 안 되는 것이다. 이것이 소위 소

---

19) E.M. Forster, *Aspects of the Novel*. penguin Books Ltd., 1976, p.60.

설의 생명인 리얼리티의 원천이기 때문이다. 소설에서 독자가 느끼는 實際感(lifelikeness)은 작중인물과 독자 자신이 완전히 똑같은 모습을 하고 있기 때문에 오는 느낌은 아니다. 그것은 다른 점도 있고 같은 점도 있는데, 그 양자가 모두 그럴 듯하다는 데(probability)서 오는 느낌인 것이다.[20]

이처럼 작중인물은 현실의 우리의 모습을 닮고 있기 때문에 그들을 충분히 이해한다는 것은 역시 어려운 일이다. 현실의 우리가 우리 자신을 단편적이나마 이해하기 위해서는 어떤 실마리, 예컨대 우발적인 사고, 새로운 인간과의 만남, 사랑이나 이별 등과 같은 실마리가 필요한 것처럼 이들의 이해에도 어떤 실마리를 작품에서 찾아 이용하지 않으면 안 된다. 현실의 우리가 자기 인식을 위하여 부단히 노력하는 것처럼 그들도 어느 정도 이러한 노력을 보여주기는 한다. 그러나 '노력'이라는 희미하고 불확실한 행위는 그들의 이해를 위한 확실한 실마리가 되기는 어렵다. 가장 확실한 방법의 하나는 그들의 성격을 연구해 보는 일일 것이다. 작중인물들이 勝利하거나 挫折하고, 기뻐하거나 슬퍼하는 根底에는 그들의 성격이 강력하게 작용하고 있다. 현실의 우리들처럼 그들도 자만과 독선과 욕망과 허위와 오만과 편견의 미망을 헤매고 있는 자들이다. 작중인물이 보여주는 行爲의 動機는 성격이다. 따라서 성격은 인물을 이해하는 가장 중요한 열쇠로 이용되어야 한다. 로버트 스탠톤은 성격을, "개인들 각자를 이루고 있는 관심, 욕망, 그리고 도덕적 원칙들의 혼합"[21]이라고 규정하면서, "그의 근본적인 동기는 그의 일반적인 성격의 한 양상이다. 즉, 그것은(성격은) 소설 전체를 통해 그를 지배하는 지속적인 욕망이나 의도이며, 거의 모든 그의 특정한 동기가

---

20) William Kenny, *How to analyze Fiction*, Monarch Press, 1966, p.24.
21) Robert Stanton, *An Introduction To Fiction*, Holt, Rinehart and Winston Inc., 1965, p.17.

지향하는 방향이다. 따라서 포우의 '아몬틸라도의 술통'에서 몬트레
소르가 아몬틸라도 포도주에 대해 포르투나토에게 이야기하는 특정
한 동기는 지하묘지로 그를 유인하기 위함이다. 그러나 그의 근본적
인 동기는 그의 복수욕이다."22)라고 설명을 덧붙이고 있다. 성격은
분명히 인물이 수행하는 행위의 원인이 된다는 점을 밝힌 것이다.
스탠톤이 예로 든 몬트레소르의 포도주 이야기는 인물이 수행한 행
동이고, 그 행동의 원인은 그의 복수욕이다. 즉, 복수욕이라는 욕망
이 그의 성격이 되는 것이며, 그 작품에서 주인공의 행동을 설명할
수 있는 실마리가 되는 것이다.

그런데 이 작중인물의 성격을 규명하기 위해서는 작품 자체가 제
공하는 인물에 대한 정보를 세심하게 검토해 볼 필요가 있다. 이 정
보란 작가가 독자에게 인물을 소개하는 방법을 의미하며, 독자는 이
것을 통해서 인물에 접근할 수가 있게 된다. 작가의 입장에서는 인
물 구성의 방법이 되고, 독자의 입장에서는 인물 파악을 위한 최초
의 단서가 되는 이 정보를 일반적으로 성격지표(character-indicator)
라 부르고 있다. 인물의 외모나 그가 처한 상황, 그의 행동이나 대
화가 그 대표적인 예가 되는 것들이다. 인물의 성격을 진단 내지 규
명하는 작업은 독자가 접하는 이러한 최초의 단서에서부터 출발되어
야 하는데 본고에서는 이것을 일차적인 성격지표로 보고자 하며, 이
일차적인 지표를 통하여 도달하게 되는 인물의 근본적 동기를 최종
적인 성격지표로 간주하여 인물의 해명과 작품 해석의 토대로 삼고
자 한다. 위에서 근본적 동기와 성격을 동의어로 규정한 스탠톤의
견해를 본 바 있지만, 본고에서는 근본적 동기를 성격을 지시하는
요소(성격지표)라는 개념으로도 사용하고 있다는 것이다.

그리고 이 성격지표의 문제와 관련하여 검토해 볼 필요가 있는 것

---

22) 위의 책 p.17.

이 인간 행동의 원리를 모형화해 보는 문제다. 작중인물이 행동하는 근본적 동기는 개별적이지만 궁극적으로는 인간의 보편적 속성에 연결되는 것이기 때문에 행동의 원리를 추적하고, 그것을 모형화하는 것은 충분히 가능한 작업이며, 또한 소설 문학을 이해하기 위한 필요한 작업이라 생각한다. 이 경우는 어떤 가설이 필요하다. 성격 지표를 탐색하는 기본적 태도를 견지하되, 인간을 지배하는 운명적 굴레를 몇 가지로 결정하여 거기에 인물의 행동을 적용해 보는 방법이 그 가설이다. 이것은 다분히 결정론적이라는 위험성이 따르기는 하지만, 결과적으로 작품을 통하여 그 가설이 증명될 수 있다면 이 작업은 작중인물의 해명과 작품의 이해, 나아가 소설 문학의 총체적 파악에 상당한 도움이 되리라 믿는다. 인물의 근본적 동기는 인간의 평균적 욕구의 한 하위 개념이라고 보는 것이 이 연구 방법의 기본 정신이다.

이러한 인물의 성격을 통한 인물의 연구는 인물이 주도하는 사건을 통한 인물 평가와 동일선상에서 수행되어야 한다. 그 위에 배경의 문제 나아가서 플롯의 문제까지도 이 성격과의 관계 하에서 검토되어야 할 문제이다. 특히 플롯은 인물의 성격과 사건과 배경을 요소로 하여 이루어지는, 한 작품이 성취한 형식이기 때문에 그것의 분석이 곧 인물 연구의 한 부분이기도 하다. 플롯과 인물은 상위 개념과 하위 개념의 관계이면서 동시에 대등한 개념이다. 인물의 행동을 통하여 플롯이 성취되며 플롯 속에서만 인물은 존재 의미가 있기 때문이다.

이 논문은 원칙적으로 1919년부터 1930년을 전후한 시기까지 발표된 작품을 연구 대상으로 삼고 있지만 필요한 경우 몇 군데에서는 그 이후의 작품을 참고로 검토하고 있다는 점도 아울러 밝혀둔다. 작가로는 김동인, 현진건, 나도향, 계용묵으로 범위를 한정했다. 한 작가의 작중인물을 연구하여 온전히 정리한다는 것도 어려운 일인

데, 이렇게 여러 작가를 한꺼번에 다룬다는 것은 분명히 과욕이며
주마간산격의 알맹이 없는 결과만 낳게 될 것이라는 비난을 받을 여
지가 있다. 그러나 필자의 관심은 작가에게 있는 것이 아니라 작중
인물에 있다는 것을 다시 밝혀두고 싶다. 또한, 필자가 생각하는 것
에 일치하거나 흡사한 인물만이 관심의 대상이 될 수밖에 없다. 관
심 밖에 있는 인물들은 또 다른 관점에서 연구되어지고 그 가치를
인정받아야 할 것이다. 그러므로 작가는 여럿이지만 언급되는 작품
은 극히 제한될 수밖에 없다. 한 작가의 작품이 여러 편 나올 수도
있고 그렇지 못할 수도 있다. 위에서 여러 작가를 열거했지만 그들
의 작품을 일률적으로 고르게 선택할 수는 없다. 필자의 관점과 의
도에 맞는 작품이 그렇게 고르게 선택되어질 수는 없는 것이다. 작
가론이 아니기 때문이다. 어쩌면 인물 연구에 論難이 많고, 그 결과
가 불확실하다는 것도 이러한 연구자의 편벽한 태도 때문일는지도
모른다. 필자는 이런 점들을 고려하면서 되도록 확실하다고 생각되
는 몇몇 작품들을 중심으로 연구를 진행해 나갈 것이다.

Ⅳ. 硏究의 限界性

소설의 형식은 문학의 다른 장르에 비하여 덜 進化되었으며, 그렇
기 때문에 그 형식은 미완성의 상태라고 하는 견해는 거의 일반화되
어 있다. 소설이 이처럼 일관된 구조를 보여주지 못하는 것은, 소설
이 아직 미숙한 단계에 있거나 형식적인 완성을 모색하는 과정에 있
기 때문이 아니라, 소설의 本質的인 屬性에 그 이유가 있는 것이라
생각된다. 소설은 인간 경험에 기초를 둔 문학이다. 인간 경험은 소
설가의 직접적인 체험일 수도 있고 아직 체험되지는 않았으나 미구
에 상상적으로 체험될 타인의 경험일 수도 있다. 그것은 인생의 어

떤 의미를 담고 있는 무수한 人生事의 지극히 사소한 일부분이다. 많은 소설가들이 수많은 작품을 통해서 제각기 다른 이 인생의 어떤 의미를 다각도로 그려내고 있다. 그렇기 때문에 한 작가가 쓴 작품들에서도 일치되는 형식을 볼 수 없게 되는 것이다. 다시 말해서 소설이 다루는 인간의 경험은 몇 개의 유형으로 나누어질 수 있는 성질의 것은 아니다. 다양한 인간경험을 박진감 있게 그려내는 것을 하나의 임무로 하고 있는 소설이 헤아릴 수 없이 많은 인간 경험을 몇 개의 패턴으로 공식화하여 표현할 수 없음은 自明한 理致다.

따라서 소설이 無定型的이고 너무나 다양하여 갈피를 잡을 수 없을 만큼 혼란을 느끼게 하는 것은 소설이라는 양식의 책임이라기보다는 그 재료인 인생의 책임이라고 보아야 할 것이다. 소설 문학이 개인적 경험에 대한 眞實을 외면하거나, 사실적 소설이 강조하는 현실의 그림을 완전히 벗어나지 않는 한 이 문제는 해결될 수 없을 것이다.

> 많은 소설들이 예술적인 전체의 완성이 되어 있지 않은 것은 그 소설이 고도로 개별화된 작중인물(highly indivisualized character)이나 극도로 詳細化된 社會圖(extremely detailed pictures of society)를 포함하고 있기 때문이다. 심리적 리얼리즘의 소설(이것이 우리 논의의 중심이다)에 있어서는, 함축된 작자(implied author)의 形式的 意圖나 主題的 意圖가 무엇이 되었든, 독자적인 내적 논리를 가지고 있고 독자적인 진로를 가지고 있는 인물 창조의 충동이 있다. 우리는 비평가로서 사실적 소설의 중심인물은 실제 인간과 같아야 하고 작자로서도 통어할 수 없는 독자적인 생명을 가지고 있어야 한다고 요망한다.23)

---

23) Bernard J.Paris, *A Psychological Approach to Fiction*, Indiana University Press, 1974, p.9.

이 진술에서 볼 수 있는 것처럼 소설이 다양한 형식, 심하게 얘기해서 무질서한 듯한 형식을 보여주게 되는 것은 소설이 요소로 하는 인물에게 그 책임의 일단이 있는 것이다. 자기를 창조한 조물주(神)의 뜻을 거스르거나 복종하기를 거부하는 인간들처럼, 자신의 의지를 내세우고 공공연히 그(神)에 대하여 반항하는 神話 속의 인물들처럼, 소설 속의 인물들은 그들이 진정한 생명을 구유했다면, 그리고 그 생명력이 강할수록 작가에 복종하기를 거부하며 독립적인 의지를 따라 행동하고자 한다. 모든 소설 속의 작중인물들은 제각기의 인생도를 보여줄 뿐만이 아니라 너무나도 복잡한 성격의 양상을 무시로 드러낸다. 그것은 다 각기 구별되는 특징적인 인생도이며 성격이기 때문에 분류는 거의 불가능하다. 그 하나하나를 분류의 단위로 보는 게 차라리 나을 것이다.

작중인물의 연구는 근본적으로 이러한 혼돈을 전제로 하여 시작되지 않을 수 없다. 우리가 몇 개의 작품에 등장하는 인물들을 어떤 공통된 속성으로 묶어서 설명하는 것은 明瞭化를 위한 작업이라기보다는 하나의 便法이라고 보는 것이 옳을 것이다. 어떤 작중인물에 대한 규정을 다른 작중인물에 적용하는 것은 나의 생각을 다른 모든 사람의 생각으로 착각하는 것과 같이 무용할 지도 모른다. 그러나 소설 작품을 이해하기 위해서는 이러한 모든 곤란을 당연한 것으로 받아들이고 가설을 통하여 거기에 접근할 수밖에 없다. 그렇기 때문에 인물 연구에 논란이 많고 그 결과가 만족스럽지 못할 수밖에 없는 것이다. 우리는 불만족한 대로, 논란의 여지가 있는 대로 소설의 이해와 평가를 위해서 어떤 가설과 方法을 생각해보지 않을 수 없는 것이다. 이것은 인간으로서의 연구자의 한계이며 작중인물 연구의 한계인 것이다. 현실의 우리와 작중인물이 함께 完全해지지 않는 한 이 한계는 극복될 수 없는 것이다.

이상에서는 原論的인 측면에서 인물 연구의 한계를 검토해 보았다. 본고도 이 범위를 벗어날 수는 없다. 1920년대의 작중인물이라고 해서 그 인물들이 반드시 그 시공 속에서만 이해되거나 평가되어질 수는 없다. 그런 줄 알면서도 그들을 그곳에 묶어두려고 하는 것은, 되도록 制限하지 않으면 그들이 어디까지 마음대로 돌아다닐 지 알 수 없기 때문이다. 그렇게 묶어둠으로 해서 상당한 진실이 가려지거나 왜곡될 수도 있을 것이다. 되도록 그러한 진실이 희생되지 않도록 해야겠지만 그것은 어디까지나 소망일뿐이다. 이것이 본고에서 시도한 인물 연구의 한계이자 필자의 한계이다. 인물의 행동의 模型化를 시도한다거나, 하나의 타이틀 아래 둘 이상의 작중인물을 묶어 설명하거나 하는 것은 인물 연구의 한 가능성을 試驗해 본 것으로 이해되어져야 할 것이다. 역시 본고에도 '중간보고'라는 부제가 붙어야 제격일 것이다. 그리고 1920~30년대의 작중인물이 필자의 의도에 따라서 취사선택될 수밖에 없다는 것도 본고의 한 한계점이 될 것이다. 작중인물에 접근하는 방법은 무수히 많고 그 많은 방법을 한 논문 속에 다 포용할 수도 없고, 또한 그것은 필자의 능력 밖의 일이기 때문이다. 본고는 이런 많은 制限을 前提로 하여 쓰인 것이다.

第2章 性格指標(character-indicator)로 본 人物

Ⅰ. 性格指標의 概念

　작가는 필요에 따라서 또는 특수한 효과를 기대하면서 여러 가지 수단과 방법을 동원하여 작중인물을 창조한다. 독자는 작가가 사용한 수단과 방법을 가려내고 발견함으로써 작중인물에 접근하게 되고 나아가 사건과 그 의미를 파악하게 된다. 독자가 작품을 이해하게 되는 가장 중요한 열쇠는 바로 이 작가가 인물을 구성하는 수단과 방법을 발견하는 것이라 해도 과언이 아니다. 행동이 인물에 종속되는 소설이든, 인물이 행동에 종속되는 소설이든 이야기의 진행은 처음서부터 끝까지 인물을 중심으로 진행되기 때문에 그 인물에 관한 정보를 어떤 형태로든 얻어내지 않으면 안 되는 것이다. 작품의 서두에서 얻은 작중인물에 대한 정보가 사건이 진행됨에 따라 수정될 수도 있고, 보충될 수도 있으며 나아가서 확대 해석되는 경우도 있겠지만 이것들이 모두 그 인물에 접근하고 작품을 이해하는 데 도움이 되는 것이다. 다시 말하면, 작가가 인물에 대한 정보를 제공하는 통로가 곧 인물 구성의 방법이며 독자는 이 방법을 인지하고 발견함으로써 작중인물을 파악하는 실마리를 얻게 되는 것이다. 이 최초의 인물 파악의 단서를 성격지표라 하는데 이 용어는 작가의 입장에서보다는 독자의 입장에서 보는 인물 파악의 지침이라는 뜻으로 해석되는 것이 좋을 것이다.

　작가가 인물을 독자 앞에 보여 주는 방법은 필요와 기대하는 효과

에 따라서 多岐하게 나타날 수 있지만 일반화되어 있는 몇 가지 예
를 들어보기로 한다.

<例 (1)>

　　일단 작가가 자신의 작중인물들을 다룰 방법을 결정하고 나서는 [이
것은 앞서 말한 두 가지 방법('틀에 박힌 방법으로 묘사하는 것'과 '전
개에 의하여 그려내는 것'—필자 주—)을 결합한 것일 수도 있다], 그들
이 독자의 눈에 실물처럼 실감할 수 있게 할 최상의 방법을 정해야 한
다. 이때 그는 다음과 같은 것들 중의 몇 가지 또는 전부를 사용하게
될 것이다. 육체적인 외모, 동작, 제스처, 버릇, 습성, 타인에 대한 행동,
말씨, 자신에 대한 태도, 그 인물에 대한 타인들의 태도, 물리적인 환경,
과거, 이름 또는 비유 등의 외변기법, 이상이 인물 구성의 관례적인 방
법들이다.1)

　　여기에 열거되어 있는 인물 구성의 수단은 새로운 것은 아니지만
소설이 시작된 이래 꾸준히 이용되어 온 것들이다. 누보로망과 같은
새로운 소설 형식이 등장하고, 또 다른 소설의 형식이 추구되는 오
늘날에도 오히려 준용되는 인물 구성의 불변적인 慣例라고 하겠다.
육체적 외모의 묘사가 보여 주는 막연성이나 추상성에도 불구하고
외모에서 오는 인상이 그 인물의 성격을 이해하는데 일조가 된다는
것은 누구나 인정하는 일이다. 동작과 습성, 인물이 처한 상황(배경)
을 통하여 우리는 그 인물의 어느 일면을 파악할 수도 있는 것이다.
요컨대, 해묵은 관례이면서도 위에서 열거한 것들이 인물에 대한 우
리의 이해에 어떤 실마리를 제시한다는 것만은 분명하다.

<例 (2)>

　　소설의 인물은 네 가지 방식으로 우리들 독자에게 소개될 수 있다. a) 자
기 자신에 의하여, b) 다른 인물에 의하여, c) 이야기 속에 등장하지 않는

---

1) 金炳旭 編, 崔翔圭, 譯, <現代小說의 理論>, 大邦出版社, 1984, p.255.

어떤 내레이터에 의해서, **d)** 자기 자신과 다른 인물과 내레이터에 의해서[2]

　이것은 얼핏 보기에 敍述 視點(point of view)에 따라서 인물이 소개되는 형식을 분류해 놓은 것처럼 보인다. 인물 구성은 그 인물을 보는 시각도 중요하다는 점을 고려한다면 이러한 분류도 성격지표에 대한 유용한 암시가 될 수 있으리라 본다. 이 인용문의 **a)**항은 '자기 인식과 자기표현'이라는 제목으로 다시 상술되는데 인간은 자기를 인식해 가는 과정에서 자신의 삶의 참된 모습과 의미를 깨닫게 된다고 덧붙이고 있다. **d)**항은 '혼합된 소개 방식'이라는 제목으로 다시 설명되었다. '실제에 있어서 대다수의 소설 작품들의 경우 인물의 소개는 서술행위 그 자체의 안과 밖에서 동시에 이루어진다.'고 보기 때문에 인물의 소개는 객관적인 묘사와 작가의 주관적인 개입에 의하여 효과적으로 수행될 수도 있다고 쓰고 있다.[3] 결국 **a)~d)**의 어느 방법이든 각각 인물 구성의 중요한 국면이며, 어느 방법을 사용하든 작가의 理念이 명확하게 나타날 수 있도록 하는 것이 중요한 것이라 생각된다. 이 인용문의 관점은 인물의 심리적 측면에 초점을 맞추어 이해하는 방법에 연관될 수도 있다.

<例 (3)>

　캐넌은, 성격 지표에는 직접 한정(direct definition)과 간접 제시(indirect presentation)의 두 가지 기본 유형이 있다고 제시한다.[4] 직접 한정은 텍스트에서 가장 권위 있는 목소리를 통해 주인공의 두드러진 특징을 한정하는 방법이다. 작중의 다른 인물에 의한 인물 논평이나 기타 방관자에 의하여 인물 소개가 이루어지는 것이 아니라 권위 있는 話者(이것은 개입된 작자의 목소리일 수도 있다)에 의하여 그것이 수행될

---

2) 金華榮 編譯, <소설이란 무엇인가>, 文學思想社, 1986, pp.250~251.
3) 위의 책 pp.251~273, passim.
4) S. Rhimman Kenan, <小說의 詩學>, 崔翔圭 譯, 文學과 知性社, 1985, p.93.

때 '직접 성격 구성'이라 할 수 있는 것이다. 그녀는 "이 한정이라는 방식의 경제성과 독자의 반응을 유도할 수 있는 능력은 전통적인 소설가들에게 매우 유용한 것으로 받아들여졌었다."고 하면서도 "폐쇄나 확정보다는 암시나 미정 상태를 더 좋아하고 독자의 능동적 역할이 중시되는 오늘날에 있어서는 직접 한정이라는 방식의 명백성이나 유도 능력은 흔히 이점이라기보다는 결점으로 간주된다."고 했다. 현대 소설의 인물 구성의 경향은 독자의 참여를 전제로 한 간접제시의 방법이 주류를 이루고 있음을 지적한 것이다. 간접 제시에는 행동, 외양, 환경, 담화, 유비(analogy)의 다섯 가지 지표가 있다고 한다.5) 행동이 인물의 성격을 나타내는 직접적인 지표가 된다는 것은 새삼스럽게 이야기할 필요가 없는 것이다. 일시적 충동에 의한 행동이든 습관적인 행동이든 행동은 인물의 성격을 파악하는 데 가장 확실하고 손쉽게 이용할 수 있는 지표다. 외양은 이미 관례화되어 있는 지표이며, 환경이나 담화도 인물의 심리적 요인이나 사고의 방향을 암시하는 중요한 실마리임을 우리는 누구나 알고 있다. 여기에서 유비(類比, analogy)라고 하는 것은 인물 구성의 강화의 한 방식으로 이해되고 있다. 캐넌 자신도 이 유비에 대해서는 그 개념을 더 이상 명료하게 설명을 못하고 있다. 이 유비는 명칭의 유비, 풍경의 유비, 인물 사이의 유비로 나뉘어 설명되었는데, 그것들은 스토리의 인과율에 관련되기보다는 텍스트 자체의 관계망에 연결되는 것들이다. 예를 들어(알레고리 allegory의 경우처럼) 이름이 작중인물의 주특성을 나타내는 Pride, Lust, Goodman 같은 것들이다. 특히 호오돈의 <젊은 굿맨 브라운>에서 브라운의 아내의 이름이 faith(믿음)라고 하는 것은 스토리의 인과율에 의한 명명이 아니라 텍스트 자체의 이념에 맞추기 위한 명명이자 하나의 상징이라 볼 수 있을 것이다.

이상에서 본 인물 구성의 방법, 극 작중인물의 위인이나 성격을 드러내는 지표라는 것은 지극히 일반화되어 있는 것들이어서 새로운 무엇을 제시하지는 못하고 있다. 물론 위에서 인용한 것 외에도 인물 제시의 방법에 대한 견해는 수없이 많이 있지만 역시 여기에서 더 나아간 것은 보기 어렵다. 이것은 연구가 불충분하기 때문이라기

---

5) 위의 책 pp.102~108.

보다는 대부분의 소설이 이 범주 안에서 인물을 구상화하고 있기 때문일 것이다. 이러한 성격지표에서 한걸음 나아가면 인물의 類型化가 시도된다. 대표적인 예가 클로드 브르몽의 行動者(agents)와 受動者(patients)의 양분법으로 출발하는 인물 유형의 분류이다.6) 브르몽의 유형론은 정교하고 유용한 이론이지만 그것은 어떤 원인으로서의 지표라기보다는 행위의 결과로서 제시된 것이기 때문에 성격지표라는 개념에서는 거리가 좀 있는 것이다.

따라서 작중인물에 대한 논의는 위에서 본 바, 가장 일반적이고 상식적인 지표를 실마리로 해서 시작될 수밖에 없다. 그런데 문제는 이러한 지표들이 작중인물의 행동과 그 행동의 연결로 이루어지는 사건의 원인들을 얼마나 근사하게 보여줄 수 있느냐 하는 데 있다. 작중인물의 습관적 행동이 그 작품의 사건 전체를 얼마만큼 설명할 수 있으며, 말씨를 통해서 사건의 眞相이 어느 정도 드러날 수 있으며, 작중인물의 이름이 우리에게 알 수 있게 하는 것은 어느 정도나 되는 것일까? 우리는 여기에서, 경우에 따라서 차이는 있겠으나 좀 더 중요한 지표와 주변적인 지표를 분간해 볼 필요를 느끼게 된다. 육체적인 외모는 경우에 따라서 인물의 성격을 형성하는 가장 중요한 요인이 될 수 있다. 용모(육체적인 조건)는 한 사람의 일생을 지배하는 성격과 그 사람 나름의 행동의 양식을 결정할 수 있는 요인이라고 보아도 무방하다. 행동(타인에 대한 행동과 자신에 대한 태도)은 인물 자신을 가장 克明하게 보여 주는 요소다. 이것은 자존심과 열등감과 욕망이라는 존재의 운명과 밀접한 관계가 있는 성격지표가 된다. 이것은 다분히 인물의 심리적 국면과 관계를 갖는 것으로 성격지표 중에서 가장 비중이 큰 것이라 볼 수 있다. 작중인물이 처해 있는 상황과 그가 바라보는 주변의 환경은 사건의 인과성과 인물의

---

6) 金華榮 編譯, 앞의 책 pp.234~235.

심리적 배경을 암시한다는 점에서 중요하다. 상황과 환경은 동의어일 수도 있으나 전자는 행동을 유발하는 원인에 가깝고 후자는 행동이 진행되는 공간이라는 점에서 조금 다르다. 이 두 가지는 모든 인물의 외적, 내적 모습의 충분한 설명이 된다. 대화는 작중인물의 사고의 경향 내지 倫理的 爲人을 드러내는 것이다. 작중인물이 어떻게 사고하느냐 하는 것이 플롯의 방향을 결정하는 한 요인이 된다. 우리가 즐겨 사용하는 인물파악 방법인 主動과 反動의 대립이라는 것도 사고의 방향이 다른 데서 오는 갈등의 양상이다. 많은 작품들에서 작자는 인물 자신의 대화를 통해서 그 인물의 성격의 일단을 드러내 보여주고 있다. 이 네 가지 이외의 것들도 성격을 드러내는 결정적인 지표가 될 수도 있지만 많은 경우, 보조적이거나 주변적인 요인으로 도입되고 있다. 그러나 어느 한 가지의 성격지표가 확연하게 한 작품을 지배하는 경우는 드물다. 위에서 본 여러 가지 지표들이 스토리의 진행을 따라서 자연스럽게 어울리기도 하고 상호침투하면서 하나의 플롯을 형성하는 것이 통례다. 다만 몇 가지 중에서 두드러지게 나타나는 지표는 있기 마련이다(대개는 행동과 대화가 가장 대표적인 성격지표가 된다). 편의상 그것을 일차적인 성격지표로 보고, 그것을 시발점으로 하여 인물을 연구해 보는 방법이 좋을 것이다.

그리고 이 성격지표라는 용어는 좀더 확대 심화된 개념으로 이해될 필요가 있다. 앞서도 지적한 바와 같이 모든 소설이 어떤 두드러진 성격지표를 보유하고 있는 것은 아니다. 더구나 어떤 뚜렷한, 가시적인 지표를 중심으로 해서 사건이 전개되는 예는 드물다. 또, 작품에 따라서는 인물의 성격보다는 사건에 충실한 소설도 있다. 사회의 지배적인 풍조와 시대의 거대한 흐름에 순응하기만 할 뿐 거부하는 몸짓이나 저항의 의지 같은 것을 보여주지 못하는 군상이 등장하는 소설이 이런 부류에 속할 것이다. 사회의 풍조와 시대의 흐름은 역사적인 현상이므로 한 개인으로서는 거부할 수도, 외면할 수도 없는 거대한 하나의 힘이다 그러한 점을 생각하여 그런 상황 속에서 살아가는 인간의 모습을 있는 그대로 그려서 보여준다는 것이 리얼리즘 소설의 소박한 입장이기도 하다. 이런 소설에 등장하는 인물들은 대개 각자의 삶의 방식을 보여줄 뿐이기 때문에 치열한 생존 의식이나 격렬한 투쟁, 엄숙한 비극성이 결여된 듯한 인상을 주기 쉽다. 현실의 한 장면을 재현해 놓은 것 같은 이런 소설에서는 인물이 그렇게 중요하지 않을 수도 있다. 염상섭의 <三代>와 같은 소설에서는 인물 개개인보다는 그들이 어울려서 그려놓은 세태와 사회의 그림이 더 중요한 것이다. 이런 경우에는 사건의 동기가 인물의 성격보다는 상황 속에 잠재하고 있는 것이 보통이다. 따라서 성격지표를 작품해석의 한 실마리로 이용하려는 입장에서는 성격이 사건을 지배하는, 즉 인물이 사건을 한정하는 소설을 선택하는 것이 무난할 것으로 보인다. 물론 인물이 사건을 한정하는 소설이든, 사건이 인물을 제한하는 소설이든 모든 소설은 인물의 성격을 나타내는 징후를 내포하기 마련이지만, 그 징후가 사건 전개의 動因이 되고 사건을 이끌어가는 힘으로 작용하는 소설에서 성격지표라는 용어가 더 적절한 지위를 얻을 수 있다고 보기 때문이다.

이러한 소설에서의 성격지표는 대개 인물의 심리적 국면과 밀접한 관련을 맺고 있다. 序論에서 예로 든 <아몬틸라도의 술통>의 몬트레소르의 복수욕과 같은 심리적 요인이 곧 성격지표가 될 수 있다고 보는 것이다. 표면화되어 있는, 人物提示의 방법으로서의 지표는 이 심리적 요인으로 향하는 하나의 출발점과 같은 것이다. 이런 관점에서 앞서 검토한 관례적 성격지표만으로는 충분한 인물의 파악이 어렵다고 보기 때문에 그것을 '일차적 성격지표'로 간주한 것이다.

성격의 기본적 양상은 인물의 根本的 動機이다.7) 이 말은, 작중

---

7) Robert Stanton, *An Introduction To Fiction*, Holt. Rinehart And Winston Inc. 1965, p.17. *His basic motivation is an aspect of

인물이 수행하는 행동의 근본적 동기가 직접 인물의 성격을 지시하
는 구실을 한다는 뜻으로 해석될 수 있다. 따라서 근본적 동기(basic
motivation)는 慣例的인 성격 지표의 단계를 거쳐—그것을 기초 자
료로 하여 검토하는 과정을 거쳐—발견하게 되는 보다 深化된 단계
의 성격지표다. 동시에 그것은 성격의 기본적 양상이므로 성격 그
자체일 수도 있다. 본고에서 성격지표라는 用語는 그 기본적 의미는
물론, 근본적 동기를 뜻하는 확대된 개념으로 사용된 것이다. 작중인
물의 이해는 행동과 같은 일차적 성격지표를 통하여 근본적 동기를
찾아내고, 그 근본적 동기로써 성격을 규명하며, 성격에 의하여 인물
의 행동과 그 인간이 설명되는 과정에서 이루어지는 작업이다.

　인물의 행동과 성격은 꼬리를 물고 돌아가는 순환적인 관계에 있
다. 이 근본적 동기로서의 성격은 외모와 같은 가시적인 요인에서
형성될 수도 있지만 대개는, 心理的 요인에서부터 형성된다. 이 경
우 심리적 요인은, 인간관계·의지·영웅심리·욕망 등과 관련지을
수 있는 것들이다. 햄릿의 復讐慾, 돈키호테의 騎土道, 엠마보바리
의 投射, 백치 아다다의 勇斷 등은 모두 그 인물의 심리적 根底를
探索해 보아야만 이해될 수 있는 성격의 양상들이다.

　다음에서는 되도록 성격지표가 확연히 드러난다고 생각되는 몇 작
품을 선정하여 인물의 특성을 규명해 보도록 하겠다.

---

his general character.

1. 誤導된 自尊心의 破壞性
─〈遺書〉의 '나(○○씨)'

김동인의 〈遺書〉는 이러한 근본적 동기로서의 성격지표를 비교적 선명하게 보여 주는 한 예가 된다. 인물이 처음서부터 끝까지 사건을 지배하고 결정하는 인물 중심의 소설로서 우리에게 플롯의 원리에 대하여 다시 한 번 생각할 수 있는 기회를 주는 작품이기도 하다. 이 소설은 애정의 삼각관계가 始末을 이루고 있는 작품이다.

O와 O의 아내, 그리고 아내의 정부인 A가 삼각관계의 주역이지만, 실제로 이 사건의 시말을 주도해 가는 주인공은 作中話者인 '나'이다. '나'는 처음에는 客처럼 등장하지만, 나와 O와의 관계로 말미암아 이 작품의 주인공으로 발전하게 된다. 나의 생각과 의지를 따라서 사건이 진행되고 플롯이 결정되는, 철저히 인물 중심적인 작품이다. 김동인 자신은 이 작품이 썩 마음에 드는 작품은 아니라고 하지만8) 그것은 재미있는 이야기가 아닐 수도 있다는 정도의 염려하는 마음의 표시였을 것이다. 다음에서는 이 작품을 두 개의 항으로 나누어 성격의 양상을 고찰해 보기로 한다.

1-1. 人物의 關係網

소설 속의 인물은 다른 등장인물과의 접촉을 통해서 자신(성격, 개성, 의지 등)을 드러내게 된다. 물론 인간관계에 의해서만 인물의 어떤 면이 드러나는 것은 아니지만(돌발적인 사고, 식물이나 동물

---

8) 金東仁, "朝鮮近代小說考", 朝鮮日報, 1929. 8. 15.(3085호)

같은 객관적 대상물과의 관계에서도 인물의 어느 한 면이 부각될 수도 있다), 가장 흔하게는 타인과의 접촉과 관계에 의해서 비로소 인물은 작품구조의 일부분으로서 생명을 作動하기 시작하고 스토리에 작용하기 시작하는 것이다. 이 소설에서는 특히 인물 상호간의 관계가 사건의 중요한 실마리가 된다. 이 작품에는 네 사람이 등장한다. 김동인의 상당수의 작품들에서처럼 인물들의 구체적인 이름은 없다. 이 네 사람이 각각 특정한 접촉을 가짐으로써 사건이 본격화 된다. 작중화자인 '나(몇 차례 ○○씨라고만 나온다)'를 중심으로 하여 O, O의 아내('봉선'이라는 이름을 가졌다), A, 이렇게 네 사람이 관계의 망을 이루면서 사건이 전개된다. '나'는 작중화자이자 사건을 바라보기도 하고 사건의 문제해결을 떠맡기도 하지만, '나'의 가장 중요한 역할은 사건의 操作과 進行이다. 다시 말해서 '나'는 다른 세 사람을 조종하며, 그들의 운명을 主宰할 뿐만 아니라(A는 비교적 나의 영향권 밖에 있는 인물이다) 생사여탈권까지 행사하려 드는 全能者의 위치에 서 있다.

> 「여봅시오, 이제 展開될, ○○氏의 脚色하고 감독하는 一場의 연극을 보아줍시오. 희극이 될가, 비극이 될가, 활극이 될가는, 미리 말하고저 아니합니다. O와 그의 안해와 A氏, 세名광대가 出演하는 이 연극은, 마츰내 막이 열렷습니다. 오늘밤, 느저도 래일 아츰으로는, 이 一場의 큰 연극은 결말을 맷겟습니다. 결말이 상쾌하게 매저지거든 박수갈채를 원합니다」9)

이 작품의 후반부(26번 마지막 부분)10)에 와서 '나'의 입장을 밝힌 아주 시니컬한 부분이다. <오델로>에서 '이아고'가 자신이 꾸민 모략의 훌륭함에 대하여 관객의 同意를 구하기 위해 傍白하는 부분

---

9) 金東仁, '遺書', 靈臺 5호(1925. 1), p.175.
10) '遺書'는 1924. 8부터 1925. 1까지 전 5회에 걸쳐 연재되었다.

과 흡사한 이 대목을 읽으면 '나'의 다른 세 사람에 대한 관계가 분
명해진다.11)

그런데 '나'를 중심으로 하여 네 인물 상호간의 관계를 살펴보면
그 관계의 범주가 세 가지로 나누어졌다가 다시 하나로 종합되는 양
상을 볼 수 있다. '나'와 O(O의 아내)의 관계, O와 O의 아내의 관
계, O의 아내와 그 정부인 A와의 관계가 그것이다. 이 세 범주의
관계에서 일차적으로 중요한 것은 '나'와 O와의 관계이다. '나'와 O
의 관계가 나의 성격의 태반을 설명한다 해도 과언은 아니다. '나'와
O와의 관계가 '나'로 하여금 사건에 참여하게 하고 이 작품의 주인
공이 되게 하는 원인이 되기 때문이다. '나'는 O에 대하여 後援者,
理解者로 등장하고 O는 나의 지도와 助言, 생활의 모든 면에서 도
움을 받는 인물로 표현된다. 클로드 브르몽의 '행동자(agent), 수동자
(patient)'12)의 모형에 거의 접근하는 인물설정의 양상을 보여 준다.
나와 O가 어떻게 해서 이런 친밀한 관계로까지 발전하게 되었는지
는 밝혀지지 않았다. 나는 O의 예술적 재능을 아끼는 사람이고, 재
능을 아끼기 때문에 그 인간에 애착을 갖게 되고 그의 일을 나의 일
처럼 생각하게 되었다는 식으로 서술되고 있다. '나'는 직업이 분명
찮은 사람이다.13) 하지만 예술과 재능 있는 예술가에 대해서는 盲信
的으로 옹호하는 사람으로 나타난다. <狂炎소나타>의 백성수를 바
라보고 후원하는 K가 人命은 위대한 예술을 위해서는 희생될 수도
있지 않겠느냐고 질문하는 것처럼 '나'는 O의 예술적 재능을 좀먹는
不貞한 아내 하나 정도는 죽어도 괜찮다는 극단적이고 악마적인 사

---

11) '나'의 이러한 성향은 김동인 소설의 주된 경향으로서 '인형조종설'
　　로도 설명되고 있다.(金允植, <韓國近代作家論攷>, pp.28~32).
12) 金華榮 編譯, 앞의 책 pp.234~235.
13) 김동인의 소설에는 무직자가 많이 등장한다. 본격단편 중 19편이
　　무직자이다(김영화, <현대소실의 구조>, p.10).

고까지도 서슴지 않는다.

> O의 안 해? 그런 변변차안은 녀편네 하나는, 죽던살던 아모관계 업스
> 되, 아까운 재조를 품은 O뿐은 결코 타락시키고 십지 아넛다.14)

'나'의 직업이 무엇인지는 명시되지는 않았으나 인용문의 '나'의 생각이나 '나'의 주변의 친구가 대부분 화가인 것으로 보아 그도 화가이거나 그림과 관계있는 사람이라고 생각하는 것이 좋을 것이다. 나는 예술(그림)에 대한 광적인 애착을 가진 사람인 것만은 분명하다. '나'의 예술에 대한 애착이 O라는 재능 있는 청년 화가에 대한 기대로 바뀌어 O를 그렇게 관심 있게 보는 것이며, 모든 것을 O의 입장에서 생각하는 것이다. 단적으로 말해서 O는 '나'의 예술애호증 내지는 자기만족 추구의 의지를 投射(projection)한 인물인 것이다. 그러기에 '나'는 O가 그린 그림이 마음에 들지 않는다고, "나는 얼빠진 것같이 잠깐 그것을 바라보다가 두말없이 나가서 붓을 들고 거기 흰 기름을 발라서 그 예수의 얼굴을 지워 버렸다."와 같이 할 수 있었던 것이다. O는 '나'가 投影된 인물이며 '나'와 동일시되는 인물이다. 여기에 '나'가 이 작품의 주인공이 되는 원인이 숨어 있다. '나'는 O를 나와 同一視(identification)하기 때문에 O의 모든 일을 代行하게 되는데 그것은 代理人이라기 보다는 보호자 내지는 當事者라는 의식에서 행하는 것들이다. '나'가 그렇게 행동하는 것은 누구보다도 O를 자신이 잘 알고 있다는 자신감이 있기 때문이며, O는 이미 자기의 영향권 안에 있는 사람이라고 생각하기 때문이다. O를 나로 동일시하고 나를 O에 투사한 당연한 행동인 것이다.

> 내가 가령 어제쯤 O를 차저가서, 래일 려행을 떠나라고 하엿드면, 그

---

14) '遺書 Ⅱ', p.329.

는 무론 이러니 저러니 하며 가지안을 性格의 사람이엇섯다. 그러나,
또한, 막상더리고 나와서 高壓的으로 이러케 눌러노흐면 거절할 용긔도
없는 사람이 엇섯다. 이러한 그의 심리를 류리와 가치 째여드러다보는
나는, 오늘 아츰과 가튼 高壓的 태도로서 그를 려행을 떠나게하려
한것이엇섯다.……15) ㅡ가점필자ㅡ

가점 부분에서 우리는 전능자의 위치에 서 있는 '나'의 태도와
'나'의 속으로 O를 溶解시켜 버린 '나'의 모습을 충분히 볼 수 있
다. 또, 성격상 '나'와 O는 여러 가지 공통되는 점이 많다라고 하고
있어 '나'와 O는 실제 이 작품에서 분리되기가 어려운 同一體임을
재삼 확인할 수 있다. 그런 '나'이기에 O의 결혼도 나의 專斷으로
成事시킨다. "작년 O가 한참 마음이 들떠서 어떤 이성을 자기의 아
내로 삼으려고 했을 때에 이 여자이면 O에게 맞으리라고 내가 발견
하여 온 것이 그이였었다." O가 따로 좋아하는 여성이 있었지만
'나'가 본 O의 아내로는 현재의 O의 아내가 적격이라고 생각했기
때문에 O의 의사를 무시하고 '나'의 뜻대로 결혼을 시켰다는 것이
다. 자기 자식의 결혼도 부모 마음대로 하기 어려운 것인데 친형제
도 아닌 후배 화가의 결혼까지도 독선적으로 처리해 버리는 그 영향
력과 지배력은 놀라운 것이 아닐 수 없다. 나와 O와의 관계는 이
지경에 이르면 클로드 브르몽의 '행동자, 수동자'의 모형도 무의미해
지지 않을 수 없다. 그들은 동심일체이며 異名同人의 인물들인 것
이다. O는 완전히 나의 分身으로 규정되어질 수밖에 없다. '나'가
O의 운명을 담당한 자이기에 O에 대한 나의 책임도 클 것이라고
생각될 수도 있다. 이 점은 '나'의 행동의 특정한 동기로 나오기는
하지만 그것은 어디까지나 윤리적이고 사회규범적인 책임감일 뿐이
고 '나'의 진심은 O를 통한 '자기실현'에 있음이 분명하다. 되풀이하

---

15) '遺書Ⅱ', p.333.

거니와 O는 '나'가 투사된 인물이며 이것이 '나'와 O의 관계이다. O의 모든 일은 '나'의 일이며, 따라서 O와 O의 아내와 A의 삼각관계는 '나(윤리적인 자아가 아니라 타인의 운명을 주재하는 전능자로서의 나)'가 용서할 수 없는 일이기에 이 삼각관계에 '나'는 깊이 관여하지 않을 수 없고 사건의 핵심에 위치할 수밖에 없는 것이다.

O와 아내의 관계는 夫婦間이라는 것 외에 이 작품에서 직접 두 사람이 구체적 사건을 보여 주는 것은 없다. 그런 의미에서 O와 O의 아내의 관계는 나와 O의 관계망의 한 하위 개념으로 볼 수도 있다. 뿐만 아니라 두 사람의 결합은 자신들의 意思에 따라서 이루어진 것이 아니라 ○○씨의 眼目과 주관에 의해 성사된 것이다. 때문에 이들은 둘의 관계에 한해서는 지극히 被動的인 인물들이며 포오스터가 이른바 변하지 않는 平面的 人物(flat character)에 속한다. 이 두 사람은 '夫婦'라는 것 이외에 어떤 관계를 보여주는 것은 不貞한 아내를 둔 남편과 부정한 아내라는 것뿐이다. O는 아내의 부정으로 인하여 절망하고 있고, 봉선이는 윤리나 사회 규범 같은 것은 아랑곳하지 않고, 그러나 남의 눈에 띄지 않게 교묘히 近親相姦(情夫 A는 봉선이의 6촌 오빠로 되어있다)의 쾌락을 맛보고 있다. 남편은 남편대로 분노하고 절망하며, 아내는 아내대로 희희낙락하는 대조를 보여준다. 그들은 이 이상 발전하지는 않지만 이 작품에서 '나'에게 행동해야만 하는 특정한 동기를 부여한다는 점에서 중심인물이 된다. 그리고 이들은 인물 상호간의 적대관계의 한 하위 개념이기도 하다. 즉, O는 나로써, 아내는 A로써 대표되는 적대세력을 간접적으로 보여주는 대립관계에 있는 인물이다. 이 작품에서 上位的인 敵對 勢力은 '나'와 A이기 때문이다. 이 문제는 다음에 살펴볼 것이다.

O의 아내(봉선)와 A는 표면적으로는 육촌 오누이간이다. 육촌 오

누이 사이에 邪戀을 벌이는 관계로 나와 있다. 그들은 금지되어 있
는 근친상간을 대담하게 犯하고 있는 자들이다. 그런데 A는 자신을
나약한 화가에게 시집간 육촌 여동생을 구원하는 騎士로 합리화하
고 있고 봉선이는 남편에게서 찾을 수 없는 남성다움을 구하는 대상
으로 A를 선택한 것으로 표현되었다. A는 그럴싸한 궤변으로 자신
의 범죄적인 쾌락 추구를 합리화하고 봉선이는 白痴같은 무분별한
피보호 본능에 탐닉하는 박자가 맞는 인물들인 것이다. 이들의 사고
방식이나 행동은 윤리적 차원에서 엄중히 定罪되어야 할 것으로서
나에게 행동의 단서를 제공하고 있다. 이들은 표면적으로는 부도덕
한 근친상간의 관계지만 본질적으로는 ‘나’ 혹은 O의 소유욕과 자기
실현16)을 방해하고 좌절시키는 적대세력을 형성하는 관계에 있다.
즉, 이들은 ‘나’와 O에 맞서는 반동 블록을 형성하는 관계인 것이다.
　독자의 입장에서 보면 이들도 양자가 서로를 동일시할 가능성이
있는 인물로 보일 수 있다. 이 세 가지의 관계의 범주는 모두 중요
하지만 ‘나’와 O의 관계가 ‘나’의 성격에 결정적으로 작용함을 알
수 있을 것이다. O와 그 아내의 관계는 나와 O의 관계 속에 포함시
켜도 좋다. 그렇게 되면 ‘나와 O 대 A와 봉선’이라는 대립과 갈등
의 관계가 마지막으로 남게 된다. O는 내가 투사된 인물이고(‘나’는
O를 수용한 모습이기도 하다) 봉선이는 A에 동일시된다면 최종적인
대립관계는 ‘나’와 ‘A’의 관계로 요약될 수 있다. 다시 말해서 위에
서 살펴본 세 범주는 ‘나’ 대 ‘A’라는 범주로 요약된다는 것이다.
‘관계의 범주가 세 가지로 나누어졌다가 다시 하나로 종합된다’고
한 것은 이것을 두고 한 말이다.

---

16) 자기실현이라는 용어를 쓰기는 했지만 이것은 진정한 의미의 “자기실
　　현”이라는 의미(분석심리학에서 말하는)이기보다는 ‘자기 뜻대로 모든
　　일을 해나갈 수 있음’을 뜻하는 것이다. 소위 魔性人格(mana-persönlichkeit)
　　에서 연유된 ‘자아의 팽창(inflation)’이라는 개념에 가까운 것이다.

‘나’와 A의 관계는 O와 A의 관계와 같다는 것을 증명한 바 있으므로 ‘나’와 A로 논의를 진행하도록 하겠다. 표면적으로는 두 인물은 직접 관계가 없을 뿐더러 ‘나’가 A를 대면한 것도 두 번 뿐이다. 그러나 A는 주인공인 ‘나’의 성격, 즉 근본적 동기를 촉발하는 인물이기 때문에 이 두 사람의 관계는 가장 심각하고 근원적인 문제에서 부딪치는 관계다. 그것은 빼앗긴 자와 빼앗은 자의 관계를 의미하기 때문이다. 뿐만 아니라, 이들은 능력 없는 자와 있는 자 사이의 갈등을 보여 주기도 한다. O에게서 봉선을 빼앗은 A는 이미 O를 자신으로 동일시하고 있는 ‘나’에게 있어 원수와 다름없다. 매사를 금지하고 억압하는 자에게 우리가 반발을 하듯이 ‘나’의 손에 있는 나의 所有物(실은 O의 아내)을 빼앗은 자에게 분노하지 않을 수 없다. A는 그런 의미에서 ‘나’에게 있어 한 방해꾼(blocking character)인 것이다. ‘나’를 중심으로 보면 A에 대한 나는 매사를 금지하고 거부하는 아버지로 인하여 좌절당한 아들과 같은 입장이라 할 수 있다. 적대와 嫉視와 복수의 관계가 이들의 관계인 것이다. 또, 이들은 능력 없는 자와 있는 자, 하지 못하는 자와 할 수 있고 하는 자 사이의 反目 관계를 보여 준다. 대체로 이런 반목은 능력 있는 자 쪽에서 발생하기보다는 없는 자 쪽에서 씨앗이 잉태되는 법이다. 능력 없는 자 쪽에서 보면 시기와 질투의 마음이 끓어오르지만 능력 있는 자는 없는 자 자체를 의식하지 않는 것이 대개의 경우다. 이점이 능력 없는 자 쪽에서 보면 더욱 참을 수 없는 일이다(김동인의 <X씨>라는 작품을 보면 이런 갈등이 克明하게 나타나 있다). ‘나’는 능력 없는 자며, A는 능력 있는 자의 위치에 서 있기 때문에 ‘나’의 갈등은 심화되는 것이다.

「품행이 그리 낫븜니까?」

「A氏 말이에요? 뭐 더 말할 수 업는 사람이지요. 너편네라기만 하면, 친구의 안해구, 친척의 안해구 혹은 녀학생이구 과부구 구별을 안하지오. 지금까지도, 몃번 문데가 낫섯는데-엇더턴, 주변은 조혼 사람이에요. 문데가 니러날 때마다, 여기저기로 도라다니며 운동해서, 매번 슬쩍 싹이고 말이오. 天才戀愛技師라고나 할까요.」

「내게도 그런 天才가 좀 잇스면……」17)

O의 문제를 해결하기 위하여 수소문하다가 우연히 들른 서점에서 주인과 주고받은 대화에서 얻은 정보다. A라는 사람에 대하여 가장 확실한 정보를 얻는 순간이며, 지금까지 막연했던 A에 대한 증오가 확인되는 순간이다. 그 증오는 일차적으로는 비윤리적이고 逆倫的인 A의 태도에 대한 것이지만, 보다 근본적으로는 우월한 자에 대한 열등감에서 오는 것이다. 친구의 아내, 친척의 아내, 육촌 여동생 등과의 通情은 사회 규범상 容認되지 않는 금지 사항이다. 그런데 이 禁忌라는 것을 뒤집어서 생각하면 그 뒤에는 항상 그것을 범하고자 하는 熱望이 있다는 것을 우리는 인정하지 않을 수 없다. 누구나 한 번 해보았으면 하는 것이 대개 금기로 금지되고 있음은 기독교의 십계명이 잘 보여 주고 있다.

아무도 원하지 않는 것은 금지할 필요가 없다. 크게 강조하여 막고 있는 것은 인간이 욕구를 느끼는 것임에 틀림없다. 만일 우리가 이 그럴듯한 가설(thesis)을 原始人들에게 적용해 본다면, 그들이 가장 강하게 느끼는 유혹(temptation)의 일부는 그들의 王과 司祭者를 죽이거나 근친상간(incest)을 범하거나 사체를 모독하거나(to maltreat the dead) 하는 (있을 법 하지 않은) 것이었을 것이라는 결론에 도달하게 될 것이다.18)

---

17) ‘遺書 Ⅲ’, p.14.

18) S.Freud, *Totem And Taboo*(The James Strachey Translation), W.W. Norton & company, 1950, p.69.

프로이드의 이러한 지적처럼 禁忌視되는 것은 우리의 古態的 欲求를 反語的으로 보여주는 것이다. '나'는 못하는 것을 A는 교묘하게 해낼 수 있다는 사실이 나의 열등감을 자극하고 그것은 A에의 극복 의지로 발전하게 된 것이다. '나'에게 있어 A는 경멸하여 마지 않는 逆倫의 길을 가는 자요, 그래서 定罪해야 할 대상이며, '나'의 열등감을 자극하여 증오를 불러일으킨 극복해야 할 대상인 것이다. 이것이 이 작품의 골격을 이루고 있는 '나'와 A의 관계인 것이다.

'나'와 O, 그리고 A와 봉선이라는 두 대립 세트 상호간의 관계는 어느 정도 밝혀졌다고 본다. 이제 이러한 관계망을 근거로 하여 주인공인 '나'를 중심으로 하여 작중인물의 성격을 규명해 보고 그것이 어떻게 사건에 작용하는가를 검토해 보기로 하겠다.

1-2. 빗나간 自尊心의 破壞性

이 작품은 다분히 상징적인 聖句와 그림에 대한 '나'의 느낌에서부터 시작된다. 그 성구는 누가복음 8장 18절의 "있는 자에게는 더 주고 없는 자에게는 그 있다고 믿는 것까지 빼앗느니라"로서 작품 시작 부분에 副題처럼 제시되어 있다. 이 구절은 앞으로 전개될 인물 상호간의 관계의 갈등을 암시하고 예고하는 기능을 갖고 있다. 대개 작품의 서두에 이런 구절을 인용하면 그것이 곧 주제와 연결될 가능성이 크지만 이 경우는 작중인물의 관계와 행동을 상징한다는 의미가 더 크게 작용하고 있다. 이 인용문에서 중요한 것은 '있는 자, 없는 자'로서의 인물과 '빼앗느니라'라고 하는 행동이다. 이 작품은 근본적으로 '있는 자'와 '없는 자'의 대결, '빼앗는 자'와 '빼앗긴 자'의 갈등이 구조의 핵심을 이루고 있기 때문이다. 인물의 관계망에서 본 것처럼 '나'와 A의 대결은 아내를 빼앗긴 O를 대신한 '나'와 O의 아내를 빼앗은 A의 대립이며, 사건의 핵심에 놓이게 된

‘나’와 A의 대결은 ‘못하는 자’와 ‘하고 있는 자’의 대립이다. 이것
이 작품 전반부를 지나면서부터 始終如一하게 이 작품을 지배하는
갈등의 양상이다. 이 성구와 함께 작중인물의 심리 상태와 행동을
암시하고 예고하는 역할을 하는 것이 그림 이야기다. O가 전람회에
출품하기 위하여 그려놓은 그림을 두고 O의 모습과 그림에서 받은
느낌을 서술하는 대목에 그것이 나타나는 데 본문은 다음과 같다.

> 그의 그림은, 예수가 四十일 동안을 광야에서 단식을 할 때에, 마귀
> 가 떡을 가지고 와서 꾀이는, 그씬-이엇섯다. 사람으로서의, 극도의 주림
> 과 괴로움과 밋, 그것을 처물리려는 경건한 넉을, O는 그려보려 하엿다.
> 극도의 醜이면서도 또한 극도의 美인, 그 순간의 예수의 표정을 그려보
> 려 한 것이엿섯다.
> 그러나 그 그림 속에 나타난 예수의 표정은 엇더하엿나. 고민은 확실히
> 나타나 이섯다. 그러나 경건하고 참되고 굿세여야 할 예수의 표정에,
> 의심과 憎悟와 악독함을 볼째에, 나는 놀랐다.[19] ― 가점 필자 ―

이 그림은 예수와 마귀의 대결을 주제로 한 그림이다. 우리가 알
고 있는 그 대결은 예수의 승리로 끝났다. 그러나 이 그림에서는 둘
의 대결에서 마귀가 승리하기 직전의 상황이 그려져 있다. 우선, 이
것은 이 그림을 그린 화가 O의 內景[20]이라 할 수 있다. 다음에 이
어지는 내용으로 보아 O는 아내의 부정을 반신반의하지만 눈치 채
고 있는 상태에서 이 그림을 그린 것이다. 아내의 순결을 믿으려 하
지만 그러한 의지보다는 아내의 不貞을 현실화시켜 생각하는 데서
오는 분노와 증오의 감정이 더 세차게 O를 지배하고 있다. 즉, O의
입장에서 보면 그림의 마귀는 情夫의 모습이요, 예수는 자신의 모습

---

19) ‘遺書 Ⅰ’, p.147.
20) 홉킨즈(Hopkins)의 용어 ‘inscape’의 譯語(N.Frye, *Anatomy of
Criticism*, p.121 참조). 본고에서는 내적(심리적)상황, 심경이라는 뜻
으로 사용.

인 것이다. 성서의 본래의 이 장면은 그런 뜻이 아니지만, 그림에서
마귀가 들고 있는 떡은 O의 입장에서 보면 자신의 소유물이었던 아
내를 상징하는 것으로 볼 수 있다. 마귀의 손에 자신의 소유물을 빼
앗긴 O 자신의 처절한 심경이 본래의 예수의 모습과는 다른, 또는
O가 의도했던 예수의 모습과는 다른 '의심과 증오와 악독함의 표정'
으로 나타난 것으로 볼 수 있다. 이러한 O의 심경을 그대로 '나'의
심경으로 전이시켜 보면 (O는 '나'를 투사시킨 '나'의 분신임을 인
물의 관계망에서 논의한 바 있다), 이 모든 의미는 고스란히 나의
내경이 될 수밖에 없다. 그 예수의 표정은 '나'가 기대를 걸고 있는
O로 하여금 의도한 그림을 그리지 못하게 하는 방해꾼에 대한 '나'
의 분노와 증오의 상징으로도 이해될 수 있는 것이다. 즉 나의 눈에
는 마귀는 A(아직까지는 '나'가 그 정체를 모르는 단순한 방해꾼)로
보이며 예수는 O에 투사된 '나' 자신의 모습으로 비쳐진 것이다. 이
런 의미에서 인용문의 가점 부분의 어휘는 인물의 성격과 사건의 전
개를 단적으로 제시하는 의미를 지닌다. '나' 즉, O의 심경은 고민
과 괴로움으로 요약될 수 있으며, 이 고민과 괴로움은 이 작품의 행
동의 근본적 동기로 연장된다.(미리 말하자면, 이 고민과 괴로움은
'나'의 자존심이 받는 상처이며, 이 '나'의 자존심이 행동의 근본적
동기가 된다는 것이다. '나'의 성격을 드러내는 지표가 곧 자존심이
다) 그림 속의 예수의 표정에 나타난 '의심과 증오와 악독함'은 이
작품에서 '나'(O)의 심리적 변화 과정을 나타내는 어구이다. '나'(O)
의 심리 상태가 '의심→증오→악독함'으로 발전해 가는 것에 따라
사건이 진행된다. O의 아내를 의심하다가(의심), 그 의심이 현실로
확인되면서 끓어오르는 증오를 억제할 수 없었고(증오), 급기야는 부
정한 그녀를 죽이게 된다(악독함)는 스토리의 뼈대가 그대로 그림
속에 암시적으로 나타나 있는 것이다. 이 그림에서 한 가지 간과할
수 없는 것은 마귀와 예수의 대결에서 마귀가 승리한 것이 아니라

승리하기 직전의 모습으로 그려졌다는 것이다. 이것은 A(O의 아내)의 승리를 잠시 보류함으로써 최종적인 勝者는 '나'(O)가 되어야 한다는 결정적 상황을 암시한 것으로 볼 수 있다. 그림 설명 다음에 '나'가 그 예수의 얼굴을 지워버리는 장면이 나온다. 이 예수의 얼굴을 지우는 행위는 중대한 의미를 지니며, 이 작품의 플롯의 논리성에도 관계가 있는 것이다. '나'의 마음으로 보아서는 마귀를 지워 버려야겠지만 현실적으로 잘못 그려진 것은 예수의 얼굴이지 마귀가 아니므로 마귀를 지울 수는 없었을 것이다. 말하자면, O의 예술적 성취를 방해하는 마귀를 제거해야 한다는 '나'의 심리적 충동이 마귀 아닌 못난 예수의 얼굴을 지우게 만든 것이다. 이것은 무기력한 O, 즉 '나' 자신에 대한 혐오감이 반어적으로 작용한 행위로 볼 수도 있다. 자기 아이를 때린 이웃집 아이를 나무라지 않고 맞은 자기 아이를 야단치는 부모의 심정과 같은 것이다. 또, 이것은 제거를 암시하는 신체 부위 절단의 상징성과도 관련지을 수 있다. 즉, 그림 속의 예수의 얼굴을 지우는 행위는 O의 예술을 방해하고 '나'를 고민하게 만든 간부들을 제거해야 된다는 의지를 示唆하는 행동이며, 결국 이 암시는 O의 아내를 살해하는 것으로 현실화된다. 즉, 그것은 복수의 개념을 갖는 행동이다. 이 행동은 姦婦를 살해하게 될 것이라는 前兆[伏線]에 해당되며 플롯에 논리성을 부여하는 구실을 하고 있다.

작품의 서두 부분에 나와 있는 성구와 그림 이야기가 우리에게 보여 주는 豫示와 상징을 통하여 우리는 어느 정도 이 작품의 윤곽을 이해할 수 있게 되었다. 그러나 이것은 윤곽일 뿐이므로 주인공인 '나'의 성격을 좀더 구체적으로 추적해 보아야만 그 성격의 양상과 그것이 사건에 작용하는 양상을 알 수 있게 되고 나아가 작품의 총체적인 파악이 가능해질 것이다. 편의상 스토리를 따라서 검토를 진행하도록 하겠다.

　　그림 이야기 다음에 '나'는 고민하고 있는 O에게 그 까닭을 묻지만 그는 한숨만 쉴 뿐 대답을 하지 않는다. 그의 부인에게 물어보아도 뚱뚱 부어 있을 뿐 대답이 없었다. 그 후 '나'가 여행을 다녀온 뒤 O를 찾았을 때 그가 완성해 놓은 그림을 보게 된다. 그 그림은 전과는 달리 "가장 괴롭고 쓰라린 딜레마의 순간에 사람이 받는 고통과 회의와 아픔과 그것을 쳐 물리려는 순간의 경건한 용기가 멀리 보이는 요단강을 배경으로 뚜렷이(두드러져 있는 듯이) 나타나" 있었다. 얼핏 보기에 O가 '괴롭고 쓰라린 딜레마의 순간'에서 벗어나 평정을 되찾은 것 같았지만 자세히 그림을 들여다보던 '나'는 "예수의 얼굴 뒤에 감추어져 있는 희미한 시기의 그림자"를 발견한다. 이 '猜忌'는 처음 그려진 그림에 나타난 '의문과 증오와 악독함'과 더불어 이 작품에서 중요한 의미를 갖는다. 일차적으로 이 시기는 O의 자기의 아내를 빼앗은 A에 대한 열등의식에서 오는 것이며, O의 이러한 의식은 장차 '나'의 A에 대한 시기와 열등의식으로 轉移된다. O의 입장에서 보면 처음의 '의문과 증오와 악독함'이 완화된 상태가 시기로 그 그림에 투영되어 있지만, '나'로 보면 이 시기는 장차 격렬한 心的 鬪爭의 한 발단이 된다. 예수의 표정 뒤에 숨은 시기는 의식의 평정 뒤에 여전히 살아있는 O의 그림자(shadow, schatten)요 장차 '나'가 A에게 투사할 그야말로 '그림자'인 셈이다. "그림자는 대개는 열등한 인성으로서 나타난다."21) 그 열등한 인성은 A와 비교되는 것에서 오는 것이다. '나'가 한 달 동안 여행하는 사이 O는 몰라보게 여위어 있었다. '나'가 부인의 안부를 물어도 그림이 어떻게 될 것이냐를 물어도 그는 비밀이라고만 대답했다. 몇 마디 대화하는 사이에서 '나'는 O의 갈등이 심각하다는 것을 다시 한 번 확인하고 O를 술집으로 인도한다. 그 술집에서 술을 못하던 O가 물마시듯 술을 마시

---

21) Edward. C. Whitmont, *The Symbolic Quest(Basic Concepts of Analytical Psychology)*, Princeton University Press, 1978, p.160.

면서 자기 아내의 부정에 대해 이야기한다. 아직 風聞으로만 들은 이야기지만 O는 그것을 거의 현실화시켜 생각하고 있어 괴로워하고 고민했던 것이다. 이 자존심 강한 O가 얼마나 괴로워했을 것인가를 생각하면서 나는 다음과 같이 말한다.

> 「O. 자네는 벌써 두 달을 참지안었나? 그처럼 얼마만 더 참게. 문데는 모도 내게 넘기고, 내가 얼마동안은, 각방면으로 알아보아가지고, 그것이 사실이면 내가, 자네대신으로 그 두사람을, 넉넉히 罰하마. 만약, 사실이 무근일 것이면 자네의 의심을 넉넉히 푸를만한 反證을 어더오마. 자네는, 웨, 곳 내게 니약이하지안코, 두 달 동안을, 의심과 시기로만 보냈나?」22) ─ 가점필자 ─

‘나’가 O의 대리인으로 출발하는 대목이다. 서두 부분에서 우리는 ‘나’와 O의 동질성에 대하여 암시를 받았지만 그것이 표면화되는 첫 단계가 이 대화다. 특히 가점 전반부에서 우리는 ‘나’가 이 사건에 적극적으로 참여하리라는 心證은 물론, ‘나’가 이 사건과 인물들을 전능자의 입장에서 조종해 나가리라는 예감을 얻게 된다. 가점 후반부는 이전에도 무슨 문제가 있으면 O가 늘 나에게 상의했음을 알게 하는 말이다. 이렇게 ‘나’는 처음에는 난경에 처한 O에 대한 인간적 연민에서, 다소는 O의 아내의 부정이 풍문일 뿐일 것이라는 기대에서, 또 얼마간은 부정한 여자를 심판해 보겠다는 윤리적 우월감에서 이 일을 해결해 보려 한다. 그러나 이것은 표면적인 구실일 뿐이다. 다음에 이어지는 일련의 사건을 통해서 명백해지겠지만 머지않아 ‘나’는 대리인에서 당사자로 변모하고 O의 문제는 안중에도 없는 엉뚱한 자신의 자존심의 문제로 사건을 이끌어 가게 된다. 인물의 관계망에서 본 ‘나’와 O의 관계로 보아서 그렇게 사건이 反轉되는 것

───────────────

22) ‘遺書 Ⅰ’, p.162.

은 당연한 일일 것이다.

　‘나’는 O의 아내의 부정에 대한 정보 제공자가 A라는 이야기를 O에게서 듣고 그를 찾아보려 하였으나, 사실 여부보다는 O의 마음을 안정시키는 일이 더 급하다고 보고 O를 溫井으로 보내려고 했다. 그리고 O의 명예를 위해서 조용히 이 일을 해결해야 한다고 생각한 나머지 이 소문은 A가 지어서 퍼뜨린 것이라고 소문의 역공세를 취하게 된다. O의 아내의 부정을 헛소문으로 만들어 버림으로써 사람들의 의심하는 마음을 없애고 O를 안심시킬 수 있다고 믿었다. 그러는 사이 A는 O의 아내의 육촌 오빠 되는 사람이라는 것도 알게 되었다. 그러면서 뒤로 증거를 수집하고 사실을 확인하기로 하였다. 이러한 나의 謀事는 어느 정도 주효하여 사람들 사이에서 O의 아내에 대한 의심이 가시게 되었다. 이 일련의 나의 계략은 O와 주변 사람들의 생각의 방향을 바꾸었다는 의미 외에 O가 모든 것을 완전히 ‘나’에게 일임함으로써 ‘나’가 서서히 이 사건의 중심부에 위치하게 되었다는 점을 보여 준다. O를 온정으로 보내는 장면에서도 O의 의사와는 관계없이 ‘나’의 뜻을 따라 O를 움직이고 있음을 볼 수 있다. O는 이제 주견을 완전히 상실한 위치로 떨어지고 만다. 지금까지 고민하고 방황하던 인격적인 주체자가 아니라 자기의 모든 것을 ‘나’에게 맡기고 ‘나’의 의사에 따라 피동적으로 움직이는 인형 같은 존재로 바뀌는 것이다. 그럴수록 ‘나’는 전능적인, 사건과 인물 조종자로서의 위치를 확고하게 다져나간다. 여기서 한 가지 고려해야 할 것은 O의 아내의 부정에 대한 정보가 그 정부인 A의 입에서 나왔다는 사실이다. 간부인 A의 입에서 그런 예기가 나왔다는, 더욱이나 직접 O에게 A자신의 입으로 전했다는 것은 지극히 충격적이고 심각한 일이다. 이것은 A의 저급한 小英雄主義的인 사고방식 혹은 그의 황폐한 윤리 의식에 그 원인이 있다고 할 수도 있겠으나 중요한 것은 A의 심리가 아니다. 그보다 비인간적인 A의 언행이 O

와‘나’에게 던져준 참을 수 없는 모멸감과 수치감이 문제가 되는 것이다. 이 모멸감, 수치감이 ‘나’의 **A**와 **O**의 아내에 대한 복수욕을 더욱 강하게 부채질하게 된다는 것이 중요한 점인 것이다. 그것은 ‘나’가 그들을 인간 이하로 보며, 살아 있을 필요가 없다고 판단하게 되는 또 다른 구실이 되는 것이다.

‘나’가 처음 이 일을 해결하려고 나섰을 때는 쉽게 해결되리라 생각했다. 그렇게 생각한 것은 지금까지 ‘나’가 살아온 과정에서 거의 실패라는 것을 몰랐기 때문이다. ‘나’는 곤경이나 고난을 겪어 보지 못한 뜻대로 이루어 온 사람으로 설명되고 있다. ‘나’는 무엇이든 할 수 있다는 자신감에 차 있는 사람임을 알 수 있다. ‘나’가 자신에 대하여 이야기하는 가운데서 ‘나’의 爲人이 서서히 밝혀진다. 그러나 막상 O를 온정으로 보내놓고 보니 일이 그리 쉽지 않음을 느끼게 되고, 또, 한편으로는 O에 대한 책임감도 느끼게 된다. 그 책임을 다하겠다는 생각에서 O의 아내를 미행하게 되지만, 그 미행 첫날 ‘나’는 미행이 O를 위한 순수한 휴머니즘과는 별로 관계없는 ‘나’ 자신의 이기적인 욕구를 충족시키기 위한 것임을 드러내게 된다. ‘나’는 O의 집 앞 가게에서 O의 아내의 외출을 기다리면서 주인과 장기를 두게 된다.

> 그러나 처음 한참은, 길을쥬이하면서 두었지만, 장훈 멍훈으로, 「車」가 써러지고 「包」가 위태하게 될때에는, 길이고 O이고 모도 내머리에서 사러지고 말엇다. 친구짠의 생명보다는, 장긔판우에서 쮜노는 조그만 「兵」의 생명이 내게는 더 큰 문데로 변하였다. 우리의 모든 적고 큰 문데는, 모도 장긔판미테드러가 숨어버리고, 내머리에는 다만 엇저면 저 얄밉고 성가신 「車」와 「馬」를 죽여버리노 하는 생각만 북끌케 되엿다.[23)]

이 인용문은 ‘나’의 O의 사건에 대한 태도를 분명히 암시하고 있

---

23) ‘遺書 Ⅱ’, p.338.

다. 우선 장기에 정신이 팔려 O의 일을 잊었다는 것은 내가 장기를 지게 생겼기 때문이다. 장기를 지지 않기 위하여 온 정신을 거기에 쏟다 보니 O의 일을 까마득히 잊어버리게 된 것이다. '작고 큰 문제가 장기판 밑으로 들어가 숨어버렸다'는 것은 이 장기를 두는 나의 태도가 곧 O의 사건을 대하는 '나'의 태도임을 의미하는 것이다. 이 장기를 두는 태도는 져서는 안 되겠다는 것이고, 조그만 병(兵) 하나라도 내 말이 다쳐서는 안 되겠다는 것이고, '나'를 성가시게 하는 차(車)와 마(馬)를 잡아야겠다는 것이다. 여기서 우리는 '나'가 O의 사건을 윤리적인 책임감 때문에 해결하려고 하는 것이 아니라 자신의 자존심이 상처 받지 않기 위해서, 또는 자신의 我執이 손상되지 않도록 하기 위해서 그것을 해결하려 한다는 점을 간파할 수 있다. '나'는 O의 사건을 O의 일로 보는 것이 아니라 자신의 자만심을 지키기 위한 게임으로 보고 있는 것이다. 내 병(兵) 하나가 친구의 생명보다 귀하다든가, 성가신 차(車)와 마(馬)를 없애겠다든가 하는 것은 전개되는 사건에 비추어 보면 상당히 암시적인 것이다. 내 병(兵) 하나라도 아껴야 된다는 것은 이기적인 자기애를 나타내는 것이다. 성가신 차와 마를 죽여 버리겠다는 것은 全能者然하는 나의 능력을 시험하고 그것에 훼손을 가하려는 O의 아내와 A를 죽여 버리고 싶다는 충동을 나타내는 것이다. 사실 '나'에게 있어 O와 O의 아내는 '내'가 두는 장기판의 장기알에 불과한 존재들이다. 언제나 O를 자신의 영향권 아래 두어 왔고('나'와 O를 동일시했고) 그들을 결혼시킨 것도 나의 의사를 따른 것이다. 그들은 '나'가 꾸며놓은 운명 속에서 살아온 자들이다. O의 아내가 운명을 주재하는 '나'의 뜻을 거스르고 딴 길로 들어선 것이다. '나'는 장기알을 나의 작전대로 옮겨 놓고 싶은데 뜻대로 되지 않는다. 여기에서 전능자연하는 '나'는 분노하는 것이다. 앞서 지적한 대로 이 분노는 不義에 대한 것이 아니라 자기를 훼손하는 자에 대한 증오인 것이다. 이제 '나'의 神

的인 사건의 조작, 인물의 조종이 노골적으로 드러나게 된다. 그야 말로 한 판의 장기를 두듯이 사건과 인물을 조종하고 있는 것이다. 그리고 그것이 A라는 강력한 장애물을 만났을 때 격심한 심적인 투쟁으로 발전하게 되는 것이다.

'나'가 흥미 반 진심 반으로 하던 탐정 노릇은 O의 아내의 부정을 확인하는 데서 끝난다. '나'는 A를 '나'가 진행할 각본의 광대로 생각하면서 그의 성격을 이렇게 진단해 본다.

> O의 의심을 다른편으로 돌리기 위하여 자네의 안해와 품행이 낫브다고 비우서 주는 것은, 엇던性格의 사람의게는, 할 수 잇는 일일 것이다. 호떡의 말에 의지하면 A氏는 자기의 안해를 자기의 누이라고 하고 딴집에 시집을 보내였다 한다.24)

이로 미루어 보아 A는 도덕적으로 도저히 용서할 수 없는 야비하고 破廉恥한 사디스트이다. 그래서 나는 '사람이 아니고 짐승이다'라고 침을 뱉는 것이다. 여기에서 보면 '나'의 행동의 특정한 동기는 O의 사건의 진상을 규명하여 O를 고민과 괴로움으로부터 구원하는 것이다. 그런데 그 O의 고민과 괴로움은 나의 것이며, 그것은 손상당한 권위를 회복하고자 하는 갈등으로 풀이된다. 그러므로 '나'의 근본적 동기는 자존심인 것을 알 수 있다.

'나'가 그들을 짐승으로 치부하는 것은 '나'가 O의 사건을 새로운 방향으로 발전시키게 되는 계기가 된다. '나'는 O의 아내에 대하여 잠시 생각한 다음 O를 그 무서운 질투와 시기에서 구원하기 위하여는 姦婦이기는 하지만 O의 아내를 O가 있는 동래로 보내려고 한다. 나는 O의 아내를 찾아가 갈 뜻이 조금도 없는 그녀를 힐책하듯이 휘몰아서 동래로 떠난다. O의 아내는 잠시 저항하는 듯했으나 역시 O

---

24) '遺書 Ⅲ', p.469.

처럼 '나'에게 굴복하는, 주견이 거세된 인물이 되고 만다. 여기에서
도 O와 O의 아내를 장기알처럼 '나'의 의사대로 움직이려는 '나'의
태도가 확연히 드러나 있다. O와 O의 아내의 인생은 마땅히 자기 손
으로 꾸려나가야 한다는, 남의 인생에 뛰어들어 간섭하고 결정하는
神과 같은 '나'의 태도가 분명하게 나타나는 것이다. 이러한 태도는
앞서 지적한 바와 같이 이 작품의 스토리와 플롯을 결정하는 구실을
한다. 지금까지도 그랬지만 앞으로의 사건이 이 나의 뜻에 따라 진행
될 것임을 시사하는 것이다. 그리고 그 사건은 일차적으로 O의 아내
와 A의 사이를 떼어놓으려는 작업에서부터 시작된다. 그 첫 번째 계
획이 O의 아내를 온정으로 데리고 가는 것이다. 이 계획은 성공했지
만 그것이 문제의 근본적인 해결책이 될 수 없음은 당연하다. 그것은
주인의 말을 듣지 않는 장기알을 본래의 위치로 환원시켜 다시 주무
르려는 준비작업에 지나지 않는 것이다. 다시 말해서 '나'의 영향권
안으로 O의 아내를 몰아넣음으로써 '나'의 또 다른 계획을 수월하게
수행하려는 의도의 표현에 불과한 것이다. 이미 O의 자존심과 나의
권위는 손상되었으며 거기에다 A라는 거대한 힘이 실체로서 '나'의
전능자로서의 위치를 위협하기 시작했기 때문이다. O의 아내를 동래
온정에 두고 돌아온 '나'는 '나'의 할 일이 거기서 끝나지 않았음을
새삼 확인한다. 현재의 상황으로 보아 O의 아내를 A에게서 떼어 O에
게로 보낼 수도 없거니와, 그렇게 하는 것은 아파하는 병인에게 아편
주사 한 대를 놓는 것에 불과하다고 생각한다. 근본적인 해결책이 무
엇일까를 생각하다가 O의 아내(봉선)를 죽여 버리면 어떨까 하는 데
까지 생각이 이르게 된다. '나'가 단순히 'O'의 사건을 해결하려는 O
의 대리인이 아니라는 점은 누차 밝힌 바 있지만 이 대목에 이르면
우리는 '나'와 O를 구분할 수 없게 된다. '나'와 O는 동일인이 되어
버리고 마는 것이다. 여전히 나의 특정한 동기는 O의 구원에 있지만
근본적인 동기는 O를 대리한 복수욕으로 나타난다. 이 복수욕은 O,

사실은 나의 상처받은 자존심('나'를 거역하고 고민하게 만든 O의 아내로 인한)의 회복과 다르지 않다.

　　그러면, 엇던 방책을 쓰나
　　「봉선이를 죽여버릴가」
　　무론, O를 이리듯 괴롭히게한 그의 안해를, 죽여 버리는 것은, 한 보수는 되겟지만, 그것이 과연 얼마나 듕한일일가, O의 마음속에 직히어 잇는 시기와 노여움은, 영구히, 사라질길 조차 업서지는 것이 아닌가. 퓌어 오르려든 젊은 순을 잘라버린 O의 안해는, 그 잘라버린 순이 다른 곳으로라도 버더나아갈길을 만드러 노흘의무가 잇다. 그를, 그 길을 딱거노키전에 죽여버리면은, 도더히 안된다.
　　「그럼, A氏를 죽일가」
　　더욱 안될 일이엇섯다. 만약, A氏가 不意에 죽어 버리면, 그(O의 안해)는, 맛날 소복하고 A氏의 무덤에 가서 울기라도 할만치 어리석고도 정직한계집이다.…그러면 그것은, 어직것 확실히 알지못하든 O의게, 자긔의 안해의 사랑하는 사람이 A氏임을 가르치는 일에 지나지못할것이다.
　　「마즈막으로, 사내와 계집을 다 죽이나」
　　그러나, 그것은 무엇할가, 그것 쏘한, O의 머리에, 영구히 「의심」을 남겨두는 자미업는 일에 지나지못한다.……25)

　O의 사건을 해결할 수 있는 근본적인 방책을 생각하는 대목이다. 그 근본적인 방책은 모두 간부들을 죽인다는 범위로 축소되어 있다. 봉선이를 죽일 것인가? A씨를 죽일 것인가? 아니면 봉선과 A를 모두 죽일까? 그 중에서 가능성이 있는 것은 봉선을 죽이는 것으로 나타나 있다. 이미 나의 마음속에는 O의 아내를 죽이는 길만이 최선의 방책이라는 自己 暗示가 작용하고 있다. 단, 봉선은 죽이되 그 죽음이 O를 절망시키는 죽음이 되어서는 안 된다는 것이다. 봉선의 죽음이 A와의 간통 때문이라는 것이 O에게 밝혀진다면 자존심에

---

25) '遺書 Ⅳ', pp.6~7.

상처를 받는 O는 절망할 것이고(O의 성격으로 보아 그러리라고 '나'는 단정하고 있다), 그 절망으로 인하여 그의 훌륭한 재능은 썩어 버리고 말 것이기 때문이다. 그러므로 그녀의 죽음은 美化된 죽음이어야 한다. O의 재능이 '뻗어 나아갈 길을 만들어 놓을 의무를 수행한 죽음'이어야만 한다는 것이다. 우리는 여기서 '나'의 무서운 아집과 복수에의 집념을 읽을 수 있다. 과연 A와 O의 아내의 姦淫이 반드시 죽음에 의해서만 해결될 수밖에 없는 것일까? 우리의 상식으로는 그것을 해결할 수 있는 다른 방법이 있을 것으로 생각된다. 아닌 게 아니라 '나'도 O라면 "암도야지는 숫도야지에게로 가라" 하는 한 마디로 이혼도 할 수 있겠고, 또 다른 방책을 써서 그 아내에게 고통을 줘서 헤어진다든가 할 수도 있다고 생각한다. '나'에게는 큰 걱정이 될 수도 없는 사건이지만 O는 '나'와는 달리 심약하여 아내의 부정 자체가 그에게는 절망이기 때문에 이렇게까지 생각해 본다는 것이다. 그러나 이것은 정상적인 인간관계에서 볼 때 진정으로 O를 위하는 사건 해결책은 아니라고 보아진다. '나'는 여러 가지 말로써 O의 사건을 해결하려는 이유를 윤리적 차원에서 찾으려고 하지만, 곧 그것은 자신의 문제로 환원되곤 한다. 표면상으로는 단지 O에게 아내의 부정을 알리지 않기 위하여 봉선을 없애야겠다고 하지만 실은 봉선의 살해 계획의 동기는 그녀의 간음이 '나'의 모든 것을 파괴할지도 모른다는 위기감에 있는 것이다. '나'의 광적인 예술애호증, '나'의 O와 O의 아내에 대한 全能的인 영향력, 거의 손상당해 본적이 없는 자존심 등이 그녀와 간부 A에 의하여 붕괴되어 간다는 사실이 간부의 살해라는 해결책을 고안해 내게 만든 것이다. A와 O의 아내는 윤리와 사회규범의 차원에서 볼 때 마땅히 정죄되어야 할 인물들이지만 그 정죄가 법적인 절차를 거치는 것이 아닌, '나' 개인의 我田引水的인 해석과 독단에 의하여 수행되어야 한다는 '나'의 생각은 분명히 소영웅적이며 악마적인 사고가 아닐

수 없다. 그것은 모든 것이 나의 뜻대로 되지 않는다면 그 방해가
되는 자들을 죽여서라도 나의 뜻을 이루어야 한다는, 그리고 나는
생각한 바를 언제나 성취할 수 있다는 오도된 자기 광신과 아집, 빗
나간 자존심이 빚어낸 사고방식이다. 이 오도된 자기 과신과 아집,
빗나간 자존심이 앞으로의 사건을 철저하게 지배하게 된다.

크리스마스가 가까운 어느 날 '나'는 우연히 서점에서 A와 만나게
된다. A와 '나'가 직접 만나기는 이것이 처음이다. 체격이 우람하고
얼굴이 검으며 굵직한 목소리를 가진 사내였다. '나'는 지금까지 어떤
사람 앞에서나 우월감을 느껴왔지만 이 A에게서는 처음 대면하는 순
간 위압감을 받게 된다. '나'의 억기가 쭈그러드는 것을 깨달았다고
할 정도로 위압적인 인상을 받은 것이다. 지금까지는 나의 마음속에
서 A는 실체를 떠난 하나의 姦夫의 이미지로서 살아 움직이고 있었
지만 이 순간부터 A는 나의 열등감을 자극하고 계획을 방해하는 구
체적인 적대세력으로 등장하게 된다. A가 서점에서 나간 뒤 '나'는
주인으로부터 A는 여자관계가 복잡하지만 능숙하게 그것을 처리하는
연애 대장이라는 이야기를 듣는다. A는 O의 아내를 포함한 근친의
여자와도 서슴없이 통정하는, 무모하지만 그 방면에는 재주가 비상한
남자라는 것이다(명칭의 유비 analogous names, appelation로 보면 A
는 간통 Adultery, 또는 간부 Adulterer를 의미하는 頭文字로 볼 수
도 있다). '나'는 여기서 A에게 선망과 猜忌를 느끼게 된다. 금기(근
친상간)를 파괴하는 A, 윤리적인 차원에서는 禽獸와 다름없는 인간
이지만 인간의 본원적인 욕구에서는 선망의 대상이 될 수도 있는 인
물이다. 금기(prohibition)가 있으면 거기에는 틀림없이 숨겨 놓은 욕
망(an underlying desire)[26]이 있다. 금기는 우리의 욕구의 제한이다.
'나'도 그러한 충동을 받은 인간이지만 도덕적 양심이 그것을 허락하

---

26) Freud, 앞의 책 p.70.

지 않아 못하고 있을 뿐이다. 그것을 서슴지 않고 해치우는 A는 분명히 驚異로운 존재이고, 그래서 무의식의 조그만 부분에서는 선망의 대상일 수도 있는 것이다. 그러나 그 선망은 곧바로 시기로 변질된다. 못하는 자의 할 수 있는 자에 대한 반감이 나를 사로잡게 되는 것이다. 앞서 잠깐 지적한 바 있지만, 이렇게 되면 A는 나의 원형적 욕구가 부정적으로 투사된 인물이 된다. O가 나의 자기실현적인 욕구가 긍정적으로 투사된 인물이라면, A는 '나'의 근친상간적인('나'의 O의 아내에 대한 감정을 포함한) 原型이 투사된 인물이다. 이러한 원형 투사가 부정적으로 작용하게 될 때는 무서운 파괴적 감정반응을 일으킨다고 한다.

> 根源的 類型으로서의 그림자가 投射될 때, 그 사람은 그 투사 대상에서 형언할 수 없는 두렵고 무서운 감정, 죽이고 싶을 정도의 증오감, 혐오감을 느끼며 때로는 실제로 이 감정에 따라 파괴적인 行動을 하기까지 한다. 왜냐하면, 여기에는 이미 인간적인 차원을 넘어선 神話의 세계가 펼쳐지기 때문이다. 神話의 세계란 범속한 현실이 아니고 초인간적이거나 비인간적이거나 한 마음의 여러 경향으로서 이러한 그림자 原型(archetypal shadow)이 投射되면 그 사람은 상대방을 '나쁜 사람' 정도로 보는 것이 아니라 '사람도 아닌 자', '사람의 탈을 쓴 짐승'처럼 생각하게 되는 것이다.[27]

이미 A는 '나'의 전능적인 위치를 위협하고, 그 일각을 무너뜨린, O의 아내와 동일시되는 증오의 대상이었지만, 처음 대면하는 순간 그는 윤리적인 차원에서뿐만 아니라 '나'의 열등감을 자극하여 자존심을 훼손했다는 점에서 반드시 정죄되고 제거되어야 하는 '짐승 같은' 인간으로 확인된다. 이렇게 되면 O의 아내는 이미 문제가 되지 않고 '나'와 A의 대립만이 남는다. O와 동일시되는 '나', O의 아내

---

27) 李符永. <分析心理學>, 一潮閣, 1984, p.61.

와 동일시되는 A, 이 두 적대세력이 사건의 핵심을 이루게 된다. 지금까지 일련의 사건과 심리적 추이는 '나'와 A의 대립 속으로 수렴되는 것이다.

나는 그 서점에서 A가 동래 온정으로 가기 위하여 돈을 차용하려 한다는 이야기를 듣고 A를 광대로 만들어 버릴 계획을 세운다. 동래로 내려가는 A와 동래로 가 있는 O와 O의 아내의 길이 엇갈리게 하자는 계획이다. 이것은 A와 O의 아내의 사이를 갈라놓으려는 의도이면서 A를 우스꽝스럽게 만들고자 하는 A에 대한 공격 행위의 시작을 의미한다. 그러나 그 공격 행위는 정당하고 떳떳한 방법이 아니다. 그것은 어떻게든 이겨야겠다는 妄執과 다름없는 自己愛에서 비롯된 속임수와 술수를 동원한 비겁한 행위다. O와 O의 아내와 A를 '나'의 각본 속에서 주무르려는 의도는 이미 앞서 인용한 본문 속에도 나와 있지만 이 대목에서도 자신을 '무대감독'이라 칭하여 그것을 강조하고 있다. 나는 치밀하게 시간을 계산하여 일행이 부산에서 떠날 시간과 A가 돈을 구하여 부산으로 떠날 시간을 어긋나게 해놓고 부산에서 떠났다는 전보가 오기를 기다린다. 그러나 기다리는 전보는 오지 않고 A는 계획대로 움직인다. 안절부절 못하면서 나는 수시로 전보도착을 확인하면서 혼자 외친다.

「O! 웨 안떠나! 바보엣자식!」 (中略)
「바보! 바보! 너는 너스서로 自滅의 길을 취하니? O! 어서 떠나라!」[28]

이것은 자신의 계획이 실패로 돌아갈지도 모른다는 절박감에서 나오는 절규다. O를 위하여 외치는 叱責이 아니라 자신의 계획이 무너지지 않게 도와달라는 哀訴와 다름없다. A는 여전히 무표정하게, 나의 안달하는 마음과는 달리 태연하게 묏더미처럼 움직일 뿐이다.

---

28) '遺書 Ⅳ', p.19.

‘나’의 각본 속에 들어온 듯싶으나 전연 ‘나’의 손길이 닿지 않는 곳에 A가 태연히 자기식대로 존재한다는 것이 나에게는 더욱 견딜 수 없는 일이다.

> 여섯시도 지낫다. 나는, 인전 던보ㅅ 일도 단념하고, ─아니, 바로 말하자면, O와 일도 온전히 니저버리고, 다만 무슨 커다란 「失敗」에, 넘어진 것가튼 묵어운 마음으로, 머리를 숙으리고, 비를 마즈면서 도라다니고 이섯다.(中略)
> O의 아내와 A氏가 만나게 되여? 그런일은 데二의 문데이다. 첫째로, 나는 나의 계획이 모도 깨여저 나간다는 破天荒의 일을 처음으로 發見하였다. 동시에, 나의 자존심은 모도 부스러저 나갓다.29)

지금까지는 暗示的으로만 나타났던 ‘나’의 O의 사건에 개입했던 본래의 의도가 확연하게 드러나는 부분이다. 위에서 누차 이 점을 강조했지만 그것은 이 인용문으로 해서 더욱 분명해졌다. 자존심이 부스러져 나간 ‘나’의 심경은 참담한 것이다. 유달리 자존심이 강한 ‘나’에게 있어 그것은 파멸과 다름없다. 김동인의 <X씨>라는 작품에는 길에서 우연히 마주치는 사람의 눈길을 꺾지 못한 것이 분하여 자살하는 X라는 인물이 나온다. 자존심이 상했기 때문에 그 욕을 참을 수 없어 자살한다는 유서를 남기고 어처구니없는 일 같지만 자존심의 손상이 자살의 이유가 될 수 있다면 그것은 동시에 殺人의 충분한 동기도 될 수 있는 것이다. 참담해진 나의 마음속에는 생각만으로 끝났던 살인에의 유혹이 강하게 살아 움직이게 된다.

> 잘들 놀아두어라, 짐생들. 그러나 너희들이 니저서는 안될덤은, 사람이 지혜가 더잇다는덤이다. 마즈막의 승리자는 사람일밧게는 업다는 덤이다. ─나는, 침을 탁 배아트면서, 이러게 생각하고 하였다.30)

---

29) ‘遺書 Ⅴ’, p.162.

동래 온정에서 돌아온 뒤(O는 다시 소포처럼 온양 온정으로 보내진다.) 더욱 자심해진 A와 봉선의 通情을 바라보면서 분노를 삭이는 대목이다. A와 O의 아내에게 원수를 갚아야겠다는 결심을 굳히면서 그 방법은 살인이 될 수밖에 없다는 자신의 마음을 확인하는 독백이다.

그해 겨울이 다 갈 무렵 '나'는 A가 티푸스에 걸려 위독한 상태에 있다는 것과 의사의 말로는 가망이 없다는 이야기를 듣게 된다. '나'는 전화로 병원에 확인한 다음 O를 구원할 수 있는(원수를 갚을 수 있는) 기회는 이 때 뿐이다 생각하고 "나는 이제 연출될 일장의 비극을 복안하여 놓았다." 이제까지 暫定的으로 포기하고 있었던 이 사건의 연출자로 다시 나서려고 하는 것이다. 이것은 상처받은 자존심을 회복하기 위한 마지막 변신이다. '나'는 O에게 아내를 찾아가 부정을 추궁하라고 시킨 다음, O의 아내에게는 전화로 A의 목소리를 흉내 내어 O가 무어라고 묻든 잡아떼라고 시킨다. 그러는 사이 A는 세상을 떠나고 만다. 끝내 A는 나의 영향권 밖에서 나를 조롱한 채 세상을 떠나버린 것이다. A는 결국 내가 넘지 못한 장애물이며 그의 죽음은 또 한 차례 나에게 좌절을 안겨 주었다. 사실 '나'는 A와의 게임에서는 져 버리고 만 것이다. 그를 제거한 것은 '나'가 아니라 자연의 힘이기 때문이다. A에 대한 패배감만 남은 것이다. 그래서 '나'는 A와 동일시되는 O의 아내를 처단함으로써 상처받은 자존심과 전능자로서의 권위를 회복하려 하는 것이다. 집요하고 무서운 자존심이 O의 사건을 결국 살인으로 매듭짓게 만드는 것이다. O와 O의 아내에게 각각 상반되는 역할을 준 뒤에 '나'는 O의 아내를 찾아가 그녀에게 A의 죽음을 알리고 당신이 살고 O를 구원하기 위해서는 유서를 써야 한다고 주장한다. 유서를 쓴 다음 어디

---

30) '遺書 V', p.170.

한 뒤달 숨었다가 오면 모든 것은 '나'가 알아서 원만히 해결하겠노라고 하면서 "당신이 너무 의심하시니 이제 마음을 보이기 위하여 젊은 목숨을 끊노라"고 유서를 쓰도록 한다. 그야말로 '凡事는 皆在吾之胸中(본문의 대화 속에 나오는 말)'이라는 식으로 '나'는 일사천리로 연출을 마친다.

> 「봉투에」
> 나는, 작은소리로 말한뒤에, 도라서서, O의 가운의 허리띠를 몰래 뽑아가지고 그의 뒤에서서, 억기넘어 그를 보앗다. 그는, 편지를 맵시나게 접어서 봉투ㅅ속에 너은뒤에 것봉지 O의 일홈을 썼다.
> 그러나, 봉투의 「氏」자가 끗이 나자마자, 나의 손에 쥐어잇든 가운의 허리띠는, 힘잇게 그의 목에 얼키었다.
> 한 二十五分쯤뒤, 나는, O의 아내의 하-야캐 식은 몸을 나려다 보면서, 방안을 좀 정리한뒤에, O를 만나려, 식도원으로 향하였다.31)

이 작품의 마지막 장면이다. A도 죽었고, O가 부정을 추궁했으나 O의 아내는 강력히 부인했으며, 게다가 유서까지 썼다면 '나'의 말대로 O의 아내를 어디 몇 달쯤 보냈다 다시 데려오는 것도 O의 의심을 풀 수 있는 방법일 것이다. O의 의심만 풀게 하려 든다면 반드시 O의 아내를 죽이지 않아도 될 것이었다. 그러나 지금까지 나의 '心理의 趨移로 보아 이 살인은 이미 계획되고 확고하게 결정된 것이었으므로 불가피한 것이었다. 이미 이 시점에 오면 '나'의 행동의 동기는 O의 문제가 아니라 '나' 자신의 자존심의 문제가 되는 것이다.

결국 나의 자존심은 승리했고, O와 O의 운명에 전능자로서 작용하는 權威도 회복되었다. O의 아내의 목숨의 대가로 O의 예술적 재능도 살릴 수 있게 되었고, 나의 O에 투사된 예술 애호증도 보존

---

31) '遺書 V', pp.182~183.

되었다. 그러나 자기의 자존심을 억압하고 파괴해 버린 인물을 보다 정상적인 대결을 통하여 극복하지 못하고 自然力이나 殺人이라는 극단적인 방법을 통하여 승리를 얻었다는 것은 더욱 처절한 敗北을 의미할 뿐이다. 비겁한 속임수와 술수를 통하여 자신의 의지를 정당화시키는 '나'의 眞情은 참담하기 이를 데 없는 것이다. 그 참담함을 이기기 위하여 '나'는 살인을 선택했던 것이고 그 살인은 순간적인 성취의 승리감만 느끼게 할 뿐, 그것을 얻는 순간에 인간적, 윤리적인 파멸의 구렁에 떨어지고 만 것이다. 이 소설은 인간의 자존심의 손상을 회복하기 위한(열등의식을 극복하려는) 투쟁이 얼마나 격렬한 것이며, 그것이 오도될 때 얼마나 참절한 精神的 荒廢와 破滅이 찾아오는가를 잘 보여준 작품이다. '나'는 '자존심의 신봉' '자존심의 방어', 나아가서 극단적인 자기애에 익사해 버릴 수도 있는 인간의 한 實相을 극명하게 보여주는 인물이기도 하다.

이 작품의 스토리의 골격은 서두 부분에서 이야기되는 예수의 그림에 나타난 예수의 표정에 伏線으로서 豫示되어 있다. "의문→증오→악독함은 실패작 예수의 그림에 나타난 예수의 표정이자 이 작품의 작중인물('나'와 O)의 심리적 변화과정을 보여주는 것이기도 하다. 서두에 제시된 성구는 인물 구성과 행동의 방향을 암시하는 구실을 한다. 우리는 빼앗긴 자('나'와 O)와 빼앗은 자(O의 아내를 소유한 A)의 인물 구성에서 잃어버린 소유물과 상처받은 자존심을 회복하기 위한 모종의 투쟁을 예견하게 된다. 그리고 '나'가 예수의 얼굴을 지워버리는 행동에서 우리는 제거의 상징성을 보게 되고 그 상징성은 미구에 '나'가 O의 아내를 살해하는 행동으로 현실화 된다. 이 작품은 이상의 범위 안에서 모든 이야기가 전개되고 있다.

삼각관계의 당사자인 O와 O의 아내, 그리고 A는 모두 '나'를 중심으로 해서 움직이는 인물들로 나타난다. '나'(○○씨)는 O의 대리인 행세를 하는 사람으로 이 삼각관계의 진상을 규명하고 사건을 해

결하기 위하여 개입한 인물이다. 그런데 '나'는 O를 '나'로 동일시함
으로써 O의 일을 '나'의 일로 받아들이게 되고 그 사건의 중심부에
들어오게 된다. '나'는 처음에는 휴머니즘적인 차원에서 이 사건을
해결하려고 하지만, 지나치게 자기의 능력을 과신하고 다른 사람들
을 조종하려는 소영웅주의적인 망집에 빠짐으로써 O의 사건의 핵심
에 빠져들게 되는 것이다. 이 삼각관계 특히 A와 O의 아내의 근친
상간은 '나'의 전능자연하는 자만심을 여지없이 부숴버리게 되고 나
의 소영웅적 자존심은 상처를 입게 된다. 더욱이나 O의 아내는 지
금껏 나의 영향권 안에 있었던 여인인데, 이 여인이 자기 운명의 주
인인 '나'(나의 생각으로 볼 때)를 거역하고 A의 영향권 안에 가 있
다는 것이 '나'에게는 도저히 참을 수 없는 모욕으로 느껴진다. 게다
가 A는 나를 압도하고 나를 능가하는 인물로 부상되어 '나'의 자존
심을 무겁게 눌러 온다. 여기에서부터 '나'의 실추된 명예, 즉 자존
심을 회복하기 위한, 어떻게 보면 치사하고, 어떻게 보면 처절한 심
리적 투쟁이 시작된다. A와 O의 아내의 간음은 사회규범에 따라 정
죄되고 처리되면 간단히 끝날 수 있는 문제였음에도 불구하고, 그
정죄의 책임을 '나'가 지겠다고 고집하는 '나'는 이미 간음을 문제시
하는 것이 아니라 자신의 자존심과 소영웅적인 자만심이 상처를 입
었다는 데에만 고착되어 버린 인물이다. 그러한 행동은 O의 예술적
재능을 살리기 위해서 불가피한 것이라고 누누이 강변하지만 이미
'나'의 근본적 동기는 '나' 자신의 문제, 즉 상처받은 자존심의 회복
인 것이다. 이 소설은 순전히 '나'의 자존심의 회복을 위한 투쟁의
과정으로 이루어진 작품이다. 서두에서 상징적으로 암시된 인물 구
성, 행동의 방향은 모두 이 '나'의 자존심의 문제 안으로 들어오는
부분적인 요소들이다. 이 작품의 중심인물인 '나'의 성격을 나타내는
지표는 자존심이다. 이것이 이 소설에서의 플롯의 정신이다. 플롯은
행동을 모방한다지만 이 소설은, 행동 이전에 자존심이 있음을 보여

주고 있는 것이다.

‘나’의 자존심을 회복하고 방어하기 위한 치밀한 각본이 만들어지지만 그것은 지극히 이기적인 자기만족만을 생각하는 행위로 일관된다. 치사할 정도로 자존심을 붙들고 늘어지면서, 조금도 거기에 손상을 받지 않고 자기의 전능자연하는 소영웅적 자만심을 훼손한 A와 O의 아내를 처단하려고 하는 ‘나’의 모습은 비열하기까지 하다. 그러나 결국 A는 ‘나’의 지배하에 들어오지 않은 채 병사해 버림으로써 실질적으로 나의 자존심에 다시 패배를 안겨주고 만다. 애초에 A는 ‘나’의 영향을 받기는커녕 부숴버릴 수 있는 인물이었음을 ‘나’는 알았어야 했던 것이다. 자기 광신, 나는 무엇이든 할 수 있다는 妄執에서 ‘나’가 벗어나지 못한 데서 오는 필연적인 패배인 것이다. ‘나’는 끝내 O의 아내를 살해함으로써 ‘나’의 자존심의 승리를 확인하려고 한다. 그러나 그것은 이미 승리가 아니라 범죄이며 인간 정신의 황폐화이며 윤리적인 파멸 이외의 아무것도 아니다. O의 아내의 살해는 ‘나’의 자존심의 최후의 패배일 뿐이다. 남는 것이 있다면 O의 아내를 살해함으로써 O의 예술적 재능을 구했다는 공허하고 광적인 자기기만이 있을 뿐이다.

이 작품에서의 ‘나’는 우리에게 진정한 자존심의 한계는 어디까지인가를 생각게 하는 인물이다. ‘나’는 집요하게 자존심을 추구하고 그것의 손상은 죽음보다도 참을 수 없다는 사고방식이 우리 모두에게도 잠재해 있을 수 있다는 가능성을 보여주는 인물이라고 조심스럽게 이야기할 수도 있을 것이다. 아울러 ‘나’는 빗나간 자존심이(이것은 근원적 유형의 투사와도 관련이 됨을 위에서 밝힌 바 있다) 얼마나 무섭게 인간성을 파괴하는가를 극명하게 보여주는 인물이기도 하다.

그리고 ‘나’의 행동적 특징은 心理的 神話的 측면에서 보면 소위 ‘同參的 狀況(participation mystique)’의 범위 안에서 설명해 볼 수도 있다. O와 O의 아내에 대하여 갖는 나의 支配者的 태도와 그들의 모든 것을 전결하고자 하는 全能者的 태도로 보아 '나'는 동참적 상황 속에 있는 인물이기 때문이다. 그는 원초적인 측면에서 "구원자는 구원을 받는 사람의 生命―그가 구해낸 생명에 대해 마치 자기 자신의 생명에 대해 느끼는 것과 똑같은 책임을 느끼는"32) 샤만(shaman)的인 행동을 보여주는 인물이다. 그러나 나는 O의 아내를 성공적으로 統治하지 못함으로써(O의 아내를 殺害함으로써) 동참적 상황을 正常的으로 存續시키는 데 실패하고 만다. 이것은, '나'가 동경했으나 理想에 도달하지 못한 悲劇的 存在임을 의미한다. 이 동참적 상황과 관련한 작품 <遺書>의 분석도 차후 좋은 연구의 재료가 되리라 본다.

---

32) E. Neumann, *The Amor and Psyche*, Princeton University Press, 1973, p.114.

2. 오이디푸스 콤플렉스와 自尊心의 對位法
　　－〈狂畫師〉의 '솔거'

2-1. 솔거에 대한 印象的 스케치

　위에서 우리는 주인공의 행동의 근본적 동기를 성격으로 보고, 근본적 동기로서의 성격 그 자체를 그 인물의 성격지표로 간주하여 작중인물에 대한 연구를 진행했음을 보았다. 인물의 외모에 대한 캐리커처나 內包作者의 助言, 또는 배경과 같은 가시적이지만 막연한 느낌을 주는 조건보다는 주인공의 심리적 요인에 초점을 맞추어 인물을 해부해 본 것이다. 이것은 성격의 분류지표－다른 등장인물과 구별되거나 다르게 보이는 표지로서의 특징－를 외부적이고 가시적인 조건에서 찾으려 하지 않고 보다 심층적인 심리에서 찾아보려고 한 태도라고 할 수 있다. 굳이 프로이드류의 精神分析學이나 융류의 分析心理學에 근거를 두려고 한 것은 아니지만 내용 자체가 어느 정도 그런 쪽으로 경도된 듯한 인상을 주는 것은 당연한 귀결이라 하겠다. 우리가 소설의 인물에 대하여 갖는 첫 번째 관심은 어떤 행위를 하는 인물인가(어떤 사건을 보여주는 인물인가?)하는 것이지만, 더 나아가면 왜 그렇게 행동했는가 하는 데로 우리의 관심의 영역은 넓혀질 수밖에 없다. '왜 그렇게 행동 했는가?'는 행동의 원인, 즉 근본적 동기에 대한 물음이고, 주인공의 인간적 특성에 대한 의문이기 때문에 그것은 그의 내면적 심리 세계를 규명함으로써 대답이 가능한 질문이다. 더욱이나 작중의 모든 사건이 주인공 자신의 심리적 요인에서 비롯되는 소설에서는 외부적, 가시적 조건에서보다는 내면적 원인에서 성격의 分類指標를 究明해 볼 필요가 있다. 작가가 인물을 구성하는 여러 가지 관례33)는 우리가 일차적으로 작중 인물에 접근하는 데에는 많은 단서를 주지만 그것은 인물의 성격과 행위의 필연적인 연관성을 설명하는 궁극적인 해명의 열쇠로는 부족한 경우가 많다. 그 사람은 인정이 많다라든가, 그는 이지적인 사람이다라든가 그는 지극히 자기중심적인 인간이다라든가 하는 성격의 단서는 사건의 진행에 皮相的인 그림자만 던져주는 경우가 많다는 것이다. 이런 식의 인물의 파악 방법이 상당히 유용하거나 그것으로 충분한 경우도 있겠으나, <遺書>와 같은 작품에서는 여기에서 한 단계 더 심화된 심리적 원인을 캐볼 필요가 있었다. 그 결과로서 우리는 주인공(나- ○○씨-)의 자존심이 그 작품의 플롯을 구성하고 지배하는 원리임을 발견하게 되었다(그 자존심이 창조적으로 작용하느냐 파괴적으로 작용하느냐 하는 것은 다음 문제다). 이러한 예는 자기 존중, 또는 자기애라는 인간의 보편적 心性에 비추어 본다면 너무나 당연한 것이어서 애기 거리가 될 가치가 없는 것처럼 보이기도 한다. 자존심이 없는 인물이 등장하는 소설이 어디에 있겠는가. 그렇기 때문에 우리의 소설 연구는 이런 점에 별로 관심을 보이지 않는지는 모르지만 당연한 것 같은 인간 심성이 <遺書>에서는 사건의 강력한 추진력으로 작용하고 있는 것이다. 그러므로 <遺書>에서는 주인공의 자존심이 그의 성격이자 동시에 그 성격을 드러내는 지표가 되는 것이다.

이와는 좀 양상이 다르기는 하지만34) 自己救濟와 自己實現(self-realization)에 연결되는 의지와 욕망을 보여주는 인물이 <狂書師>의 '솔거'다. 그가 추구하는 자기 구제와 자기실현은 그의 인간으로서의 의지이며 욕망이자 최종적인 자존심 확인이라 할 수 있다. <遺書>의

---

33) 서문의 <例 (1)(2)(3)> 참조.
34) '遺書'의 주인공의 자존심은 '자아 손상의 회피, 자기 방어의 본능, 자아만족의 성취'라는 의미가 강하다.

‘나’보다는 긍정적인 면을 많이 가지고 있으면서 동시에 ‘나’처럼 광적이고 파괴적(부정적)인 인간성을 유감없이 보여주는 인물이 솔거다. 두 인물을 비교하려는 것이 본래의 의도는 아니지만 솔거의 몇 가지 특성을 메모해보기 위해 ‘나’와 솔거를 비교해 보겠다.

　‘나’는 O와의 인간관계 때문에 사건에 참여하게 되고 주인공으로 변신하게 된다. 이에 비하여 솔거는 그 강인한 예술적 욕구 때문에 사건의 주인공이 된다. 그러니까 ‘나’의 행위의 특정한 동기는 O와의 인간관계－그에 대한 인간적인 연민에서 찾아지지만 솔거의 특정한 동기는 예술적 포부의 실현에 있다. ‘나’의 경우는 가시적인 성격지표가 나타나지 않지만 솔거는 그 외모로써 성격 파악의 단서를 우리에게 제공한다. 이 외모는 일차적인 솔거의 성격지표이자 솔거에게 근본적 동기를 부여하는 요인이다. 또한, 그의 외모가 그와 모든 것의 관계를 결정한다. 나는 O를 희생시키지 않기 위하여 삼각관계를 교묘하게 해결하려 하며, 솔거는 예술적 포부의 실현을 위하여 그림에 정진한다. 표면적으로는 ‘나’는 O의 예술적 재능의 보호와 그 인간에 대한 휴머니즘의 실천에 나의 행위의 의미를 두지만 실은(근본적 동기는) 자기 과신의 자만심과 神的인 자기 위치가 훼손되어서는 안 된다는 망집에 사로잡혀 있으며, 일차적으로 솔거는 미인도의 제작을 예술 행위로 생각하면서도 그 한편에서는 자신의 추한 외모에 대한 補償心理가 작용하고 있다. 이 점은 뒤에서도 언급되겠지만, 솔거가 미인도를 제작하는 것은 추악한 외모에서 오는 그의 열등감을 극복하고 자존심을 회복하기 위한 행위로 볼 수 있다. ‘나’는 近親姦을 자행하는 A에 대한 외경과 嫉視·선망적인 혐오감을 갖게 되고 솔거는 보상심리를 오이디푸스 콤플렉스로 변질시킨다. 나의 혐오감은 복수심으로 발전하게 되고, 솔거도 자기를 세속적인 모든 것에서 격리시킨 인간에 대한 복수심에 사로잡힌다. 나는 나의 자존심을 훼손한 O의 아내(A는 자연사)를 죽임으로써 자신이

의도한 목적을 이루었다고 생각한다. 솔거는 미인도의 제작에 실패35)함으로써 살인을 하고 자학적인 죽음에 이른다.

이상의 비교에서 보면 '나'는 다분히 虛榮的이고 솔거는 지극히 自發的이라는 차이점은 있지만 특정한 동기에서 근본적인 동기로 발전하는 과정은 아주 흡사한 점을 보여준다. '표면적인 동기(인간관계, 추악한 외모)→근본적인 동기(자존심과 근친 간에 대한 동경)→분노, 또는 좌절과 살인'으로 요약해 보면 두 인물의 공통점이 명확하게 드러난다. 솔거의 성격지표는 추악한 외모이며, 그의 근본적 동기로서의 성격을 드러내는 지표는 추악한 외모와 관련되는 오이디푸스 콤플렉스와 자존심이다. 솔거의 오이디푸스 콤플렉스와 자존심은 그의 자기 구제, 자기실현과 同意語이며 그의 인간적인 의지와 욕망이다. 이런 몇 가지 인상적인 메모를 토대로 하여 텍스트의 순서를 따라 솔거를 추적해 보기로 하겠다.

2-2. 솔거의 自尊心(復讐慾)

<狂畵師>는 소위 額字小說(Rhamenerzahlung)의 형태를 취하고 있어 '도입액자-내부소설-종결 액자'의 구성을 보여 준다.36) 내부소설, 즉 중심 이야기를 前後에서 위요하고 있는 액자에는 '여(余)'라는 내레이터가 등장하여 자신이 처한 자연환경을 묘사하고 있다. 余가 보고 있는 것은 소나무 덮인 계곡과 난초, 도라지꽃으로 대표되는 자연과 멀리 조감되는 회흑색의 오백년 도읍지이다. 아름다운 자

---

35) 김우종은, 악마적이기는 하지만 솔거의 미인도는 완성되었다고 보았으나 <한국현대소설사(서울: 성문각, 1982), p.138> 그 미인도는 솔거가 의도한 그림이 아니므로 완성되지 못한 실패작으로 보아야 한다.
36) 李在銑, <韓國短篇小說硏究>, 一潮閣, 1982, pp.131~134에서 용어를 차용함.

연에 대한 새삼스런 경탄과 이 아름다운 자연 속에 자리 잡은 美都
에 대한 회고가 변주되다가 余의 시선은 암굴을 발견하게 된다. 이
암굴에서 余는 음모의 도시 한양의 추악한 이미지를 보고 거기에서
벗어나 한 줄기 샘물을 발견하고 그 샘물을 두고 암굴에서 느낀 것
과는 다른 좀 더 아름다운 이야기를 꾸며보려 한다. 자연과 도시의
대조는 샘물과 암굴의 대조로 축소되고 암굴의 이미지는 일단 부정
된 것처럼 나타난다. 암굴을 보고 생겨나려던 음모, 살육의 공상을
떨쳐 버리고 솟아나는 맑은 샘물 같은 좀 더 아름다운 이야기를 만
들어 보아야겠다는 것이 余의 생각이지만, 이미 余는 암굴의 인상에
사로잡힌 바 있으므로 이것은 앞으로 余가 꾸미는 이야기에 한 파
괴적인 요소로서 작용할 가능성이 높다. 이 샘물과 암굴은 앞으로
꾸며질 이야기의 창조적인 측면과 부정적, 파괴적 측면을 암시하는
상징물이라고 할 수 있다.

> 이런 공간에 나타난 '나'—이는 작자의 대리인이라기보다는 경험적이
> 고 역사적인 자아로서의 작가 자신이다—는 그의 소설을 형상화하려는
> 비전을 갖는다. 그런데 이런 비전을 현실적으로 저해하고 있는 것은 음
> 모와 살육의 표상으로서의 '암굴'이다. 이런 혼돈에의 몰입에서 일탈하
> 면서 그는 보다 코스모스적인 질서에의 실현을 꾀한다. 여기 분명히 '암
> 굴'과 '샘물'의 대비 내지 이원적인 갈등은 동인의 예술가적 존재의 양
> 면성의 한 상징이다. 말하자면 近神的이고 唯美的 작가로서의 측면과
> 혼돈의 현실을 묘사하는 작가로서의 측면의 분기 상태가 그것이다.37)

도입 액자 부분의 余를 이 인용문에서처럼 작가 자신, 즉 동인 자신
으로 보든 허구화된(fictionized) 내레이터로 보든 그가 이야기의 제작
자(story-maker)라는 것, 그가 꾸미는 이야기는 현실의 모델을 필요로
하지 않는 순전히 想像에 의하여 얻어진 산물이라는 점은 분명하다.

---

37) 위의 책 p.132.

이런 이야기에서는 현실 인식의 문제는 별로 중요하지 않다. 이런 이야기는 사건의 보고가 아니라 사건의 조작이므로 操作者(story-maker)의 개인적인 의도가 더 중요하기 때문이다. '암굴'과 '샘물'의 대조는 분명 이야기를 만드는 화자의 자기 이야기에 대한 태도의 양면성이다. 그러나 그것은 혼돈에서 질서로 이행하는 과정이라기보다는 이야기 자체가 지니고 있는 갈등의 요소를 상징하는 것으로 보아야 할 것이다. 암굴은 솔거의 고뇌와 절망을, 샘물은 솔거의 예술에 대한 끊임없는 熱情을 상징하는 것이다. 즉, 余의 암굴에서 받은 인상은 솔거의 고뇌와 절망으로 구상화되고, 余가 본 샘물의 반짝이는 모습은 솔거의 예술적 욕구로 변용되는 것이다. 余는 암굴의 이미지를 벗어난 것이 아니라, 그것을 교묘하게 샘물의 이미지에 접목시켜 극적인 형상화를 성취하게 되는 것이다. '샘물'과 '암굴'은 余의 갈등이 아니라 솔거의 갈등을 豫示하는 것으로 보아야 한다. 그리고 중요한 것은 내부 소설의 솔거이지 액자의 화자가 아니다.

물이 갖는 보편적 원형으로서의 상징적 의미는 創造의 神秘다. 誕生과 豊饒와 成長이라는 상징적 의미 범주를 형성한다. 이 작품에서 물(샘물)은 스토리 메이커인 余에게 아이디어를 제공한 원천이며, 이것은 그대로 솔거의 예술창조의 욕구로 확대 해석될 수 있다. 이 샘물의 상징적 의미와 관련지어 이 작품의 뼈대를 추려 보면, '솔거의 예술 창조의 욕구→예술창조를 위한 노력→예술창조의 실패'로 요약된다(샘물의 창조의 이미지가 암굴의 파괴적·절망적 이미지로 反轉되면서 사건이 종결됨을 알 수 있다). 이 작품에서 사건을 이끌어가는 일차적인 동기는 솔거의 예술적 욕망이다. 이 美人圖 제작과 관련되는 그의 모든 행위가 '욕구→노력→실패, 또는 좌절'이라는 과정으로 나타나는 것이다. 그런데 이 과정에서 눈길을 끄는 것은, 솔거의 미인도 제작에 대한 의지와 욕망은 그의 추악한 외모에서부터 推進力을 얻고 있다는 점이다. 내부소설의 서두에 나오는 솔거의 외모 묘사는 못생긴 얼굴의 극치를 보여준다. 과장이 좀 심하다 싶은 그 묘사에서 우리는 眞實性(reality) 여부에 대한 관심보다는 주인공이 정말 못 생겼다는 확인을 얻게 된다. 뜨거운 여름날 점심까지 싸가지고 왕후친잠용 뽕밭에 웅크리고 앉아 있는 이 사나이에게서 우리가 느낄 수 있는 것은, 그 사나이가 그렇게 하는 의도가 무엇이든 간에 암굴과 같은 죽음의 형상이다. 긴 探索(quest)의 과정을 겪으면서도 끝내 그 터널에서 빠져 나오지 못하고 답답한 숨만 몰아쉬는, 고뇌하는 패배자의 모습이다. 이것이 내부 소설의 첫 장면의 솔거의 모습이자 최종적인 그의 모습이다.

솔거의 이 못생긴 외모가 솔거와 타인과의 관계를 결정한다. 주인공의 타인에 대한 태도, 타인의 주인공에 대한 태도가 그들의 인간관계를 형성하는 기초가 되는 동시에 관계의 양상을 드러내기도 하는 것이다. 솔거의 경우에 있어서 그의 타인에 대한 태도나 타인이 그를 대하는 태도를 결정하는 것이 그의 못생긴 외모다. 이것은 그의 인간관계에 있어 치명적인 결정력을 행사하는 것으로 솔거를 고뇌와 절망 속으로 몰아넣게 된다.

> 일찍이 열여섯 살에 스승의 중매로서 어떤 양가 처녀와 결혼하였었지만 그 처녀는 솔거의 얼굴을 보고 기절을 하고 기절에서 깨어나서는 그냥 집으로 도망쳐 버리고, 그 다음에 또 한번 장가를 들어 보았지만 그 색시 역시 첫날밤만 정신모르고 치른 뒤에는 이튿날은 무서워서 죽어도 같이 못살겠노라고 부모에게 떼를 써서 두 번째의 비극을 겪고, 이러한 두 가지의 사변을 겪고 난 뒤에는 솔거는 차차 여인이라는 것을 보기를 피하여 오다가 그 괴벽이 점점 자라서 나중에는 일체로 사람이란 것의 얼굴을 대하기가 싫어졌다.[38]

---

38) 金東仁, '狂畵師', 野談 창간호(1935. 12), pp.68~69.

솔거와 세상 사람들의 관계가 단적으로 드러난 대목이다. 인용문에는 외모 때문에 결혼에 실패한 솔거의 비참한 과거 이야기만 소개된 것 같지만 이 속에는 타인의 솔거에 대한 태도, 솔거의 타인에 대한 감정이 숨어 있는 것이다. 좀 비약된 이야기일는지는 모르나 독자의 입장에서 文面에 나타나지 않은 숨은 내용을 抽出해 그것을 드러난 내용에 보태어 구체화시켜 본다면 그렇다는 것이다. 작품에서 언어표현으로 구체화되지 않은 잠재적인 내용을 작품 현실 속으로 끄집어내어 그것이 그 작품 현실에 어떤 관계를 가지며 어떤 기능을 갖는가 하는 것을 확인하는 것이 작품 이해에 꼭 필요한 방법이 되는 것이다.39) 이런 입장에서 인용문을 통하여 솔거의 인간관계를 살펴보면, 그것은 여인들과의 관계로부터 시작된다. 두 번의 결혼에서 실패한 것은 운명적 요인(추악한 외모) 때문인데, 이것은 여인들이 솔거를 기피하는 원인이 된다. 여인들이 추남인 솔거를 피하는 것은 자연스러운 행동이지만 솔거가 여인을 忌避하는 것은 솔거 자신의 인간적 심성에 背馳되는 부자연스런 태도다. 솔거의 女性忌避症(misogyny)은 타인이 솔거를 대하는 태도에서 형성 되었다고는 하지만 근본적으로는 솔거 자신의 自己卑下的인 열등감에 원인이 있는 것이다. 여기에 솔거의 성격적인 비극이 있다. 솔거를 피하는 여인들은 곧 세상 사람들이다. 세상 사람들은 혐오감을 주는 솔거를 피할 수밖에 없다. 그러나 솔거도 한 인간이므로 그는 그들의 대열에 동참하여 그들과 함께 살고 싶은 소망이 있다. 이러한 솔거의 소망이 세상 사람들의 생각이나 常情때문에 방해를 받을 때 그는 그들을 미워할 수밖에 없는 것이다. 世人들은 솔거에 대하여 혐오감

---

39) 로버트 C. 홀럽, <受容理論 *Reception Theory*>, 崔翔圭 譯, 三知院, 1985, pp.48~51. *이 부분은 로만 인가르덴(Roman Ingarden)의 <文學藝術作品>의 未定性(indeterminacy), 具體化(concretion)의 이론을 해설한 것임.

을, 그 반작용으로서 솔거는 자신을 혐오하는 세인들에 대한 증오감을 갖게 되는 것은 당연한 현상이다. 혐오감은 단지 싫어하고 기피하는 감정이지만 증오감은 증오의 대상을 극복하거나 제거하고자 하는 충동을 수반하는(복수욕을 자극하는) 감정이다. 세인들의 외면과 솔거의 소외감은 솔거 혼자만이 감당해야 할 커다란 存在論的인 苦痛(ontological sickness)이다. 세인들에 대한 증오감과 증오하면서도 선망하는 마음, 이것이 솔거의 심리적 갈등이자 모순이며 그가 극복하고자 하는 존재론적인 고통인 것이다. 이러한 兩價感情(情緒的 兩面性)은 여러 군데서 보이는 데 이것은 솔거의 심리적 딜레마로서 미인도를 그려야 한다는 강박관념으로 발전하고, 나아가 자신에게 좌절을 안겨 준 세인들에 대한 복수욕으로 심화된다. 요컨대, 醜男이라는 조건이 솔거와 세인들과의 관계를 결정하며, 그 관계의 양상은 심한 여성기피증과 세인들에 대한 증오감과 적개심으로 나타난다. 솔거의 예술적 욕구와 노력은 추한 외모로 인하여 결정된 인간관계에 연원을 둔 감정이며 행위임을 알 수 있다. <狂畫師>는 위와 같은 솔거의 여인과 세인들에 대한 부정적 감정에 바탕을 두고 사건을 진행시키는 작품이다.

솔거는 뛰어난 화가다. 그는 자신의 예술적 욕구를 실현하기 위하여, 즉 畫道에 精進하기 위하여 세속과 絶緣하고 백악의 숲 속에서 칩거하게 된다. 그가 세속을 떠나 칩거하게 되는 것은 위대한 작품을 탄생시키기 위한 행위이기도 하지만 보다 근본적인 이유는 사람을 피하기 위해서이다.

사람을 피하기 위하여, 그리고 또한 일방으로는 화도(畫道)에 정진하기 위하여 인가를 떠나서 백악의 숲 속에 조그만 오막살이를 하나 틀고 거기 숨은 지 근 三十년. 생활에 필요한 물건 혹은 그림에 필요한 물건을 구하기 위하여 부득이 거리에 나가야 할 필요가 있을 때는 반드시 밤을 택하였다. 피할 수 없어 낮에 나갈 때는 방립을 쓰고 그 우에 얼굴을 베로 가렸다.

> 화도(畫道)에 발을 들여놓은 지 근 四十년 부득이한 금욕생활 부득
> 이한 은둔생활을 경영한 지 三十년, 여인에게로 소모되지 못한 정력은
> 머리로 모이고 머리로 모인 정력은 손끝으로 뻗어서 종이에, 비단에 갈
> 겨 던진 그림이 벌써 수千점.[40]

사람이 사람들과 섞어서 살지 못하는 것은 크나큰 불행이다. 바꾸
어 말하면 사람에게는 사람들 틈에 섞어서 회로애락을 함께 하면서
살아가는 것이 삶의 보람이요 기쁨이다. 때로는 미워하면서, 때로는
사랑하면서 기쁨과 슬픔을 나누어 갖기도 하면서 살아가는 것이 평
범하지만 근본적인 삶의 모습이다. 이것은 인간이 인간으로서의 자
신을 확인하는 일상이며 인간으로서의 행복이다. 이러한 인간적 삶
의 보람과 日常性을 포기하고 오히려 사람을 피하고 그들의 틈에서
벗어나 고독한 칩거생활로 돌아서는 인물이 솔거다. 그가 그렇게 하
는 것은 정상적인 인간관계로 본다면 지극히 부자연스러운 것이다.
부자연스러운 만큼 은둔하는 솔거의 마음은 고통스러운 것이고 그는
그만큼 불행한 존재다. 그의 외모는 남들도 보기 거북한 것이고 솔
거 자신도 남에게 보이고 싶지 않은 것이다. 그래서 그는 부득이 낮
에 외출할 일이 생겼을 때에는 베수건으로 얼굴을 가리고 市井에
나서는 것이다. 뽕나무밭에 숨는 행위나 베수건으로 얼굴을 가리는
것은 남들이 자신의 외모 때문에 놀라지나 않을까 하는 염려하는 마
음에서보다는 자기 얼굴에 대하여 솔거 스스로가 느끼는 혐오감과
분노에서 오는 자기 은폐의 행위다. 솔거는 현실의 자신을 부정하고
싶은 것이다. 자기의 존재 그 자체를 無化시키고 싶은 자기 부정이
여기에 강하게 나타난다. 한편으로 솔거는, 아무리 운명적으로 타고

---

40) ‘狂畫師’ p.69.

난 추한 외모를 갖고 있다 할지라도 자신을 이렇게까지 비참한 심경으로 몰아넣는 女人들과 世人들에 대한 원망을 금할 수가 없다. 그래서 자기 부정의 비참한 심경은 그들에 대한 적개심으로 발전하게 되는 것이다. 배수건으로 얼굴을 가리는 것은 자신의 頭部(용모)를 부정하는 것이면서 동시에 자신을 소외시킨 세인들에 대한 적개심을 나타내는 것이다. 솔거가 자신의 얼굴을 은폐하는 것은 제거의 慾望이며 그것은 마지막 장면에서 소녀를 살해하는 것으로 구체화된다.

평범한 인간으로서의 삶과 행복을 거부당한 솔거의 심적 에너지는 그림 제작에 경주된다. 禁慾과 隱遁의 생활로 하여 '소모되지 못한' 정력은 수천 점의 그림으로 변용된다. 말하자면 솔거는 性的 리비도(libido)의 예술적 昇華를 구현해 온 것이다. 이렇게 그림을 그림으로써 솔거는 자신의 불행과 고통을 극복한 것처럼 보이지만 그 그림들이 솔거의 근원적인 욕구를 충족시키지는 못했다. 그림을 그리는 행위는 하나의 代理充足일 뿐 그것이 그의 진정한 자기실현이 될 수는 없었다. 이 경우 자기실현은 복수욕으로 나타나는 자존심과 관련된다.

……이러한 적개심, 억압된 성적 욕구를 화공은 그림을 그려서 승화시키려고 했다.

그러나 이 승화란 심리기제는 어디까지나 대리적 충동일 뿐이다. 화공 솔거의 적개심 등은 승화된 것 같지 않다. 왜냐하면 그의 욕구－자신의 그림에 대한 불만－가 "표정이 있는 얼굴"을 그려 보고 싶은 강박관념이 계속 나타나고 있을 뿐 아니라, 그가 여인에게서 받았던 비극적 충격이 여인에 대해서뿐만 아니라 인간 일반에 대하여 일반화된 적개심으로 나타나고 있기 때문이다.41)

---

41) 김경희, "광화사의 심리적 연구", 白鐵 解說, <金東仁 硏究>, 一志社, 1982, p. Ⅰ-45.

이 인용문에서도 지적하고 있는 것처럼 솔거의 여인들과 세인들에 대한 증오감과 적개심은 여전히 솔거의 마음속에서 살아 움직이고 있으며 그러한 감정들이 보다 색다른 그림을 제작해야겠다는 욕구를 충동하는 것이다.

하늘에서 타고난 천분과 스승에게서 얻은 훈련과 저축된 정력의 소산인 한 장의 그림이 생겨날 때마다 그것을 보면서 스스로 만족히 여기고 스스로 자랑스러이 여기던 그였지만 이제는 그 전통적인 畵材와 技法과는 다른 새로운 그림에 대한 욕망을 느낀다. 천재적인 예술가라면 누구나 인습의 굴레를 벗어나 새롭고 독창적인 세계를 창조하고, 새로운 경지를 열어 보고자 하는 의욕을 갖게 된다는 것은 당연하다. 기존의 법칙과 질서에 도전하여 그것을 깨뜨리고 아무도 생각하지 못한 세계를 창조하여 보여주는 것이 천재의 眞面目이기도 하다. 솔거는 타고난 천재다. 그의 천재성이 그를 스승에게서 배운 그림의 차원에 안주하는 것을 허용하지 않을 것이다. 뭔가 새로운, 그리고 놀라운 그림을 그리겠다는 그의 의욕은 그의 천재성으로 보아 당연한 것이다. 그러나 그러한 새로운 그림에 대한 솔거의 욕구는 순수한 예술적 의욕에서 온 것이 아니라 그의 인간에 대한 감정에서 비롯된 것이다. 솔거의 세인들에 대한 감정은 위에서 본 바대로 否定的이고 敵對的이지만, 그 적대적인 감정 뒤에는 그들에 대한 憧憬의 마음이 숨겨져 있음을 볼 수 있다. 솔거의 적대적 감정의 前景에 나타나는 것이 소위 양가감정(emotional ambivalence)이다. 어린이들이나 야만인, 꿈꾸는 사람(dreamers)들이 주변의 친지들(loved relatives)의 죽음에 대하여 갖는 태도에서부터 양가감정의 기초적인 모습을 볼 수 있다고 프로이드는 말하고 있다.42) 그들이 親知(부모, 형제, 자매)에 대하여 갖는, 사랑하는 감정과 적대적인 심

---

42) Freud, 앞의 책 p.62.

정이라는 두 감정의 세트가 死別의 순간에 '애통함'과 '만족스러움'
으로 나타난다는 것이다.43) 죽은 사람에 대하여 갖는 二律背叛的인
矛盾된 두 감정의 세트와 같은 양가적인 정서상태가 솔거의 심리적
상황이다. 세인(정상인)들의 대열에 참여하고 싶은 소망과 그것이 거
부된다는 것을 알기 때문에 갖게 되는 비참한 심경이 미인도 제작의
에너지로 작용된다는 것이다. "좀 더 얼굴에 움직임이 있는 사람을
그려보고 싶다. 표정이 있는 사람을 그려보고 싶다"라고 하는 것은
보편적인 삶의 세계로 회귀하고 싶어 하는 솔거의 소망을 나타내는
것이다. 정상인들이 살고 있는 속세를 동경하는 마음의 표현이다. 원
망하면서도 동경하는 모순 된 감정, 이것이 솔거의 갈등이자 그의
존재자로서의 고통(ontological sickness)이다. 그러나 이 갈등과 고
통이 심화되면서 양가적인 감정은 직선적인 감정으로 통합된다. 동
경과 원망이 혼합된 감정에서 동경은 원망 속으로 흡수되어 怨望
하나의 감정 상태로 통일된다는 것이다. 처음에는 원망하면서도 선
망하는 마음에서부터 새로운 그림을 기획했지만 차츰 동경의 감정은
약화되고 원망, 즉 敵對와 憎惡의 감정이 증대되어 그것이 그림 제
작의 강한 에너지로서 작용하게 된다는 것이다. 이 점은 다음 인용
문에 잘 나타나 있다.

　　세상을 피하고 세상에서 숨어 살기 때문에 차차 비뚤어진 이 화공의
　　괴벽한 마음에는 세상을 그리는 정열이 또한 그만치 컸다. 그리고 그것
　　이 크면 크니만치 마음속에는 늘 울분과 불만이 차 있었다.44)

---

43) 위의 책 p.62 *Both of the two sets of feelings(the affection and
the hostile), which as we have good reason to believe, exsist
towards the dead person, seek to take effect at the time of
bereavement, as mourning and satisfaction.
44) '狂畵師', p.41.

이 인용문의 내용은 그대로 '사랑과 증오'로 대표되는 '두 감정의 세트(the affection and the hostile)'를 보여 주며 두 감정은 울분과 불만으로 통일된다는 것도 암시한다. '울분과 불만'은 세상과 세인들에 대한 적개심과 증오감에 다름이 없다. '나날이 괴벽하여 가는 이 화공'의 심정은 적대감과 복수욕으로 가득 차 있다. 그리고 이 적대감과 복수욕은 바로 솔거의 자존심의 문제이기도 하다. 솔거의 자존심은 철저하게 유린당했다. 같은 인간으로부터 외면당하고 배척된다는 것은 견디기 어려운 모욕이다. 초대받기를 원하는 자가 초대를 받지 못했을 때 느끼는 그 비참함은 온전히 자존심이 구겨졌다는 羞恥心에서 오는 것이다. 자기 또래의 소년들에게 놀림을 받고 따돌림을 당하여 그 분함과 수치심을 이기지 못하여 어이없게도 자살해 버렸다는 신문기사에 나오는 소년의 죽음도 자존심을 떠나서는 설명이 어렵다. 도스트예프스키의 <地下生活者의 手記>에 나오는 '지하생활자'가 자아를 버리고 자기를 파티에 초대하지 않고 冷待하는 사람들을 '짓뭉개 버리고 정복해 버리고 흘려보겠다'는 광적인 욕망에 사로잡히는 것45)도 훼손된 자존심을 회복하겠다는 의도에 지나지 않는다. 솔거의 적대감은 자신이 정상인들에게 받아들여지지 못했다는 사실에서 오는 자존심의 龜裂에 그 원인이 있으며, 그의 복수욕은 損傷된 자존심을 회복하고자 하는 새디즘(sadism)적인 열정에 관련되는 것이다. 憧憬과 怨望이라는 양가감정은 직선적인 적대감으로 발전되고 이것은 다시 자존심의 회복을 위한 복수욕으로 심화되면서 美人圖 制作의 原動力이 되는 것이다.

　세상이 주지 않는 아내를 자기는 자기의 붓끝으로 만들어서 세상을 비웃어 주리라.
　이 세상에 존재한 가장 아름다운 계집보다도 더 아름다운 계집을 자

---

45) **Rene Girard,** <小說의 理論>, 金允植 譯, 三英社, 1978, **p.79.**

기의 붓끝으로 그리어서 못나고도 아름다운 체 하는 세상 계집들을 웃
어 주리라.

  못난 계집을 아내로 맞아가지고 천하의 절색이라고 믿고 있는 사내놈
들도 깔보아 주리라.

  四五명의 처첩을 거느리고 좋다구나고 춤추는 헌 놈들도 굽어보아
주리라.46)

  솔거가 미인도를 그리고자 하는 이유가 원색적으로 나타나 있다.
여인으로부터 자신을 차단한 세상 세인들을 비웃어 주기 위해서 미
인도를 그리겠다는 것이다. 솔거 자신에게는 한 아내도 없는 데 사
오 명씩이나 처첩을 거느리고 희희낙락하는 '헌 놈'을 굽어보기 위
해서 미인도를 그려야만 한다는 것이다. 시기와 증오로 점철되는 솔
거의 비참한 심경과 悲劇的 所望이 表白되어 있다. 시기와 증오는
열등감의 소산이면서 동시에 자존심의 발동을 자극하는 것이기도 하
다. 세상 사람들의 優位에 서서 그들을 비웃고 굽어보아야겠다는 것
이 바로 그것이다.

  솔거를 인간관계와 그 감정적 측면에서만 분석하는 것은 편협한
태도라고 비난받을 여지는 있다. 솔거는 화가이고, 화가라면 예술에
대한 순수한 애정이 있을 것이고, 나아가 그에게 위대한 예술을 창
조해야겠다는 포부가 있다는 것은 자연스러운 일이다. 실제 <狂畫
師>는 솔거의 어떤 예술을 대하는 태도에 초점을 맞추어 해석되거
나 평가되어 왔다. 이런 점은 특히 김동인의 예술관과 관련이 있는
것으로 파악·설명되어왔다.47)

------

46) '狂畫師', p.41.
47) * 趙演鉉, <韓國現代文學史>, 成文閣, 1972, pp.354~355.
   '狂畫師'는 천하의 醜物인 天才的 화가 '솔거'가 天下의 美人이었
던 그의 어머니를 그려 보려고 하는 耽美的인 努力이 그 一貫된 主調
로 되어 있다.…어머니의 美를 再生하려는 그의 努力이 水泡로 돌아
가자 솔거는 미쳐 버린다. '솔거'의 이러한 최후는 그가 얼마만치 죽

솔거를 한 예술가(화가)의 위치에서 놓고 볼 때, 그의 예술을 대하는 태도나 그가 그려낸 그림에 초점을 맞추어 논의를 진행한다는 것은 당연한 일이다. 필자도 기존의 이러한 견해에 어느 정도 동의하고 있다. 앞서 이 작품의 골격을, '솔거의 예술창조의 욕구→예술창조를 위한 노력→예술창조의 실패'로 파악한 것도 이러한 견해들을 염두에 두었기 때문이었다. 그러나 솔거의 미인도 제작의 동기는 그의 추악한 외모에 관련된 인간관계에서 찾아져야 한다는 것이 필자의 견해이기 때문에 위에서 그의 증오감과 복수욕, 자존심의 문제를 부각시켜 본 것이다. 따라서 '욕구→노력→실패'의 도식은 일차적으로 솔거의 창조 행위의 과정과 결과를 나타내지만, 근본적으로 그의 心理的 趨移와 운명의 진행 과정과 결과를 나타내는 것이다. 다시 말해서, 솔거의 예술 창조 행위는 운명의 극복이라는 과제를 바탕에 깔고 있기 때문에 그것(미인도 제작)은 순수한 예술적 의도에서라기보다는 복수욕과 자존심에서 비롯된 행위로 보았던 것이다. 위대한 미인도 제작은 솔거의 예술가로서의 포부를 실현하기 위한

은 어머니의 아름다움을 깊이 熱慕했는가 하는 것을 反證하는 것으로서 金東仁의 강렬한 耽美的인 熱情의 反映이 아닐 수 없는 것이다.
  * 金治洙, <韓國小說의 空間>, 悅話堂, 1976, p.108.
  일종의 匠人으로서 예술가를 파악한 이 작품에서도 현실적으로 자기의 욕망을 충족시킬 수 없는 자의 고통스런 창작과정을 보여주고 있는 것이다.
  * 金宇鍾, <韓國現代小說史>, 成文閣, 1982, p.138.
  그처럼 오랜 세월을 두고 갈망해 온 力作, 그처럼 완성되지 못해서 괴로워하던 여인의 화상, 그것은 결국 모델의 목을 졸라 죽이는 악마적인 행위가 없이는 이루어질 수 없는 것이다. 악마적인 의식을 거치지 않고는 완성되지 않는 그림……이것은 악마가 없이는 참된 미는 창조되지 않는다는 東仁의 惡魔主義를 상징한 것이다.

비판의 여지가 없는 것은 아니지만 이러한 견해들은 거의 일반화되어 있는 것들로서 별 저항 없이 받아들여지는 것 같다.

것이기도 하지만, 솔거의 인간적인 욕망을 성취하기 위한 것이라는 의미가 더 큰 것이다. 즉, 그것은 자신의 자존심의 승리를 확인하기 위한 행위라고 보아야 한다는 것이다.

2-3. 솔거의 挫折과 죽음

스토리의 진행과정으로 보아 이러한 복수욕과 자존심의 문제와 교대로 나란히 나타나는 것이 솔거의 어머니에 대한 그리움이다. '색채 다른 표정!'을 찾고 있는 그의 머릿속에 불현듯 떠오르는 것은 '지금은 거의 그의 기억에서 사라졌지만 어린 시절에 자기를 품에 안고 눈물 글썽글썽한 눈으로 굽어보던 어머니의 표정'이었다. '커다란 눈에 그득히 담긴 눈물, 그러면서도 동경과 애무로써 빛나던 눈, 입가에 떠오르던 미소'로 요약되는 기억 속의 어머니의 모습은 바로 현재의 솔거가 돌아가고 싶은 삶의 보금자리이다. 세상사에 지쳤을 때 인간 누구에게나 가장 먼저 떠오르는 것은 고향이다. 고향에서 보냈던 어린 시절로 돌아가고 싶은 마음이 생긴다. 고향은 곧 어머니요, 나의 모든 허물을 감싸주고 지친 몸을 쉬게 해 주는 곳이다. 세상의 모든 사람들이 나를 거부하고 배척하고 唾罵하더라도 어머니는 언제나 나(아들)의 편이다. 어머니의 아들에 대한 母性本能 – 맹목적인 사랑이야말로 인간이 최후로 안길 수 있는 안식처다. 여인들로부터 버림받고 세인들로부터 疎外당한 솔거가 그 어머니의 표정을 떠올렸다는 것은 당연한 것이다. "번개와 같이 순간적으로 심안(心眼)에 나타났다가는 사라지는 이 환영"이라고 했지만 이 어머니의 幻影은 이미 오래 전부터 솔거의 무의식 속에 자리 잡고 있었던 救援의 肖像이었다. '그것을 그려보고 싶었다'고 하는 것은 솔거의 '근원적 삶의 보금자리로 回歸하려는 소망'을 나타내는 것이다. 이러한 솔거의 심경은 일순에 세인들에 대한 울분과 분노로 바뀌면서 그는 음울한 얼굴로 어머니를 모델로 한 미녀상을 그리기 시작한다.

> 처음에는 단지 아름다운 표정을 가진 미녀를 그려보고자 하였다.
> 그러나 미녀를 가까이 본 일이 없는 이 화공이 마음대로 되지 않는
> 붓끝에 역정을 내며 애쓰는 동안 차차 어느덧 미녀상에 대한 관념이 달
> 라 갔다.
> 자기의 아내로서의 미녀상을 그려보고 싶어졌다.48)

앞에서 솔거가 그의 어머니를 希代의 美女라고 회상하면서 희미하
기는 하지만 憐憫과 愛情에 가득 찬 그녀의 표정을 기억해 낸 것으
로 되어있다는 점과는 전후 논리가 맞지는 않지만 이 대목은 솔거의
중요한 심리적 변화를 암시해 준다. 솔거의 어머니에 대한 그리움이
아내에 대한 所有慾으로 변질되는 것이다. 그리고 그것들은 세인들에
대한 복수욕으로 융합되어 나타난다. 솔거는 자신의 근원적 삶의 보
금자리로 회귀하고픈 소망이 近親相姦的(incestuous)인 禁忌를 범하
는 것일지도 모른다는 생각이 들자 그 욕망을 아내에 대한 소유욕으
로 교묘하게 置換(displacement)시켜 가고 있다. 어느 정도 浪漫的이
면서도 道德的인 감정에 균열이 오자 솔거는 그것[Oedipus complex]
을 도덕적 감정에 손상을 주지 않는 아내에 대한 욕구로 자리바꿈을
시킨 것이다. 그리고 곧 바로 앞서 인용한 바 있는 "세상은 자기에게
아내를 주지 않는다."로 시작되는 세상의 사내들과 계집들에 대한 적
대감을 드러내 보인다. 이 오이디푸스 콤플렉스와 적대감(또는 복수
욕)은 음악의 對位法처럼 끊임없이 並置되면서 작중의 사건을 이끌
어 가는 근본적 동기 구실을 한다. 솔거가 미인도를 제작하는 특정한
동기는 예술적 포부이지만 근본적 동기는 오이디푸스 콤플렉스와 復
讐慾으로 나타나는 자존심의 회복임이 밝혀졌다. 또한, 솔거의 가시

---

48) '狂畫師', p.71.

적 성격지표는 추악한 외모이며 여기에서 파생되는 그의 성격이 오이디푸스 콤플렉스와 자존심이라고 말할 수도 있다(이 근본적 동기로서의 성격은 미인도로써 승화되어야 할 것이며, 솔거도 이 점을 충분히 의식하고 있다는 점도 일단 밝혀 둔다).

솔거는 '세상이 자기에게 주지 않는' 아내를 그리기 위하여 그 모델을 구하기에 혈안이 된다. 그러나 좀처럼 구하지 못한다. 이 점이 솔거의 矛盾이자 갈등이다. 상상으로 가능한 이목구비가 반듯하기만 한 미인도로서는 만족할 수 없으며 瞬影的으로 기억하는 어머니를 닮은 여인을 찾아야만 한다는 것이다. 솔거가 생각하는 완벽한 미인으로서의 아내의 모델은 이미 자신의 마음속에 있는데 그것을 밖에서 구하려고 하니 찾아질 리가 없는 것이다. 솔거가 미인도에서 가장 중시하는 것은 눈이었다. 미녀의 아랫도리는 다 그렸지만 얼굴에는 손을 대지 못하고 있다. 얼굴에서도 그가 바라고 생각하는 눈의 표정이 잡히지를 않아 頭上을 그리지 못하고 있는 것이다. 그가 생각하는 눈은 애무와 동경, 즉 사랑이 넘치는 눈이었다. 그것은 바로 회상속의 어머니의 눈이 아닌가, 이 눈은 세상 어머니들이 아들에게만 보일 수 있는 눈이요, 아들은 어머니에게서만 볼 수 있는 눈이다. 세상 누가 이 醜男 화가에게 그런 눈빛을 보일 것인가? 그것을 밖에서 찾는다는 것은 이미 불가능한 일을 헛되이 시도하는 것에 불과하다. 그가 밖에서 모델을 찾는 한 미인도는 완성될 수 없으며, 미인도로 표상되는 自己探索(self-realization)도 실패할 수밖에 없는 것이다. 그리고 그가 그리고자 하는 미인도는 자기의 아내의 상이다. 아내의 상을 그리는 데 빈번하게 어머니의 회상이 등장한다. 어머니와 아내의 同一視가 이루어지는 것이다. 아내로서의 어머니, 어머니로서의 아내, 이것은 솔거의 潛在的 所望이며 그의 아니마(anima) 추구의 心氣지만 도덕적으로 용납되지 않는 등식이다. 그는 그것이 부도덕하다는 것을 의식하기 때문에 그것을 피하기 위한 도덕적 합리화가 필요했던 것이며, 이 점이 솔거를 시정과 왕후친잠의 뽕밭으로 내몰았던 것이다. 안에 있는 것을 밖에서 찾아야 하며, 안에 있는 것은 도덕적 양심이 허락하지 않으니 미인의 얼굴은 그려질 까닭이 없다. 그래서 미녀 색출은 솔거의 모순이자 갈등이라고 한 것이다. 말하자면 그는 오이디푸스 콤플렉스와 도덕적 양심 사이에서 방황하고 있었던 것이다. 어머니에 대한 도덕적 감정을 고수하는 한 그의 시도는 성취될 수 없는 것이다. '자기에게 계집을 주지 않는 고약한 세상에게 보복하는 의미로 절색의 미녀를 차지하고자 하는 이 화공'은 이제 다시 宮女를 보기 위해서 뽕밭으로 갈 필요가 없을 수밖에 없다. 바깥세상의 그 어떤 미인도 그에게 필요 없다는 것을 그는 이미 잘 알고 있었기 때문이다.

얼굴을 싸매고 시정이나 우물가를 배회하거나 桑園을 출입하는 일도 그만 두고 憤懣과 憧憬으로 나날을 보내던 가을 어느 날 저녁 무렵 솔거는 소나무 숲 시냇가 바위 위에 앉은 처녀를 발견한다. 이 처녀에게로 조심스럽게 접근해 가던 솔거는 놀라움을 금치 못했다. 세상에 드문 미녀였기 때문이었으며 얼굴의 표정이 특히 아름다웠기 때문이었다. 그녀는 무엇에 홀린 듯 황홀한 눈으로 시내를 굽어보고 있었다.

> 남벽(藍碧)의 시냇물에는 용궁(龍宮)이 보이는가. 소나무 그루에 부드껴서 튀어나는 바람에 앞머리를 약간 날리면서 처녀가 굽어보고 있는 것은 무엇인가.
> 처녀의 왼 공상과 정열과 환희가 한꺼번에 모인 오묘한 미소를 눈과 입에 띄고 일심불란히 처녀가 굽어보는 것은 무엇인가.[49]

솔거가 우연히 발견한 처녀를 묘사한 장면이다. 솔거가 이 처녀의

---

49) '狂畫師', p.75.

미모나 표정에 얼마나 이끌리고 있는가를 보여 주고 있다. 솔거의 눈에는 그녀가 龍宮의 幻想이라도 보는 듯이 느껴졌다. '용궁'은 이 다음에 전개되는 이야기에서 중요한 의미를 갖는다. 하필 솔거가 처녀의 모습에서 용궁을 떠올린 까닭이 무엇이겠는가? 지금까지 찾지 못해 勞心焦思하던, 솔거가 생각하던 바로 그 미인이라는 직감 때문이다. 용궁은 이 세상의 모든 괴로움과 고통이 없는 곳, 이 세상 어디에서도 찾을 수 없는 아름답고 평화만 있는 신비스러운 세계다. 처녀를 보는 순간 용궁을 생각한 것은 그 처녀의 표정에서 그런 평화와 사랑을 느꼈기 때문이며 그것이 그가 찾고 있었던 어머니의 표정이라는 느낌 때문이었다. 즉, 그는 처녀에게서 용궁으로 상징되는 어머니의 이미지를 보았던 것이다. 용궁은 솔거가 도달하고자 하는 가장 理想的인 삶의 보금자리이며 그것은 곧 母性이다. 이 점에 대해서는 다음에 좀 더 설명할 것이다. 처녀에게 가까이 다가간 솔거는 그녀가 소경임을 알게 된다. 소경 처녀를 만나게 된다는 것은 솔거에게 있어 다행스러운 일이다. 성한 눈을 가지고 솔거를 대하는 어떤 여인이라도 그 눈에 '넘치는 사랑'과 '애무와 동경'의 빛이 나타날 수는 없다. 솔거를 대하던 여인들의 눈빛은 경악과 공포와 혐오로 가득 차 있었다. 아무것도 볼 수 없는 이 아름다운 소경 처녀는 그럴 염려가 없기에 솔거로서는 접근이 쉽게 이루어질 수 있는 것이다. 이 점을 이재선은 다음과 같이 말하고 있다.

> 모성고착에 기인하는 熱病者의 視力에서 찾아진 눈먼 소녀 모델의 無垢한 純眞美가 아무리 강조되어 있다고 할지라도 그것은 솔거의 추악한 形姿를 되도록 가리워 주려는 작가의 의식적인 배려의 결과 밖에는 아무것도 아니다.50)

---

50) 李在銑, 앞의 책 p.210.

솔거가 소경 처녀를 만난다는 것은 필연성이 미약하다. 눈먼 처녀가 저녁 시간에 성한 사람도 찾아오기 힘든 深山에 와 있다는 것은 리얼리티가 부족한 사건 실정이다. 그런 점에서 솔거와 소경 처녀와의 遭遇는 작자의 조작성을 지나치게 나타낸다는 비난을 면키 어려울 것이다. 그러나 이 이야기 자체가 현실적인 논리성을 멀리 벗어난 곳에서부터 시작된, 그런 것에는 별 관심이 없이 만들어진 이야기라는 것(내부소설 서두에서 인물과 시대를 설정하는 余의 태도를 볼 것)을 생각한다면 必然性이나 현실감 같은 것은 별 문제가 되지 않는다. 솔거로 하여금 소경 처녀를 만나게 하여 그에게 자신을 감추고 미인도를 제작할 수 있는 가능성을 열어주기 위해서는 이런 偶然性이 도입될 수도 있는 것이다. '눈먼 소녀 모델의 순진미'를 솔거가 자연스럽게 볼 수 있었던 것은 전능한 스토리 메이커의 배려 덕분으로서 사건 전개에 결정적인 영향력을 행사한다. 그리고 소경 처녀와의 만남은 단지 솔거의 形姿만을 가려두기 위한 설정이 아니다 중요한 상징적 의미를 갖기도 한다. 솔거가 그리워하는 것은 '어머니의 사랑의 아름다운 얼굴'이며 구체적으로 그것은 앞서 본 바대로 '커다란 눈에 그득히 담긴 눈물 그러면서도 동경과 애무로써 빛나던 눈, 입가에 떠오르던 미소'로 묘사되었다. 솔거가 몸서리치도록 그리워하는 어머니의 총체적인 이미지는 사랑과 慰撫의 모습이다. 그것은 모든 것으로부터 버림받은 아들에 대한 어머니의 '맹목적인' 사랑이다. 소경 처녀의, 환상에 사로잡힌 듯한 아름답고 평화로운 표정은 그녀가 솔거를 볼 수 없는 盲目이기 때문에 보여줄 수 있는 표정이다. 추한 의모와는 관계없이 소경 처녀가 솔거에게 보여준 아름답고 신비스러운 표정은 그에게는 그대로 어머니의 맹목적인 사랑의 표정과 닮아 보일 수밖에 없다. 눈먼 소녀와의 조우는 근원적 삶의 보금자리로서의 어머니로 回歸하려는 솔거의 오이디푸스 콤플렉스의 昇華의 가능성과 근친상간적인 禁忌 파괴의 가능성을 아울러 암시하는 것이다. 이런 점에서 다음과 같은 이재선의 분석은 음미해 볼 가치가 있는 것이다.

> ……이런 모성 고착을 미인도의 제작으로 승화시키려는 솔거는 두 번에 걸친 결혼의 실패에서 강렬한 女性忌避症 misogyny에다 추한 얼굴에 대한 열등감 때문에 夜行的 意識을 가지고 있다. 뿐만 아니라 모성고착과 희대의 미인상을 그리겠다는 일종의 프지코폼포스의 의식까지도 갖고 있다. 이런 심리적 複合性 때문에 스스로의 추를 의식할 수도 없고 반발할 수도 없는 소경에게서 美人圖 완성의 가능성을 깨닫는다.[51]

잠시 소경 처녀와 대화를 나누다가 솔거는 다시 용궁 이야기를 꺼내 스러졌던 소녀의 동경의 물결이 이는 아름다운 표정을 회복시킨 다음 소녀를 모델로 쓸 작정을 하고 집으로 데려왔다. 처녀를 앞에 앉히고 용궁 이야기를 해 가면서 시시로 환희에 떨리는 아름다운 소녀의 표정을 그는 하나도 놓치지 않고 그려나갔다. 여러 해를 머리 없이 걸려 있었던 미인도가 거의 완성되어 갔다.

> 황혼은 어느덧 밤으로 변하였다. 이때는 그림의 여인에게는 단지 눈동자가 그려지지 않을 뿐 그밖에 것은 죄 완성이 되었다.
> 동자까지 그리고 싶었다. 그러나 이 그림의 생명을 좌우할 눈동자를 그리기에는 날은 너무도 어두웠다.
> 눈동자 하나쯤이야 밝은 날로 남겨둔덜 어떠랴.[52]

그림이 거의 완성될 무렵 날이 어두워진 것이 솔거에게는 불행이었다. 밤이 갖고 있는 魔性이 솔거에게 철천지한을 남겨주게 된다. 그는 그림에 대한 긴장이 풀어지면서 처녀에 대한 性的 慾求를 느끼게 된다. 솔거는 삼십년의 독신 생활에서 억제된 생리적 욕구가

---

51) 위의 책 p.120.
52) '狂畵師', p.80.

폭발되면서 처녀를 범하게 된다. 이러한 일련의 밤의 사건은 상황과 인간의 常情으로 보아 지극히 자연스러운 것이지만 솔거에게 있어 이 사건은 미처 생각지 못한 파탄의 시발이 되는 것이다. 소경 처녀는 솔거에게 있어 어머니와 동일시되는 대상이다. 그녀는 아내를 그리려는 솔거의 미인도의 모델이지만, 솔거가 생각하는 아내는 이미 솔거의 마음속에서 어머니와 동일시되어 있었다. '어머니→아내→소경 처녀'로 전개되어 온 일련의 사건과 심리적 추이에서 이 점은 분명히 나타나고 있다. 솔거가 처녀를 범한 것은 지금까지 조심스럽게 억제되어 왔고 변용되어 왔던 근친상간의 욕망이 현실화된 것을 의미한다. 소경 처녀와의 通情은 어머니와의 근친상간에 대한 욕망의 代償行爲로 볼 수 있기 때문이다. 솔거에게 있어 오이디푸스 콤플렉스는 미인도로써 승화되어야 할 감정이지 본능적인 행동으로 충족되어야 할 욕구는 아니다. 근친상간적인 의미를 띤 소녀와의 통정으로 말미암아 어제 솔거가 소녀에게서 본 모든 이상적인 어머니의 모습은 사라진다.

> 기쁨으로 빛나는 처녀의 눈.
> 그러나 화공의 심미안(審美眼)에 비최인 그 눈은 어제의 눈이 아니었다.
> 아름답기는 다시없는 아름다운 눈이었다. 그러나 그 눈은 사내의 사랑을 구하는 여인의 눈이었다. 병신이라 수모 받던 전생을 벗어버리고 어젯밤 처음으로 인생의 봄을 맛본 처녀는 인제는 한 개의 그 지어미의 눈이요, 한 개의 애욕의 눈이었다.53)

밤의 魔性에서 벗어나 낮의 각성으로 본 처녀의 눈에는 이미 母性이 사라지고 없었다. 솔거가 그렇게 애타게 그리던 용궁의 모습은 이미 그녀의 눈에서 사라지고 만 것이다. 그가 그리려 했던, 거의

---

53) '狂畵師', p.81.

손에 잡았던 애무와 동경의 모성의 눈빛이 자신의 순간적인 성적 욕구로 말미암아 사라져 버리고 만 것이다. 솔거는 천재일우로 얻었던 母親像을 스스로 파괴해 버린 것이다. 소경 처녀가 이제 와서 병신 천지로만 보이는 것은 어머니를 범했다는 자신의 죄책감의 投射(projoection)다. 솔거는 더 이상 그림을 그릴 수가 없다. 소경 처녀를 범한 것은 어머니를 범한 것과 같다라는 각성의 순간이 그에게는 絶望의 순간이었다. 미인도를 그려서 오이디푸스 콤플렉스를 승화시키고, 고독과 불행의 현실로부터 근원적인 삶의 보금자리(용궁)로 回歸하려던 그의 소망은 좌절되었다. 뿐만 아니라 완전한 미인을 창조함으로써 정상인들을 비웃어 주려던 그의 복수욕도 실현 불가능하게 되었다. 그것은 추악한 외모에서 온 불행한 운명에서 벗어나려는 시도의 좌절이며, 패배이며, 자존심의 파탄이다. 솔거는 순간적인 분노의 감정을 억제하지 못하고 처녀를 살해한다. 그는 자신의 모든 좌절과 패배의 책임을 처녀에게 전가하고 있지만 실은 처녀의 살해는 어머니를 범했다는 무서운 도덕적 자책감의 반작용이며 부성원리에 부합하는 세인들을 극복하지 못한 자신에 대한 증오감의 반작용이다. 처녀의 살해는 자기 파괴의 충동에서 빚은 살인이다. 극복되지 않는 대상(일종의 부성원리)에 대한 살해 욕망은 곧잘 자신에게 투사되며, 그것은 자살과 같은 자기 파괴 행위로 나타난다고 한다.54) 이 재선은,

> 亡母에 대한 熱情的인 환상의 美와 現實的인 醜惡에 대한 열등감과 공포 속에서 에로스와 타나토스가 선고되어 있다……. 그러기 때문에 솔거는 단순한 한 눈 먼 소녀 모델뿐만 아니라 스스로의 모든 것에 대해서 광포한 파멸을 행한다. 美化된 母性的인 것의 一部分이던 것이

---

54) S. Freud, *Civilization And It's Discontents*, W. W. Norton & Company Inc. 1961, p.7~9 passim.

혐오할 女性的인 것으로 보였기 때문이다.55)

라고 비교적 온건한 용어로써 견해를 피력하고 있지만 그가 말하는
에로스는 근친상간적인 애욕이며 타나토스(thanatos)는 금기를 파괴한
자가 맞이할 수밖에 없는 당연한 파탄이다. 처녀가 죽으면서 튀긴 먹
물이 소녀의 얼굴에 덮이면서 그 방울이 튀어서 미인도의 눈동자가
그려졌다는 것은 E.A. 포우적인 괴기성, 악마성과도 통한다. 이런 점
은 <狂畵師>의 탐미적이고 악마적인 성격을 보여주는 요소이기도 하
다. 그려진 눈동자가 원망의 빛을 띠고 있어 솔거는 더욱 경악한다.
수일 후 솔거는 광인이 되어 거리를 방황한다. 있을 수 있을 것이라는
가능성을 전연 排除할 수는 없지만 도저히 있을 법하지 않은 괴이한
우연과 조우하게 될 때 오는 충격과 경악이 빚어내는 사고의 혼란이
失性으로 발전할 수도 있다.56) 그러나 솔거에게는 미칠 수밖에 없는
더 큰 이유가 있다. 아버지를 살해한[父親殺害, tarricide] 자는 신체
의 어느 部位를 절단 당하게 되며, 어머니를 살해한[母親殺害,
matricide] 자는 미쳐버린다는 것이다.57) 오이디푸스는 그 아버지를
살해하고 어머니를 아내로 맞이한(incest) 형벌로써 자신의 두 눈을
뽑아 버렸으며, 오레스테스(Orestes)는 不貞한 자기 어머니를 살해한
뒤 미쳐버렸다. 솔거는 어머니로 동일시되는 소경 처녀를 범하고
(incest) 살해했기(matricide) 때문에 미쳐버린 것이다. 이런 기준에서

---

55) 李在銑, 앞의 책 p.210.
56) 그 우연은 인물이 몰두하고 있거나 심혈을 기울여 성취하고자 하는
    대상에 나타난 갑작스러운 변화를 뜻한다. 많은 작품에서 이러한
    인물들을 볼 수 있다.
57) A Green, *The Tragic Effect*, Cambridge University press, 1974,
    p.38.
    *Oedipus comits tarricide and incest, Orestes comits matricide.
    p.56.⋯ that the Oedipul situation is the tragedy of blindness⋯
    Orestian situation is the tragedy of madness.

본다면 솔거는 오이디푸스적 상황(Oedipul situation)보다는 오레스테스적 상황(Orestian situation)에 가까운 인물로 볼 수도 있다. 솔거는 오레스테스 원형(Orestes archetype)에 속하는 인물이기도 한 것이다. 이 세 사람의 궁극적인 도달점은 비참한 죽음이다. 솔거는 그의 모든 의지와 욕망을 한으로 남긴 채 일생을 마감했다. 지라르는 "욕망의 궁극적 의미는 죽음이다."라고 했다.58) 지라르가 말하는 욕망과 솔거의 욕망은 다소 다르다 하더라도 인간이 갖는 욕망의 한계를 우리는 여기서 볼 수 있다.

솔거는 그 추한 의모로 말미암아 불행한 운명의 주인공이 된 인물이다. 추악한 외모에서 오는 열등감을 극복하고, 자신을 세상으로부터 격리시킨 세인들에게 보복하기 위하여, 또 충족되지 못한 성적 욕구, 혹은 오이디푸스 콤플렉스를 승화시키기 위하여 미인상을 제작한다. 그러나 그는 모델이 된 소경 처녀를 범함으로써 그 모든 욕망을 스스로 물거품으로 만들어 버린다. 그 좌절과 실패의 책임을 소경 처녀에게 물어 그녀를 살해하지만 그 살인 행위는 근친상간(처녀와의 통정은 어머니와의 근친상간에 대한 욕망의 代償行爲)을 범한 부도덕한 자신에 대한 峻烈한 審判이 投影된 행위이며, 극복하지 못한 세인들에 대한 제거 충동이 소경 처녀에로 轉移(transfert)된 행위다. 자신이 시도한 모든 것의 실패의 책임이 자기에게 있음을 알기 때문에, 그리고 母親像으로 동일시되는 소경 처녀를 살해했기 때문에 그는 미쳐버리고 만다. 이것은 솔거가 일찍이 베수건으로 얼굴을 가리는 행위에서 암시된 자기 부정의 실현일지도 모른다. 스스로 생각하기에도 추악하고 부담스러운 자신을 無化시켜 버리고 싶은 충동이 殺人과 失性으로 현실화되었다고 볼 수 있다. 미인도

---

58) Rene Girard, 앞의 책 p.213.

를 그려서 세인들에게 복수하고, 세인들처럼 자기를 배척하지 않고 무한한 사랑으로써 감싸주는 어머니의 세계로 회귀하려고 했던 그의 욕망과 소망은 애초부터 실현이 불가능했던 것이다. 복수의 감정은 반드시 자신이나 타인이나 양자 간에 어느 하나가 파괴되어야 끝나는 것이며, 母性에의 회귀[Oedipus complex]는 에로스를 동반하는 것이어서 모성과 관련되는 에로스 자체가 육신과 영혼 중 어느 하나가 손상되어야 결말이 나는 에너지이기 때문이다. 솔거에게 있어 자기실현은 자존심의 회복이라는 의미가 강하지만 그것도 미인도 제작의 실패로 水泡로 돌아가고 만다. 추악한 의모와 뛰어난 재능, 이 신의 불합리한 攝理속에 이미 솔거의 불행한 운명이 정해져 있었던 것이다. "샘물과 암굴과의 대비를 의도적으로 설정한 것은 작품 전개에서 야기되는 갈등을 일깨운다."59)라는 지적처럼 創造의 欲求와 파괴의 衝動(오이디푸스 콤플렉스의 승화를 지향하는 행위와 자존심의 회복을 위한 복수욕의 심화)이 끊임없이 교대로 나타나는 이 작품은 한 인간의 悲願과 그것의 무참한 좌절을 보여줄 뿐만 아니라 처절한 파멸과 패배도 보여 준다. 솔거의 성격 지표는 추악한 외모이며 근본적 동기로서의 성격은 추악한 의모에서 비롯된 근친상간적 욕구와 자존심의 회복을 위한 복수욕이다. <狂畵師>에는 행동 이전에 오이디푸스 콤플렉스와 자존심(복수욕)이 있다. <狂畵師>의 솔거는 母性存在(理想的 女人像)에 대한 추구와 挫折을 정확히 구현한 人物이라 볼 수 있다.

---

59) 尹弘老, <韓國近代小說研究>, 一潮閣, 1984, p.113.

3. 現實과 樂園, 그 平行線의 悲劇性
－〈狂炎 소나타〉의 '白性洙'

金東仁의 작품 상당수가 그러하지만, 이 소설도 시간과 공간의 설정에 있어서 다분히 무책임하다는 비난을 면하기 어려운 인상을 준다. 도입 額字에 제시된 시간적 배경과 공간적 배경은 차라리 현실과 무관하다고 보는 것이 나을 것이다. 도입액자 부분의 話者는 지금부터 자기가 하고자 하는 이야기가 '있을 수 있는 일'이라면 그것으로 족하다고 力說하고 있다. 소설은 현실에 뿌리를 박고 있어야 한다는 우리의 소박한 믿음은 기만당하거나 무시될 수밖에 없다. 동시에 우리는 그러한 화자에게 항거할 수 없을 뿐만 아니라, 소설의 虛構的 眞實이 지니는 거대한 설득력에 새삼 감탄하게 된다. 生體驗의 목적적 秩序化와 再構成이라는 각도에서만 신뢰성 있고 밀도 높은 인생도를 구축할 수 있다고 생각하는 리얼리스트들에게는 거부감과 저항감을 불러일으키기에 꼭 알맞은 이 시공적 배경의 설정에서 우리는 東仁의 自尊的 發想을 엿볼 수도 있을 것이다. 그는, 작가는 神的 權能(divine power)을 갖는 창조자이어야 한다는 생각을 가진 사람이었다.60) 현실적으로 가능한 것이든 환상이나 관념 속에서나 가능한 것이든 그것이 얼마만큼의 개연성만 있는 것이라면, 그리고 그것이 자신의 어떤 이념에 합치되는 것이라면 작품화될 수 있는 가치가 있다고 보았던 것이다. 그에게 있어서 作中現實은 시간과 공간의 개연성이 성립되면 그것으로 충분한 진실이었다. 그는 독자가 어떻게 생각하든, 그 특유의 리얼리티(진실성)를 소중하게 생각

---

60) 金允植, 〈韓國近代作家論攷〉, 一志社, 1974, p.28.

했던 것처럼 보인다. 그는, 그가 선택한 제재가 그의 생체험의 세계와 직접적인 관련이 있느냐 없느냐 하는 범위 내에서의 리얼리티가 아니라 개연적인 시공과 인물과 사건이 그의 美的 理念을 어느 정도 실감 있게 나타낼 수 있느냐 하는 범위 안에서의 리얼리티가 중요한 것이라고 생각했을 가능성이 크다. 이러한 생각은 작가 東仁의 의지이며 그의 작가로서의 자유다. 그것은 東仁의 방식대로 변형시키거나 조정한 그의 예술세계 내에서의 자유의 실현이라 할 것이다.

이런 점에서 앞서 지적한 '무책임하다는 인상'은 긍정적인 방향으로 수정되지 않을 수 없다. 이렇게 장황하게 시간적·공간적 배경의 설정과 관련하여 작가 정신의 自由性을 언급한 것은 바로 그러한 방식이 이 소설에서 인물 상호간의 관계를 밝히는 실마리가 되기 때문이다. 그러한 방식—美的 理念과 관련된 任意的 리얼리티의 창조—은 흔히 人形操縱說로 설명된다. 이 소설에는, 소설가는 神에 가장 가까운 인간이라고 말한 어느 작가의 말처럼, 신적 권능을 가진 작가의 손바닥 안에서 한 치도 벗어나지 못하고 그의 미적 이념의 구현에 이바지하는 인물이 등장하고 있다. 직접 작가 자신이 나서는 것은 아니다. 그리고 되도록 작가는 배제하고자 하는 것이 필자의 의도이므로 굳이 동인의 취향을 끌어들여 작중인물을 설명하고 싶지도 않다. 단지 이 소설에 등장하는 내부 소설의 화자 K의 역할과 사건의 주인공 백성수와의 관계가 동인이 지향하는 소설 작법인 인형조종설을 닮았기 때문에 신적 권능이라는 말을 써 본 것이다. 이 소설의 작중화자인 K는 조종자이고, 백성수는 자의반 타의반으로 조종되거나 스스로 움직이기도 하는 인형을 닮은 점이 있다는 이야기다.

이 작품에는 실제 대화를 하는 두 사람과 두 사람의 대화 속에서 사건의 주인공이 되는 한 사람, 이렇게 세 사람이 등장한다. 視點(point of view)은 작중화자가 관찰자가 되는 형식을 취하고 있다. 여기에서 대화를 주도하는 K씨는 백성수의 사건에 참여하기도 하고,

그를 조종하기도 하는 실질적인 주요인물이지만, 그의 대화의 상대역인 ‘사회 교화자 모씨’는 K의 사상에 동감하거나 설득당하기 위하여 동원된 소도구, 즉 주변 인물에 불과하다. ‘모씨’는 K씨가 자신과 백성수의 사상과 입장을 합리화하고 강조하기 위하여 장치한 補色 역할을 하는 인물이다. 뚜렷한 주장을 가지고 반동적인 입장에 서는 인물(antagonist)도 아니므로 앞으로의 논의에서 제외하기로 한다. 음악 평론가 K씨는 음악, 즉 예술에 대한 광적인 집착을 가지고 있는 사람으로서 언제나 영웅적인 작품이 탄생될 것을 갈망하는 인물이다. 이러한 K는 우발적인(나중에 밝혀지겠지만 결코 우발적인 아닌) 放火를 하고 난 백성수를 우연히 만나 자신의 예술적 욕구를 실현할 기회를 갖게 된다. 여기에서부터 실질적인 백성수의 사건이 시작된다. 이 작품은 실제 스토리의 전개가 K의 對話와 백성수의 고백적 서간을 통해서 이루어지는데 K의 역할과, K와 백성수의 관계, 백성수의 성격 등은 모두 이 범위 안에서 밝혀지는 것들이다. 표면적으로 나타나는, 인물의 성격을 드러내는 일차적인 指標로는 行爲와 對話가 가장 확실한 것이다. K의 대화의 내용은 백성수에 대한 정보이자 자신의 생각이며, 백성수의 고백적 서간은 그의 행위이자 K에 대한 정보가 되는 것이다. 이러한 대화와 행위를 통하여 根本的 動機로서의 성격지표를 규명해 보는 것이 좋을 것이다. 주인공은 백성수로 확정하고, 편의상 K와 백성수를 따로 두 개의 항으로 나누어 인물을 추적해 보기로 한다.

3-1. 天才와 藝術에 대한 破壞的 熱情 －K씨－

　음악 비평가 K씨는 백성수를 주인공으로 하는 사건의 관찰자이자 전달자이며, 동시에 백성수의 입장과 처지를 변호하고 그를 지도하는 인물이다. K씨는 우연히 만난 백성수가 30년 전 타계한 野性的인 흡

樂의 작곡자인 '백○○'의 아들임을 알고 그를 보살피는 후견인의 역할을 수행하게 된다. K씨가 백성수를 만나는 과정은 필연성이 미약하여 이 소설의 플롯이 지니는 취약점으로 지적될 수도 있으나, 이야기 자체가 일관성을 지니고 있고, 또 우리가 이해할 수 있는 主題的 構造를 보여 준다는 점에서 큰 문제는 되지 않으리라 본다.

> ……현실로서의 배경, 디테일이 중요하지 않을 때, 소설 구조에서 문제되는 것은 당연히 플롯으로 귀착된다.
> 인물 조종설은 플롯의 묘미에 있는 것이며……61)

이러한 진술로 볼 때 <狂炎소나타>와 같은 추상적, 관념적인 理念을 劇化한 소설에서는 무엇보다도 플롯이 精密하고 妙味가 있어야 할 것이다. 이런 점에서 <狂炎소나타>는 실패한 작품일지도 모른다. K씨와 백성수의 조우, K씨의 입을 통해서 빈번히 나오는 '기회'의 문제, 백성수가 저지르는 사건의 우연성 등은 모두 이 작품의 플롯에 손상을 입히는 사건 단위들이다. 그럼에도 불구하고 이 작품이 하나의 작품으로 훌륭하게 성립되는 까닭은 작중화자인 K씨의 일관된 태도와 거기에서부터 타당성을 얻게 되는 주제적 구조가 다분히 설득력을 갖기 때문이다. K씨는 얼핏 보기에는 단순한 관찰자인 것처럼 보이지만, 실은 그는 사건 전개에 있어서 백성수에게 어느 정도 동기를 부여하여 사건이 성립되도록 하는 스토리 메이커(story maker)와 같은 위치에 있는 인물이다. 그는 사건을 분석하고 판단하여 그 의미를 꼬집어내기도 하고, 거기에 의미를 부여하기도 하는 인물이다. 그는 말하자면 해석자로서의 含蓄된 作者의 역할도 담당한 인물이다.62) 백성수의 고백적 서간에 나타나는 사건이 비록

---

61) 위의 책 p.29.
62) Bernard J. Paris, *A Psychological Approach to Fiction*, Indiana University Press, 1974, p.18 *the implied author as interpreter is

백성수의 自發性에서 연유된 것처럼 보인다 할지라도 얼마만큼까지
는 K씨의 충동과 부추김, 좋게 말해서 지도에 영향을 받고 있음은
분명하다. K씨는 백성수에 대하여 브르몽의 이른바 影響者이며 백
성수는 어느 일면에서 受動者의 의미를 갖는다. 여기에 이 작품에
서 K씨가 갖는 비중과 의미가 있는 것이다.

K씨의 말에 의하면 그는 백○○의 친구로서 일찍이 백○○의 음
악적 재능에 경탄했으며, 그의 작품에 전폭적인 지지를 보낸 사람이
었다. 백○○은 野人的 氣質이 충만한 사람이었으며 그의 음악은
野性的 旋律로 가득 차 있었다. 광기에 가까운 그의 야성의 힘이
그의 음악을 빛나게 했다고 K씨는 술회하고 있다.

> 광포스런 야성은…… 그러한 야성은 그의 음악 속에 풍부히 잠겨 있
> 어서, 오히려 그 야성적 힘이 그의 예술을 빛나게 하는 것이었습니다
> ……작품? 작품이다 무엇이외까? 술을 먹은 뒤에 취흥에 겨워, 때때로
> 피아노에 앉아서 즉흥(卽興)으로 탄주를 하곤 하였는데, 지금 생각하면
> 그 귀기(鬼氣)가 사람을 엄습하는 힘과 야성(베토벤 이래로 근대 음악
> 가에게 발견할 수 없던), 그런―보물이라 하여도 좋을 것이 많았지
> 만……63)

馴致되지 않은 야성의 힘에서 쏟아져 나오는 백○○의 음악에 커
다란 감동과 놀라움을 금하지 못했던 K씨의 심경을 간접적으로 제시
해주는 대목이다. 베토벤 이래의 가장 힘 있는 음악이라고까지 극찬
한 것을 보면 K씨는 그 당시 백○○의 재능과 음악에 대하여 큰 기
대는 물론 선망의 念까지도 품고 있었으리라고 짐작할 수 있다. 그러
나 백성수의 아버지는 술에만 耽溺하였고, '술은 음악이다'라고 외치

---

an important feature of much fiction…
63) 金東仁. '狂炎 소나타', 中外日報, (1930. 1. 1-1. 12) *본고에서는
　　全光鏞 編 <韓國近代小說의 理解>에 전재된 것을 텍스트로 함.

는 생활 속에서 서서히 재능과 육체가 시들어 버리고, 급기야는 심장 마비로 세상을 뜨게 된다. K씨의 진술로 미루어 보아 백○○는 制度나 秩序에 얽매이기 싫어했던 사람이었음을 알 수 있다. 어떠한 束縛이나 체계적 질서에서 벗어날 때 그는 자연스럽게 그의 재능을 流露시킬 수 있는 인물이었다. 선생을 두들기고, 술집 주인, 상점 주인을 두들기는 그의 행위는 어떤 의미에서 傳統과 權威에 대한 저항이며, 化石化된 제도와 원칙에 대한 否定이라고 볼 수 있다. 현실적인 전통과 권위, 제도와 원칙을 부정 파괴하지 않고서는 작곡가로서의 자유 의지를 실현할 수 없다고 생각한 사람이 백성수의 아버지였던 것이다. '부정과 저항→자유 의지의 실현추구(가능성)→창조'로 이어지는 행동의 패턴은 그 후 백성수의 행위에도 부분적으로 적용되는 도식이다. 그는 현실을 거부하기 위하여 飮酒하였으며, 그의 음주는 그를 더욱 참담하게 만들었고, 그 결과 그는 더 강한 반발을 하게 되고 다시 음주로 도피하는 악순환 속에서 끝내 자신을 파멸시키고 말았던 셈이다. K씨는 천재 백○○의 저항과 부정이야말로 그의 예술의 원천이라고 생각했으며, 위대한 예술의 탄생을 위해서는 倫理나 道德은 무시되어도 좋고, 더욱이나 전통적인 음악의 표현 기법이나 이론은 쓸모없는 것이라고 생각했던 것이다. 이러한 것들은 모두 K씨의 추억담에 나오는 이야기이지만 그 속에는 K씨의 백○○의 천재성에 대한 熱望과 K씨 자신의 위대한 음악 예술에 대한 熱情이 간접적으로 제시되고 있다. K씨는 천재성과 그 천재성이 유감없이 발휘되는 음악에 대한 열망을 가지고 있으면서도 실제 창작에는 관여하지 않았던 것 같고, 그러한 재능도 없었던 것이 아닌가 생각된다. 이것은 지나친 비약이 될지도 모르나, 그러했기에 위대한 작품에 대한 그의 열망은 더욱 큰 것이 됐는지도 모른다. 批評이란 내가 직접 획득하지 못한 것을 간접적으로 획득하는 작업이다. K씨는 자신이 직접 창출하지 못하는 위대한 음악에 무한한 기대를 걸고 살아온 사람이라고 생각되어진다. 그는 그것을 기다리면서 음악비평가로서의 활동을 해 온 것이다.

> 비평가는 어떤 일들을 직접 알아낼 수 없는 사람들이어서 <비평받는> 작가인 타인의 행위 덕분에, 오직 간접적으로 중개를 통하여서만 그것들을 알 수 있게 된다. 눈을 빌은 장님, 듣는 능력을 획득한 귀머거리, 詩心의 선물을 받은 非詩人, 이것이 한 비평가다.64)

이 인용문은 이 경우 적절할는지는 모르나 K씨의 입장을 어느 정도 설명해 줄 수 있을 것으로 생각한다. 천재에 대한 열망과 위대한 음악에 대한 열정은 있지만 자신이 그것을 구유하지 못하고 實現할 수 없을 때 K씨는 그러한 천재와 음악을 다른 사람에게서 구할 수밖에 없었을 것이다. 그러나 그가 처음 가능성을 발견했던 백성수의 아버지는 헛되이 죽었고 그의 기대는 일단 좌절된다. 그리고 삼심 년 후 백○○의 아들 백성수를 만나면서 그의 열망과 열정은 다시 타오르기 시작하는 것이다. 백성수를 우연히 만남으로써 그의 마음은, 삼십 년 동안 그가 마음속에 품어온 천재와 예술에 대한 소망이 실현될 수 있을 것이라는 기대로 부풀게 되는 것이다. 그 결과 K씨는 백성수의 후견인 노릇을 즐겨 하게 되고, 은연중 백성수로 하여금 수단과 방법을 가리지 않고 名作을 창조하도록 유도해 나가게 된다. K씨에 대한 이런 식의 이야기는 사실 지나치게 피상적, 비약적이라는 비난을 면하기 어려울 것이나, 앞으로 전개되는 K씨와 백성수의 관계를 면밀히 검토해 보면 수긍되는 점이 있을 것이다.

K씨는 백성수를 자신의 예술적 이상을 실현해 줄 수 있는 인물로 확정하고 있다. K씨는 오랜 세월 마음속에 간직해 온 위대한 예술

---

64) 죠르즈 풀레 編, <現代批評의 理論>, 김붕구 譯, 弘益社, 1979, pp.199~200.

에 대한 자신의 욕구를 충족시켜 줄 수 있는 인물이 바로 백성수라고 생각한다. 그는, "어떤 <기회>가 그 사람에게서 <천재>와 <범죄본능>을 한꺼번에 끌어내었다면 우리는 <기회>를 저주해야겠느냐 축복해야겠느냐"하는 질문에서부터 백성수를 옹호하기 시작한다. 천재란 가장 이상적인 것이지만 犯罪本能은 禁忌視되고 언제나 억압되는 것이다. 그는 이런 의문을 제기하지만 사실 그의 대답은 정해진 것이나 다름없다. 범죄본능이 살아나서 어떤 부도덕한 일을 저지른다 해도 그것이 계기가 되어 천재성이 발휘될 수만 있다면 축복받아 마땅하다는 대답이 K씨에게는 준비돼 있다는 것이다. 이러한 생각은 社會的으로 볼 때 容認되기가 어려운 K씨 자신의 욕구의 어두운 측면이다. 다시 말해서 융(Jung)이 이른바 그림자(shadow)의 顯現이다. K씨는 자신을 이렇게 소개하고 있다.

> 아시다시피 지금 K라면 이 땅에서 첫손까락으로 곱는 음악 비평가가 아닙니까. 견실한 지도적 비평가 K라면 <中略> 말하자면 나 같은 괴상한 성미를 가진 사람이 아니면 삯을 주면서 들어가래도 들어가지 않을 음침한 집이었습니다.65)

이 진술에 의하면, K씨의 특성은 '건실한 지도적 비평가'와 '괴상한 성미를 가진 사람'으로 요약된다. 이러한 兩面性은 尋常하다면 심상하게 보아 넘길 수도 있겠지만, K씨의 경우는 그것이 곧바로 백성수에게로 연결된다는 데에 중요한 점이 있다. "우리의 실생활에서 허용되지 않는 배척되고 억압되는 우리의 정신내용이 인격화된 것"66)이 그림자라면, 분명 K씨가 준비하고 있는 대답은 그의 그림자의 모습이다. 그러나 그는 자기 그림자의 명령대로 행동할 수 없

---

65) '狂炎소나타', p.433.
66) Jolande, Jacobi, <융心理學>, 洪性華 譯, 敎育科學社, 1985, p.145.

는 '건실한 지도적 비평가'이기 때문에 밤늦은 시간에 음침한 교회당을 찾아가 명상에 잠기는 것으로써 다소나마 위안을 얻곤 했다. 여기에서 만난 인물이 백성수다. 거기에서 우연히 백성수가 피아노를 彈奏하는 광경을 목격하고 놀라게 된다. 그리고 백성수가 삼십년 전 아깝게 夭折한 백○○의 아들이라는 데서 다시 한 번 놀라게 되고, K의 그림자는 현실적으로 발동하게 된다. K씨는 자신의 그림자를 백성수에게 投射(projection)함으로써 자신의 예술적 욕구를 충족시키려 하는 것이다. K씨의 입장에서 보면 백성수는 K씨의 하이드氏인 셈이다.

K씨는 백성수를 위하여 '소름이 끼치도록 무시무시한 방'을 꾸며줌으로써 그의 遺傳的 野蠻性과 광포성이 유로되도록 유도한다. 계통적 훈련을 請하는 백성수에게 온갖 규칙과 규범을 무시하라고 요구한다. 그림자란 어떤 의미에서는 유치하고 원시적인 것이다.[67] K씨는 자기의 예술적 욕망의 실현을 위하여 유치하고 원시적인 무대 연출을 하고 있다. 백성수에게 放火를 하도록 유도하고 나아가서 백성수의 광포성이 심화되도록, '차차 힘이 적어져가네'와 같은 우회적인 말로써 그를 부추긴다. 그러한 결과로서 K씨는 不朽의 名作을 얻게 되지만 인간 백성수는 破綻에 빠지고 만다. 훌륭한 작품을 얻었다는 것은 백성수에게도 어느 한 면에서는 승리이겠지만, 그것을 얻기까지의 고통과 그 결과로서의 파탄은 비극이 아닐 수 없다.

> 백성수의 그의 예술은 그 하나하나가 모두 우리의 문화를 영구히 빛낼 보물입니다. 우리의 문화의 기념탑입니다. 방화?, 살인? 변변치 않은 집칸. 변변치 않은 사람께는, 그의 예술의 하나가 산출되는데 희생하라면 결코 아깝지 않습니다.[68]

---

67) 위의 책 p.146.
68) '狂炎소나타', pp.446~447.

K씨는 끝까지 백성수에 대하여 인간적 연민을 보이기보다는, 자신의 예술관과 백성수의 예술－음악을 변호하는 데만 열을 올리고 있다. 熱情이란 고통과 희생을 수반하는 감정이기는 하지만, K씨의 열정이 지니는 그 파괴성은 끔찍한 것이다. K씨가 백성수의 후견인이 되어 그를 돌보아 주는 표면적 동기는 백성수의 天才를 살리기 위한 것이지만 근본적 동기는 K씨 자신의 자기실현과 자기 충족이다.

3-2. 復讐, 破壞, 樂園回歸의 所望과 倫理的 破綻 －白性洙－

백성수는 그 출생부터 문제의 소지를 안고 있는 인물이다. 그것은 첫째 그의 아버지 백○○이 보여준 유전적 배경이고, 둘째는 공인되지 않은 遺腹子로서의 탄생이다. 인간은 누구나 어떤 유전적 배경을 갖고 태어나지만 백성수의 경우는, 순치되기를 거부하는 야성적 천재이며 그 천재와 현실의 乖離를 극복하지 못하고 술로 일생을 마친 아버지를 그 유전적 배경으로 가지고 있다는 점이 특이하다면 특이한 점이다. 모든 자식들이 아버지의 素養을 다 이어받는 것은 아니지만 백성수의 경우는 그 아버지를 그대로 닮았다는 점이 또한 특이하다. 이러한 人物 設定은 작가의 특권으로 배려된 것이라 할지라도 백성수의 입장에서 보면 미묘한 운명의 장난이라 아니할 수 없다. 또, 그의 어머니는 어떤 연유로 그러하게 되었는지 밝혀지지는 않았으나 백○○와 비합법적인 관계를 통해서 백성수를 출산하게 된다. 윤리적 차원에서 볼 때 그것은 私通이며 野合이다. 그랬기에 그녀는 친정으로부터 축출당한다. 백성수를 잉태하면서 백○○는 타계하고, 그녀는 내쫓기어 崎嶇한 삶의 주인공이 된다. 이러한 두 가지 문제점－야성적 천재성, 기구한 출생－은 앞으로 백성수가 전개해 나가는 모든 사건의 선행 조건이 된다. 그러나 이것은 조건일 뿐이지(혹은 어떤 운명을 암시하는 복선이 될 수도 있다) 확실한 성격의 지표가 되는 것은 아니다.

백성수는 교양 있는 어머니의 細心한 보살핌으로 곱고 착하게 자랐다. 가난한 가운데서도 어머니는 오르간을 준비하여 그의 心性을 아름답게 가꾸려고 애썼다.

　　아침에는 새소리 바람에 버석거리는 퍼플라 잎, 어머니의 사랑, 부엌에서 국 끓는 소리, 이러한 모든 것이 이 소년에게는 신비스럽고 다정스러워, 그는 피아노에 향하여 앉아서 생각나는 대로 키―를 두드리고 하였습니다.69) ― 가점필자―

백성수의 재능의 싹을 본 어머니가 마련해 준 피아노에 앉아서 신비롭고도 다정스러운 아침을 건반 위에 아무렇게나 옮기는 그는 어린 천사의 모습을 하고 있다. 이 시절의 백성수가 생활하는 공간은 그야말로 樂園이었다. 가점 부분은 어린 백성수에게는 그대로 낙원의 이미지였으며 어머니의 세계였다. 그는 중학을 졸업하고 직공으로 취직하고 있으면서도 음악에 대한 관심과 집착을 여전히 지니고 있었다. 그러던 어느 날 어머니가 得病을 하게 되면서부터 그의 생활은 급전직하하여 궁핍과 안타까움이 온통 그를 지배하게 되었다. 혼수상태에 빠진 어머니를 구하기 위하여 의사를 부르러 가던 그는 문득 돈이 없음을 생각하고 주인이 잠깐 자리를 비운 담뱃가게의 돈 몇 푼을 훔치게 되고, 그것 때문에 그는 결국 어머니의 臨終을 보지 못하게 된다. 여기까지가 백성수가 K 씨에게 들려준 自傳的 이야기다. 백성수는 비록 기구한 운명이기는 하지만 어머니 때문에 아무런 어려움도 모르고 곱게 자랐으며, 어머니의 교화로 착한 사람으로 성장한 사람임을 알 수 있다. 남달리 큰 문제를 불러일으키는 점도 없으며 주변의 눈살을 찌푸리게 하는 점도 없는 평범한 인간으로 성장

---

69) '狂炎소나타', p.437.

한 것이다. 한 가지 남다른 점이 있었다면 끓어오르는 젊음의 감격과 열정을 五線紙에 옮겨보려는, 音樂徒로서의 생활을 했다는 점이다. 실제 정식으로 음악 공부를 한 적이 없으니 그것이 잘 될 리 없었겠지만 잘 안 되는 그 점을 안타까워하면서 家計를 꾸려갔다는 것이다. 그러나 중요한 것은 그가 착한 사람으로 성장하고 생활했다는 것이 아니라, 그가 사랑하는 어머니를 끝내 구하지 못하고 더욱이나 어머니의 임종도 보지 못하게 됐다는 점이다. 이 점이 앞으로의 사건에 나타나는 백성수의 성격을 이해하는 실마리가 된다.

감옥에서 나온 백성수는 전에 살던 집에 가보았으나 이미 남이 들어와 살고 있었으며, 後聞에 의하면 그의 어머니는 아들을 찾아 길거리까지 기어 나와 죽었다고 했다. 백성수의 심경은 참담해지지 않을 수 없었다. 어머니에 대한 不孝와 어머니를 구원하지 못한 罪責감, 여기에서부터 백성수의 인간성은 변하게 된다. 이것은 윤리적인 의식에서 비롯된 심성변화의 요인으로서, 장차 보다 근본적인 성격변화의 출발점을 이룬다. "성격이란 狀態가 아니라 과정이다"70) 백성수의 성격이 유년기, 청소년기 청장년기로 변해 가는 과정이야말로 이 인용문의 좋은 보기가 될 것이다. 백성수가 어머니를 死別했다는 것은 불효나 죄책감 이전의 '誕生衝擊(trauma of birth)'의 의미를 갖는다. 백성수가 지금까지 생활해 온 공간은 어머니의 세계였다. 그 어머니의 세계에서는 아무 위험도 없었으며, 모든 것이 신비롭고 아름답고 평화로웠다. 뿐만 아니라, 그 세계에서 어머니는 온전히 그의 소유였으며 그것을 방해하는 아버지도 없었기에 그는 아무 불안도 위협도 겪지 않아도 되었다. "사내아이가 어머니를 독점하려 하며, 아버지를 방해물로 여기고, 아버지가 여행을 가거나 집에 없으면 만족하고 있는 모양을 쉽게 볼 수 있다"71)라고 하는 프로이드의

---

70) 金炳旭 編, 崔珽圭 譯, *op. cit.*, p.256.
71) S. 프로이드, <정신분석입문>, 민회식 옮김, 巨岩, 1982, p.227.

指摘을 信用할 때 백성수는 지극히 만족스러운 세계, 말하자면 樂園에 살고 있었음을 알 수 있다. 이러한 백성수에게 어머니의 죽음은 모든 것의 상실을 의미할 뿐만 아니라 사회적 제도나 권위가 그에게 부과하는 苛酷한 試鍊을 의미하기도 하는 것이다. 백성수로부터 어머니를 빼앗아간 것은 사회제도이며(적어도 백성수의 생각으로는 그렇다는 것이다), 그 사회 제도는 백성수가 일찍이 겪어 본 적이 없는 방해꾼(blocking character)으로서의 父性原理의 의미를 갖는다. 사회 제도는 和解를 거부하는 거대한 부성원리이다(개인적 부자관계에서 아들과 아버지는 적대관계를 해소하고 화해하게 된다). 그것은 백성수로부터 어머니를 빼앗아 가기만 할 뿐 그에게 아무런 代替物도 제공하지 않는다. 당연히 필연적으로 抵抗과 復讐의 감정이 유발될 수밖에 없다. 자기의 所有物 또는 安息處를 부당하게 빼앗긴 자가 갖게 되는 감정은 不安과 忿怒일 수밖에 없다. 어머니의 세계로부터 分離되어 의지가지없이 된 백성수가 우선 느끼는 것은 不安의 감정일 것이다. 어머니의 세계에서 어머니식의 교육만 받았을 뿐, 아버지를 통한 사회적응 방식과 능력을 교육받을 기회가 없었던 백성수이기에 갑작스런 어머니의 세계로부터의 분리는 지극히 충격적인 체험이 되지 않을 수 없다.

> 현실적 불안은 의부 세계에 있는 위험을 알 때에 생기는 고통스러운 정서적 경험이다. 위험이란 그 사람을 해치려고 하는 환경의 상태이다…… 불안에 압도당하게 하는 경험을 <충격적>인 것이라고 부른다. 이러한 경험은 그 사람으로 하여금 갓난애의 상태로 되돌아가게 하기 때문이다. 모든 충격적 경험의 原型은 <탄생충격>이다.72)

앞으로의 사건에서 나타나게 되겠지만 백성수의 현실적 불안이 그

---

72) Calvin S. Hall, <프로이드心理學入門>, 黃文秀 譯, 汎友社, 1977, p.86.

를 무기력하게 만들게 된다. 백성수는 불안과 幼兒期로의 退行을 반복하는 인물이 되어 버리고 마는 것이다. 이러한 불안의 감정을 뒤따라 일어나는 것이 분노의 감정이며, 이것은 곧바로 저항과 복수의 의지로 연장되는 것이다. 백성수가 出獄하던 날 그 담뱃가게에 방화를 하게 되는 것은 자기를 불안 상태로 몰아넣고도 대체물을 제공하지 않은 사회제도에 대한 저항과 복수의 첫 몸짓인 것이다.

백성수가 방화를 한 그 시각에 K씨는 바로 음침한 교회에 와서 자신의 말대로 괴상한 취미인 명상에 잠겨 있었고, 허둥지둥 피신해 온 백성수와 조우하게 된다. 허둥지둥 교회 안에 들어온 백성수가 인기척을 느끼지 못하고 격앙된 감정으로 즉흥적인 탄주를 마친 뒤에야, '정신을 못 차리고 망연히 앉아 있던' K씨가 그에게 말을 건넴으로써 두 사람의 만남이 비로소 이루어진다. '괴상한 성미를 가진 사람'이나 밤에 찾아간 '음침한 교회당'에서 '야성적 천재성을 유전 받은 사람'과 '鬼氣서린 야성적 힘의 예술을 갈구하는 사람'의 괴상한 邂逅相逢이 이루어지는 것이다. 지금까지 백성수의 행동은 자발적이거나 충동적인 것이었다. 그의 어머니의 비참한 최후와 자신의 불안한 처지를 생각할 때 그는 걷잡을 수 없는 순간적 충동에 사로잡혀 담뱃가게에 불을 지르지 않을 수 없었을 것이다. 放火가 아닌 다른 방법으로도 그러한 충동은 解消될 수 있겠지만, 현재의 백성수로서 할 수 있는 가장 만족할 만한 행동은 방화가 가장 적절한 것이다. 불은 가장 파괴성이 강한 사물이다. 불은 모든 것을 소멸시킨다는 점에서 모순된 두 가지 기능을 갖는다. 그 하나는 모든 잡다한 것을 쓸어버림(소멸시킴)으로써 淨化하는 기능이고, 동시에 태워버림으로써 폐허화를 초래하는 기능이다.73) 그 불이 소멸시키는 대상의 성질에 따라서 불은 파괴적으로 작용하게도 되고 재창조에

---

73) 프레이저, <黃金의 가지(下)>, 金相一 譯, 乙酉文化社, 1983, pp. 780~790.

관여하게도 된다. 백성수의 경우 불은 적대자―자기에 대하여 가해
한 자를 소멸시키기 위한 파괴적인 것이다. 그리고 그가 느낀 순간
적 충동은 두말할 것 없이 복수욕이다. 이 부분에서의 그의 복수욕
은 두 가지 원인에서 비롯된다. 그 하나는 어머니의 죽음과 관련된
백성수 자신의 불효의식과 죄책감이다. 이것은 윤리적 차원에서의
그의 성격이기도 하지만 동시에 그의 '그림자(shadow)'이기도 하다.
백성수는 자신의 그림자를 담뱃가게 주인으로 대표되는 사회 제도에
게로 투사하여(사회에로의 책임 轉稼) 스스로 파괴적 충동을 불러일
으키게 된다. 나머지 하나는 앞서도 상세히 지적한 바 있는 모성의
세계로부터 분리되는 고통이다. 이것은 개체적, 심리적 차원에서의
성격이자, 그의 성격의 핵심을 이루는 것이다. 이러한 두 가지 원인
에서 연유된 복수욕은 방화로써 일단 해소되고, <狂炎소나타>의 작
곡으로 昇華됨으로써 일단락된다. K씨를 만나기 전, 여기까지는 백
성수의 행위가 지극히 자연스럽게 진행되어 온다. 백성수가 방화를
하는 근본적 동기로서의 성격은 복수욕이며 이것이 그의 성격지표이
다. 광염소나타의 작곡은 아직까지는 예상하지 못한 부산물이며, 백
성수 자신이 깨닫지 못한, 잃어버린 모성의 세계의 대체물이다. 백성
수의 이 '복수욕→파괴적 충동→방화→작곡'이라는 자연스러운 행위
의 흐름이 K씨를 만나면서부터 意圖的・故意的인 행동 패턴으로
변질된다.
　처음 K씨가 백성수의 즉흥곡 탄주를 들으면서 그 느낌을 요약한
대목은 다음과 같다.

　　그것은 마치 야반의 종소리와도 같이, 사람의 마음을 무겁게 음침하
　게 하는 음향인 동시에, 맹수의 부르짖음과 같이 사람으로 하여금 소름
　돋치게 하는 무서운 감정의 발현이었습니다…… 좀 급속도로 시작된
　빈곤, 거기 연하여 주림, 꺼져가는 불꽃과 같은 목숨, 그러한 것을 지나
　서 한참 연속되는 완서조(緩徐調)의 압축된 감정, 갑자기 튀어져 나오

는 광포, 연한 쾌미(快味), 홍소(哄笑)……귀기(鬼氣)가 사람을 엄습하
는 듯한 그 힘과 방분스런 표현과 야성(野性)…… 이것은 근대 음악가
에게 구하기 힘든 보물이었습니다.74)

　이 인용문에는 백성수의 음악의 特性과, 그 偉大性이 요약되어
나타나 있다. 백성수의 음악은 어머니가 병드는 시기에서부터 출발
하여 지금에 이르기까지의 생활을 반영하고 있다. 어렸을 때, 어머니
의 보호 밑에서 평화롭게 지내던 생활은 그의 음악에서 제외되어 있
다. 그 시절에는 아무것도 부족함이 없는, 이 세상에서 가장 평온한
母性의 세계—樂園—에 살고 있었으므로 더 이상의 다른 것은 필
요 없었다. 그 당시 그가 非常한 감격과 興奮은 있어도 막상 그것
을 오선지에 옮겨놓으면 아무런 감흥도 없는 음악이 되고 말았다고
K씨에게 고백한 것은, 그에게 그 시간과 공간에서는 예술이 그렇게
필요하지 않았기 때문이다. 본질적으로 예술이란 결핍과 간절한 소
망이 있는 시공에서 창조되는 것이다. 예술이 구현하는 세계는 인간
이 志向하는 소망의 세계를 보여 준다. 예술은 인간과 인생의 결손
된 부분을 補償하는 행위의 산물이다. 아무런 결손과 결핍이 없는
시공 가운데서 살았던 백성수에게 음악은 막연한 憧憬의 대상이었
을 뿐이지 심각한 삶의 문제는 아니었기 때문에 그 당시 그의 음악
은 실패할 수밖에 없었던 것이다. K씨는 백성수가 어머니로부터 ‘점
잖고 어진 교훈’만 받았기 때문에 그의 천분이 발휘되지 못했다고
해석하고 있지만 이것은 백성수를 잘못 본 것이다. 어머니의 점잖고
어진 교훈이 있었던 세계, 그것은 純眞無垢의 세계였으며 언젠가는
백성수가 돌아가야 할 낙원이지, 그의 천분이 沮止 당했던(감금당했
던) 불행의 시공은 아니다. 백성수의 음악에 어째서 그의 유년기 내
지는 소년기가 제외되었는가 하는 이유는 밝혀졌다. 광염소나타의

---

74) ‘狂炎소나타’, pp.434~435.

내용은 '어머니의 득병과 함께 시작된 빈곤과 주림→어머니의 죽음과 슬픔→복수와 파괴→성취의 쾌감'으로 요약된다. 이것은 그가 처한 현재의 상황을 克明하게 보여주는 것이다. 그의 음악의 특성은 그의 생활 자체가 거기에 집약돼 있다는 데 있고, 그 위대성은 文明의 惠澤과는 거리가 먼 야성적인 힘을 지니고 있다는 점에서 발견된다. 그런데 여기서 한 가지 분명히 해 둘 것은 그의 음악의 위대성을 결정하는 야성(野性), 귀기(鬼氣), 광포한 힘과 같은 것은 작곡의 동기가 아니라, 그의 음악적 재능에 속한다는 점이다. 야성, 귀기, 광포성이 동기가 되어 위대한 음악이 나오는 것이 아니라, 그의 어떤, 특수한 生活樣式에서부터 그의 음악이 나온다는 것이다. 그 생활양식은 외적인 모습을 뜻한다기보다는 그의 內面的 欲求와 밀접한 관계를 갖는 것이다.

백성수는 K씨가 마련해 준 방에 기거하면서 본격적인 작곡생활로 들어간다. K씨는 그의 야성을 자극하기 위하여 특별히 그 방을 꾸몄다. E.A. 포우의 소실 속에나 나옴직한 괴기적, 악마적 분위기를 연출하여 그의 광포하고 野獸的인 天性이 자연스럽게 유로되도록 세심한 배려를 한 것이다. 그러나 이것도 K씨의 오산이다. 백성수는 비록 그 방이 마음에 들기는 한다고 했지만 그 방의 분위기에 자극받아 쓴 곡은 한 곡도 없다. 왜냐하면 백성수의 야성은 작곡의 동기가 아니라 위대성의 조건일 뿐이기 때문이다. 백성수는 K씨와의 만남 이후 자신의 천재성을 어느 정도 의식해 가고 있었다. 그러나 정식 음악교육에 대한 청도 거절당하고, 그의 천재성도 나타나지 않은 채 無爲의 나날을 보내게 된다. 그에게는 아무 뜻도 보람도 없는 그렇다고 현상에 만족할 수도 없는 시간의 연속이었다. 그러던 어느 날, 갑자기 가슴이 답답해짐을 느끼고 산보를 나갔다가 다시 방화를 하게 된다.

> 이때의 저의 심리를 어떻게 형용하였으면 좋을지 저는 모르겠습니다.
> 저는 무서운 적(敵)을 만난 것 같이 긴장되고 흥분되었습니다. 저는 사
> 면을 한번 보고 그 낟가리에 달려가서 불을 그어서 놓았습니다.…… 낟
> 가리에 연달아 있는 집들을 헐어내는 광경을 구경하다가, 문득 흥분되
> 어서 집으로 돌아왔습니다. 그날 밤에 된 것이 <성난 파도>였습니다.75)

백성수는 앞서 지적한 대로 현실과 사회에 적응하기 힘든 인물이
다. 전연 자기가 살아온 모성의 세계와는 다른 현실 속에서 그는 예의
그 불안증만 커질 뿐이었다. 거기에다 '채근 비슷이' 말하는(사실 백
성수를 조종하고자 하는) K씨의 격려도 크나큰 부담이 되었을 것이
다. 사실 이 경우의 K씨는 백성수에게 있어 지도 助言者라기보다는
아버지의 친구로서 아버지와 同一視되는 방해꾼으로 보였을지도 모
른다. 그러므로 K씨도 저항의 감정만 불러일으키는 인물일 수도 있는
것이다. 불안증이 극도에 달한 상태에서 발견한 낟가리는 적으로 인
식되었고 그는 방화를 하게 되는 것이다. 사회 또는 적대자에 대한 반
감이 낟가리에 轉位(displacement)된 것이다. 여기까지만 해도 그 방
화는 작곡을 의식한 방화가 아니었다. '광염소나타'와 같은 자연스런
행위의 결과로 '성난 파도'가 만들어진 것이다. 그러나 이후 백성수는
거의 습관적으로 방화를 하게 되는데, 그것은 의식적으로 음악을 얻
기 위해서라는 명분 아래 저지르는 명백한 범죄였다. 여기에는 K씨의
간접적인 使嗾가 있었음은 물론이다. K씨는 끝내 그 방화가 백성수
의 짓인 줄 모른다고 했지만, 두 번째 방화 때, 그를 자극하기 위하여
불난 사실을 백성수에게 알려주러 간 때부터 K씨는 그것을 사주하고
있었던 것이다. 백성수는 이런 과정―방화와 작곡을 되풀이하면서 자
기식의 생존 방식과 존재의미를 구축해 나가게 된다. 사회 제도나 규
범이 한 개인으로부터 그의 소유물을 빼앗기만 하고 그것을 보상하지

---

75) '狂炎소나타', p.443.

않을 때, 즉 그 개인에게 알맞은 대체물을 제공하지 못할 때, 그 개인은 스스로의 힘으로 대체물을 추구하게 된다.76) 그러나 그 방법은 이미 정상적인 것이 될 수 없다. 사회가 공인하지 않는 방법이 아니고서는 자신의 잃어버린 소유물에 대한 보상을 받을 수 없기 때문이다. 백성수는 그의 삶의 보금자리인 어머니의 세계를 박탈당하고 無防備 상태로 사회에 내팽개쳐졌다. 그는 현실사회에서는 잃어버린 모성의 세계(낙원)를 찾을 수 없었기 때문에 늘 불안과 위협에 시달리다가 강렬한 복수욕에서 재래된 방화(파괴)를 통해 작곡을 하게 되고 그 음악 속에서 순간적인 救援을 얻게 된다. 다시 말해서 백성수에게 있어 음악은 낙원의 대체물이며 그 대체물을 얻기 위하여 그는 방화를 한 것이다. 그에게 있어 음악은 낙원으로 회귀하고자하는 그의 소망이 순간적으로 달성되는 時空인 것이다. 이것이 두 번 세 번 반복되는 과정에서 생활의 한 양식이 되어버렸고, 동시에 자신이 현실 사회에서 존재하는 의미도 여기에서 찾게 되었다. 이것은 자신의 행위가 범죄라는 의식 이전의 切實한, 實存이 부딪치는 생의 의미와 관련되는 문제다. 이렇게 보면, 백성수가 방화를 하는 특정한 동기는 음악을 작곡하기 위한 것이지만 근본적 동기는 복수욕의 충족과 낙원 회귀의 소망임을 알 수 있다.

백성수는 십여 일 건너 한 번씩 방화를 하고 그때마다 한 곡의 음악을 얻는 無謀하고 충동적이며 파괴적인 생활을 계속하지만, 필연적인 귀결로서 이 일에도 食傷하고 만다. 이미 사회적 구성원으로서의 인격체와는 거리가 멀어진 것은 물론이려니와, 수없는 방화에서도 자극과 만족을 얻지 못할 만큼 그의 심정은 악마적이 되고 말았다. 평상시에는 무위의 얌전한 사람, 그러나 범죄와 광란과 야성의 사람 백성수는 이러한 양면성이 교차되는 생활 속에서 심신이 피폐해 갔다. 그의 음

---

76) Calvin S. Hall, 앞의 책 pp.105~112 참조.

악은 K씨에 의하면 여전히 흥분과 광포, 야성과 힘에 가득 찬 경악할 만한 것이었지만, 이제 더 이상 방화에서 그는 음악을 얻을 수 없게 되었다. 그 무렵 K씨는 '차차 힘이 없어져 가네'라는 한 마디 말로 백성수를 각성시켰고, 백성수는 급기야 끔직한 범죄로 발전해가기 시작한다. 우연한 일이라고는 하지만 버려진 늙은이의 시체를 보는 순간 그는 광란으로 빠져들어 그 시체를 참혹하게 만들어 버리고 <피의 선율>이라는 작품을 얻었다. 백성수가 死體를 冒瀆하는 행위는 백성수 자신의 죽음의 본능(thanatos)이다. 죽음의 본능은 보통 공격적 자기 파괴적인 행동(aggressive,… self-destructive pattern)으로 나타난다고 한다.77) 사체를 모독하는 것은 적대세력(사회 규범과 제도)에 대한 공격(복수)이며, 동시에 자신을 파괴(윤리적 파멸)하는 행동이다. 백성수에게 어떤 여인이 있었는지는 밝혀지지 않았으나, 그는 아는 한 여인이 죽었다는 소식을 듣고 그 무덤에 갔다가 시체를 파내어 屍姦을 자행한다. 그 결과 <사령(死靈)>이라는 곡을 얻는다. 시간은 일종의 시체 애호증으로서 성본능(eros)이 倒錯된 상태(perversion)다. 이것은 사체 모독과는 또 다른 백성수의 일면이겠으나 여전히 악마적, 괴기적 취향이며, 윤리적 파탄의 극한점에 도달하고 있음을 보여준다. 그리고, 급기아는 살인에까지 이르고 수많은 사람의 생명을 희생하여 작품을 낳게 된다.

사체모독, 시간, 살인은 그 정도에 있어서 강도의 차이는 있지만 모두 방화가 갖는 의미 속에 포함된다. 백성수는 이러한 일련의 용서받을 수 없는 범죄를 통하여 그의 복수욕과 낙원 회귀의 소망을 충족시키려고 했으며, 또 부분적으로 그것을 성취하기는 했다. 그러나 그러한 것의 반대급부로 영원히 사회에서 격리되는, 그리하여 다시는 그의 낙원으로 회귀할 수 없는 처지로 轉落하고 만다. 백성수

---

77) Michael J. Mahoney, *Abnormal Psychology(perspective on human variance)*, Harper & Row, publishers, Inc., 1980, p.80.

에게 있어 음악의 작곡은, 개인과 세계, 現實과 所望이 영원히 조화되지 못하는 데서 오는 비극성과 동의어다. 이 소설은 우리 모두가 지니고 있는 욕구와 소망의 한 典型을 보여 주고 있다. 인간이 갖는 욕구와 소망이 모두 백성수의 경우처럼 비정상적인 것이거나 비극적인 것이 되지는 않겠지만, 그것이 그렇게 될 수 있는 한 가능성의 세계를 열어 보여 주고 있다는 점만은 지적해 두고 싶다.

'광염소나타'는 인물 상호간의 영향 관계가 상당히 미묘하고, 사건의 始末이 분명하게 구별되지 않는 점이 있어 인물의 추적에 混線을 빚을 가능성이 큰 작품이다. 작자에서 K씨로 全能的 권위가 부여되어 있기 때문에 K씨의 독립성을 찾기가 어려운가 하면, K씨가 백성수에 投射되어 中心人物인 백성수의 개성이 模糊해 질 염려도 있다. 이러한 점들 때문에 인물의 추적이 상당히 까다로운 작품임에는 틀림없다. 그래서 되도록 분명히 하기 위하여 K씨와 백성수를 구분하여 설명한 것이다.

K씨는 백성수를 통하여 자신의 예술적 욕구를 충족시키려는, 점잖은 지도자를 가장한 操縱者다. 그의 성격지표는 자기 욕구의 실현이라 해도 좋다. 백성수는 끝내 어머니를 상실한 슬픔에서 헤어나지 못하고 '아침에는 새소리, 바람에 버석거리는 포플러 잎, 어머니의 사랑, 부엌에서 국 끓는 소리'로 표현되는 낙원으로 회귀하려다 실패하고 만다. 그는 그를 낙원(모성의 세계)으로부터 분리한 사회와 세계에 대하여 파괴로써 저항하고 복수하며, 그 결과로서 위대한 음악을 얻어 그의 소망을 실현하려 하지만, 그것은 그 자신 안에서만 眞實이었지 객관적으로는 범죄였기 때문에 결국 그는 현실적(윤리적)으로 破滅하고 만다. 그의 성격 지표는 복수욕과 낙원 회귀의 소망이다. 동시에 백성수는 현실을 파괴하지 않고는 진정한 이상에 도달할 수 없으며, 이상에 도달했다고 생각하는 순간 인간적 파멸이

불가피하다는 비극적인 인생의 진실을 우리에게 보여 주고 있다. 그는 인생이라는 거대한 비극적 아이러니의 주인공이다. 그리고 이 소설에서의 플롯의 핵심은 복수욕과 낙원회귀의 소망이다.

4. 에로스(eros)의 覺醒과 昇華를 通한 自己救援
—〈벙어리 三龍이〉의 '三龍이'

소설은 우리의 일상적 체험 세계와는 다른 특이한 체험의 세계를 형상화하여 보여준다고 한다면, 그것은 <벙어리 三龍이>를 두고 하는 말이라고 해도 좋을 것이다. 또한 소설 속에 등장하는 인물의 행동은 일상적인 우리의 행동과 다른 기준에서 출발되어야 하지만, 동시에 일상적인 행동에 그 근거를 두어야 한다는 작중인물의 행동의 二律背叛的인 성격을 잘 드러내는 작품이 <벙어리 三龍이>다. 우리가 흔치 않게 볼 수 있는 벙어리, 그래서 벙어리는 하등 새로울 것이 없는 존재이며, 우리는 그들에 대하여 많은 것을 알고 있는 듯한 착각을 곧잘 하지만, 실은 우리는 우리가 생각하는 만큼 벙어리의 세계에 대하여 아는 것이 그리 많은 것은 아니다. 벙어리의 세계는 정상인이 보고 듣는 것만으로는 충분히 이해될 수도 없고, 정상인으로서는 충분히 체험하기도 어려운 세계다. 분명 그 세계는 특이한 세계이며 그 세계에 대하여 어떤 형태로든 정보를 얻는다는 것은 우리에게는 흥미 있는 새로운 세계에 대한 체험이 될 수 있다. 정상적인 인간들끼리의 관계가 아닌 비정상인과 정상인의 관계 속에서 通常的인 인간성의 공분모를 추출해낸다는 것은 실생활에 있어서나 작품 세계에서나 특이하고 비상한 체험이 선행되지 않고서는 이루어지기 어려운 작업이다. <벙어리 三龍이>는 보편적인 인간성의 공분모를 특이한 인물과 상황을 통해서 우리로 하여금 새롭게 체험하게 하는 소설이다. 벙어리의 행동의 기준은 일상적인 행위의 기준—윤리—의 하위에 있다고 보아야 하겠지만, 역시 일상적인 우리의 행동에 그 근거를 두고 있다. 오생원에 대한 무조건적인 충성, 그 아들에 대한 의무적인 굴복과 복종, 새아씨에 대한 인간적 연민 등은 신분의 상하 관계에서 출발하지만 결과적으로 모든 인간관계에서 흔히 발견되는 행동의 양상이다. 삼룡이는 이런 점에서 일반적 소설의 작중인물의 설정에 부합하는 인물이다. 다시 말해서 그는 소설 속의 행동과 일상적 행동 사이의 異質性과 共通性을 동시에 보여주는 인물이라는 것이다. 이러한 이론에 원칙적으로 부합되지 않는 작중인물은 없겠지만 벙어리라는 특이성 때문에 그것이 특히 부각된다는 것이다.

<벙어리 三龍이>는 빅토르 위고의 <파리의 노트르담>과 닮은 점이 많은 작품이라고들 한다.78) 이러한 견해는 두 작품 모두가 淸純, 가련 또는 매혹적인 여인에 대한 실현 불가능한 戀慕의 情을 테마로 하고 있다는 점, 주인공이 병신이라는 점, 다분히 낭만적이고 환상적이라는 점 등에서 타당성을 갖는다. 그런 만큼 이 소설은 그 내용에 있어서 장편에 더 적합해 보인다.79) 상당한 기간에 걸치는 사건의 요약으로부터 시작하는 서두 부분이 내포하는 시간적 추이는 장편화 되기에 알맞은 것이다. 뿐만 아니라 본격적인 사건이 시작된 이후의 전개도 묘사보다는 설명과 요약이 주류를 이루고 있다. 장편적인 내용을 단편으로 압축하는 방법은 사건의 설명과 요약을 통한 省略과 飛躍이 있을 뿐이다. 그 결과로 이 소설은 자연히 全知的 作家 視點의 형태를 취할 수밖에 없다. 함축된 내포작자의 권위 있는 목소리라기보다는 일방적인 스토리 텔러의 자상한 목소리에 귀를 기울일 수밖에 없는, 말하자면 독자로부터 미완성(indeterminacy)80)에서 오는 想像

---

78) 丘仁煥, <韓國近代小說研究>, 三英社(1980, p.152). 李在銑, <韓國短篇小說研究>, 一潮閣(1982, p.212) 등 상당수의 논자들이 별 이의 없이 인정하고 있다.

79) 金載弘 編著, <나도향> (한국 대표 명작, 문예총서 5), 志學社(1985, p.253). 尹弘老, <韓國近代小說研究>, 一潮閣(1984, p.193) 등 참조.

의 재미를 빼앗아가는 약점이 여기서 드러나는 아쉬움이 있다. 千二
斗는 삼룡이가 주인 아들에게 가혹행위를 당한 뒤 혼자 생각하는 대
목을 인용하면서 다음과 같이 논평하고 있다.

> 물론 삼룡이의 이 말은 직접적으로 밖으로 표현된 언어가 아니라, 그
> 의 내부에 떠오른 한 의식현상일 수는 있다. 그리고 비록 벙어리일지라
> 도, 개돼지 취급을 받는 하인일지라도 그 역시 한 인간인 이상 이런 상
> 황 아래서는 그런 의식이 떠오를 수 있을 것임에 틀림없다. 그러나 의
> 식현상과 내부 독백은 전혀 다른 것이다. 언어 능력 없는 벙어리의 내
> 부 독백이란 아무래도 이상하다. 실상 삼룡이의 이 말은 삼룡이의 의식
> 현상의 표백이라기보다도 그의 입장에 동화한 작자 자신의 말이라 할
> 수 있다. 따라서 그건 엄밀히 말해서 작자의 자의적인 대변이다.[81]

그리고 이러한 작자와 작중인물과의 同化로 인한 객관성의 喪失,
적절한 퍼스펙티브의 적용 미흡 등이 나도향의 미숙한 점이자 약점
이라고 지적했다. 여기서는 작자의 恣意的인 代辯이나 작중인물과
의 동화가 독자의 작품에 대한 신뢰감을 감소시킨다는 점을 문제 삼
고 있는 것 같다. 이것은 작품 내용의 논리성이나 리얼리티와 관련
된 중요한 문제임에는 틀림없다. 그러나 삼룡이는 벙어리이기 때문
에 그의 의식 세계를 들여다 볼 수 있는 방법이 없다는 것, 작가가
의도하는 일관된 주제 의식을 강조해야 한다는 점,[82] 이야기 자체가
장편적 성질을 띠고 있다는 점을 고려한다면 삼룡이의 내적 독백의
형식은 긍정적으로 수용되어야 할 것이다. 행동의 표현만으로도 인

---

80) Robert C. Holub, 앞의 책 pp.46~48 참조.
81) 千二斗, <韓國現代小說論>, 螢雪出版社, 1969, p.44.
82) 일관된 주제의식을 부각시키기 위해서 작가가 노골적으로 사건에
    개입하여 논평한다는 것은 금기시될 수도 있겠으나, 의사표현이 거
    의 안되는 벙어리를 중심인물로 설정했다는 데서 오는 표현의 한
    계성을 생각한다면 이 점도 수긍될 수 있을 것이다.

물과 사건에 대한 정보를 전달할 수 있겠으나, 대화가 없는 인물을 확실히 파악하기는 힘들기 때문이다. 앞으로의 논의에서는 이러한 技法上의 문제는 되도록 피하도록 할 것이다.

4-1. 三龍이의 人間關係

이 작품에는 삼룡이를 중심으로 세 가지의 인간관계가 나타나 있다. 삼룡이와 吳生員, 삼룡이와 주인 아들, 삼룡이와 새아씨의 관계가 그것이다. 나머지 하나 주인 아들과 새아씨의 관계는 삼룡이와 주인 아들의 관계 속에 수용된다. 삼룡이와 나머지 세 사람과의 관계는 우호적이거나 적대적인 관계의 축소판으로서 통상적인 인간관계의 한 비극적인 측면을 보여준다.

이들 관계 중 오생원과의 관계, 주인 아들과의 관계는 서두 1번에 명시되어 있다(이 작품은 1-6번까지 번호로 구분되어 있음). 오생원에 대한 소개가 비교적 장황하게 나열되어 있는데(실제 사건에 관여하는 비중으로 보아 오생원에 대한 이런 소개는 불필요한 것으로 보인다), 오생원이 삼룡이의 후견인 내지는 부모와 같은 역할을 한다는 것은 분명하지만 사건의 발단 이후 삼룡이에 대한 그러한 역할은 거의 나타나지 않는다. 그러므로 오생원은 이 작품의 前小說的인, 추측 가능한 세계에서나 구체적으로 행동했음직한 인물이다. 오생원에 대한 소개를 보면, 그는 경제적으로 여유가 있는 사람, 몹시 부지런한 중늙은이, 근본은 그리 신통치 않은 사람이지만 인심이 후한 사람으로 되어 있다. 그가 부지런히 財物을 챙기면서도 인심이 후하다는 것은, 대개 소설 속의 재산가들이 구두쇠로 나오는 것에 익숙한 우리들에게는 다소 유다른 느낌을 주기도 하지만, 그의 근본이 寒微하다는 것을 감안한다면, 그러한 자신의 출신에 대한 補償心理에서 인심 후한 사람으로 행세했을 가능성도 있는 것이다. 동시에 그렇게 하는 것은 동리 사람들

에게 시혜를 함으로써 '존경받는 집인 동시에 세력 있는 집'이 되기 위
한 방법이기도 하다. 그러나 이것은 어디까지나 추측일 뿐 본문의 내
용에 의하면 그는 분명 인심 후하고 마음씨 좋은 사람이다. 어떤 연유
인지는 밝혀지지 않았으나, 이 동리(연화봉)로 이사 올 때 오생원이 데
려온 머슴이 삼룡이다. 그러니까, 작가의 체험담은 연화봉에서 일어난
일의 始末이기 때문에 오생원이나 삼룡이가 언제 만났는지는 알 수 없
는 일이다. 오생원이 삼룡이를 대접하는 것으로 보아 어렸을 때부터
기른 것인지(마지막 장면에 가면 삼룡이의 내적 독백 속에 어렸을 때
부터 있었던 것으로 나오나 여기서는 아직 모르는 상태다) 이 마을로
이사 오면서 데려온 것인지는 모르나, 상당히 아끼고 있음에는 틀림없
다. 삼룡이 자신이 주인을 닮아 부지런하며, 진일 마른일 할 것 없이
못하는 일이 없이 잘하기 때문이기도 하지만 오생원 자신이 인정 많은
사람이기 때문에 병신 벙어리지만 잘 보살펴 주는 것이라 해석할 수도
있다. 바로 이 대목에 오생원과 삼룡이의 관계의 요점이 있는 것으로
보인다. 출신을 비롯한 삼룡이의 일체가 未知의 베일에 싸여 있는 상
태에서 우리가 생각해 볼 수 있는 것은 오생원이 삼룡이의 아버지 구
실을 하고 있다는 점이다. 삼룡이의 일체의 생활양식은 오생원 틀 속
에 들어 있음을 알 수 있다. 말하자면 오생원은 삼룡이의 행위의 산 규
범이라 할 수 있다. 삼룡이가 주인 아들로부터 도저히 참기 어려운 屈
辱과 苛酷行爲를 당하면서도 참아 넘길 때, 그가 "주인의 아들이다.
그는 나의 어린 주인이다."라고 속으로 생각하면서 인내하는 것은 단
순한 예속 상태나 노예 상태에서 나오는 태도라고 보기 어렵다. 제도
적인 노예 상태나 주종적인 예속 상태만으로는 묶어둘 수 없는 극한적
인 굴욕과 고통을 '주인'이라는 말로써 씹어 삼키는 것은, 그 주인으로
부터 감화와 恩德을 받지 않은 상태라면 불가능한 것이다. 오생원은
삼룡이에게 일종의 超自我(super-ego)를 형성해 준 사람이다. 천이두
의 지적처럼 '언어능력이 없는 저능한 벙어리'에게 초자아라는 것이

형성될 수 있을까 하는 의문이 당연히 생기겠지만, 본문의 몇 군데에
서 '슬기, 이지'라는 말로써 삼룡이를 설명하는 대목으로 보아서 그것
은 가능한 것이라 생각된다. 천이두의 지적은 객관적인 입장에서의 타
당성 여부를 묻는 것이지만, 중요한 것은 작중 현실의 진실이다. 초자
아는 양심이 요구하는 금지를 의미하며 동시에 처벌과 보상이 따르기
도 하고 전제되기도 하는 정신적 에너지로서 부모와 문화의 심리적 부
산물(psychological residue of parental and cultural influence)[83]이다.
오생원은 삼룡이에게 부지런해야 한다는 것을 보상행위를 통해서 심어
준 것이다.

> 그도 이 집 주인이 이리로 이사를 올 때에 데리고 왓스니 진실하고
> 충성스러우며 부지런하고 세차다.
> 그릴수록 이집 주인은 벙어리를 위해 주며 사랑한다. 혹시 몸이 불편
> 한 긔색이 잇스면 쉬게 해 주고 먹고싶허 하는 듯한 것은 먹이고 입을
> 때 입히고 잘 때 재인다.[84]

이러한 생활의 반복은 삼룡이로 하여금 무엇이 장려되며 무엇이
금지되는가를 의식하게 하기에 충분하다. 강아지도 똥오줌을 가리게
하기 위해서 이런 방법을 쓰면 길이 드는데 하물며 사람에 있어서
랴. 오생원의 본래 의도가 그런 것은 아니라 할지라도 결과적으로
오생원의 삼룡이를 대하는 태도가 삼룡이에게 그런 일종의 초자아를
만들어 준 것으로 볼 수 있다. 따라서 주인이 아끼고 귀여워하여,
그 아내가 매질을 하라고 성화를 부려도 손을 대지 않는 주인 아들
에게 물리적인 힘으로 대항하지 못할 수밖에 없는 것이다. 또, 다른
각도에서 보면 오생원은 삼룡이에게 생존의 방법을 깨닫게 한 인물

---

83) Michael J. Mahoney, 앞의 책 p.79.
84) 羅稻鍾, '벙어리 三龍이', 現代評論 제7호(1927. 8), p.44.
　　*이 작품은 앞서 <黎明>에 일차 발표된 바 있음.

이기도 하다. 벙어리 주제로서 살아남기 위해서는 어쨌든 정상인의
생활 원리를 좇아가야 된다는 것을 가르쳐 준 것이다. 초자아는 한
개인의 社會化의 産物(the product of socialization)이자 징표이기도
하다.85) 삼룡이로서는 오생원의 방식을 좇아가는 것이 사회화되는
것이요, 그 집안의 구성원으로 대접받는 길일 것이다. 오생원은 사건
전개에 직접 관여하지는 않지만, 그가 삼룡이의 행동의 방향을 은연
중 제시하고 억제한다는 점에서 중요한 역할을 하고 있다. 삼룡이가
주인 아들을 대하는 행동의 근저에는 오생원의 영향이 자리 잡고 있
는 것이다. 삼룡이는 노예로서, 신분상의 상하 관계 때문에 굴복과
고통을 인내하는 것이 아니라, 아버지로서의 오생원과의 도덕적 관
계 때문에 自制하고 자신을 억압하는 것이다. 이 점은 다음에서 보
게 될 삼룡이의 성격의 발전 양상을 보면 확연해질 것이다.

이러한 삼룡이와 오생원의 관계를 友好的 局面이라고 한다면, 주
인 아들과의 관계는 敵對的 樣相을 보인다. 이 작품의 전반부(Prologue
에 해당하는 1-2번)에 보면 주인 아들의 사람 됨됨이와 삼룡이를 대
하는 잔인한 행동이 잘 나타나 있다. 그 중 대표적인 예를 보이면
다음과 같다.

> 엇던 때는 낮잠자는 벙어리 입에다가 똥을 먹일 때도 잇섯다. 또 엇
> 던 때는 자는 벙어리 두 팔과 두 다리를 살며시 동여매고 손가락과 발
> 가락 사이에 화승불을 부처노아 질겁을 하고 일어나다가 발버둥질을 하
> 고 죽으랴는 사람처럼 괴로워하는 것을 보고 깃버하얏다.86)

이런 가혹 행위는 장난삼아 하는 짓이든, 의도적인 가혹 행위이든
삼룡이에게는 견디기 어려운 고통으로 그의 적개심을 惹起하는 근본

---

85) Michael J. Mahoney, 위의 책 p.80.
86) '벙어리 三龍이', pp.45~46.

적인 원인이 된다. 후일 이 적개심은 새아씨와의 관계로 말미암아 더욱 심화되고 兩者 사이의 관계에 파탄을 가져오는 직접적인 계기가 된다. 그러나 삼룡이는 주인 아들이기 때문에 모든 것을 참을 뿐만 아니라, 주인 아들을 위하여 못된 동네 장난꾼들과 싸우기도 하는 忠直性을 보인다. 주인 아들은 삼룡이에 대하여 적대자(antagonist)의 위치에 있으면서 삼룡이의 갈등의 원인을 형성하고 삼룡이의 이율배반적인 행동을 요구하기도 하면서 이 작품의 사건을 성립시키는 인물이다. 소설 자체가 갈등구조를 필연적으로 구유하는 것이라면 이 소설의 갈등 구조(삼룡이의 내적 갈등, 주인 아들과의 사이에서 빚어지는 외적 갈등)를 리얼하게 성립시키는 인물이 주인 아들이다. 그는 E.M. 포스터가 이른바 평면적 인물(flat character)로서 성격의 변화와 발전을 전혀 보여 주지 않는 인물이다. 치음서부터 끝까지(혹은 어려서부터 장가를 든 후까지) 무분별하여, 사람이나 짐승에게 포악하며, 삼룡이에게 못된 짓만 하는 인물로 나온다. 그가 개심하여 새로운 사람이 될 기회는 여러 차례 있었겠지만 그때마다 그는 그것을 폭력으로 거부하곤 했다. 애초부터 오생원이 三代獨子라 하여 귀엽게만 키웠기 때문에 벙어리인 삼룡이에게도 형성돼 있는 초자아가 그에게는 없었다.

> 처벌이 두렵고 칭찬을 받고 싶어서 어린애는 자기 자신을 어버이의 도덕률과 동일시하게 된다. 어버이와의 이러한 동일시의 결과로 초자아가 형성된다. 그러나 자아의 현실적인 동일시와는 달라서 초자아가 바탕을 두고 있는 동일시는 이상화(理想化)된 전지전능한 어버이와의 동일시이다. 어버이는 어린애를 처벌하고 보상을 주고 함으로써 큰 힘을 투자한다.[87]

단편적으로로밖에는 나와 있지 않지만, 주인 아들의 성장 과정에서

---

87) Calvin S. Hall, 앞의 책 p.65.

오생원은 아들에게 보상도 처벌도 하지 않고 그저 제멋대로 하도록 놓아두었기 때문에 그는 행동의 규범을 배울 기회가 없었고, 양심에 의한 자기 행위의 조절 능력을 갖추지 못한 것으로 보인다. 작가의 인물 설정의 의도가 다분히 작용했겠지만, 그의 성격이 전연 긍정적인 방향으로 진전되지 않는 것은 그 자신을 위해서나 삼룡이를 위해서, 또는 주변의 모든 사람들을 위해서나 불행한 일이 아닐 수 없다. 이런 점(도덕적 양심이나 자기 제어 기제의 유무)으로 보아 삼룡이와 주인 아들은 대조적이며, 필연적 귀결로서 대립하는 두 세력이 될 수밖에 없다. 이재선은 이 소설의 핵심적인 구조를 삼룡이와 새아씨의 관계로 보고 '美와 醜'의 대립구조라고 그의 견해를 피력했지만 그것은 부분적으로밖에는 사실이 아니다.88) 대립이라는 말은 對照와는 다르다. 대립이라는 말은 갈등과 투쟁의 의미를 전제로 하는 말이다. 새아씨는 수동적일 뿐만 아니라, 삼룡이의 극복 대상도 아니다. '미와 추'는 이 경우 대립이 아니라 삼룡이의 비극성을 드러내는 대조의 의미를 가질 뿐이다. 그러므로 이 소설은 삼룡이와 주인 아들 간의 대립 구조로 파악하는 것이 타당하다. 주인 아들은 삼룡이에게 행동해야 하는 필연성을 마련해 주는 그의 적대자이며, 이 작품에 구조적 造形性을 부여해 주는 인물이다. 삼룡이와 새아씨의 관계는 비교적 抽象的이며 관념적이다. 두 사람 사이에 벌어지는 구체적인 사건은 단편적이며 주인 아들의 행위의 동기가 되는 것들이다. 이 관계에서는 행동보다는 삼룡이의 새아씨를 향한 감정이 더 큰 비중을 차지한다. 그녀는 수동적이지만 사건 전개에 彈力을 주는 역할을 하기도 한다. 그 중 가장 중요한 것은 그녀가 삼룡이로 하여금 자기 자신에게로 돌아오게 하는 계기를 마련해 준다는 점이다. 다시 말해서 그녀가 등장함으로 해서 삼룡이는 오생원으로 表象되

---

88) 李在銑, 앞의 책 p.123.

는 자기 억제의 굴레로부터 서서히 벗어나 자기를 각성하게 된다는 것이다. 새아씨는 삼룡이에게 인간성 회복의 動機를 마련해 주는 인물이며 동시에 여러 논자들의 지적처럼 삼각관계의 정점이 되는 인물이다.

다음에서는 이러한 인물 상호간의 관계를 근거로 하여 스토리를 따라 삼룡이의 성격의 양상을 살펴보기로 한다.

4-2. 三龍이의 에로스와 自己救援

벙어리 삼룡이의 성격을 진단할 수 있는 指標로서 우리가 처음 만나게 되는 곳은 1번 서두의 그의 외모(외양, **external appearance**)가 소개된 부분이다.

> 그 집에는 삼룡(三龍)이라는 벙어리 하인 하나이 잇스니 키가 본시 크지 못하야 땅딸보로 되엇고 고개가 빼지 못하야 몸둥이에 대강이를 갓다가 부친 것갓다. 거기다가 얼골이 몹시 얼고 입이 몹시 크다. 머리는 전에 새꼬랑지가튼것을 주인의 명령으로 깎기는 깎것스나 불밤송이 모양으로 언제든지 푸하고 일어섯다. 그래서 거러다니는 것을 보면 마치 움독개비가 서서다니는 것가티 숨차보이고 더듸어 보인다.[89]

좀 과장된 느낌을 주기는 하지만 매우 실감나는 外形의 캐리커처다. 외모의 묘사(**seeming description**)는 몇 가지 특징적인 요소를 단순명료하게 보여주는 게 좋다고 한다. 보다 실감 있게 표현한답시고 잡다한 것들을 시시콜콜히 나열하는 것은 細部描寫에서는 성공적일지 모르나 독자에게 번잡한 인상을 주게 된다. 그리고 아무리 자세하게 묘사했다고 해도 어떤 인물의 인상이 현실의 어떤 사람의

---

89) '벙어리 三龍이', p.44.

얼굴처럼 선명한 이미지로 떠오르기는 어렵다. 그것이 언어의 한계다. 육체적인 외모의 묘사는 綜合的 그림으로서는 성공하기가 어려운 것이다. 바꾸어 말하면, 자세히 하면 할수록 그것은 오히려 독자에게는 막연한 경험이 될 뿐이라는 것이다. 그런 점에서 의모 묘사와 관련된 다음 진술은 우리가 눈여겨 봐둘 만하다.

　　그렇게 상세한 것이 한꺼번에 주어지면 독자들은 그것들을 다 기억해 둘 수가 없다. 뚜렷한 시각적 이미지를 주려고 애를 썼지만 작자는 하나의 그림으로 종합될 수 없는 일련의 잘디잔 이미지를 만들어내는 데 성공했을 뿐이다.90)

그리고 외모묘사는 단순한 인물 소개만을 위하여 필요한 것이 아니고, 작중인물의 本性中의 어떤 기본적인 것을 가리키는 기능을 겸비해야 한다. 이런 점에서 삼룡이의 외모묘사는 불필요한 세부사항을 생략해 가면서 대담하게 선을 그어 그린, 인상적인 초상화로서 성공했을 뿐만 아니라, 그의 運命의 明暗을 간접적으로 제시하는 역할까지 수행한다고 하겠다. 상당수의 소설들이 그러하듯이 나도향의 소설에서도 인물묘사는 그 인물의 前程을 暗示하는 機能을 갖고 있다. 외모를 묘사하면서 중간 중간 그 용모에서 풍기는 인상을 全知的 立場에서 논평하는 습관을 보여 주는데, 그 논평 속에서 독자는 그 인물의 성격의 일단과 그 성격이 빚어냄직한 사건을 예상해 볼 수 있게 된다. <물레방아>에 나오는 방원(芳源)의 妻를 묘사한 부분이 그렇고, <뽕>에서 안협댁을 소개하는 부분도 그렇다. 삼룡이의 경우에서도 우리는 객관적인 외모의 묘사 뒤에 '옴두꺼비'라는 말로써 그 인물이 주는 느낌을 묘사한 데에서 그의 용모의 醜惡性과 生得的인 불구성에서 類推될 수 있는 그의 운명의 비극성을 충

---

90) 金炳旭 編, 崔翔圭 譯, 앞의 책 p.259.

분히 예상해 볼 수 있다. '옴두꺼비'는 사람들이 꺼리고 멀리하는 동물이다. 삼룡이는 외모의 추악성과 벙어리라는 불구성 때문에 옴두꺼비처럼 소외되고 버림받는 존재인 것이다. 삼룡이의 이 추악한 외모, 불구성이 일차적인 그의 성격지표이며, 이것은 장차 나타나게 되는 그의 행동의 근본적인 동기와 밀접하게 연결된다.

선천적인 추악성과 불구성에도 삼룡이는 그의 주인 오생원의 보살핌으로 생활 그 자체에는 부족함이 없었으나, 그의 아들로부터 견디기 어려운 受難과 侮辱을 받아야 한다는 고통이 있었다. 앞서 주인 아들과 삼룡이의 관계에서도 잠시 언급한 바 있지만, 주인 아들의 삼룡이에 대한 포악한 장난은 그에게 육체적 고통과 정신적 고통을 함께 주는 것이다. 육체적 고통이 선행되고 뒤이어 정신적 고통이 수반되어 나타나는 것이 正常的인 心理的 메커니즘이겠으나, 여기서는 정신적 고통이 중요한 의미를 갖는다. 저능한 벙어리에게 정신적 고통이란 가당찮은 이야기 같지만, "눈치로만 지내가는 벙어리지만 말하고 듣는 사람보다 슬기로운 적이 있고 평생 조심성이 있어서 결코 실수한 적이 없다"는 스토리 텔러의 진술을 신용할 때, 삼룡이는 충분히 갈등을 체험하며, 정신적 고통이 있을 것이라는 것을 수긍할 수 있다. 주인 아들이 가혹 행위를 할 때마다 그의 가슴에는 비분한 마음이 꽉 들어찼지만 그는 주인 아들을 원망하는 것보다 병신인 자신을 원망했으며, 주인 아들을 저주하기보다는 세상을 저주했다고 했다. 그것은 운명에 대한 원망이며, 자신을 소외시키는 사회에 대한 저주다. 직접적인 가해자인 주인 아들을 원망하거나 詛呪하는 것은 오생원과 자기의 관계로 보아 회피하거나 억압되어야 할 감정이다. 여기에서 삼룡이의 감정적 에너지의 轉移(transference)가 발생하여 분노의 대상은 代替되며, 그것이 곧 자신의 운명과 소외시키는 세상에 대한 원망과 저주로 나타난 것이다. 그러나 이런 전이된 감정은 새아씨의 출현과 함께 수정되어 주인 아들과 세상(사회)

을 同一視하게 된다. 주인 아들은 원망과 저주의 감정을 촉발시키는 인물이지만 아직까지는(1번 단락에 나타난 내용) 실질적인 적대 세력은 아니다. 삼룡이는 주인 아들을 대하는 태도에서, 受侮와 受難을 당하면서도 오생원에 대한 義理와 報恩으로 행동하는 모습을 보여 준다. 삼룡이는 주인 아들이 해코지를 당하면 나가 대신 싸운다든가 하는 식으로 그야말로, '얻어맞으면서도 기어드는 충견 모양으로' 주인의 아들을 위하여 싫어하지 않고 힘을 다하였다. 부언하거니와, 우리가 여기서(1번 단락) 눈여겨봐야 할 것은, 주인 아들에 의하여 촉발되는 삼룡이의 운명과 세상(사회)에 대한 敵愾心이다. 적개심은 분노와 저항과 다르지 않으며 필경 투쟁과 복수의 감정으로 연장되는 것이다. 이 점이 삼룡이의 근본적 동기로서의 성격의 지표가 되기도 한다는 것을 미리 밝혀둔다.

그 다음으로 볼 수 있는 삼룡이의 성격은 에로스, 즉 性的 本能(eros, a sexual instinct)과 관련된 것이다. 그는 나이 스물세 살이라는 한참 때이지만, 스물세 살의 뜨거운 정열을 나타낼 수도 없었고, 그런 여건도 그에게는 주어지지 않았다. 그는 자신이 처녀들로부터 놀림이나 받는 병신 벙어리임을 잘 알고 있었기 때문에 스스로 情熱을 억제하고, 사랑과 같은 것은 자기의 영역이 아니라고 斷念하고 있었다. 그러나 이러한 생각은 理智的인 자기의 억제와 감정의 회피에서 온 것이지 자연스러운 현상은 아니기 때문에 적당한 계기가 주어지면 그 욕구의 에너지는 언제든지 표면화할 가능성이 있는 것이다. 그래서 스토리 텔러는 삼룡이의 심리적 상태를 '휴화산(休火山)'에 비유하고 있다.

마치 언제 폭발이 될른지 아지 못하는 휴화산(休火山) 모양으로 그의 가슴속에는 충분한 정열을 깁히 감추어 노았스나 그것이 아직 폭발될 시기가 일우지 못한 것이엇섯다.91)

　외계의 압축과 삼룡이 자신의 강대한 자제력 때문에 드러나지 않을 뿐이지 삼룡이의 마음속에는 뜨거워서 엉기어 버린 엿과 같은 감추어놓은 情熱과 欲求가 있음을 역설하고 있다. 이러한 내용은 스토리 텔러에 의한 一方的인 情報 제공에 의하여 우리가 알게 된 것이지만, 그럼에도 불구하고 이것은 진실한 이야기로서 충분한 신빙성을 가지고 있다. 白痴인 '아다다'가 사랑을 잃지 않기 위하여 돈을 바다에 버리는 그 熱情이 타당하고 가능한 것이라면, 벙어리 삼룡이의 숨겨놓은 性的 本能의 力動性도 타당하고 가능한 것이다. 실제 우리들 주변에서 볼 수 있는 벙어리 부부들을 보면 삼룡이의 본능적 욕구는 충분히 이해될 수 있는 것이다. 병신이라고 해서 그 본능까지 소멸될 수는 없는 것이다. 그리고 이러한 성본능은 단순한 에로티시즘적인 욕구와는 다소 다른, 자신의 보호 내지 보전의 의미를 갖는다.92) 性愛的 欲求를 충족시키고자 하는 본능의 바탕에는 자기 存在와 生命을 保全하고자 하는 근원적 욕구가 숨어 있다고 보는 것이다. 또한, 자기의 생명과 존재를 보전하고자 하는 것은 自己救援과 동일한 意味線上에 놓이는 것이기도 하다. 2번 단락에는 人類通性의 한 인간조건이라고 할 수 있는 이러한 욕구가 삼룡이의 한 기본적 성격으로 제시되어 있는 것이다. 그리고 위의 인용문을 통해서 우리는 삼룡이의 에로스가 어느 時點에선가는 터질 것이라는 암시를 받게 되는데, 그런 점에서 그것은 복선의 의미를 갖는다. 2번 단락의 끝 부분에, "이 집에 노예가 되어 있으면서도 그것을 자기의 천직으로 알고 있을 뿐이요, 다시는 자기가 살아갈 세상이 없는 것 같이 밖에 알지 못하게 된 것이다"라고 한 것도 상당히 중대한 복선의 구실을 한다. 그 집을 떠나서는 살 수 없다는 삼룡의 고

---

91) '벙어리 三龍이', p.47.
92) Mahoney, 앞의 책 p.80. *Eros, a sexual instinct, was said to make self-protective and life-sustaing demands to ego.

착된 관념이 그 집에서 쫓겨나게 되자 방화를 하는 격렬한 행동으로
바뀔 수밖에 없는 필연성을 마련해 주고 있기 때문이다. 이런 점에
서 이 소설이 낭만적이고 환상적이면서도 리얼리티를 지니게 되는
근거를 볼 수 있다.93)

　이 소설에서 본격적 사건은 오생원이 며느리를 본 뒤에서부터 시
작된다. 말썽 많은 3대 독자인 주인 아들이 새색시를 맞은 것이다.
오생원이 자신의 지체 낮은 것을 한탄하여 門閥있는 집안(영락한
양반)의 女息을 며느리로 맞아들였는데 여기에서부터 문제가 틀려나
가기 시작한다. 주인 아들과 새색시의 만남은 처음부터 잘못된 것이
었다. 새색시가 들어오면서부터 그녀와 신랑의 비교가 동네 아낙들
의 입에 오르내리게 되었고 그렇지 않아도 무분별하게 행동하는 주
인 아들의 행동은 더욱 비뚤어지고 포악해졌다. 신랑은 색시와 동침
하려고도 하지 않으며, 오히려 자신이 뭇사람의 입에 오르내려 흠이
잡히는 것이 모두 색시의 책임이라 하여 마구 학대한다. 이러한 집
안 동정을 바라보는 삼룡이는 의문을 가지면서도 한편으로는 새아씨
에 대한 동정을 금치 못한다. 삼룡이가 처음부터 새아씨에 대하여
戀慕의 情을 품었던 것은 아니다. 처음 새색시가 이 집에 왔을 때
그녀는 삼룡이이에게 있어 근접할 수 없는 천상의 달이나 별처럼 숭
고한 존재였지 연모의 대상은 아니었다. 차라리 그녀는 삼룡이의 偶
像이었다고 하는 것이 옳을 것이다. 그런데 날이 지나면서 그 ‘보기
에도 황홀하고 건드리기도 황송할 만큼 숭고한 여자’인 새색시가 주
인 아들로부터 폭행당하고 학대받는 것을 목격하면서 삼룡이는 새색
시를 동정하게 되었고, 새색시를 위해서는 무엇이라도 하겠다는 마
음을 갖게 된다. 여기에서부터 삼룡이의 새색시에 대한 구체적인 감

---

93) 尹弘老, 앞의 책 **p.214** 참조

정이 나타나는 것이다. 이러한 새색시의 등장과 그녀가 놓인 형편은 삼룡이의 성격변화에 중대한 영향을 미친다. 그것은 우선 오생원에 대한 삼룡이의 심적 태도의 변화로 나타난다. 지금까지, 그리고 앞으로도 당분간 지속되겠지만 삼룡이의 행동 방향에 적대적인 영향을 미쳤던 오생원의 권위가 삼룡이의 마음속에서 약화되어 가기 시작한다는 것이다. 삼룡이에게 있어 오생원은 父性原理의 긍정적인 표상이었고 주인 아들은 그 아버지와 同一視되는 대상이었기에 그는 모든 굴욕과 고통을 감수할 수가 있었다. 삼룡이의 행동은 새색시가 오기 전까지는 부성원리로서의 오생원이 심어 준 초자아에 의해 지배되었기 때문에 복종과 수모와 고통을 의무처럼 받아들였다는 것이다. 그러나 주인 아들이 천상의 달 같고 별 같은 새색시를 자기처럼 천한 사람 다루듯이 마구 학대하는 것을 보면서 삼룡의 생각은 서서히 달라지기 시작한다. 자기에게는 우상 같은 존귀한 존재인 새색시가 자기처럼 학대당하는 광경을 보면서 삼룡이는 새색시에게서 어떤 同質性을 발견하게 되고, 이 발견은 삼룡이로 하여금 인간관계속에서의 자기의 의미를 각성하게 만든다.94) 학대받는 사람, 제자리가 제대로 주어지지 않은 사람, 소외된 사람이라는 공통점에서부터 인식되는 새색시와의 동질성의 확인은 삼룡이로 하여금 무엇인가 새롭게 행동하지 않으면 안 된다는 각오를 갖게 한 것이다. 이렇게 되면서 과거에는 동일시되었던 오생원과 주인아들은 분리되어 오생원은 삼룡이에게 있어 道德的 義務의 대상으로만 남게 되고, 주인 아들은 일찍이 삼룡이 원망하고 저주했던 운명과 세상과 동일시된다. 삼룡이에게 있어 병신이라는 운명과 자신을 소외시키는 세상(사회)은 투쟁하고 극복해야 할 대상이다. 삼룡이 새색시를 위하여 의분을 느꼈다는 것은 평범하게 이야기하면 정의감의 발동이지만 근본적으로

---

94) 鄭尙均, <形式文學論>, 翰信文化社, 1982, pp.29~30 참조.

는 각성과 발전을 의미하는 것이다. 새색시의 출현은 삼룡이 오생원으로부터 벗어나 자기의 길을 찾게 되는 계기가 되며, 적대 세력으로서의 주인 아들과 투쟁하는 시발점이 된다. 동시에 삼룡이의 숨겨 놓은 에로스를 재생시킴으로써 삼룡이로 하여금 새로운 삶의 기쁨을 느끼게 하는 계기가 된다.

새색시를 가운데 둔 주인 아들과 삼룡이의 갈등은 '부시쌈지'95)에서부터 발단이 된다. 삼룡이가 술 취한 주인 아들을 업어다가 눕혀 준 것이 고마워서 새색시가 삼룡이에게 만들어준 부시쌈지다. 이 부시쌈지는 삼룡이와 주인 아들의 대립과 갈등을 구체화시키는 매개물이며, 삼룡이와 새색시를 同類意識으로 묶어놓은 끈이다. 이 부시쌈지 사건으로 하여 삼룡이의 義憤은 더욱 고조되고 주인 아들의 가혹행위는 漸增된다. 그리고 그 결과로서 삼룡이는 안방 출입을 금지당하는데, 이때부터 삼룡이의 새아씨를 뵙고 싶어 하는 마음이 싹트게 된다. 지금까지는 우상이었던 새색시가 연모의 대상으로 바뀌는 것이다. 이것은 삼룡이의 성격의 발전이며 그의 삶의 새로운 전환이다. 비록 현실적(제도적·윤리적)으로 삼룡의 戀情은 용인될 수가 없고, 또 실제 이루어질 수도 없는 것이겠지만 그의 이러한 감정은 에로스의 재발견을 통한 자기 확인, 나아가서 자기실현이라는 문제와 관련된다는 데에 중요성이 있다. 새색시에 대한 그의 연정은 暫定的인 것이요 하나의 가능태로 끝나는 한이 있더라도, 삼룡에게는 그것을 통하여 새로운 삶의 통로, 자기 구원의 통로를 발견할 수 있었다는 데 큰 의미가 있는 것이다. 그의 아씨에 대한 사랑의 감정은 昇華(sublimation)되어야 할 것이지 현실화될 수 없다는 데에 삼룡이의 고통이 있는 것이며, 벙어리로서의 승화의 방법은 자기희생밖에 없다는 데에 그의 비극이 있다. <狂畵師>의 솔거는 그림을 통하

---

95) 부시쌈지는 새색시가 삼룡이에게 주는 동정과 인정을 상징한다. 부시(男性)와 감싸는 쌈지(女性)는 극히 상징적인 의미를 갖는 것이다.

여 에로스를 승화시키려 했지만 삼룡이에게는 그런 재주가 없다. 그는 새색시를 위하여, 아니 자기 자신을 위하여 주인 아들과 투쟁하지 않을 수 없다. 그 길만이 에로스를 충족시키고 자신을 구원할 수 있는 방법이기 때문이다. 삼룡이에게 있어 자기희생은 에로스의 代替物이며 자기 구원에 이르는 시발점이다. 이런 점에서 삼룡이는 솔거보다 철저하게 비극적인 인물이다.

삼룡이는 새색시의 자살 기도 현장을 목격하고 말리려다가 오히려 不倫의 誤解를 사게 되고 바깥으로 내동댕이쳐진다.

> 그가 날마다 열고 날마다 닷든 문이 자기가 지금은 열랴하나 자기를 내어 쫓고 열려지지를 안는다. 자긔가 건사하고 자긔가 거두는 모든 것이 오늘에는 자긔의 말을 듯지 안는다. 어려서부터 지금까지 모든 정성과 힘과 뜻을 다하야충성스러웁게 일한갑시 오늘에 이것이다.[96]

삼룡이의 기가 막히는 심정이 드러나 있다. 동시에 삼룡이가 또 다른 행동을 할 수밖에 없는 동기도 나타나 있다. 삼룡이에게 있어 이 집안에서 축출된다는 것은 죽음이나 다름없는 커다란 충격이다. 앞서도 이러한 점이 스토리 텔러에 의하여 누누이 지적되었지만, 어떤 고통이 따르더라도 그에게 이 집은 삶의 보금자리임에 틀림없다. 따라서 삼룡이가 느끼는 충격은 일종의 탄생충격(trauma of birth)이다. 모든 인간이 경험하는 충격의 원형은 탄생충격임은 앞의 글에서 지적한 바와 같다. 그것은 영구적 결과를 남기는 쇼크로서 불안의 원천이 된다는 점도 지적한 바 있다. 불안은 분노로 연장되고 분노는 자신의 삶의 보금자리(낙원)로부터 추방한 적대자에 대한 파괴적 (공격적) 행동으로 나타난다.

---

96) '벙어리 三龍이' p.55.

공격적 행위에 의해 우리는 적에 의한 손상이나 파멸로부터 우리 자신을 보호한다. 또한 우리는 공격성으로 말미암아 우리의 기본적 욕구의 충족을 방해하는 장애물을 극복할 수 있다.97)

이러한 행동에는 복수의 욕구가 수반되며 죽음의 본능(thanatos)도 개재된다. 삼룡이 오생원집에 방화를 하는 것은, '믿고 바라던 것이 자기의 원수란 것을 알고' 난 뒤의 참을 수 없는 배신감에서 저지르는 파괴적(공격적) 행위이며, '그 모든 것을 없애버리고 또한 없어지는 것이 나을 것을 알았다'라고 하는 내적 독백 속에 드러난 복수의 욕구와 죽음의 본능에서 연유된 행위임을 알 수 있다. 이 대목에서는 새색시와 관계되는 에로스는 잠시 망각되고, 일찍이 삼룡이가 품어왔던 운명과 세상에 대한 복수의 감정이 문득 두드러지게 나타난다. 이런 점이 삼룡이의 성격을 확연하게 드러내는 데에 장해요소가 되고 있음도 부인할 수 없다. 그러나 주인 아들은 삼룡이의 에로스의 실현을 방해하는 또 다른 의미의 적대세력임을 생각한다면 방화의 동기 속에는 그의 에로스의 문제도 포함된다고 할 수 있을 것이다. 삼룡이는 불타는 집 속으로 뛰어 들어가 먼저 오생원을 구하는 것으로 되어 있는데 이것은 삼룡이의 오생원에 대한 도덕적 의무의 이행이라는 점에서는 긍정적으로 볼 수 있으나 삼룡이의 성격의 변화나 발전과정으로 보아 모순 된 행동이라 할 것이다. 그의 최종 성격 규정에 혼란을 야기하는 요소다.98) 다음에 새색시를 찾아 불난 집을 미친 듯이 뒤지며 다니다가 만난, 구원을 애걸하는 주인 아들을 뿌리치는 삼룡이의 행동은 정당한 것이며, 그의 勝利를 의미하는 것이다.

---

97) Calvin S. Hall, 앞의 책 p.82
98) 李在銑, 앞의 책 p.214 참조.

새앗시를 자기 가슴에 안엇슬 때 그는 이제 저첨음으로 사러난듯하엿
다. 그는 자긔의 목숨이 다 한줄 알엇슬때 그 새앗시를 자긔 가슴에 힘
껏 끽어안엇다가 다시 그를 데리고 불가운데를 헤치고 박가트로 나온
뒤에 새앗시를 내려 놀째에 그는 발서 목숨이 끈허진 뒤엿다. 집은 모
조리 타고 벙어리는 새앗시 무릅에 누워 잇섯다. 그의 울분은 그 불과
함께 살어젓슬는지! 평화롭고 행복스러운 우슴이 그의 입 가장자리에
열게 나타낫슬뿐이다.[99]

삼룡이는 방화를 통하여 자기를 버리고 배신한 모든 것에 복수를
했으며, 새색시를 위하다가 주인 아들로부터 가혹행위를 당하는 것
과 같은 자기희생(불 속에서 목숨을 버리면서 새아씨를 꺼내 온 것)
을 통하여 에로스의 승화를 성취하며, 나아가 자기 구원의 길에 도
달한 것이다.

삼룡이의 일차적인 성격지표는 그의 추악한 외모와 선천적 불구자
라는 점이다. 이러한 운명적 조건에서부터 그의 성격은 형성된다. 그
러나 심화된, 그의 행위의 근본적 동기로서의 성격 지표는 복수욕과
에로스와 자기 구원이다. 좀 더 세분하여 말한다면 삼룡이의 결정적
인 행동인 방화의 특정한 동기는 복수욕이며, 근본적 동기는 에로스
의 승화를 통한 자기 구원이라 할 수 있다.

벙어리 삼룡이는 특이한 인물로서 우리로 하여금 특이한 세계를
새롭게 체험하게 하지만, 그 세계는 어떤 平均的인 인간성의 가능
성을 보여준다는 점에서 우리에게 공감을 주는 인물이다. 그는 사랑
과 죽음, 그리고 저항을 통하여 인간과 인생의 진정한 가치는 어디
에서 찾아져야 하며 무엇에 의하여 찾아질 수 있는가 하는 철학적
물음에 비교적 선명한 대답을 해주는 인물이다. 그는 불리한 조건을
극복하고 자신의 세계를 열고, 의지를 실현했다는 점에서는 가히 영

---

99) '벙어리 三龍이', pp.56~57.

웅적이라 할 만하다. 진실을 위하여 싸우기를 주저하고, 진실을 눈앞에 두고도 외면하는 현대인들로서는 흉내 내기 어려운 용기가 돋보이는 인물이다. 그는 자신의 인간적 가치를 추구했고 이른바 同一性의 恢復(regaining of identity)[100]을 성취한 인물이다. 부언하자면, 이 작품은 진정한 인간적 가치의 추구, 흑은 자기동일성의 회복의 과정과 애정의 욕구를 접합시켜 劇化한 작품이다. 그러나 그가 죽음을 통해서만이 이 모든 것에 도달할 수밖에 없었다는 것은 커다란 비극이 아닐 수 없다. 많은 논자들은 그의 죽음을 낭만적으로 美化된 죽음이며, 그의 인간적 승리라고 그야말로 미화해서 이야기하고 있지만 과연 그의 죽음이 그의 모든 悲願을 해결해줄 수 있을까 하는 의문은 남는다. 죽음은 사건을 깨끗하게 정리해 주지만 그 속에 내포된 모든 문제까지는 해결할 수 없기 때문이다. 이것이 죽음으로 끝을 맺는 상당수의 소설이 안고 있는 문제이기도 하다.

벙어리 삼룡이는 우리에게 자기 구원의 한 實相과 통로를 보여주는 인물이다. 그리고 이 소설의 플롯의 추진력은 삼룡이의 해묵은 복수욕이며, 에로스와 자기 구원의 의지다.

---

100) N.Frye, *The Educated Imagination*, Indiana University Press, 1964, p.55.(This story of the loss and regaining of identity is, I think, the framework of all literature) *삼룡이의 경우는 대사회적인(개인과 사회 사이의) 동일성의 회복의 의미보다는, 상실되어 있던 자신으로 돌아온다는 자기동일성의 회복이라는 의미에 더 가깝다.

5. 束縛과 苦役의 空間, 그것의 否定과 破壞
　　－〈불〉의 '순이'

　小說은 그것이 쓰인 時代를 必然的으로 反映하게 된다는 것은 通常的인 우리의 상식이다. 소설도 하나의 문화적 유형임을 면하지 못한다면, 필경 그것은 時代의 産物이며 그 결과로서 시대적 문제를 그 내용 속에 포함하게 된다는 것은 自明한 理致다. 이러한 현상을 우리는 흔히 소설의 模倣的, 또는 再現的 機能이라고 부르면서 리얼리즘을 즐겨 거론한다. 現實을 있는 그대로 再現하는 것이 리얼리즘의 기본정신이라고 보는 것이 우리의 소박한 견해이기도 하지만, 소설이 시대를 반영한다고 해서 매양 있는 그대로를 복사하는 것이 아니라는 것도 우리는 알고 있다. 소설이 시대를 반영한다는 것은 그 時代相의 一面이 소설의 제재가 된다는 의미 정도로 이해되는 것이 도리어 타당할 것이다. 어떤 구체적인 시대상은 작가에게 있어 한 제재 이상의 의미를 갖기가 어려우며, 그것이 작가의 批評精神에 의한 製鍊을 거쳐서 현실과는 다른 변형된 형식으로 나타날 때 비로소 소설의 반영의 기능이 수행되는 것이라 할 것이다. 작가는 거의 언제나 批判的으로 現實과 時代를 受容하는 것이며, 그의 비판 정신에 의해 再構成된(수정되거나 변형된) 作中現實을 창조함으로써 그 시대를 반영하는 것이다. 평범한 이야기지만, 리얼리즘 작가라고 하는 것은 현실을 模倣하는 기능을 발휘하는 者가 아니라 현실을 토대로 하여 造形美를 갖춘 새로운 세계를 창조하는 者라는 것을 우리는 다시 한 번 확인할 필요가 있다. 抽象的이고 관념적인 세계에서의 개연성만으로 창조되는 소설과는 어느 정도 구별되어야 하겠지만, 현실에 뿌리를 둔 소설도 근본적으로 하나의 예술이 되기 위해서는 그 현실이 작가의 美的 理念에 의해 조정되고 形象化된 모습을 담고 있어야 할 것이다. 먼저 예술로서의 소설이 된 다음에라야 '반영 기능'이라는 효용가치도 검토될 수 있는 것이다.

현진건의 <불>은 그의 시대 인식과 비판 정신을 토대로 하여 쓰인 작품으로 널리 알려져 있다. 그의 대부분의 작품이 시대와 현실에 관심을 두고 있으며 거기에서 재래하는 비판적인 인식을 기저로 하여 쓰였다는 것도 여러 論者들에 의하여 지적되고 있다. 그래서 그는 가장 투철한 사실주의 작가, 독특한 디테일로써 사실주의 소설의 기반을 구축한 작가로 규정되고 있다. 이러한 一般論들은 수많은 연구와 검토, 재점검에 의하여 整理된 것으로 일일이 전거를 확인할 필요가 없을 만큼 당연시되고 있다. 현진건에 대한 작가론은 이것으로 충분하고 일단락되어도 좋다고 본다. 그러나 우리가 위에서 본 것처럼 아무리 철저한 리얼리즘 작가라 할지라도 현실을 그대로 보여주지는 않는다. 그가 아무리 반영에 투철한 작가라 하더라도 그는 나름대로 현실을 보여주는 방법이 있는 것이고 그 방법이 있기 때문에 그는 예술가로서의 소설가가 될 수 있는 것이다. 현진건의 <불>은 그의 이러한 한 방법을 보여주는 작품이다. 그것은 15세의 어린 소녀에게 현실 인식과 비판의 시각을 맞추고 있다는 점, 그리고 현실을 환유적(metonymic)으로 처리한 세계를 보여 준다는 점이다. 이런 유의 방법은 다른 작가의 작품에서도 종종 발견되는 것이기는 하지만, 현진건은 이러한 방법을 통하여 어느 한 시대에 국한된 인간상을 그리려고 했다기보다는 보다 근원적인 인간의 모습에 접근하려 했다는 점에서 <불>은 그의 다른 작품들과는 다소 구별된다고 보는 것이다. 인간의 근원적인 모습을 그리는 데는 보다 충동적이고 非理性的으로 행동하는 나이 어린 人物이 더 적합할지도 모르기 때문이다.

본고는, 궁극적으로 그러한 것들과 관련되어야겠지만 리얼리즘 문제나 작가론의 문제를 거론하기 위해 쓰이는 것은 아니다. 그러므로 다음에서는 그러한 문제를 되도록 피하면서 인물(순이)의 특성과 그녀가 보여 주는 세계를 추적해 보기로 하겠다.

이 작품의 내용을 스토리에 따라 요약하여 도식화하면 다음과 같다. (1) 강요된 폭력적인 성(또는, 고된 勞役)─(2) 그것의 회피 수단 摸索(파괴적이고 공격적인 본능 발동)─(3) 放火(발견, 認知)─(4) 解放과 기쁨이 그것이다. 사건이 시간적 순서에 따라 배열된 平面的 構成을 취하고 있으며, 플롯의 인과율도 그러한 順行的 구성 속에 차례대로 이어져 있다. 이 작품의 내용은 거의 (1)과 (2)로 채워져 있어 지리한 느낌을 주지만 (3)의 행동에 확고한 필연성을 마련해 주는 구실을 한다. 순이는 어떤 상황에서 어떻게 고통 받고 있으며, 그 가운데서 어떤 생각을 하고 있는가 하는 것이 그 중요 내용이다. 실제 사건이 진행된 시간인 약 24시간의 대부분이 (1)과 (2)에 소요된 시간이어서 (1)과 (2)에서 (3)에 이르는 시간적 거리는 상당히 먼 것처럼 보이지만, (1)과 (2)에서 (3)으로 전환되고 결말에 이르는 시간은 지극히 짧아 순간적이다. (1)과 (2)에서 停止되어 있는 듯하던 시간이 빠른 속도로 전환되면서 곧바로 결말에 이르는 것은 인물의 행동에 力動的(dynamic)인 힘을 부여하는 의미가 있다. 순이와 같은 나이 어린 인물이, 감당하기 어려운 고통에서 벗어나기 위하여 하는 행동은 충동적이며 순간적일 때 설득력이 있다. 전후를 재고 주저하는 모습을 보인다면 그 인물의 행동의 力動性은 사라지고 독자의 긴장도 弛緩되어 극적 효과를 상실하게 된다. 표면적으로 드러나는 이러한 구조적인 특성을 고려하면서 순이의 성격을 진단해 보기로 한다.

우리가 최초로 순이에 대하여 얻을 수 있는 정보는, 그녀가 열다섯 살 난 어린 소녀라는 것, 그녀가 바라지도 않는 성행위로 인하여

견디기 어려운 고통을 당하고 있다는 사실이다. 이 정보는 성격을
드러내는 실마리로서는 좀 미약하지만 앞으로의 사건을 이해하는 데
는 많은 도움을 준다. 즉, 앞으로의 순이의 행동에 타당성을 부여하
는 근거의 역할을 하는 것이다. 순이의 경우는 위에서 지적한 두 가
지 외에 그녀의 성격을 일차적으로 진단할 수 있는 지표를 지니지
않은 인물로 볼 수 있다. 그것은 이 소설이 사회도로서의 성격을 지
니고 있기 때문에 나타나는 현상이라고도 할 수 있을 것이다. 그러
므로 우리는 그녀가 열다섯 살 난 어린 소녀라는 것과 강제적인 성
폭행을 당한다는 정보로부터 출발하여 그녀의 행동을 추적함으로써
성격의 실마리를 풀어나갈 수밖에 없다. 그렇게 되면 그녀의 행동이
일차적인 성격지표가 된다. 이것은 너무나 당연하고 보편적인 것이
기는 하지만 여타의 관습적으로 이용되는 지표 가운데서는 가장 확
실한 것이다.

> 성격이 차츰 밝혀져 감에 따라서 독자들은 최초에 관찰할 수 있었던
> 이 특징을 그 제한된 방식으로나마 작중인물의 본성중의 어떤 기본적인
> 것을 가리키는 요소로 느끼게 되는 것이다.[101]

이 진술은 순이의 성격을 추적하는 우리의 입장을 적절히 대변해
주고 있다. 처음 장면은 순이가 폭행이나 다름없는 性行爲로 인하
는 極限적인 고통을 상세히 묘사하여 보여 주고 있다. 金宇種 은
순이의 이러한 불행의 원인을 그 시대의 사회상과 관련하여 다음과
같이 규정하고 있다.

> 연령도 차지 않은 소녀를 민며느리로 보내고 또 그런 소녀를 민며느
> 리로 받아들이던 社會制度는 우리 한국 사회의 오랜 인습이었다. 그런

---

101) 金炳旭 編, 崔翔圭 譯, 앞의 책 p.259.

데 이러한 인습이 형성되어 온 근본적인 원인은 딸자식의 적당한 결혼
연령조차 제대로 측정하지 못하는 무식에만 있는 것이 아니었다. 그러
한 인습 역시 어쩔 수 없는 경제적인 사정의 소산이었던 것이다.[102]

첫 장면은 얼핏 보기에는 불필요하다는 느낌을 줄 만큼 장황하게
고통의 정도와 상태를 자세히 묘사하고 있다. 여기에서 디테일의 名
手로서의 현진건의 筆力에 새삼 감탄하게 되거니와 아울러 그만큼
상세하기 때문에 순이가 당하는 고통에 경악을 금치 못하게 된다.
'온중일 물이기, 절구질하기, 물방아 찧기, 논에 나간 일군들에게 밥
나르기에 더할 수 없이 지쳤던' 그녀에게 또 이런 고통까지 주어지
는 가혹한 삶의 시공이 과연 현실적으로 존재 가능한 것이라면 그것
은 큰 불행이 아닐 수 없다. 그러한 斷末魔的인 고통을 느끼면서도
잠을 깨지 못하는 육체적 피로 또한 극한적인 것이 아닐 수 없었다.

> 「이러다간 내가 죽겟구먼, 죽겟구먼! 어서 잠을 깨야지, 잠을 깨야지」
> 하면서도 풀칠이나 한듯이 조아붓는 눈을 뜰수가 업섯다. 흙물가티 텁
> 텁한 잠을 물리칠 수가 업섯다. 련해 입을 짝짝 벌이며 몸을 치수르다
> 가, 나종에는 지긋지긋한 고통을 억지로 참는 사람모양으로, 이까지 빠
> 드득 갈아부티었다……[103]

순이가 육체적으로 얼마나 피폐해 있으며 그녀가 지금 당하는 고
통이 얼마나 큰 것인가를 잘 나타내 보여주고 있다. 이 서두 부분에
서 순이의 잠 못 자는 고통과 성행위에서 오는 고통을 길게 묘사하
여 나열한 것은 작가의 장광설 취향 때문이 아니라, 그녀가 처한 현
실이 어떠한 것이며 그녀가 어떻게 피폐해가며, 그렇기 때문에 그녀
가 어떻게 행동해야 할 것인가 하는 문제를 제시하기 위함이라는 것

---

102) 金宇種 앞의 책 p.164.
103) 玄鎭健, '불', 開闢 제55호(1925. 1), p.55.

을 알 수 있다. 이 장면은 현재 순이의 삶의 공간에서 순이가 당하는 모든 부당한 피해를 축약하여 보여주고 있는 것이다. 그리고 그 와중에서 얼핏 보인 '밤빛과 어우러진 큰 상판의 검은 부분'은 그녀에게 있어 절망과 같은 것이다. 한낮의 노역도 견디기 어려운 것이지만, 소위 남편으로부터 밤에 당하는 이 일은 더욱 참을 수 없는 것이기에 남편은 그녀에게 무시무시한 괴물일 수밖에 없고 그를 보는 것은 絶望에 빠지는 것과 다름없는 것이다. 밤빛을 닮은 남편은 그녀를 속박하고 가해하며 파괴하는 순이의 敵對세력이다. 며느리에게 가혹한 勞役을 강요하는 시어머니와 함께 남편은 순이에 대하여 직접적인 가해자104)인 동시에, 순이로 하여금 이러한 불행에 빠지게 한 시대의 構造的 矛盾(극도의 빈곤)과 制度(조혼, 또는 민며느리 제도)를 대표하기도 하고 상징하기도 하는 人物이다. 따라서 그들은 현실적으로나 근본적으로 파괴해 없애거나 克服해야 할 적대세력인 것이다. 인간은 누구나 자신이 외부의 어떤 위협 때문에 파괴될지도 모른다는 생각이 들면 그 위협의 요소를 파괴함으로써 거기에서 벗어나고자 한다. 그것이 人之常情이다. 다음의 인용문은 이 점을 잘 지적하고 있을 뿐만 아니라, 앞으로의 순이의 행동에 적절한 타당성을 부여해 주기도 한다.

> 공격적 행위에 의해 우리는 적에 의한 손상이나 파멸로부터 우리 자신을 보호한다. 또한 우리는 공격성으로 말미암아 우리의 기본적 욕구의 충족을 방해하는 장애물을 극복할 수 있다.105)

---

104) 순이에게 시어머니는, '무서운 어머니(the terrible mother)', '악한 어머니(wicked mother)', '吸血鬼(vampire)', 또는 '늙은 魔鬼(old witch)이며 男便은 '일종의 敵對的 動物(a hostile animal)'이다. 시어머니는 그러니까 관능적인 '뱀을 同伴하는 女人(snake woman)'인 셈이다. (E. Neumann, *The Great Mother*, Princeton University Press, 1974, p.149, 表Ⅲ, pp.185~6 참조).

　부언하거니와, 이 서두 부분은 순이의 삶의 모습의 제유(synecdoche)
이며, 그녀에게 행동의 동기를 부여하는 기능을 하고 있는 것이다. 이
대목은 伏線과는 또 다른 의미에서 플롯에 논리성을 부여하는 근거
가 된다.

　새벽녘이 되어 사내(남편)가 들일을 하기 위하여 밖으로 나간 뒤
순이는 겨우 잠을 깰 수 있게 된다. 얼핏 잠을 깬 순이는 자기가 누
워 있는 곳이 '원수의 방'(부부가 함께 생활하는 행복의 방이어야
할 곳)임을 비로소 깨닫는다. 그녀는 밤에 당하는 '원수의 그 노릇
(밤이 되면 으레 당하는 이 몹쓸 노릇)을 하루라도 면하려고 저녁
설거지를 마치자마자 아무도 몰래 헛간으로 숨었었던' 것인데, '그
원수 놈이 육욕에 번쩍이는 눈알을 부라리며 사면팔방으로 찾다가
마침내 그를 발견하여, 이 원수의 방에 갖다 놓은' 것이다. 원수란
무엇인가? 자기에게 참을 수 없는 해를 끼친 他人이다. '원수'라는
말에는 '원수 갚는다'라는 말이 따라다닌다. '원수 갚다'란 자기에게
해를 끼친 사람에게 자기가 당한 만큼, 또는 그 이상의 害를 돌려주
는 것이다. 이 말과 同意語는 복수이다. 그러므로 원수의 방은 없애
야 할 대상이고, 원수의 노릇은 증오되어야 하고 원수 놈에게는 자
기(순이)가 당한 만큼의 고통을 되돌려 주어야만 한다. 말할 것도 없
이 원수의 방은 순이의 次元으로 축소된 時代的 現實(경제적 빈곤
과 조혼제도가 지배하는 시대적 상황)이기도 하다. 순이의 입장에서
는 그 원수의 방을 없애야 하겠지만, 아직 나이 어린 순이로서는 그
런 강인한 의지를 보일 수 없을 뿐만 아니라, 그 실천의 능력도 없
었기 때문에 그녀는 일차적으로 그 원수의 방으로부터의 脫出을 시
도한 것이다. 그러나 그 탈출은 남편의 영향권 밖으로의 탈출이 불
가능했기 때문에 무위로 끝나고 말았다. 그녀가 탈출하기에는 그녀

---

105) Calvin S.Hall, 앞의 책 p.82.

를 얽어매고 있는 束縛의 굴레가 너무나 강인했던 것이다. 그녀는 사실상 탈출을 할 수 없고, 탈출했다 해도 갈 곳이 없는 처지였기에 (그녀의 친정은 수백 리 떨어져 있었고, 가깝다 해도 친정에서는 받아주지 않았던 것이 그 시대 여인들의 운명이었음을 우리는 잘 알고 있다) 고작 헛간으로 도피할 수밖에 없었던 것이다. 현실은 견딜 수 없고, 그렇다고 그것을 회피할 방법이 있는 것도 아닐 때 인간이 취할 수 있는 행동은 무엇이겠는가. 그것은 다시 現實로 돌아서서 투쟁하고 그것을 파괴하는 것으로 나타날 수밖에 없다. 여기서도 순이의 放火가 갖는 행위의 타당성을 발견할 수 있다.

새벽녘이 되면 으레 들려오는 시어머니의 호령소리에 화들짝 놀라, 남편이 나간 뒤 잠시 빠져들었던 잠에서 깨어났다. 그 감당하기 어려운 '몹쓸 노릇'을 당하면서도 떨쳐버리지 못했던 잠이 호령 한 마디에 달아났다는 것은, 순이에 대한 시어머니의 지배력과 시어머니에 대한 순이의 예속성이 절대적임을 나타내 준다. 支配와 隷屬은 가장 原初的인 갈등의 조건이다. 이것은 단순한 姑婦간의 갈등이 아니라, 부당한 지배자에 대하여 갖는 피지배자의 투쟁의식이 개재된 갈등이다. 따라서 시어머니는 남편과 함께 척결되거나 극복되어야 할 복수의 대상이다.

　　총총히 마루로 나오니, 아직 날은 다 밝지 안핫다. 자욱한 안개를 격해서 광채를 일흔 흰달이 죽은 사람의 눈갈모양으로 히멀에케 서으로 기울고 잇다.(中略)
　　번쩍하고 블붓는모양이 매우 조핫다. 새밝안 입술이 날름날름 집어주는 솔가비를 삼키는 꼴을 그는 흥미잇게 구경하고 잇섯다.106) ─ 가정필자 ─

제대로 쉬지도 못하고 밖으로 나온 순이의 눈에 비친 새벽 정경과

---

106) '불', pp.56~57.

쇠죽을 끓이면서 아궁이의 불구경을 하는 순이의 모습이 나타나 있
다. 그런데 이 두 가지 이야기 單位는 순이의 심리적 상태와 앞으로
의 행동을 암시한다는 점에서 매우 중요하다. 우선 순이가 본 새벽달
의 모습은 순이의 감정을 반영하는 것이다. 人物이 보는 풍경은 그
인물의 감정이나 靈魂의 모습과 등가물이라 할 수 있다.107) 다시 말
해서 풍경이나 배경은 인물의 심리적 상황이나, 어떤 衝動이나 欲求
를 충분히 反映해 준다는 것이다. 그러니까 순이가 본 새벽달의 모습
은 순이의 내경이 外面化된 모습인 셈이다. 좀더 구체적으로 이야기
해 본다면, 순이가 달을 '죽은 사람의 눈깔'로 본 것은 거기에 순이의
죽음의 본능이 投影되었기 때문이다. 죽음의 本能(Thantos, the death
instinct)이 어떤 作用을 하는가 하는 것은 아직 밝혀지지 않고 있지
만, 그것의 가장 현저한 派生物은 공격성과 파괴성이라고 한다.108)
극한적인 勞役과 고통 속에서 생활하는 순이가 살고 싶지 않다는 마
음을 갖게 될 가능성, 즉 죽음에의 유혹을 느끼게 될 가능성은 큰 것
이다. '죽은 사람의 눈깔'을 닮은 달은 순이가 느끼는 죽음에의 誘惑
의 象徵物이다. 그리고 이러한 죽음의 본능에서 파생되는 공격적, 파
괴적 리비도가 置換(displacement)되어 나타난 것이 아궁이에서 타는
불을 재미있게 구경하는 행위라고 볼 수 있다. 순이가 아궁이에 불을
때면서 그것을 재미있게 구경하는 것은 소녀다운 장난기에서 연유한
것이라고 보기에는 그녀가 처한, 그리고 당하고 있는 현실이 너무나
가혹하다. 지금까지의 상황으로 보아 그녀에게는 그런 장난을 즐길
정신적, 육체적 여유나 힘이 남아 있을 수가 없다. 아궁이에 불을 때
어 쇠죽을 끓이는 것은 고되고 고된 하루의 시작을 의미할 뿐이다. 따
라서 그녀가 불에서 흥미를 느끼는 것은 다른 심리적 각도에서 살펴
볼 필요가 있는 것이다. 불이 갖는 破壞와 淨化의 矛盾된 기능에 대

---

107) 金華榮 編譯, 앞의 책 pp.226~227 참조
108) Mahoney, 앞의 책 pp.79~80와 Calvin S. Hall, 앞의 책 p.80 참조.

해서는 <狂炎소나타>에서 살펴 본 바 있다. 再生을 前提로 할 때 불은 정화의 기능을 갖는 것이며, 죽음의 본능과 연결될 때 그것은 파괴의 기능을 갖는다. 두 기능 다 소멸시킨다는 공통점이 있지만 그 동기에 따라서 불의 의미는 전연 달라지는 것이다. 순이의 경우, 그녀가 구경하고 있는 불은, 그녀가 당하고 있는 현실적 고통으로 볼 때 파괴적, 공격적 리비도를 자극하는 것이라 할 수 있다. 나중에 밝혀지겠지만 순이에게 있어 불은 파괴적인 기능이 주된 것이지만, 부분적으로 淨化의 意味를 갖는 점도 있다. 여기에서 순이가 불을 흥미 있게 바라보는 것은 바로 그녀의 죽음의 본능이 작용하고 있음을 의미하며, 그것은 미구에 원수의 방으로 표상되는 남편과 시어머니(또는 시대와 제도)에 대한 파괴적, 공격적 행위가 현실화 될 것이라는 것을 암시하고 있다. 플롯의 전개 과정으로 보아서 하나의 伏線에 해당하는 부분이기도 하다. 여기서 잠시 짚고 넘어가야 할 문제는, 순이에게 있어 원수의 방에 代替되는 세계는 어떤 것인가 하는 점이다. 텍스트의 본문에서는 일체 여기에 대해서 언급이 없다. 순이는 원수의 방을 없앨 궁리만 하지, 없애고 난 뒤의 일에 대해서는 전혀 생각지 않고 있다. 그러나 원수의 방을 없애는 것은 곧 현실의 질곡으로부터의 해방을 의미하는 것이라면, 그녀가 해방된 공간이 곧 원수의 방에 대체되는 것이라는 것을 쉽게 짐작할 수 있다. 인간의 행위, 특히 禁忌視되는 것을 파괴하는 행위 뒤에는 반드시 숨겨놓은 欲望이 있음을 프로이드는 지적하고 있다.[109] 불을 들여다보고 있는 순이의 마음 한구석에는 해방된 공간으로서의 새로운 삶의 공간에 대한 所望이 숨어 있음을 우리는 놓쳐서는 안 될 것이다.

아침밥을 짓기 위하여 물을 길러 간 순이는 시내(川)에서 노는 송사리가 얄미워서 그것을 손으로 잡아낸다.

---

109) Freud, *Totem And Taboo*, p.70 참조.

　　　그중에 불행한 한놈이 맞츰내 순이의 손아귀에 들고 말앗다. 손새로
　　물이 빠져가자, 제목숨도 자자가는 것에 독살이나 내인듯이 파득파득하
　　는 꼴이 순이에게는 재미잇섯다. 얼마안돼서, 가련한 물짐승은 죽은듯이
　　지친 몸을 손바닥에 부치고 잇을제, 잔인하게도 순이는 짱바닥에 태기
　　를 첫다.110)

　　잡은 송사리를 가지고 놀다가 송사리에게 가혹행위를 하는 장면이
다. 여기에서 송사리는 순이 자신과 동일시되고 있다. 물이 새어 나
간 순이의 손바닥에 놓인 송사리의 모습은 거의 瀕死狀態나 다름없
는, 죽지 못해 살아가는 순이의 모습과 조금도 다르지 않다. '독살이
나 내는 듯이 파드득 파드득 하는 꼴'은 순이의 감추어진 저항 심리
와 대응되는 모습이다. 죽어가는 송사리의 모습에서 순이는 자신이
죽어가는 모습을 보고 있다.111) 그녀는 송사리를 태질을 쳤다. 이러
한 잔인한 행위는 죽음의 본능이 작용한 결과로 볼 수 있다. 자신과
동일시되어 있는 송사리를 잔인하게 태질을 치는 것은 죽음의 본능
에서 파생된 자기 파괴적인 모형(self-destructive pattern)을 보여주
는 行爲로 볼 수 있다. 이것은 자신에게 가해하는 자들에 대한 복수
욕이 轉位된 행위이기도 하다. 또한 인용문에 나타난 행위는 가학
(sadism)과 自虐(masochism)의 양면성을 지니고 있다. 그것은 부당
한 가해자에 대한 殺害欲望과 같은 것이며(sadism), 차라리 죽어 없
어지고 마는 것이 낫다는 죽음의 충동(masochism)과 다르지 않다.
이 송사리가 점심을 이고 나가는 순이 앞에 환상으로 나타나 방어만
하게 크게 보이는 순간 순이는 졸도하게 되고 점심이 담긴 목판을
엎어버리게 된다는 것은 모두 이러한 순이의 심리적 상황에 그 원인
이 있는 것이다. 점심을 이고 들로 나가면서 바라보는 들판의 모습

---

110) '불' p.57.
111) 텍스트의 서두 부분에서 반복되는 '죽겠구면'하는 말과 연관지으
　　　면 분명함.

이 묘사된 부분은 상대적으로 순이의 불행을 드러내 보인다. 강렬한 태양, 푸른 생명, 건강이 넘치는 대지 위에서 허리가 휘는 고통도 잊고 모내기를 하고 있는 농부들의 모습과 몸과 마음이 함께 피폐해 버린 어린 순이의 모습은 비극적인 콘트라스트를 이루고 있다. 너무나 시달린 마음과 몸이라 남들에게는 희망과 의욕을 가져다주는 태양도 그녀에게는 현기증만 일으키게 할 뿐이다. 힘겨운 점심 목판을 이고 가던 순이는 너무나 힘이 부친 나머지 졸도하여 넘어지게 된다. 점심은 못 먹게 되어 버렸고 그릇은 깨어졌다. 이 사건은 순이의 또 한 차례의 수난을 예고할 뿐만 아니라 그들(순이와 남편, 시어머니) 사이의 관계의 파탄을 암시한다. 백치 아다다가 첫 장면에서 동이를 깨뜨리는 것이 그녀의 비극적인 파멸을 예고하듯이 순이가 그릇을 깨는 것은 그녀의 인간관계의 破綻을 암시한다는 것이다. 더 쉬고 싶지만 그 원수의 방이 싫어서 밖으로 나온 순이는 그릇을 깬 대가로 시어머니에게 무수히 구타당한다. 구타당하면서도 그녀는 '괴상한 쾌감'을 느끼는데 이것은 말할 것도 없이 그녀의 죽음의 본능과 연결되는 마조히즘이다. 필경 이러한 마조히즘은 파괴적, 공격적 행위로 연결되고 마는 것이다. 죽음의 본능은 반드시 그 사명을 완수한다.112)는 말은 이 경우에도 적용된다.

밤이 다시금 그를 향하여 시커먼 아가리를 벌리려는 시각에 그녀는 무서운 밤을 피할 수 없음과 시어머니에게 매 맞은 일로 해서 서러워 울고 있었다. 울고 있는 순이를 달랜답시고 옆에 온 남편을 본 그녀는 그 원수의 방에 대한 공포가 더 커져서 원수의 방을 저주한다. 千二斗는 이러한 점이 현진건의 지나친 조작성을 나타내는 것이라면서 다음과 같이 비판하고 있다.

---

112) Calvin, 위의 책 p.80.

<불>의 결말부도 그렇다. 농촌의 무지, 혹사, 조혼 제도 속에서 오죽 견디다 못했으면 불을 지르게까지 되었을까 하는 생각이 들기도 하지만, 15세의 소녀라면 설마 자기의 모든 불행의 근원이 무지한 남편을 치르지 않으면 안되는 그 방에만 있다고 생각지는 않을 것이다.113)

그러나 순이의 생각과 행동은 無知나 未成熟의 문제가 아니라, 사회상과 관련되기는 하지만 다분히 人間 本性의 문제와 연결되는 것이기 때문에 理性的인 사고나 判斷의 범주를 벗어나는 것이라고 봐야 한다. 순이가 자신의 불행이 원수의 방 때문이라고 하는 것은, 성행위로 상징되는 그녀의 고통과 忍辱의 삶이 그곳에서 진행되었기 때문이다. 이 경우 '원수의 방'은 현실적인 방이 아니라 순이에게 고통과 절망만 안겨다주는 삶의 공간을 의미하는 것이다. 따라서 그 공간은 순이에게 있어 반드시 제거되어야 할 적대자와 같은 것이다. 따라서 千二斗의 견해는 부분적으로밖에는 수용될 수 없다

밥이 보그를 하고 넘엇다. 순이는 솟뚝경을 열랴고 닐어섯슬제, 부뚜막에 언치인 석냥이 그의 눈에 띄이엇다. 이상한 생각이 번개가티 그의 머리를 스처지나간다. 그는 석냥을 쥐었다. 석냥 쥔 그의 손은 가늘게 떨리엇다. 그러자 사면을 한번 돌아볼 결을도 업시 그 석냥을 품속에 감추엇다. 이만하면 될 일을 웨 여태것 몰랏든가, 하면서 그는 생글애우섯다.
그날밤에 그집에는 난대업는 불이 건너방 뒤겻춘혀로부터 닐어낫다. 풍세를 어든 불길이 삽시간에 왼집웅에 번지며 훨훨 타오를제, 그 뒤집 담모서리에서 순이는 근래에 업시 환한 얼굴로 깃버못견듸겟다는듯이 가슴을 두근거리며 모로뛰고 새로뛰엇다.114)

이 소설의 絶頂이자 결말 부분이다. 순이의 밤에 대한 공포감이 살아나는 위기(crisis)를 거쳐서 필연적으로 도달되는 절정이자 결말이다. 이 대목은 아리스토텔레스가 이른바 발견(혹은 認知)에 해당

---

113) 千二斗, 앞의 책 p.69.
114) '불', p.61.

하는 대목으로서의 의미를 갖지만, 無知에서 知로의 移行이 아니라
束縛과 忍辱으로부터 抵抗과 파괴로 이행하게 되는 계기로서의 발
견이다. 성냥이 눈에 띄는 순간 우발적으로 放火를 생각해 낸 것 같
지만, 이것은 이미 오래전부터 준비되어 왔던 충동임을 순이의 행동
을 추적하는 과정에서 밝힌 바 있다. 放火가 단순한 우발적 행위였
다면 이 소설의 리얼리티는 살지 못할 것이다. 순이는 불을 질러서
원수의 방으로 표상되는 남편과 시어머니의 가학행위로부터 벗어나
게 되었고, 그들로 대표되는 시대와 제도에 대한 복수를 시행한 것
이다. 일찍부터 준비되어 있었던 그녀의 죽음의 본능과 관련된 파괴
적, 공격적 리비도가 현실화됨으로써 복수와 해방에의 欲求를 성취
한 것이다. 동시에 그 불은 순이의 입장에서 보면 모든 불순한 것을
소멸시켜 버림으로써 淨化된 새로운 삶의 공간을 제공해줄 수도 있
다는 역기능적인 기능도 수행하고 있다. 그러므로 순이의 성격을 드
러내는 일차적인 지표는 그가 처한 현실에서의 속박과 고통이다. 순
이가 放火를 하는 특정한 동기는 삶의 공간에 대한 否定과 파괴지
만 근본적 동기는 복수욕과 새로운 삶의 공간에 대한 소망이다. 순
이의 성격을 드러내는 지표는 復讐慾과 새로운 삶의 공간에 대한
所望이다. 이것을 통해 우리는 순이의 행동을 보다 선명하게 照明
해 볼 수 있게 된다.

이 작품은 小品이라고 하면 적당할 짤막한 단편이다. 선이 굵은
사건단위도 없고 표면적으로 두드러지게 나타나는 어떤 성격도 포착
하기가 어렵다. 시간과 행위가 순이의 방화를 향하여 직선적으로 움
직이고 있다. 정체되어 있는 듯한 인상을 주기는 하지만 행위나 시
간의 연결이 순간적이며 역동적이다. 행위와 시간의 정점을 이루고
있는 放火는 처음부터 계획되어 온, 이 작품의 플롯이 도달할 수밖
에 없는 자연스럽고도 필연적인 결과다. 열다섯 살 난 소녀가 도저

히 견디기 어려운 현실에서 피할 수 있는 방법으로서 선택한 방화는 그 어떤 동기에서 유발된 방화보다도 설득력이 있고 타당하다. 이 방화는 작가의 지나친 조작성이 드러난다는 비판115)이 있음에도 불구하고 여전히 충분한 리얼리티를 갖는다. 그것은 시대나 개인의 문제를 넘어선 인간 본연의 저항 심리와 속박과 고통으로부터 해방되고자 하는 욕구와 밀접한 관계를 갖는다고 볼 수 있기 때문이다. 나아가서 순이의 방화는 인간이 언제나 마음 깊숙이 감추고 있는 복수의 욕구를 선명히 보여 주며, 새로운 삶의 공간을 희구하는 보편적인 인간성의 한 실체를 보여주기도 한다. 放火로 作品이 끝나는 것이 그 시대 계급주의 문학의 영향에서 온, 한 문학적 관습이 되다시피 했던 작품경향이라 하더라도 순이의 방화는 보다 本源的인 욕구에서 비롯되었다는 점에서 여타의 방화와는 구별되어야 하리라 본다. 순이는 그 시대의 궁핍 속에서 고통스럽게 살아가는 인간의 典型일 수도 있겠으나, 그보다는 시대를 초월한 인간의 조건을 제시한 인물로 이해되는 것이 더 타당할 것이다. 理性的 비판이나 합리적 사고보다는 根原的인 인간적 欲求에 더 접근해 있는 십오 세 소녀의 행위는 인간이 숨겨 놓은 보편적 욕구의 실체를 보여 주기에 충분한 것이다. 이 작품은 시대와 상황에서 오는 고통 속에서 살아가는 인간의 모습을 보여주는 시대의 社會圖라는 의미를 지니면서 인간이 숨겨 놓은 欲求의 實體를 보여 준다는 점에서 소설의 理想116)을 어느 정도 실현한 작품이라고 할 것이다. 그리고 이 소설의 플롯을 가능하게 한 原動力은 순이의 '인간으로서의 근본적인 欲求'였음도 밝혀 둔다.

---

115) 千二斗, 위의 책 p.69.
116) 개인의 내면적 욕구와 그 개인이 처한 현실적(시대적)상황을 적절히 연결함으로써 총체적인(평균적인) 인간의 어떤 모습을 그려내는 것이 소설의 이상이라 할 수 있다.

Ⅱ. 人間性과 플롯

作中人物의 성격을 단적으로 드러내는 어떤 指標라는 것은 그리 쉽게 발견되어지는 것은 아니다. 그러한 지표는 아마도 원칙적으로나 현실적으로 존재하지 않는 것인지도 모른다. 인간이라는 복합적이고 미묘한 존재를 하나의, 또는 몇 개의 눈에 띄는 모습으로 판단하거나 규정하는 것은 거의 언제나 試行錯誤로 끝날 가능성이 크다. 현실에서 우리가 늘 대하는 친근한 사람도 우리가 그에 대하여 알고 있는 것은 극히 부분적인 것에 불과하다. 그가 우리와 나누는 대화, 우리에게 보여주는 행동, 그의 습관, 성장 배경과 생활환경 등, 우리가 그에 대하여 보고 듣고 하는 자료는 수없이 많이 있지만 그럼에도 불구하고 그 어떤 것도 그를 확실히 파악하는 데 결정적인 단서가 되지는 못한다. 우리가 그와의 관계 속에서 발견하거나 느끼는 그의 인간성이나 爲人이라는 것도 어느 정도까지 사실과 부합하는가 하는 것은 측정하기가 어려운 것이다. 우리가 그의 인간성과 위인에 대하여 갖고 있는 판단의 내용도 現象的으로 나타나는 사실에 근거를 둔 것이라기보다는, 우리 자신의 인간에 대한 체험적인 인식에 근거를 둔 것이라고 보는 것이 타당할 것이다. 그러고 보면 그에 대하여 내리는 평가나 判斷은 오히려 지극히 가상적이고 莫然하며 無責任한 것이라 할 만하다. 우리가 어떤 한 인간을 안다는 것은 이처럼 어려운 일이다. 그러나 우리가 현실에서 인간관계를 유지하면서 살아가기 위해서는 어떤 형태로든 나와 관계가 맺어지는 타인에 대해 情報를 갖지 않으면 안 된다. 身分이나 地位 같은 표피적인 정보는 일회적인 探聞이나 본인과의 만남을 통해서 확실한 것을 얻을 수 있지만 그 인간에 대한 정보는 오랜 시간을 두고 꾸준

히 접촉하고 관찰하는 데서만이 비로소, 단편적으로나마 얻어낼 수
가 있는 것이다. 인간은 대체로 자신을 드러내기보다는 감추어 두려
고 하는 성향이 강하기 때문에 인내를 가지고 접근하는 태도가 아니
고서는 그를 알아낼 길이 없는 것이다. 개중에는 언제나 자신 있게
자기를 드러내 보이는 듯한 사람도 있지만, 그것은 오히려 자신을
위장하는 태도일 가능성이 더 큰 것이다. 이것은 현실에서 만나는
인간들에 대한 이야기지만 소설 속에 등장하는 인물에 대해서도 그
들을 확실히 인지한다는 것은 똑같이 어려운 일이다. 작중인물은 현
실의 인간과는 달리 合目的的으로 고안된 인간이기 때문에 어느 정
도 자유가 통제되어 있기는 하지만117) 여전히 다각적인 면모를 보임
으로써 그들을 추적하고 捕捉하려는 우리를 혼란에 빠뜨리곤 한다.
소설가들이 관례적으로 사용해 온, 인물을 드러내는 여러 가지 장치
들도 작중인물을 파악하는데 사실 그렇게 썩 유용한 것은 아니다.
앞서 이 장의 서문에서 소개한 바 있는 인물을 드러내는 지표들이란
작중 현실을 구성하고, 실제감(lifelikeness)을 형성하는 것에 대해서
는 상당한 공헌을 하지만, 인물을 파악하는 단서로서는 미흡한 점이
있다는 것이다. 그렇다고 해서 관례적인 성격묘사의 지표를 무시하
고서는 성격의 파악이 또한 불가능하다. 그래서 본고에서는 관례적
인 인물구성(characterization)의 지표들의 도움을 최대한 받으면서
그 중에서 특히 작중인물의 행동을 중요한 단서로 삼아 인물을 추적
하는 입장을 취했다. 인물의 행동(대화를 포함하는)은 여타의 관례적
인 지표에 비하면 그래도 인물의 성격에 접근할 수 있는 비교적 확

---

117) Willam kenney, *How To Analyze Fiction*, Monarch press, 1966,
     p.25
       *one of the most delicate tasks of the writer of fiction is to
     create and maintain the illusion that his characters are free, while
     at the same time making sure they are not really so.

실한 단서가 된다고 보기 때문이다. 작중인물이 보여주는 자신에 대한 태도와 그에 대한 타인들의 태도를 포함하는 행동은 인물의 성격을 열어가는 쓸 만한 열쇠임에는 틀림없다.118)

그런데 어떤 행동에는 반드시 그렇게 행동하지 않을 수 없는 근본적인 동기가 있기 마련이다. 근본적인 동기는 한 인물의 심리적인 국면과 밀접한 관계를 갖는 것이기 때문에 행동의 근저에 놓여 있는 동기를 파악하기 위해서는 인물의 심리적 인과율(the law of causality)에 관심을 가져야 한다. 인물의 행동을 통하여 어떤 심리적 인과율에 도달하게 되면 근본적 동기를 포착할 수 있게 되고, 인물의 성격을 파악할 수 있게 된다고 보는 것이다. 이 근본적 동기를 성격으로 보고 그 자체를 가장 중요한 인물의 성격지표로 본다는 것이 본고에서 試行한 인물연구의 입장이었다. 따라서 본고에서 사용한 성격지표라는 말은 일차적으로 관례적인 인물 구성의 방법을 의미하지만, 궁극적으로는 인물의 근본적 동기를 의미하는 것이다. 부분적, 가시적 지표보다는 心理的 局面을 파악하는 것이 성격을 진단하고 규정하는 보다 설득력 있는 지표가 된다고 보는 것이다. 이렇게 보면 인물의 성격으로 향하는 통로인 행동은 일차적인 성격 지표가 되며, 근본적인 동기가 최종적인 성격 지표가 될 수밖에 없다. 행동을 통하여 성격을 진단하고 그 결과를 지표로 삼아서 행동을 조명해 본다면 인물에 대한 보다 선명한 이해가 가능하리라 본다. 다음에서는 이 장(章)에서 다룬 인물들을 정리해 보도록 하겠다.

김동인의 <遺書>는 인물의 행동의 일관성과 주제의 단일성에 비추어볼 때 단편이지만 길이로 봐서는 중편에 가까운 소설이다. 남녀 간의 삼각관계를 仲裁하고 해결하여 아끼는 후배인 화가 O의 재능을 되살려야 한다는 명분에서 작중화자인 ‘나(○○씨)’는 사건의 중

---

118) 金炳旭 編, 崔翔圭 譯, 앞의 책 pp.266~272 참조.

심부에 뛰어들게 된다. 처음 그의 태도는 다분히 윤리적이며 휴머니
즘적인 차원을 보여주지만, 사건이 진행됨에 따라서 '나'는 O와 자
신을 同一視하게 되고 문제의 평화적 해결보다는 상대방(A와 봉선)
을 파괴해야 한다는 복수 의지에 사로잡히게 된다. '나의 의도대로
움직여 주지 않는 봉선과 A는 이제 O를 구원하기 위해서가 아니라
나의 자존심을 회복하기 위해서 제거해야 될 인물로 규정된다. 나는
자신을 全能者의 위치에 놓고 그들을 요리해 나갈 궁리를 하지만,
그것은 이미 마음속에 자리 잡고 있었던 살해본능의 실현을 의미하
는 것이었다. 그는 손상된 자존심의 회복을 위해 봉선을 살해하게
되고(A는 병사함), 그것으로 자신의 임무(O의 구원)가 끝났다고 생
각하지만, 그것은 한 인간의 구원이 아니라, 명백한 살인이며 '나'
자신의 윤리적 파탄을 의미할 뿐이다. '나'의 행동을 설명할 수 있는
성격지표는 복수욕과 자존심이다. '나'는 광적인 자존심에의 신봉과
자신의 능력을 과대평가하는 데서 오는 자기파괴성과 윤리적 파탄이
얼마나 가공할 만한 것인가 하는 것을 克明하게 보여주는 인물이다.
　<狂畵師>는 너무나 널리 알려진 소설이라, 그 인물연구도 어느 정
도 정리단계에 들어선 작품이다. 솔거는 추악한 외모를 지닌 천재화
가다. 그는 자신의 재능을 구현하고 새로운 그림의 세계를 창조하기
위하여 그림에 정진하지만, 그림에의 精進, 특히 미인도에 대한 熱情
은 그의 性的 리비도가 轉位된 행동으로 볼 수 있다. 그는 그의 성
적 리비도를 昇華(sublimation)시키는 작업에 몰두하고 있는 셈이다.
또, 다른 한편에서 보면 그가 미인도를 제작하는 동기는 그의 복수
의지와 관련된다. 자신을 여자와 사회로부터 격리시키는 세인들에게
복수하고 손상된 자존심을 회복하고자 하는 데도 미인도 제작의 이
유가 있는 것이다. 그러나 그러한 그의 비원은, 그에게 구원의 빛을
던져줬던 소경 처녀를 犯함으로써 좌절되고 만다. 그의 오이디푸스
콤플렉스와 관련된 성적 리비도의 승화와 복수 의지(자존심 회복)는

실현되는 고비에 와서 좌절되어 버리고 만 것이다. 그는 오레스테스 (Orestes)적 原型(archetype)에 가까운 인물로서, 어머니로 동일시되는 소경 처녀를 살해함으로써 비원을 가슴에 묻은 채 일생을 마친다. 솔거의 성격적 특성은 그의 추악한 외모에서 연유한 오이디푸스 콤플렉스의 변용(에로스적인 욕구)과 복수욕으로 규정할 수 있다. 그는 인간적인 차원의 제한과 구속에서 탈피하려고 몸부림친 인물이며, 동시에 모성의 세계로 회귀하고자 하는 退行的(regressive) 성격을 보여주는 인물이다.

<狂炎소나타>는 작중화자인 K씨와 백성수를 구별해 가면서 이야기하기가 상당히 까다로운 작품이다. K씨가 백성수 속에 들어가 살고 있는 듯한 인상을 주기 때문인데, 이 점은<遺書>의 나와 O의 관계와 흡사하다. 그러나 이 작품의 주인공은 어디까지나 백성수이므로 백성수를 중심으로 다른 요소들을 정리해 가야 한다. 백성수는 탄생충격으로 설명될 수 있는 모성의 세계로부터의 分離(seperation), 거기에서 파생되는 불안의식과 복수욕, 그리고 모성의 세계로 회귀하고자 하는 소망으로 그 성격이 요약되는 인물이다. 좀더 요약한다면, 근본적 동기로서의 그의 성격을 드러내는 지표는 복수욕과 낙원 회귀의 소망이다. 그 사이에 위대한 음악의 창조와 관련된 엽기적인 파괴 행위[放火, 死體冒瀆, 屍姦, 殺人]가 나타나지만 그것은 모두 그의 최종적인 소망에 종속되는 요소들이다. 그러나 백성수는 예술은 얻었지만 그 인간은 파멸되고 말았다. 백성수는, 개인적인 소망은 보다 거대한 방해 세력에 의해 무참히 무너져 버릴 수 있다는 인간의 보편적인 운명을 보여준다는 점에서 비극적인 인물이다. 이 작품은 개인과 세계의 대립이라는 소설의 일반적 양상에 접근하고 있기도 하다.

<벙어리 三龍이>는 죽음의 낭만적 인식이 토대가 된 작품이다. 죽음의 美學 云云 하는 것이 통례로 되어 있다. 빅토르 위고의 '파리의 노트르담'을 닮았다고 하는 만큼 그의 죽음은 유니크한 것

일 수도 있다. 그러나 그가 죽음에 이르는 과정을 보면 그의 죽음도 인간의 보편적 운명을 크게 벗어나는 것이 아님을 알 수 있다. 삼룡이에게는 극복해야 할 대상이 일찍부터 주어져 있었으니, 그것은 오생원과 동일시되기도 하는 주인 아들로서, 그는 그에게 인간적 모멸과 고통을 주는 인물이다. 그는, 또한 벙어리라고 해서 어떠한 기본적인 인간적 權利도 인정하지 않는 사회와도 동일시되는 인물이다. 삼룡이는 새색시의 등장과 함께 자기를 각성하게 되고, 그 새색시가 부당한 학대를 받는 것을 보고 그의 행동의 방향을 결정하게 되고, 그 결과로서 그 집에서 축출 당한다. 불행한 대로 삶의 보금자리였던 오생원집으로부터 쫓겨난다는 것은 곧 '분리에서 오는 고통'과 같은 것이며, 그것은 분노와 복수욕을 야기하는 것이기도 하다. 그의 마음 깊숙이 감추어져 있었던 에로스는 자기각성을 초래했고, 현실적인 축출은 복수욕을 자극했다. 그는 복수의 방법으로 放火를 선택했고 그 타오르는 불꽃 속에서 그의 에로스를 승화시켰다. 그리고 그것을 통하여 自己救援에 이른 것이다. 그의 죽음은 위의 세 작품에 비하면 긍정적인 의미를 갖는 것이기도 하다. 그의 성격지표는 에로스와 복수욕이며 자기 구원(또는 자기실현)이다.

'불'은 시대와 사회의 현실을 대유적으로 나타낸 작품이다. 그런 점에서 社會圖의 의미를 갖는다. 그러면서도 주인공 '순이'는 보편적인 행동 양식을 보여주는 인물이다. 그녀에게 주어진 삶의 공간은 그녀에게는 '원수의 방'으로 인식된다. '원수의 방'은 고통스러운 성 행위가 자행되는 공간이면서 勞役과 忍辱이 강요되는 삶의 공간인 것이다. 동시에 그것은 시대(궁핍)와 제도(조혼 및 민며느리의 인습)의 표상이기도 하다. 따라서 순이에게는 없애야 될 공간이다. 남편과 시어머니는 현실적인 가해자이므로 필연적으로 순이의 敵對 勢力이 된다. 순이가 방화를 하는 것은 그들에 대한 복수이며 부당한 삶의 공간에 대한 부정과 저항이다. 또, 그것은 부당한 삶의 공간을 소멸시켜 버리고 새로운 삶의 공간을 얻고자 하는 소망이 投影된 행동이다. 순이는 질곡과 고통으로부터 벗어나고자 하는 인간의 평균적 욕구를 보여주는 인물이다. 그녀의 행동의 특성은 부정(저항)과 파괴며, 근본적 동기로서의 성격은 복수욕과 새로운 삶의 공간에 대한 소망이다.

자존심과 복수 의지를 떠나서는 <유서>의 '나(○○씨)'의 행동은 설명되기가 어려우며, 솔거의 오이디푸스 콤플렉스에 근거를 둔 에로스적 욕구와 복수욕을 떠나서는 그의 행동이 이해되기 어렵다. 복수욕과 낙원 회귀의 소망이라는 특성을 통해서 우리는 백성수의 행동의 필연성을 긍정할 수 있으며, 에로스와 자기 구원이라는 통로를 통해서 우리는 삼룡이의 특성에 접근할 수 있다. 이로 보아 인물의 행동을 통해서 성격에 접근하고, 그렇게 해서 찾아진 성격을 가지고 인물에 대한 판단과 평가를 할 수 있게 됨을 알 수 있다.

> 상상적 문학의 보다 더 발전된 형식의 특징은,……행위자들(agents)이 자신들이 처해 있는 인간적 상황에 상대하여 보여주는 행동이나 사상 속에 표명되는 특수한 윤리적 質로부터 그 효과가 직접적으로 유래하는 플롯을 우리에게 제공해 준다는 점이다.119)

인간 세계의 구조의 원리는 끝없이 벗어나려고 하는 의지(개인)와 언제나 붙잡아 묶어두려는 의지(사회)의 대립으로 설명될 수 있다. 언제나 대립만 하는 것이 아니라 절충이 되는 경우도 있지만, 대개는 개인과 사회의 이러한 대립에서 야기되는 갈등의 양상 속에 개인의 성격의 모습이 나타난다. 위의 인용문에 나오는, '행위자들(agents)이 자신들이 처해 있는 인간적 상황에 상대하여 보여주는 행동이나 사상'이라고 하는 것은 갈등의 원인이거나 갈등 그 자체를 의미하며,

---

119) 金炳旭 編, 崔翊圭 譯, 위의 책(플롯의 개념), pp.168~169.

그것은 성격의 문제로 직결되는 것이다. "인간의 행동에 의해 창조되
는 세계의 작용에 의해 형성되는 것으로서의 성격"120)에 의해서 플
롯은 구성되고 하나의 형식으로서 존재할 수 있게 된다는 것이다. 성
격(또는 인물)은 플롯과 동의어라고 해도 과언은 아니며, 아무리 양
보한다 해도 플롯을 추진시키고 성립시키는 원동력이라 할 만한 것
이다. 이런 의미에서 우리가 위에서 본 인물들의 행동의 바탕에 깔려
있는 근본적 동기로서의 성격들은 하나같이 그 작품의 플롯을 성립
시키는 요인이었음을 새삼 확인하게 된다. 특히, 인간이 깊숙이 숨겨
놓은 복수욕은 거의 어떤 인간관계(또는 인간과 사회, 인간과 사물)
에서나 행동의 직접적이고도 근본적인 동기로 작용하고 있음을 볼
수 있다. 그와 아울러, 인물의 자존심에 대한 강인한 애착과 낙원에
대한 소망도 행동을 유발하는 근본적인 동기임을 보았다. 따라서 소
설의 플롯은 인간의 복수욕과 자존심과 낙원 회귀의 소망에 의하여
형성되는 예술적인 형식(form)이라고 조심스럽게 말해 볼 수도 있지
않을까 생각한다.

---

120) 위의 책(人物構成)., p.288.

第3章 行動模型으로 본 人物

I. 行動模型의 概念

　성격지표의 개념 속에 인물의 근본적 동기를 포함시켜 생각하는 입장에서 보면, 성격지표는 인물의 행동을 모형화하는 기준이 될 수도 있다. 인물의 근본적 동기는 개별적 상황의 산물이지만 결과에 있어서는 인간의 보편적 속성에 종속되는 것이다. 이 점은 앞서 서론에서도 지적한 바 있지만, 그보다는 <遺書>등 일련의 작품 분석과 인물 연구의 과정에서 충분히 밝혀졌다고 본다. 이 인물이 보여주는 행동의 근본적 동기를 몇 개의 항목으로 정리해 보면, 그것들이 인간 행동을 지배하는 원리라는 것을 어느 정도 인정할 수 있게 된다. 원칙적으로 인간의 행동이란 개별성이 강한 것이라는 점만을 강조한다면 인간 행동의 통합이란 불가능한 것인지도 모른다. 그러나 위에서 우리가 다섯 개의 작품을 연구하여 얻은 결과에 의하면 그것이 한 가설적인 것이라 하더라도, 인간의 행동을 통합할 수 있는 원리가 존재하고 있음을 확인할 수 있다. 주인공의 복수욕, 자존심, 낙원 회귀의 소망, 동일성 회복의 의지, 또는 새로운 삶의 공간에 대한 소망 등이 바로 그것이다. '나(○○씨)'와 솔거의 복수욕, 백성수의 낙원 회귀의 소망, 삼룡이와 솔거의 동일성 회복의 의지, 순이의 새 삶에의 소망 등은 그들이 처한 개별적 상황에서 유래한 것이기도 하지만 결과적으로 인간의 평균적 의지의 세계로 종속되는 것들이다. 인간의 행동을 지배하는 원리는 그 외에도 얼마든지 있겠지만 현실의 인간이나 作中의 인물이 행동하는 동기로서 이만큼 확실한 것은 없을 것이다. 인간 행위의 근본적 동기는 곧 인간 행위를 지배하는 원리라고 해도 과언은 아니다.

사실, 인물의 연구는 성격지표를 통한 인물의 행동에 대한 설명과 인간적 특성에 대한 이해만으로도 어느 정도 충분하다고 볼 수 있다. 그러나 그 연구의 결과를 보다 명료하게 정리하고 확대해 본다는 관점에서 성격지표를 행동모형으로 연장해 볼 필요가 있는 것이다. 행동모형이란 두말 할 것 없이 성격지표를 통하여 밝혀진 행동의 원리를 단순화시킨, 행동의 표본이란 의미를 갖는 말이다. 작중인물을 연구하는 자들이 즐겨 거론하는 인물의 유형론도 원칙적으로는 이러한 일련의 과정을 거쳐서 도달하게 되는 인물의 정리 방법이자 인간에 대한 인식의 태도라고 할 수 있다. 본고에서는 유형론까지는 거론하지는 않았지만 그것을 염두에 두고 논의를 진행한 것만은 사실이다. 다음에서는 일반론적인 입장에서 행동모형을 간단히 검토해 보도록 하겠다.

인간의 행동이 몇 개의 전형적인 모습으로 요약되거나 선명하게 구분될 수 있으리라 생각지는 않지만, 우리가 보는 입장이나 필요에 따라서는 그것이 전연 불가능한 것은 아닐 것이다. 현실의 경우, 인간은 누구나 사회와 제도(규범이 지배하는 세계) 안에서 살고 있기 때문에 그들의 행동은 어떤 방식으로든 통제를 받게 되어 있다. 행동이 통제를 받는다는 것은 그것이 어떤 모형에 준해서 수행된다는 것을 의미한다. 그것은 개인으로 볼 때는 지극히 고통스럽고 불만족스러운 것이지만 사회의 질서 유지와 존속을 위해서는 거의 불가피한 것으로 되어 있다. 그렇다고 해서 인간이 언제나 규범적인 모형에 준해서 행동한다고 할 수는 없겠지만 對社會的인 생활공간에서는 적어도 그렇다는 것이다. 이러한 행동은 日常性과 反復性을 그 특징으로 한다. 日常的으로 반복되는 인간의 행동은 대부분 自律的이기보다는 義務的인 성격이 강하다. 그것은 그 사회의 규범이나 교육에 의하여 형성된 道德的 良心이 인간 자신에게 요구하는 행동이다. 그러한 행동을 규칙적으로 하게 되면, 어린이라면 어른에게 칭찬을 받을 것이고, 어른이라면 남들로부터 성실하다는 평가를 듣게 될 것이다. 예의 바른 어린이, 교양 있는 어른이란 일상적이고 규범적인 행동 패턴을 잘 보여 주는 인물이라 할 수 있다. 이 경우 '예의 바르다', '교양 있다'라는 말은 '부지런하다'나 '친절하다'는 말처럼 인간 행동의 한 모형을 나타내는 말이 된다. 소위 건전한 생활이 중요시되는 현실 세계에서는 이 모형이 한 모범의 의미를 가지며 모든 사람들이 본받아 반복 수행해야 할 인간행동의 지침이 되는 것이다. 이 모형은 추상적이기보다는 가시적인 것이며, 개별적인 것이라기보다는 집단적인 것이다. 그것은 우리가 눈으로 보아서 알 수 있는 모습을 갖추고 있고, 한 개인의 특성으로만 끝나는 것이 아니라 다른 사람에게도 적용할 수 있는 이상적인 행동양식의 의미를 갖는다, '공부를 잘해야 하며, 그러기 위해서는 열심히 해야 한다'는 명제를 구체화시켜 이해시키기 위해서는 공부 잘하는 학생의 생활을 한 모형으로 제시할 수 있으며, 다른 모든 학생들에게 그런 생활 태도를 갖도록 요구할 수도 있는 것이다. 현실에서의 행동 모형은 질서유지와 의무의 수행과 생활의 향상을 위해서 그 세계에 살고 있는 사람들에게 요구되는 이상적인 행동의 견본을 의미하는 것이다.

비록 이것은 현실 속에서의 인간 행동과 그 모형에 관한 이야기지만, 작중인물의 행동도 이와 크게 다르지 않은 제한과 통제 속에 놓여져 있다고 볼 수 있다. 무수하고 다양한, 현실 속에 나타나는 인간의 행동이 도덕적 규범에 의하여 경우에 따르는 수만큼의 모형으로 통제될 수 있듯이 作中人物의 행동도 작가의 理念이나 技法에 의하여 필요로 하는 수만큼의 모형으로 통제되어 있다고 보는 것이다. 법률과 도덕률에 의하여 통제되는 現實의 인간과는 다르다고 하지만, 작중인물은 원칙적으로 작가의 被造物이므로 어떤 형태로든 그 행동에 제한과 통제가 따른다는 것은 필연적인 것이다. 이러한 입장에서 보면 다양한 작중인물의 활동을 통합하는 원리로서의 模型의 設定이 어느 정도 가능하다는 것을 알 수 있다. 여러 작품에서 공통되는 행동의 양상을 추출하여 하나의 모형으로 推象化하는 작업은 그것을 명료화(articulation)시킨다는 의미에서 수행되는 것이지만 그 결과는 오히려 과단순화(oversimplification)라는 오류에 빠질 가능성도 있다. 그러나 우리는 다소 무리가 따르고 오류에 빠지는 愚를 범하더라도 이러한 방법이 아니고서는 인물의 행동의 양상을 설명할 길이 없음을 부정할 수 없다. 그리고 소설이란 인물의 어떤 심리적 요인에서부터 출발되는 것이라고 본다면 작중인물의 심리적 요인으로서의 근본적 동기를 떠나서는 그 논의가 불가능한 것이다. 이 소설 속에 나타나는 인물의 행동을 가능하게 하는 원인으로서의 근본적 동기에 기초를 두고 행동 모형을 설정한다면, 그것은 막연한 가설이 아니라 인물의 행동을 설명할 수 있는 보다 확실한 근거가 될 수 있을 것이다.

행동 모형은 행동을 구분하는 기준이 된다는 점에서 人物의 類型과 관련된다. 보통 인물의 유형은 그 인물의 성격의 양상에 따라서 구분되고 검토된다. 그 대표적인 예가 E.M. 포스터의 平面的 人物(flat-character)과 圓形的 人物(round-character)이다.1) 성격의 단순성과 복합성, 또는 정체성과 발전성에 기준을 두고 인물을 구분하는 방법인데 단순하면서 명쾌한 인상을 준다. 거의 모든 論者들에 의해 소개되는 구분법이지만 그러한 二分法 속에 모든 인간 유형을 단순화시켜 우겨 넣었기 때문에 많은 비판의 대상이 되기도 한다. 또, 그 성격이 변하지 않는 평면적 인물보다는 상황에 따라서 변화하고 발전하는 원형적 인물이 소설에는 더 적합하고 중요한 인물이라고 하는 포스터의 견해도

---

1) E.M. Forster, *Aspects, of the Novel*, penguin Books Ltd, 1976, p.73.
   *We may devide character into flat and round

신중히 고려되고 수정되어야 한다고 보는 이들도 많다.2) 클로드 브르
몽의 行動者(agents)와 受動者(patients)라는 兩分法에서 출발되는 정
교한 人物類型論3)도 충분한 것은 못 된다. 이외에 인물이 수행하는
역할에 따라서 구분되는 主動者(protagonist)와 反動者(antagonist)의
유형도 사건 내부의 힘의 역학관계를 구성하는 주체를 나타내는 의미
를 가질 뿐 人物에 대한 충분한 설명이 되지 못한다. 이로 보아 인물
을 유형적으로 연구하는 것은 한계성을 전제하지 않으면 안 되지만 그
래도 그것이 인물을 이해하는 한 방법이 되지 않을 수 없음을 인정해
야 한다. 이렇게 불충분한 대로 그 필요성을 인정하는 것은 인간이란
본질적으로 충분히 설명될 수 있는 존재가 아니기 때문이다. 인물 연
구가 늘 불충분한 것은 연구자의 능력에 책임이 있는 것이 아니라, 인
물 그 자체의 복잡성에 책임이 있는 것이다.

　행동 모형은 결과적으로는 人物의 類型的 연구에 이바지할 수도
있는 것이지만 그 자체로서는 행동의 원리를 점검하는 데 유용한 것
이다. 그러기 위해서는 가설이 필요하다. 막연한 가설이 아니라 앞서
성격지표를 통하여 연구한 결과를 토대로 한 가설을 세울 필요가 있
다는 것이다. 그것은 예컨대 복수욕과 같은 근본적 동기에서 행동했
기 때문에 주인공 자신도 예측하지 못한 상황에 봉착하게 된다든가
하는 것처럼, 최선이라고 믿은 것이 결국은 불행의 시발이 되어 버
리고 말았다든가 하는 작중 현실을 규정하는 용어의 문제다. 다음에
서는 근본적 동기와 관련되는 모형으로서 아이러니(irony)와 페르소
나(persona) 두 개의 가설을 설정하고 논의를 진행하기로 하겠다.

---

2) 그 한 예로 월리암 케니의 다음과 같은 언명을 들 수 있다(William
　Kenney, *How To Analyze Fiction*, p.34) “우리는 항상 인물이 스
　토리에 어떻게 공헌하고 있는가를 중시해야 하며, 작가는 그의 포
　괄적인 목적(the overall purpose)에 어울리는 유형의 인물을 선택
　해야만 하는 것이다.”
3) 金華榮 編譯, <소설이란 무엇인가>, 文學思想社, 1986, pp.234~235 참조.

1. 아이러니(irony)의 犧牲者

우리의 실제 인생은, 진실과 허위, 주관과 객관, 선과 악, 믿음과 불신, 만남과 이별 등 수많은 모순 상반되는 현상이나 세력들의 대립으로 가득 차 있다. 인생은 그 자체가 아이러니의 구조물이다. 이러한 인간생활과 인간 의식을 모방하고 재현하는 것이 소설(특히 리얼리즘 소설)이라고 한다면, 소설은 그 자체가 아이러니의 구조물이 아닐 수 없다. 프라이는, 叙事樣式을 분류하는 가운데 아이러니 양식을 설정하면서 주인공의 행동 능력과 관련하여 그것을 다음과 같이 규정하고 있다.

> 힘에 있어서도 지성에 있어서도 우리들보다 뛰어나지 못한 까닭에 우리가 굴욕, 좌절, 부조리의 정경을 경멸에 찬 눈초리로 내려다보고 있는 듯한 느낌을 그 행위를 통해 받게 될 경우, 이 주인공은 아이러니 양식(ironic mode)에 속한다. 이것은 독자가 자기도 그 주인공과 똑같은 상태에 처해 있다든가 혹은 상태에 처하게 될지도 모른다고 느끼게 되는 경우에도 적용된다.4)

아이러니 양식의 주인공은 우리(독자)보다 더 낮은 차원에 있거나, 혹은 우리보다 못한 능력의 소유자지만 그는 경우에 따라서 우리와 똑같은 사람일 수도 있다는 점에서 한 단계 위인 하위모방(low mimetic)의 주인공 속에 침투할 수도 있다. 하위모방의 주인공으로는 리얼리즘 소설 속에 등장하는 인물이 그 대표적인 예가 된다. 리얼리즘 소설 속에는 비극(Tragedy)이나 로만스(Romance)에 등장하는 것

---

4) N. Frye, *Anatomy of Criticism(four essay)*,Princeton University Press, 1973, p.34.

과 같은 영웅이 사라지고 없다. 근대 이후의 시대, 특히 현대는 영웅이 존재하지 않는 시대다. 영웅적인 인물에 대하여 민족이나 국가가 좌우되는 시대도 아니며 고귀한 신분도 따로 없는 平等의 理念이 지배하는 시대다. 영웅적 이념을 개인적 誠實性이나 勇氣로 대치해 버린 근대 이후의 시대에서는 이미 전형적인 英雄 스토리의 존재는 무의미하게 되어 버렸다. 아이러니는 이러한 히로이즘(heroism)이 제거된 평범한 小市民의 세계를 洞察하는 데서 오는 인간과 인생에 대한 리얼리즘적 인식의 한 형태라고 할 수 있다. 고립된 인간, 運命의 수레바퀴를 벗어나지 못하는 인간과 같은 지극히 인간적이고 모순에 찬 세계에서 고통 받고 있는 모습의 인간이 아이러니의 세계에 살고 있는 것이다. 그들은 근본적 동기에 고착되어 자신이 하는 일이 어떤 결과를 가져올 것인가에 대하여 전혀 알지 못하는(無知) 자들이다. 이미 그 행동의 결과는 정해져 있지만 그는 無知와 純眞으로 인하여 그것을 감지하지 못하는 것이다. 아이러니의 희생자란 미리 운명지어져 있는 것을 알지 못하기 때문에 고통과 비극의 주인공이 되는 사람을 가리킨다. 그런 뜻에서 자신의 운명을 피하기 위해서 취하는 행동이 바로 그 운명을 실현하게 하는 역할밖에 하지 못한다는 것을 보여준 오이디푸스는 아이러니의 희생자다.5) 그리고 그들은 언제나 모순 된 세력이 並置(juxtaposition)되는 세계에 살고 있다. 그들은 모순 된 세력의 한가운데이거나 어느 한쪽에 가담하거나 간에 두 세력이 빚어내는 대립과 갈등에 의하여 희생되는 것이다. "다른 조건들이 같은 상태에서는 대조가 크면 클수록 아이러니는 더욱 두드러지게 나타나는 것"6)이라면, 아이러니의 희생자가 처해 있는 상황의 모순, 또는 대립성이 크면 클수록 그의 불행은 더 커지는 것이라 할 수 있다. 매양 아이러니

---

5) D.C. Mueke, <아이러니*Irony*> 文詳得 譯, 서울대학교 출판부, 1982, p.48.
6) 위의 책 p.56.

가 비극 쪽으로만 작용하는 것은 아니지만 아이러니의 결과가 비극적
일 때 인간과 인생의 모습이 더 확연히 드러난다고 볼 수 있다. 소설
의 주인공이 自身의 과오나 無知로 인하여 아이러니의 희생자가 되
는 경우, 그것을 끝내 모르는 것은 죽음에 이르렀음을 뜻하며, 그것을
깨닫는 것은 죽음보다 더한 自己侮蔑과 自己否定에 이르게 한다. 오
이디푸스는 후자의 경우에 적합한 예가 된다. 오이디푸스도 역시 그
결과로 비참한 최후를 맞지만, 대부분의 아이러니의 희생자는 끝내 자
신이 그것에 희생되었음을 깨닫지 못한 채 죽음에 이른다. 白痴 아다
다는 자신이 추구하는 행복과 현실이 並置되는 데서 오는 아이러니에
희생된, 왜 죽어야 하는지도 모르면서 죽음에 이르렀다는 점에서 그
전형적인 예가 되는 인물이다. 따라서 아이러니에 희생된다는 것은 죽
음을 의미한다고 볼 수 있다. 또 아이러니의 희생자는 자신이 처해 있
는 현실에서 좀처럼 벗어나지 못하는 존재이기도 하다. 그는 自意든
他意든 제한되고 구속된 상태를 운명처럼 생각하며, 가끔씩 의문은
갖지만 그것을 이해할 수 있는 지적 능력이 모자라거나 하여 그 상태
를 끝내 벗어나지 못한 채 죽음에 이르게 된다. 이 경우 그의 爲人과
意識이 곧 그의 성격지표가 된다. 단적으로 말해서 아이러니의 희생
자란, 우연한 고함소리로 눈사태를 일으킨 등산가7)나, 소매치기를 하
는 동안 돈을 소매치기 당하는 쓰리꾼8), 그리고 오이디푸스나 백치 아
다다와 같은 자들이다.

　앞서 본바와 같이 아이러니는 小說과 병존하는 양식일 수도 있고,
소설의 한 형태일 수도 있다. 따라서 소설에 등장하는 인물은 정도의
차이는 있겠으나 상당수가 아이러니적인 요소를 지닌다고 볼 수 있
다. 따라서 그것은 거의 모든 훌륭한 소설에 다 나타난다고 할 수도
있다.9) 아이러니는 인생을 구성하는 원리이자, 작중인물의 근본적 동

---

7) N. Frye, 앞의 책 p.41.
8) Mueke, 앞의 책 p.20.

기에 의하여 형성되는 행동의 원리이며, 플롯에 인과성을 부여하는 한 원리이기도 하다. 그러므로 특히 몇 작품만을 가지고 아이러니를 행동 모형으로 삼아 작중인물의 행동을 설명한다는 것은 새삼스러운 일이거나, 무의미한 일이 될지도 모른다. 그러나 그러한 작업을 통하여 한 행동 모형의 설정이 타당하다는 것을 보여줄 수 있다면 그것으로 의미가 있다고 생각한다. 다음에서는 김동인의 <송동이>와 계용묵의 <白痴 아다다>를 중심으로 이 문제를 살펴보기로 한다.

1-1. 豫想과 結果의 不一致―〈송동이〉의 '송 서방'

소설의 플롯과 소설가의 자유는 균형을 이루어야 강렬한 긴장감을 유발하는 극적 효과를 거둘 수 있으며, 작가의 자유가 너무 일방적으로 강조되면 작품의 효과는 그만큼 좋지 못하게 된다.10) 이 작품은 작가의 자유가 일방적으로 강조된 나머지 극적 긴장감이 제대로 살아나지 않는다는 약점을 드러낸다. 그러나 이 소설의 극적 긴장감이 빈약하다고 해서 플롯에 논리성이나 필연성이 없다는 것은 아니다. 단지, 느슨하다는 인상을 주기 때문에 극적 효과가 크지 못하다는 것을 지적한 것이다. 오히려 두 가지의 중심사건을 통해서 형성되는 아이러니는 전체적인 플롯의 통일성을 확고히 하며 한 인간의 운명의 역정을 인상적으로 형상화해 놓고 있다. 두 가지의 사건이란, '칠성'이가 송동이가 사다 준 장난감 총을 가지고 놀다가 다치는 것, 송동이가 도둑을 잡아 경찰에 넘긴 보복으로 도둑의 동생이 칠성이를 살해하는 것, 두 가지를 가리킨다. 이 두 사건은 송동이의 근본

---

9) Robert Stanton, *An Introduction To Fiction*, Holt, Rinehart And Winston, Inc., 1965, p.34 참조.

10) Edwin Muir, *The Structure of the Novel*, A Harbinger Book, Harcourt, Brace & World, Inc., pp.50~51.

적 동기로서의 성격이 원인이 되어 빚어지는 결과로서 송동이가 어떻게 아이러니의 희생자가 되며 비극적인 최후를 맞게 되는가 하는 것을 잘 보여 준다. 송동이의 근본적 동기로서의 성격지표는 예속성(thralldom)이라는 점을 미리 밝혀 둔다. 이 과정에서 나타나는 몇 가지 상징물들도 주목할 필요가 있는 것들이다.

송 서방(송동이)은 황진사 댁에서 나서 자라고, 그 집에서 춘심이와 결혼했으며, 그 이후 네 대째 머슴 겸 한 식구로 살아오고 있는 사람이다. 송 서방이 춘심이와 결혼했을 때 그들 부부는 황진사의 배려로 속량되어 따로 나가 독립된 가정을 이루고 살 수 있었으나 굳이 마다하고 그 집에서 살아 왔다.

> 송서방이 스믈한살때에 그의 첫 주인을 일헛다. 황진사가 세상떠날때에 유언으로서 춘심이는 속량되엇다. 그리고 한미헌으로 송서방에게 산꼴밧사흘가리가왓다. 그러나 그집을나가러아니하얏다. 자긔가난집 자긔가자란집, 자긔가장가든집, 자긔아비지와어머니가죽은집 ― 그집을 떠나서는 송서방은 갈대가업섯다. 그는 둘잿주인 새황진사를 섬겼다.11)

여기에는 송 서방의 중요한 성격이 나타나 있다. 그것은 그의 모든 삶의 의미와 삶의 방식이 이 집을 중심으로 해서 이루어졌기 때문에 이곳을 떠나서는 다른 환경에 적응하기 어려운 인물이라는 것을 말한다. 객관적으로 보면, 그는 예속적이며 행동의 자유가 제한되는 생활을 하고 있는 사람이다. 인간의 보편적인 성향으로 본다면 그는 분명히 특이한 성격의 소유자며 독특한 행동 방식을 보여 주는 인물이다. 우리가 보아온 대부분의 作中 人物들은 자기가 처해 있는 상황으로부터 벗어나려고 애쓰는 모습을 보여주고 있는데 송 서방은

---

11) 金東仁, '송동이', 東亞日報(1929. 12. 15-1930. 1. 11), 12月 25日.
    *이 작품은 처음에는 <강도를 잡으면>이라는 제목으로 연재되었음.

그 逆의 모습을 보여주고 있기 때문이다(이러한 그의 성격은 그의 행동과 운명을 결정하게 된다. 그런 뜻에서 이 소설은 에드윈 뮈어가 이른바 성격 소설이며, 성격의 플롯12)을 보여 주는 소설이기도 하다). 그 집이 탄생과 성장, 결혼과 부모의 죽음이 이루어진 삶의 보금자리라 하더라도 또 다른 자유의 공간이 약속되어 있음에도 불구하고 그 집을 떠나지 않는 것은 그의 성격이며, 이것이 그가 아이러니의 희생자가 되는 원인이 되기도 한다. 그는 자신의 행동과 그 결과에 대하여 의문과 회의를 갖기는 하지만 그것을 해결하는 어떤 변화와 모습을 보여 주지 못한다는 점에서 平面的人物에 가깝다.

> 아이러니의 전형적인 희생자는 시간과 사물에 사로잡히고 있으며, 맹목적이고 우발적이며 제한되고 구속되어 있으며, 그리하여 이것이 처해 있는 궁경이라는 것을 전연 모르고 자신감에 사로잡혀 있는 것으로 보이는 인간인 것이다.13)

이 인용문은 거의 송 서방의 경우에 일치하는 내용을 진술하고 있다. 그는 그가 지나온 세월과 고양이에 사로잡혀 있는 인물이며14) 황진사댁의 규범 속에서 제한되고 예속된 삶을 살아가는 인물이다. 몰락한 황진사댁에서 아내 춘심이까지 잃고 무의미하고 아무런 樂도 없는 생활을 하면서도 그는 자신이 처한 상황의 極限性을 모르

---

12) 金炳旭 編, 崔翔圭 譯, <現代小說의 理論>, pp.181~184 참조.

13) Mueke, 앞의 책 p.64.

14) 고양이와의 관계는 송동이의 열등의식의 轉位的 客觀化라고 할 수 있다. "개와의 관계는 이를테면 그들의 대인관계의 상징이다. 그들은 아마도 개가 갖는 공감력, 순종성을 사랑하는 것이리라. 그들은 마음 내키는 대로 개에게 명령을 내리고 개가 의지하여 따르게 하고 개와 정신적 일체감을 느낌으로써 자기의 숨겨진 의존 욕구와 억압된 지배욕을 채우는 것이 아닐까?"(이다 신, 나까이 하사오, <天才의 精神病理－ 과학적 창조의 신비>, 이현수 역. 전파과학사, 1976, p.48.)

는 채 살아가고 있다. 그리고 그는 자신은 언제나 주인댁 식구들을 위하여 무엇인가를 해야 하고, 그것이 이 세상에서 자신이 해야 할 유일한 업무라고 믿어 의심하지 않는다. 이것은 앞으로의 사건 전개 과정에서 밝혀질 것이지만, 송 서방의 아이러니가 필연적이라는 것을 보여 주고 있다.

그 후 삼십 년이라는 세월이 흐르고 십년이 더 흘렀다. 황진사댁의 주인은 바뀌어 춘심이가 업어 기른 황주사가 주인이 된 후 가세는 서서히 기울기 시작하여 급기야는 황주사도 죽고 집안은 완전히 영락하고 말았다. 황주사의 병을 간호하던 춘심이도 병이 옮아 세상을 떠나 버렸다. 그 많던 전답이 겨우 호구나 할 정도만 남았을 뿐이며 하인배들도 팔거나 나가 버렸고, 집은 노마님과 아씨가 각각 기거하는 방과 송 서방이 거처하는 방, 행랑채만 남기고 다 남에게 넘어가 버렸다. 무서운 변화요 몰락이 아닐 수 없다. 식구도 노마님, 아씨, 네 번째 주인인 셈인 칠성이, 송 서방만 당그랗게 남았을 뿐이다. 이제 송 서방은 이 집에 붙어 있을 처지도 아니고 붙어 있을 이유도 없었다. 세상도 엄청나게 변하고, 황진사댁도 무섭게 변했지만 송 서방만은 변하지 않고 있다. 단지 이러한 모든 것이 송 서방에게는 꿈이요 수수께끼였을 뿐이었다. 한때 殷盛하였던 황진사댁이 이처럼 황폐하게 된 것은 분명 충격이며 허무감을 느끼게 하는 것이지만 송 서방으로서는 그 이전에 그 사실을 믿을 수가 없었던 것이다. 또, 텍스트의 내용대로라면 그에게는 인생의 榮枯盛衰을 이해할 知力이 부족했기 때문에 그렇게 생각했을지도 모른다. 그러나 육십이 넘은 그가 柔田碧海의 세상 이치를 모를 리가 없다. 그가 그 집을 떠나지 않는 것은 그의 성격과 운명에 원인이 있음을 위에서 밝힌 바 있다. 송 서방은 여전히 그 頹落한 집에서 삶의 의욕을 잃어버린 遺族들과 함께 살아갈 뿐이다.

時點이 現實로 돌아오면서 송 서방의 주변에 약간의 변화가 생겼다. 집 잃은 새끼 고양이를 한 마리 주워 기르게 된 것이다. 검정 고양이였다. 이 작품은 색감의 상징성을 도입하여 플롯 전개에 伏線으로 사용하고 있다. 뒷날 송 서방이 칠성이에게 사다 준 장난감 총도 검은색이며, 그 총으로 인하여 다친 상처를 치료하는 약도 검정색이다. 검은색은 암울함과 죽음을 암시하는 색깔이다. 처음에는 그 상징성이 잘 눈에 띄지 않지만 사건이 진전됨에 따라 그 암울함과 죽음의 그림자가 검은색을 통하여 서서히 모습을 드러낸다. 좀 작위적이라는 인상은 풍기지만 이 색감의 암시성은 플롯에 논리성을 부여하며 약간의 괴기성을 동반하기도 한다. 그러나 이것은 뒤에 가서의 이야기이고, 지금 당장은 고양이의 출현이 송서방에게는 기쁨이었다. 그 집에는 개도 한 마리 있었지만 그 집의 주인들처럼 무기력할 뿐 송 서방의 관심의 대상이 되지 못했는데 이 암고양이는 곧바로 송 서방의 同伴者가 되었다. 송 서방은 고양이에게 '까맹이'라는 이름을 붙여 주었는데, 그야말로 '까맹이'는 춘심이의 대신이었다. 까맹이는 송 서방에게 있어 생전 시 좋은 일이나 궂은일이나 다 받아주며 상의해 주던 춘심이와 동일시되는 동물인 것이다. 암고양이 까맹이는 춘심이의 대신으로 송 서방의 糢糊한 관능에 代償的充足을 주는 동물이며15) 이 집안에서 춘심이가 생전에 하던 역할의 일부를 담당하는 동물로써 송 서방과 불가분리의 관계를 갖는다. "사물은 어떤 인간 존재의 표시인 것 이상으로 소설의 등장인물과 불가분의 관계를 가진 요소일 수도 있다."16) 헤밍웨이의 <노인과 바다>에서의 고기, 포크너의 <에밀리를 위한 장미(The Rose for Amily)>에서의 퇴락한 집 등은 그 좋은 예가 될 것이다. 까맹이는 송 서방으로 하여금 그 암울한 현실에서도 살아가야 하는 의미를 찾게 해 주는 춘심의 분신인 것이다.

---

15) 아지자·올리버에리·스크트릭 공저, <문학의 상징, 주제사전>, 張英洙 譯, 中央日報(文藝中央 '86년 가을호 別册附錄), p.36.
16) 金華榮 編譯, 앞의 책 p.225.

봄이 오자 몰라보게 큰 고양이가 개와 희롱하면서 집안을 활기에 가득 차게 했다. 영락해가는 집안이지만 춘심이가 있을 때는 그녀의 생기와 활동력으로 그나마도 화기와 활력이 돌아갈 수 있었다. 까맹이는 바로 그러한 춘심이의 역할을 담당하고 있는 것이다. 생전 문밖에 나오지 않던 노마님도 때로 마루로 나와서 희롱하는 개와 고양이를 보면서 즐거워하는 눈치를 보이곤 했는데, 이것이 송 서방에게는 무엇보다 기쁜 일이었다. 노마님과 아씨는 언제나 문을 굳이 닫고, 서로 간에 말도 없이(그 집안 식구들은 늘 서로 간에 말이 없다) 방안에만 처박혀 있는 사람들이다. 퇴락한 집이지만 은성했던 시절에 대한 추억에 고착되었는지, 그 집의 한 부속품처럼, 공간의 한 귀퉁이에 붙박여 있는, 그 퇴락한 집과 똑같은 사람들이다. 그들은 에밀리(Amily)를 닮은 인물이다. 거기에 학교에 갔다 오면 이리저리 비슬비슬 돌기만 하는 칠성이는 이 집에도 사람이 있음을 나타내는 역할만 하고 있다. 이러한 집안에 고양이는, 송 서방이 볼 때 참으로 귀한 존재가 아닐 수 없다. 그러나 그 집안의 暗雲은 걷히지 않고 오히려 흉조만 나타난다. 살구꽃이 지면서 그 열매까지 다 떨어진 것이다. 이것도 검은색과 함께 이 집안과 송 서방의 비극적인 운명을 암시하는 기능을 수행한다. 사람의 말소리라고는 칠성이가 밤에 글 외는 소리밖에 들리지 않는 이 황막한 환경에서 송 서방은 사랑하는 사람들을 다 잃어버린 외로움을 뼈저리게 느낀다.

그러던 어느 날, 송 서방은 장에 간 길에 장난감 가게에서 칠성이를 생각하고 장난감 총을 하나 사게 된다. 대개 장난감 총은 칠색이 영롱한데 이 총만은 검은 단색이었다. 이 검은색의 상징성에 대해서는 앞서 언급한 바 있다. 송 서방은, 노마님이 고양이와 개가 노는 모습에 관심을 갖고 마루까지라도 나왔던 그때처럼 어린 주인인 칠성이가 기뻐할지도 모른다는 생각에서 그 총을 샀던 것이다. 그는 주인집 식구들이 옛날처럼 기운을 되찾고, 즐거워 할 수 있게만 된다면 무엇이라도 하려고 했다. 이 집안에 활력과 웃음을 찾을 수 있게 하는 일이라면 도움이 되고 싶었던 것이다. 그러나 그의 이러한 好意는 무참하게도 怨望으로 되돌아오고 말았다. 그 총을 들고 재미있게 노는 칠성이를 바라볼 때만 해도 송 서방은 자신의 생각이 맞았음을 알고 너무나 기뻐서 어찌할 줄을 몰랐다. 고양이를 희롱하며, 기쁠 때면 하는 버릇대로 고양이를 번쩍 들며 '논 사 줄까, 밭 사 줄까'할 때만 해도 그는 그에게 돌아올 고약한 운명의 장난을 알지 못했다. 이것은 송 서방이 어리석어서가 아니라, 앞일을 내다볼 수 없는 인간의 비극적인 운명 때문이므로 어찌할 수 없는 일이다. 그러나 우리는 송 서방이 검은색 총을 살 때부터 그가 총을 사면서 갖는 기대는 이루어질 수 없을 것이라는, 아니 오히려 어떤 불행으로 그에게 되돌아올지도 모른다는 불길한 예감을 가질 수 있었다. 근본적으로 아이러니는 우리 독자가 위에서 내려다 볼 수 있는 인간 행동 속에 존재하기 때문이며, 작가의 배려로 伏線을 통하여 그러한 암시를 받았기 때문이기도 하다.

> 칠성이는 닷새가 지내지 못하야 그총에실증이 생긴모양이엇다. 그리하야 그총을 해부하야보려고 이리뜯고 저리뜯든 그는 그총이튀어나면서 쇳조각이날아나는바람에 뺨에 커다란 상처를 바닷다. <中略> 그러고는 련하야 도령님의신음소리가 들렷다.
> 「글세 그런건 웨사준담」
> 느릿한 아가씨의 목소리엇섯다. <中略> 송 서방은 밤이고 나지고 그 문밧게 옹그리고서잇섯다. 때때로 늙은눈을 섬벅어리면서 그총을사준것이 자기의 실수이엇다 생각하야 보앗다. 자기딴에는그래도 도령님을 위로하기위하야사준것이엇섯다.17)

---

17) '송동이', 東亞日報, 1930. 1. 4.

총을 해부하다가 튀어나온 쇳조각에 뺨에 상처를 입은 도련님의 방문 밖을 떠나지 않고 서서 고뇌하는 송 서방의 모습이 나타나 있다. 이것은 아직 결정적 사건은 아니지만 우리는 여기서 송 서방의 명백한 아이러니를 목격하게 된다. 송 서방은 미리 운명지어져 있는 (독자들도 알고 있는) 것에 대해서 전연 모르는 자라는 점에서 아이러니의 희생자다.18) 그는 자신이 한 일의 결과를 알고 난 뒤 무참한 회오에 빠진다. 그는 자신의 의사와는 관계없이 불행한 결과가 초래된 것에 대한 깊은 책임감을 느끼며 괴로워한다. 아이러니의 희생자가 그 아이러니를 깨닫게 되면 비참한 심경이 된다는 것을 우리는 위에서 오이디푸스를 통하여 확인한 바 있다. 지금 송 서방은 오이디푸스와 같은 심경이 되어 罔知所措하고 있는 것이다. 검은 약으로 상처를 다스리면서 한 일주일 신고를 겪고 난 뒤 뺨에서 고름을 한 공기나 내고서야 도련님의 병세는 좀 차도가 있었다. 그 동안, 전에도 늘 그랬지만 더욱 송 서방에게 말을 거는 사람이 없었다. 그는 그것이 더욱 민망스러워 견딜 수가 없었다. 그 집안 자체가 잊혀지고 고립된 공간인데, 거기에다 그 집안 식구들로부터도 외면당하는 송 서방이 이제 그나마도 의지할 곳은 까맹이밖에 없었다. 아직까지는 그 정도가 심하지는 않지만 이 사건을 계기로 하여 그는 서서히 고립된 인간의 불행 속으로 빠져들어 가게 된다. 도련님의 병세에 차도가 생긴 날 그는 모처럼 편하게 누워 잠을 청했으나 凶夢에 시달리며 소스라쳐 놀라곤 하는데, 이것은 앞 사건에 대해서 그가 느끼는 심한 자책감을 나타내는 동시에 앞으로 닥쳐올 사건에 대한 不吉한 예감을 나타내는 구실을 하고 있다. 이 부분에는 사건과 사건의 연계를 교묘한 방법으로 성립시키는 작가의 재능이 잘 나타나 있다.

---

18) Mueke, 위의 책 p.42 참조.

그 다음 사건은 송 서방을 파멸로 몰고 가는 결정적 계기가 된다. 흉몽에 시달리다가 잠에서 깨어 소변을 보러 밖에 나왔다가 노마님 방에 강도가 든 것을 보고 그 강도와 격투를 해서 붙잡아 경찰에 넘긴 사건(강도는 둘이었으나 하나는 도망쳤다)이다. 사건 자체는 왕왕 이 있을 수 있는 일이고, 도둑을 잡아 경찰에 넘기는 것도 하등 이상할 것도 없지만, 송 서방의 경우는 惡緣이 악연을 낳는다고, 이 당연한 듯한 일의 결과가 불행으로 되돌아오게 된다. 강도를 잡고 빼앗겼던 장물도 도로 찾게 되자 집안에는 좀 따뜻한 기운이 돌았다. 강도와의 격투에서 입은 상처 때문에 누워있는 송 서방의 방에 평소에는 얼씬도 않던 노마님이 문병까지 오게 되었다. 송 서방은 너무나 황송한 나머지 말까지 더듬으면서 자신이 한 일에 스스로 감격해 했다. 그는 주인을 위하여 뭔가를 해냈다는 자부심과 집안이 자기로 하여 새로운 분위기로 바뀌었다는 만족감에 떨면서 또 까맹이를 쳐들고 희롱하며 기뻐했다. 아닌 게 아니라 그 사건 이후 집안 사람끼리의 사이가 전과는 아주 달랐다.

> 나흘뒤에 송 서방은 일어낫다. 전과 달라서 로마님이 건넌방에 차저 다니며 아가씨님이 큰방에 건너다니며(마음상이그래서 그런지는 모르지 만)도령님의 얼굴에까지 좀화기가보이기 시작한 이집안에서 그런것을 보지를 못하고 누워잇슬수가업섯다. <中略>
> 송 서방은 오금이 몹시쏘는것을 참고 일어낫다.[19]

이러한 집안의 분위기는 송 서방이 얻은 戰利品이다. 자기가 얻은 전리품을 보는 기쁨 때문에, 그리고 다시 이들을 위하여 무엇인가 해야 된다는 생각 때문에 그는 더 이상 누워 있을 수가 없었던 것이다. 일견 강도 사건은 이 집안을 回生시키는 전화위복의 계기가

---

19) '송동이', 1月 7日.

된 것 같지만, 이것은 송 서방과 그 집안의 불행을 뒤에 감춘 前景과 같은 것이다. 송 서방은 미구에 자신에게 찾아올 불행과 파멸은 생각지 못한 채 강도를 잡은 일에 흡족해하며 아픈 것도 잊고 오랜만에 집안을 깨끗이 치웠다. 앞의 사건에서 보았지만 이런 점에서 송 서방은 역시 아이러니의 희생자다. 자신이 한 일은 당연히 그래야만 될 일이며[自信感], 그 결과 집안에는 생기가 돌게 되었으니 [外觀을 그대로 믿음] 우선은 기쁠 수밖에 없겠지만, 그것이 자신에게 앙화가 되어 돌아올 것이라는 것을 전연 모르고 있다[現實에 대한 無知]는 것이다. 이 순진무구한 자신감, 外觀과 現實(외관 뒤에 숨은 진실)의 차이에 대한 無知야말로 아이러니의 주인공이 우리에게 보여주는 그의 전형적인 모습이다.20) 강도 사건으로 하여 송 서방에게 돌아오는 불행이란, 도망갔던 강도가 잡힌 자기 형의 원수를 갚는다고 송 서방을 찾아왔다가 그가 집에 없자 대신 칠성이를 죽이고 간 사건을 말한다. 송 서방은 무엇인가 주인 식구들을 위하여 일하지 않고서는 못 배기는 성미다. 그는 자진해서 소작농들을 돌아보고 오마고서 집을 떠난 지 닷새 만에 돌아왔고 사건은 그 사이에 일어났던 것이다. 그런 사실을 모르는 송 서방은 다녀온 일의 자초지종을 노마님과 아씨에게 성의 있게 고해바치지만 두 사람에게서는 의외로 아무런 반응도 없었고, 잠시 후 "송 서방이 우리 칠성이 잡아먹을 줄을 누가 알았나" 하는 아씨의 말과 울음이 터져 나왔다. 이어지는 아씨의 말('도둑놈을 잡았으면 매꺼나 때려 보내디이, 경찰서는 무슨 경찰서야아')은 송 서방을 어리둥절하게 했다. 행랑사람에게서 사건의 顚末을 들은 송 서방은 망연자실할 수밖에 없었다. 송 서방이 오랜만에 뜰을 치우고 풀을 뽑으면서 혼자 뇌까린 "그놈 한 놈 놓쳐서 분해서……"라고 한 말은 그의 운명을 절묘하게 암시하

---

20) Mueke, 위의 책 p.53 참조.

는 말이었었다. 이제 송 서방이 그렇게 자랑스러워했고 흐뭇해했던 강도 사건은 잠시 송 서방과 주인 집식구들에게 기쁨을 주었을 뿐, 오히려 그것은 큰 앙화가 되어 그들에게 돌아왔고 그들은 모두 불행해지고 말았다. 특히, 송 서방은 자신의 행위가 몰고 온 엄청난 비극으로 인하여 헤어날 수 없는 悔恨에 빠지고 말았다.

> 도둑놈을 잡으면 따귀깨나 때려서 노하주는 것이 옳은가. 그의 머리에는 문득 이러한 의문이 떠올랏다. 자기의 량심 자기의 리성의 명하는 바에 의지하건대 경찰에 보내는 것이 족음도 잘못이 업섯다. 그러나 그 정당하다고 미덧든 일이 오늘날 이러한 일을 일으켰다. 가엽고도 귀하든 도령님을 일헛다. 그러면 그올타고 생각하얏든 알에는 무슨 커다란 착오가 잇지 안햇나. 그는 련하야 코를 울리며 눈을 섬벅거리며 멀둥멀둥 안저잇섯다.21)

의문과 회의로 괴로워하는 송동이의 비참한 모습이 나타나 있다. 송 서방과 같은 입장이 되었을 때 사람은 과연 정신적으로나 현실적으로 어떻게 구원을 얻을 것인가? 구원은 가능한 것인가? 송 서방은 이런 질문을 우리에게 던지고 있다. 이 인용문은 송 서방이 아이러니의 희생자임을 단적으로 보여주고 있다. 그의 행동과 결과 사이에는 아무런 논리적 필연성이 없다. "주인공에게 닥치는 예외적인 사건은 그의 성격과는 무관하게 어떠한 인과관계가 없어야 한다는 것이 비극적 형식의 아이러니의 중심원리가 된다."22) 그가 옳다고 생각했던 것은 옳은 것이며 그 결과가 불행으로 나타났다고 해도, 도덕적 책임감의 문제만 떠난다면 그것은 송 서방의 책임은 아니다.

---

21) '송동이', 1月 7日.
22) N. Frye, 앞의 책 p.41.
*Thus the centural principle of tragic irony is that whatever exceptional happens to the hero should be causally out of line with his character.

무슨 커다란 착오가 있었던 게 아니다. 바로 예상과 결과의 乖離가 인생을 지배하는 아이러니의 원리인 것이다. 행동과 결과 사이에 아무런 필연성이 없지만 그에게 찾아온 불행은 큰 것이다. 왜냐하면 행동의 결과가 우연한 것이기 때문에 도덕적 책임감 외에는 죄가 없다고 볼 수 있지만, "그가 죄에 물들어 있는 사회의 한 구성원이라는 의미에서 또는 죄를 짓는 행위가 피할 수 없는 존재의 일부가 된다는 의미에서 그도 죄가 있다."23)고 보기 때문이다. 송 서방은 이제 남아 있던 사랑하는 세 사람 중 하나(칠성이)를 잃고 나머지 두 사람으로부터는 罪人 취급을 받으면서 그들로부터 급격히 疎外된다. 그들은 송 서방이 살아가는 이유를 제공해 준 사람들이다. 송 서방은 철저하게 제한되고 구속되어 있으면서도 그것을 깨닫기는커녕 자신의 본분이라고 생각하는 人物임은 앞서 밝힌 바 있다. 그들을 위해서 살아야 할 송 서방이 그들로부터 소외된다면 이 地上에는 그가 살아 있어야할 명분도 또 그가 살아갈 공간도 없는 것이다.

　칠성이(도련님)의 죽음 이후 그 집안은 묘지처럼 적막하고 황막해졌다. 송 서방은 자는 것도 먹는 것도 대접을 제대로 받지 못한 채 회의와 고독 속에서 서서히 죽음에 가까이 다가가고 있었다. 어느 날 그가 거리에 나간 사이 까맹이(고양이)는 아씨에 의해 죽임을 당하고 말았다. 아씨에게 있어 까맹이는 송 서방과 同一視되는, 자기 아들의 목숨을 앗아간 원수로 인식될 수도 있다. 직접 사건으로는 나타나지 않았지만, 그 아씨의 아들을 잃어버린 참담한 심경을 추측해 본다면 그런 행위는 자연스러운 것이라 할 것이다. 송 서방은 그 사랑하던 모든 사람들―황진사, 그의 아들, 황주사, 춘심이를 잃어버리고 마지막 남은 사람들로부터도 외면당하고 살아가는 외로움을 그나마도 까맹이 때문에 달랠 수가 있었지만 이제 그것도 사라져 버렸

---

23) 위의 책 pp.41~42.

다. 그는 까맹이의 시체를 찾아서 춘심이 묘 앞에 묻고 어디론가 사라져 버리고 말았다. 사라졌다고 했지만 그것은 죽음일 것이다. 삶의 이유, 유일한 삶의 공간을 잃어버린 사람이 택할 길은 그것밖에 없기 때문이다.

송 서방은 자신의 근본적 동기로서의 성격에 얽매임으로써 아이러니의 희생자가 된 인물이다. 송 서방은 인생을 지배하는 아이러니의 원리에 철저히 유린당한 인물이다. 크게 보면 송 서방의 탄생에서 마지막 장면까지의 그의 삶의 역정이 하나의 커다란 아이러니의 構造物이다. 평생을 봉사하고 헌신한 그 결과가 疎外와 不幸으로 끝난다는 것이 그것이다. 이러한 송시방의 아이러니가 요약적으로 선명하게 나타나는 것이 총 사건과 강도 사건이다. 이 두 사건은 모두 송 서방의 善意나 好意가 참담한 결과로 되돌아오는 아이러니의 핵심을 보여준다. 예상과 결과의 不一致라는 아이러니의 원리가 송 서방을 아이러니의 犧牲者로 만든 것이다.

이 작품은 한 인간의 인생 역정에 나타나는 아이러니를 보여준다는 점에서 상황의 아이러니(situational irony)지만, 아이러니의 구성에 작가의 作爲性이 작용하고 있다는 점에서는 말의 아이러니(verbal irony)가 작용하고 있다고 볼 수도 있다. 주인공의 행동과 그 결과, 그리고 주인공이 세계로부터 소외되어 간다는 점에서는 프라이가 이른바 비극적 형식의 아이러니(tragic irony)를 보여주고 있다. 이 경우 '悲劇的'이라는 말은 영웅과는 관계없는 '너무나 인간적인(all too human)'면을 분명하게 드러내놓기 때문에 빚어지는 효과를 뜻한다.24) 자신의 행동이 몰고 올 결과와 운명에 대하여 무지한 송 서방은 '너무나 인간적인' 사람이다. 이 작품은 송 서방을 통하여 運命

---

24) 위의 책 p.237 * 이런 점에서 송 서방은 인간의 '열등의식(inferiority complex)'의 客觀化이며 '隷屬性(thralldom)'의 한 標本으로 볼 수 있다.

앞에서 無氣力하며, 자신의 앞일을 볼 수 없는 인간의 근원적인 不
幸을 보여주고 있다.

1-2. 돈과 幸福의 乖離─〈白痴 아다다〉의 '아다다'

백치 아다다의 운명이 屈折하는 모습은 세 가지 사건 속에 명료
하게 나타난다. 동이를 깨는 사건, 시집에서 쫓겨 오는 것, 수룡에게
죽임을 당하는 것이 그것이다. 아다다가 동이를 깨는 것은, 이 소설
의 도입 부분에 나타난 순간적인 사건이지만 이것은 아다다의 운명
을 豫示하고 이 소설의 플롯에 논리성을 부여하는 伏線 구실을 하
고 있다. 뿐만 아니라 그녀의 운명 위에 着色되어 있는 아이러니를
요약적으로 제시하기도 한다. 시집에서 쫓겨 온 아다다는 일을 해야
만 직성이 풀리는 성미이자 친정에 얹혀 지내는 것이 미안하기도 하
여 시키지도 않은 일을 하다가 곧잘 이런 실수를 한다. 도움이 되고
자 한 행동이 오히려 손해만 끼치게 되는 것이다. 이것은 우리가 위
에서 보아온 아이러니의 한 대표적 양상이다. 따라서 이 사건은 아
다다의 비극적 아이러니를 상징적으로 나타내는 것이라 할 수 있다.
동시에 된장범벅이 되어 깨어진 동이의 파편과 함께 땅바닥에 나뒹
굴어져 있는 아다다의 모습에서 그녀의 破綻의 모습을 볼 수도 있
다. 두 번째 사건(텍스트의 순서에 의한)은 과거 時點으로 돌아가
그녀가 出嫁하제 된 경위와 다시 쫓겨나게 된 顚末에 대한 작가의
논평 속에 나타나 있다. 持參金을 조건으로 시집을 갈 수 있었던
아다다는 그것을 밑천으로 그 집 식구들을 도와 열심히 일한 덕분에
시댁을 윤택하게 만들었다. 그러나 윤택해진 시댁 식구들(특히 남편)
은 그녀를 박대하기 시작했고 급기야는 남편이 새색시를 얻어옴으로
써 그녀는 축출당하고 말았다. 그녀의 노고와 精誠이 逐出이라는
불행으로 보상된 것이다. 그녀의 행동과 결과 사이에는 인과율이 작

용하지 않으며, 그 결과에 대하여 아다다가 책임을 지지 않아도 된다는 점에서 그녀는 비극적 아이러니의 희생자다. 세 번째 사건은 이 작품의 핵심을 이루는 것으로 수룡의 돈을 버림으로써 그에게 죽임을 당한다는 내용이다. 이 경우는 위의 두 사건과 좀 다른 의미를 갖는 아이러니의 양상을 보여준다. 그것은 이 사건에는 아다다의 능동적인 의지가 작용하고 있다는 점에서 그렇다는 것이다. 앞서 두 사건에도 그녀의 의지가 개재해 있지만 그 경우는 의지라기보다는 試圖라는 뜻이 강한 것이었다. 아다다의 의지와 수룡의 의지가 대립되는 데서 빚어지는 아이러니가 세 번째 사건의 아이러니다. 아다다가 죽음에 이르기까지의 과정에서 가장 강하게 작용하는 것은 아다다의 원초적 욕구다. 그 욕구는 인간으로서의 존재가치를 획득하겠다는 의지의 문제다. 따라서 그녀의 근본적 동기로서의 성격지표는 동일성 회복의 의지라고 할 수 있다.

이하에서는 스토리의 전개를 따라서 이러한 근본적 동기와 관련된 아이러니的 양상과 아이러니의 희생자로서의 아다다의 행동, 그리고 그와 깊은 관계가 있다고 생각되는 그녀의 욕망과 죽음의 문제를 아울러 검토해 보기로 한다.

(1) 아다다의 아이러니

집에 일이 아무리 꼬여돌아가드라도 나 모른채 손싸매고 들어 앉었으면 오히려 이런 봉변은 아니 당할 것이 가만이 앉었지는 못했다. 선천적으로 타고난 천치에 가까운 그의 성격은 무엇엔지 힘에 맞춰는 노력이 있어야 만족을 얻는듯했다.25)

아다다에 대한 인물 소개 부분이다. 첫 장면에 나오는, 시키지도

25) 桂鎔默, '白痴 아다다', 朝鮮文壇 제23호(1935.4), p.31.

않은 된장 푸는 일을 하다가 동애(동이)를 깨는 사건에 이어지는 作者의 解說이다. 아다다는 무엇인가 하지 않으면 배기기 못하는 성미이기 때문에 시키는 일이건 시킨 일이 아니건 좋을 일이든 궂은일이든 모든 일을 거두어 한다. 그러나 열심히 하겠다는 마음과는 달리 실수가 많다. 그래서 그녀의 어머니는 일을 하지 않아도 좋으니 그냥 얌전히 있어 주기를 바란다. 자식이기보다는 인간 구실도 못하는 원수덩어리로만 보이는 아다다이기에 어머니는 그 실수를 도저히 용납할 수 없는 것이다. 그러한 어머니인 줄을 알면서도 아다다는 가만히 있지를 못하고 일을 찾아하게 되고 실수를 되풀이하여 그 어머니에게 수없이 매를 맞아왔다. 그 실수 후에 어머니의 가혹한 매질이 있을 때면 다시는 그런 일이 없도록 하겠다고 빌면서도 그때가 지나면 또 그 버릇이 나와 일을 찾게 되고 또 실수를 하게 된다. 동이를 깨는 것은 이러한 악순환이 결정적인 사건으로 응결된 狀況이다. 동이를 깨는 사건과 관련지어 아다다의 성격을 살펴보면 아주 중요한 사실을 발견하게 된다. 그것은 아다다의 인간이고자 하는 의지이다. 表面的인 사건이나 作者의 해설에만 의지한다면 동이를 깨는 것은 아다다의 모자라는 사람됨이 그 원인인 것처럼 보인다. 그러나 그 사건의 원인은 앞서 지적한 바와 같이 아다다가 자신의 존재의미를 確認하고자 한 인간적 意志에 있는 것이다. 학대와 嘲笑 속에서 살아가는 백치이기에 그녀는 서럽다. 학대와 조소에서 벗어나고 싶다는 그녀의 所望은 生存에 대한 의지만큼이나 강했으리라는 것은 쉽게 상상할 수 있다. 아다다는 자기를 인간으로 대접하지 않는 남들―가족에게 자신도 인간임을 보여주고 싶었던 것이다. 그래서 닥치는 대로 일을 하여 나도 당신들처럼 일할 수 있는 인간임을 증명해 보이려 했던 것이다. 그러나 불행하게도 생각이 모자라는 백치라 실수가 많이 따르게 되고 더욱 가혹한 학대를 받게 된다.

이 첫 장면의 사건과 그 사건을 잉태한 原因과 결과의 관계를 살

퍼보면 인간 意志와 現實사이의 矛盾과 不調和를 발견하게 된다. 자신의 불행을 克服해 보겠다는 意志와 그 의지의 실현을 위한 노력이 오히려 더욱 참담한 不幸으로 몰아넣어 버린다는 모순된 人生의 眞實이 확연히 드러나 있는 것이다. 이 장면은 아다다의 悲劇的인 運命을 默示的으로 豫示한 부분이기도 한데 여기에 나타난 '意志→努力→破綻'이라는 인생의 한 패턴이 이 작품의 始終을 지배하게 된다.

> 벙어리라는 조건이 귀에 들어맞는 것은 아니였으나 백원 이상의 돈으로 안해를 사지 아니하고는 얻어볼 수 없는 처지에서 스물 여덜 살에 아직 장가를 못들고 있는 신세로 목구멍조차 치기 어려운 행세였는지라 안해를 얻게 되기에 여유를 기다리기까지에는 너무도 막연한 앞날이였으매 벙어리나 일생을 먹여줄 것까지 가지고 온다는데 귀가 번쩍 띄여 그 자리를 아시울까 두렵게 혼사를 지였든것이니.26)

白痴 벙어리인 아다다가 어떻게 시집이라는 걸 가볼 수 있었는가를 요약적으로 설명한 대목이다. 아다다는 돈의 힘으로 시집을 갈 수 있었다. 아다다는 열심히 일하고 시부모 잘 모시고, 복덩어리라 해서 온 시댁 가족의 사랑을 받으면서 살았다. 지금은 친정에서 구박받으면서 살고 있지만 지난 오년 동안의 시집살이는 꿈같은 세월이었다. 그러나 그 행복은 아다다가 개척한 것이 아니라 그녀가 持參金조로 가져간 '논 한섬지기'가 그녀에게 베푼 것이었다. 自力에 의한 획득이 아니라 부모의 재산이 잠시 그녀에게 선셈을 베푼 것이었다. 이러한 幸福은 아다다의 인간적 결함에 대한 他人(시댁 식구)의 이해가 持續되는 기간과 比例할 수밖에 없다. 시댁 식구들이 아다다에게 고마움을 느끼는 한계는 생계의 餘裕가 생기는 데서 끝날 수밖에 없다.

---

26) '白痴 아다다', pp.32~33.

아다다는 열심히 일하여 자기가 가져온 '논 한섬지기'를 불리는 데 다
대한 공을 세운다. 시댁 살림에 여유가 생겼다. 그때부터 남편에게는
아다다의 모자람이 눈에 가시로 박혀 오게 된다. 아다다가 그 행복한
생활을 더 다지기 위하여 열심히 일한 것이 그녀가 媤宅에서 쫓겨나
는 불행으로 報償된 것이다. 여기서도 희미하기는 하지만 '의지→노
력→파탄'의 인생도가 그려져 있음을 보게 된다.

> 잇해만에는 이만원에 가까운 돈을 손에 쥐고 완전한 안해로서의 알뜰
> 한 사랑에 주렸든 그는 돈에 따르는 무수한 여자가운데서 마음대로 흡
> 족히 골라가지고 집으로 돌아왔다. 그리고는 새로히 가옥을 건축함과
> 동시에 아다다를 학대함이 전에 비할 정도가 아니었다.27)

아다다가 시집에서 쫓겨나게 된 경위를 보여주는 대목이다. 처음
에는 아다다에게 행복을 안겨다 주었던 돈이 이제는 아다다를 불행
으로 몰아넣게 되는 것이다. 돈으로 행복을 살 수 없다는 陳腐한 아
포리즘이 아니더라도 돈이 아다다에게 가져다 준 絶望은 참담한 것
이 아닐 수 없다.

아다다는 동이를 깨고 쫓겨나 唯一한 구원처인 수룡을 찾게 된다.
수룡도 정상적으로는 장가 가볼 엄두도 못내는 외톨박이 노총각이
다. 그도 아다다가 병신이라 마음에 차는 것은 아니지만 그 벙어리
라도 얻어 살지 못하면 가정 한번 이루어보지 못할 것이라는 판단
아래 아다다를 꾀어보고자 한다. 그래서 두 사람은 佳約을 맺고 신
미도에서 새 살림을 시작한다.

> 한참만에 보니 아다다는 한복판으로 밀녀가서 소꾸에 오르며 두팔을
> 물밖으로 허우적거린다. 그러나 그 물속을 어떻게 헤여나랴 아다다는

---

27) '白痴 아다다', pp.33~34.

　　그저 물우을 들너들너굴며 요동을 칠뿐 그러나 그것도 일순간이였다.[28]

　　아다다의 비극적인 終末을 보여주는 대목이다. 신미도로 온 수룡은 앞으로의 생활을 설계하면서 그동안 모아두었던 돈을 아다다에게 보인다. 그 돈으로 밭을 사서 財産을 불리자고 하면서 수룡은 자랑스러워하지만, 아다다는 그 돈이 그나마 하나 남은 수룡으로 표상되는 救援의 通路를 막아버릴 것이라는 생각에 戰慄한다. 시댁에서의 경험이 그녀로 하여금 돈을 버려야 한다는 결단으로 몰고 가는 것이다. 반드시 돈을 버려야만 행복이 이루어질 수 있느냐 하는 물음은 이 경우 순수하지도 못하고 인간적이지도 못하다. 아다다가 처한 切迫한 狀況은 그러한 의심을 필요로 하지도 않는다. 아다다는 결국 돈을 버리게 되고 자신은 수룡에 의해 죽임을 당한다. 돈을 버리기까지의 갈등과 意志, 돈을 버리는 渾身의 힘을 다한 결행, 그러나 그 결과가 아다다에게 죽음으로 報償되는 人生圖가 펼쳐져 있는 것이다.

　　위에서 살펴 본 바에 의하면, <白痴 아다다>는 그 內容的 構造에 있어서 '아이러니(irony)'的 특성을 지니고 있음을 알 수 있다. 作品에서 인용한 네 부분을 하나하나 독립시켜 보면, '意志→努力→破綻'으로 이어지는 패턴이 나타나고, 첫 장면을 제외한 전체적인 줄거리를 요약하면, '돈으로 인하여 가능했던 출가→돈으로 인하여 시집에서 쫓겨남→돈으로 인하여 죽음'이라는 圖式化가 성립된다. '의지→노력→파탄'이라는 아이러니的 패턴이 모여서 '출가→축출→죽음'의 도식에 진실성과 객관성을 부여하고 있다. 이 패턴과 도식은 전체적인 플롯의 전개에 공헌하면서 <백치 아다다>의 아이러니的 構造를 드러내 보이는 이 作品의 특징인 것이다.

　　아다다의 人生圖 속에는 진리이거나 진리에 가까운 眞實이 깔려 있

---

28) '白痴 아다다', p.40.

는 바, 하나의 狀況에 모순되거나 대립되는 信念의 並置(juxtaposition)가 그러한 진실의 성립을 가능하게 하는 것이다. 아다다는 자신의 불행이 돈에 있음을 알게 되는데 이것은 正常人의 가치 尺度가 逆轉된 곳에 아다다의 불행이 存在함을 의미한다. 보통 인간들은 스스로 돈의 奴隷가 됨으로써 행복하다고 생각하는 愚를 犯하고 있다. 수룡도 거기서 例外가 아니다. 수룡에게는 人生의 전부이다시피 한 돈, 아다다에게는 행복을 빼앗아가는 돈, 이 矛盾된 並置 속에서 아다다의 죽음은 예견된다. 不幸한 국가적 災難(不幸한 連命)을 克服하겠다는 의지를 가지고 施行하는 행위가 오히려 그 불행 속으로 자신을 밀어 넣어버리고 마는 결과를 가져왔을 뿐이라는 오이디푸스的인 아이러니가 아다다의 運命 위에도 着色되어 있음을 본다. 오이디푸스는 일종의 英雄的 心理에서 스스로 犧牲되었다는 점이 아다다와 다르기는 하나 인간의 운명을 지배하는 아이러니의 原理는 동일한 것이다. 자신의 불행한 운명을 행복으로 바꾸고자 돈을 버리지만 그것은 엄청난 재난이 되어 아다다를 엄습한다. 그녀는 자신이 버린 돈과 함께 파도 속에 휩쓸리고 마는 것이다. 물 위에 흩어져 떠다니는 돈, 허우적거리는 아다다, 이것은 야릇한 콘트라스트를 이루면서 인생의 한 아이러니적 단면을 그려내고 있다. 어떤 이는 '不一致의 공존이 生存構造의 한 부분이라는 것을 인정하는 인생관'29)을 아이러니라고 했는데, 이것은 그대로 아다다와 수룡, 아다다의 의지와 운명(파탄)의 竝存이 빚어내는 불행을 설명하는데 적합한 말이다. "아이러니의 희생자란 미리 運命지어져 있는 것에 대해서 전연 모르는 자"30)라는 陳述 속에서 아다다의 哀然한 모습을, 오이디푸스의 悽絶한 모습을, 그리고 우리들 自身의 宿命的인 모습을 보게 된다.

　아다다의 人生 歷程은 우리네 人生이 本質的으로 지니고 있는

---

29) Mueke, 앞의 책 p.42.
30) 위의 책 p.41.

悲劇的, 連命的 아이러니의 한 典型을 보여주고 있는 것이다.

(2) 아다다의 慾望과 죽음

이러한 아다다의 아이러니는 그녀의 욕망의 문제와 밀접한 관계를 가지고 있다. 그녀의 자발적인 욕망이 그녀를 아이러니의 희생자로 만드는 한 원인이 된다고 보기 때문이다. <白痴 아다다>를 세 부분으로 나누어 아다다의 욕망의 문제를 검토해 보기로 한다. 세 부분이란, 장을 푸다가 동이를 깨뜨리는 첫 장면, 아다다가 집을 쫓겨나 수룡에게로 가는 부분, 돈을 버리는 장면 등을 말한다.

「아이구메나! 무슨 소린가 했드니 이년이 동이를 또 잡았구나 이년아
너더러 된장푸래든 푸래?」31)

아다다가 동이를 깨뜨린 것을 보고 격노한 어머니가 아다다를 질책하는 말이다. 누가 시킨 것도 아닌 일을 하다가 그릇을 깨뜨리는 것은 自身의 能力이나 分數를 모르는 白痴의 行爲라고 인식되기 때문에 正常人(어머니)이 보기에는 역정 나는 일이 아닐 수 없다. 그래서 그 失手에 대한 문책은 가혹한 매질과 詛呪로 일관된다. 이러한 저주와 매질을 번번이 당하면서도 또 무엇인가 일거리를 찾아 하지 않으면 직성이 풀리지 않는 아다다의 行爲 속에 숨어 있는 것이 바로 그녀의 欲望의 문제이다. 그리고 그러한 그녀의 행위는 그녀가 아이러니의 희생자가 되지 않을 수 없는 원인이 되기도 한다. 인간은 누구나 무엇에 대해서이든 욕망을 가지고 있다. 비록 백치이지만 그녀에게도 욕망은 있기 마련이다. 그러나 아다다의 욕망은 정상인들이 갖는 욕망과는 다른 곳에 그 의미가 놓여 있다. 그녀가 일

---

31) ‘白痴 아다다’, p.30.

을 하는 것은 物質的인 대가를 기대하는 행위가 아니라 그녀 자신의 存在를 他人에게 확인시키기 위한 것이다. 같은 인간으로서의 대접을 받으면서 살고 싶다는 所望을 몸짓으로 나타낸 것이다. 좀 더 높은 地位에로의 상승, 보다 윤택한 생활에의 기대, 명예를 위한 노력과 같은 裝飾을 위한 욕망이 아니라 인간이고자 하는, 인간임을 인정받고 싶어 하는 原初的인 欲望이다. 이것을 인간 同質性의 회복에 대한 욕망이라 불러도 좋을 것이다. 자신을 화려하게 장식하고자 하는 욕망은 他人에 대한 羨望과 嫉視에서 비롯되기 때문에 정직하지 못하고 眞實하지도 못하다. 이런 정상인의 욕망은 虛榮과 僞善으로 전락하고 만다. 설사 그 욕망이 성취되었다 할지라도 그 결과는 自身에 대한 嫌惡나 타인으로부터의 嫉視를 초래할 뿐이다. 아다다의 그것은 장식과는 거리가 먼, 他人에 의해 刺戟되는 것이 아닌 가장 순수하고 자발적인 욕망이다. 다시 말해서 지라르(Girard)가 이른바, 타인의 모방이나 허영으로 인한 俗物根性(snobbism)[32]에서 비롯된 욕망과는 相反되는 순수하게 인간적인 동기에서부터 由來된 욕망이다. 동이를 깬 것의 표면적인 동기는 白痴的인 서투름이지만 근본적인 동기는 인간성을 회복하고자 하는 意志이다. 그것은 인간이고 싶다는 欲望의 顚倒된 行爲인 것이다. 동이를 깨뜨리는 사건은 플롯의 前途를 암시하는 외에 아다다가 정상인의 가치관을 부수어 버리게 되는 것을 상징적으로 나타내 주기도 한다. 아다다의 욕망은 정상인의 사고방식을 거부하는 곳에서 의미를 갖게 되는 것이다.

무엇엔지 허하치못할 것이 있는 것 같고 그렇지 않은지라 눈을 부릅 뜨고 수룡이한테 다니지 말라는 아버지 말이 연상될 때 어떻게도 그 말

---

32) Rene Cirard, <小說의 理論>, 金允植 譯, 三英社, 1977, pp.32ff, pp.39ff 참조.

은 엄한것이었다.33)

수룡이 같이 살자고 말했을 때, 거기에 대한 대답을 결정하지 못하고 있는 아다다의 갈등이 나타나 있다. 아다다는 그래도 명색은 소박맞은 과부이다. 과부가 되어도 개가하지 않는 것이 所謂 지체있는 집안의 체모라고 믿고 있는 아버지의 엄한 모습이 아다다의 결정을 가로막고 있다. 이 경우 아버지는 인습의 굴레를 象徵하는 人物이다. 아버지의 말을 어기고 수룡과 결합하는 것은 사회 관습에 逆行하는 것이기 때문에 남들의 지탄이 두려워지는 것이다. 그러나 이러한 경직된 倫理의 준수가 아다다에게 행복을 가져다주지는 못하는 것이다. 아다다는 아버지의 모습을 머릿속에서 지워버리고 수룡을 선택하게 된다. 눈을 부릅뜬 아버지의 모습을 떨쳐버리고 수룡을 선택하는 것은 아다다가 놓여 있는 사회의 가치관으로 볼 때 冒險이며 인습으로부터의 脫出이다. 그것은 인습의 굴레에 복종하는 것은 自己喪失일 뿐 자기의 행복을 성취하는 길이 될 수 없다는 本能的인 예감이 가져다 준 결행인 것이다. 그것은 자신의 인간성을 회복하고자 하는 勇氣이며 아버지로 표상되는 인습을 부정하는 성격34)의 파괴인 셈이다. 여기에서도 우리는 한 여인의 原初的欲望의 意味를 발견하게 된다. 아다다의 욕망은 여전히 정상인의 사고방식을 거부하는 곳에서 의미를 지니게 되는 것이다. 아다다는 과부의 공식적인 개가가 受容될 수 없는 그 時代의 가치 秩序를 거부함으로써 일단 그녀의 욕망을 성취하게 되는 것이다. 그녀의 욕망은 身分이나 社會的 地位의 상승을 企圖하는 정상인의 욕망과는 성격이 다르다. 그것은 模倣的인 성격보다는 自發性이 강한 것이며, 虛榮

---

33) ‘白痴 아다다’, p.35.
34) 여기서의 성격은 개성 속에 있게 마련인 충동들을 억압하는 습성에서 생긴 개인의 성향, 또는 기질이라는 뜻으로 쓰였다.

(vanity)이 아니라 인간 本然의 권리를 주장하는 것이라 볼 수 있다.

수룡을 만나기까지의 이러한 아다다의 욕망도 수룡과 동거를 시작하면서부터는 약간 變質되는 모습을 보여준다. 수룡과 만나 아내로서의 대우를 받으면서 살게 되었다는 것은 신분의 격상을 의미하기도 하는데 여기에 변질의 요인이 숨어 있는 것이다. 어느 정도 정상인의 대열에 서게 되었다는 것이 아다다의 소박한 욕망을 변질시킨다는 것이다. 보다 완전한 행복을 얻을 수 있다는 幻想이 인간을 불행하게 만든다고 한다. 그때그때의 행복을 깨닫지 못하고 보다 높은 곳의 행복에 대한 헛된 꿈을 갖는 것이 悲劇의 요인이 된다는 것이다. 아다다는 바로 수룡의 사랑을 받는 그때부터 보다 완전한 행복을 생각하게 된다. 欲望의 變質이란 이것을 말하는 것이고, 이것이 그녀의 破綻의 始發點이 되는 것이다. 아다다의 그러한 욕망 앞에는 정상인으로서의 수룡의 가치 세계가 가로막고 서있다. 아다다의 가치관과 수룡의 그것과의 대립이 이 작품의 한 모티브가 되면서 사건을 결정적인 대단원으로 몰고 가게 된다. 아다다의 욕망은 변질되고는 있지만 여전히 그녀의 욕망은 수룡(정상인)의 가치질서를 뒤엎은 곳에 존재한다. 그녀는 그녀의 欲望을 성취하기 위하여 수룡의 가치 질서(돈)를 파괴해 버린다.

수룡에게는 돈이 행복의 제일 조건이 되고 있다. 아다다에게는 돈이란 그녀의 전의 시집에서의 경험으로 보아 그녀의 행복을 빼앗아 가버리는 괴물로밖에는 보이지 않는다. 수룡의 돈에 대한 애착, 아다다를 맞이한 계산된 행동, 아다다의 돈에 대한 공포, 이것은 드라마의 劇的構成을 위한 조건도 되지만 욕망의 비극성을 창조하기에도 알맞은 題材가 된다. 돈을 '불행의 씨'로 보는 아다다, 그녀는 이제 완전한 행복을 꿈꾸고 있다. 그래서 돈을 없앨 궁리를 한다. 이것은 수룡의 가치관 나아가서 정상인의 가치 체계를 뒤엎으려는 무모한 도전이며, 그야말로 불행과 파탄의 씨를 심는 것이다. 이것은 아다다의 사고방식 자체가 아이러니컬하다는 것을 보여주고 있다. 그러나 비록 그녀가 분수에 넘는 욕망을 가지고 무모한 행동을 획책한다 해도 그것은 허영이 아니라 진실이다.

수룡의 돈을 바다에 버려 버리는 그녀의 대담한 행동성과 용기는 분명히 경이적인 것이며, 따라서 이 白痴 아다다의 용기와 행동은 백치의 次元을 초월한 곳에서 의미가 규정되어야 할 것이다. 아다다는 정상인들이 늘 생각은 하면서도 실행에 옮기지 못하는 理想의 세계를 보여준 여인이다. 그녀는 物質優先의 惰性的 形式論理를 파괴함으로써 인간성을 옹호하는 鬪士(희생자)의 의미를 갖는다.

우리가 읽어 온 소설들 가운데서 상당수의 作品들이 주인공의 죽음으로써 끝을 맺고 있는데, 이것은 작가들이 소설을 좀 더 산뜻하게 종결짓기 위해서 도입한 手法이라고 포스터(Forster)는 말하고 있다.35) 그러나 <白痴 아다다>의 경우는 그 죽음이 작가의 技法에 의하여 이루어진 것이라기보다는 아다다의 欲望의 自然스러운 귀결점이라고 보아야 할 것이다. 이런 뜻에서 지라르가 '욕망의 궁극적 의미는 죽음'36)이라고 지적한 것은 상당히 元唆的인 것이다. 욕망과 죽음의 문제는 루카치가 '길이 시작되자 여행이 끝났다'37)라고 小說 形式에 대하여 정의한 것과 연결될 수 있을 것이다. '길이 시작되자 여행이 끝났다'는 것을 길을 찾는 辯證法的인 과정으로 해석한다면 소설 속의 인물들은 작가에게 소속된 단순한 表現形式의 길이 아닌 人生의 길을 摸索하는 者들이며, 그 인물들이 나름대로 생각하는 가치 있는 길을 모색하는 과정에서 欲望이라는 心理的 狀態에 逢著하게 된다고 볼 수 있다. 여행이 끝났다는 것은 모색한 바를 成就했다는 것이 아니라 그것에 도달할 수 있는 方法을 각성했다는

---

35) E.M. Forster, 앞의 책 p.61.
36) Girard, 앞의 책 p.213.
37) *ibid.*, 부록 <지라르 이론에 대한 비판> (루시앙 골드만), p.250.

뜻이며, 그것을 각성했을 때 이미 人生은 試行錯誤(trial and error)의 終點에 서 있게 된다는 것으로 해석된다. 결국 인생은 변증법적으로 시행착오를 범하면서 길을 찾는 과정이며, 그것은 存在論的(ontological) 아픔을 同伴하는 욕망의 문제로 연장되고 그 欲望은 허망감과 後悔를 동반하는 죽음으로 귀결된다고 볼 수 있다. 아다다의 경우는 어떤 후회나 허망감을 동반하는 죽음은 아니다. 그녀의 죽음은 하나의 투쟁의 결과로 볼 수 있다. 돈을 바다에 버리는 행위는 욕망의 성취를 위한 것인 동시에 자신의 幸福을 沮害하는 것들에 대한 격렬한 反抗이기도 하기 때문이다. 虛榮의 奴隷가 되어 중개자를 시기하고 嫉視하는 스탕달의 인물들이 자신이 만든 올가미에 걸려 죽음을 맞게 되는 경우38)와는 사뭇 다르다. 이런 점에서 그녀의 욕망은 아이러니를 통하여 성취되었다고 볼 수도 있다. 그러나 여기서도 길의 문제는 남게 된다. 아다다는 자기가 인간답게 사는 길이 무엇인가를 모색하는 과정에서 存在論的 아픔을 경험한다. 이것은 知的 경험이 아니라 本能的인 갈등의 문제라야 白痴라는 人物設定에 合致된다. 이 과정을 거쳐서 그녀는 드디어 돈을 버리는 것이 最善이라는 길을 찾게 되지만 그것을 찾는 순간 그녀는 물속에 빠져 죽게 된다. 이런 점에서 "주인공은 그가 眞理를 얻게 되었을 때 죽는다."39)는 지라르의 말은 그대로 '길이 시작되자 여행이 끝났다.'라는 루카치의 말과 全的으로 同意語가 아닐 수 없다. 아다다는 진리를 발견하는 순간 죽음을 맞게 되는 아이러니컬한 인물인 것이다. 이 작품은 暗示와 反轉을 通하여 運命의 明暗이 鮮明하제 제시되면서 모든 인간관계에 破綻이 오는 劇的 結末에 도달하게 되는 플롯을 보여주고 있다.

---

38) 스탕달의 <赤과 黑>에 나오는 '줄리앙 소렐'의 경우
39) Rene Girard. 앞의 책 p.219.

이 작품은 특수한 한 인간의 이야기가 아니라 普遍的인 人生圖를 보여주고 있으며, 이 人生圖 속에는 인간의 悲劇的 眞實이 제시되어 있다. 아다다가 (1) 동이를 깨뜨리는 것, (2) 수룡과 만나는 것, (3) 돈을 버리는 것으로 요약되는 사건 속에는 그녀의 행동이 갖는 의미가 숨어 있다. (1)은 자기 存在의 意味를 確認하고자 하는 노력이며, (2)는 現實로부터의 意志的 脫出이자 새로운 세계를 개척하는 能動的 주견이며, (3)은 인간적 가치의 恢復으로 설명될 수 있다. 이런 의미에서 아다다의 행동은 휴머니즘의 實現이라는 의미를 갖게 되며, <白痴 아다다>는 人生의 普遍的 眞實에 바탕을 둔 인생관을 定立함으로써 고전주의적인 리얼리즘의 세계를 보여준다고 할 수 있다. 부분적으로는 '意志→努力→破綻'으로, 전체적으로는 '出嫁→逐出→죽음'으로 요약되는 構造的 특징은 아이러니컬한 人生의 斷面을 보여준다. 自身의 不幸을 幸福으로 바꾸고자 돈을 버리는 아다다가 오히려 그 행위 때문에 破滅하고 만다는 이야기의 구조는 우리네 人生이 本質的으로 지니고 있는 悲劇的 運命的 아이러니를 要約한 것이라 볼 수 있다. 아다다의 행동의 동기를 욕망으로 볼 때, 그 욕망은 인간성의 회복과 실현에 관계되는 의미를 갖는다. 앞서 여러 차례 지적해 온 바이지만 그녀의 欲望은 眞實한 것이고 그렇기 때문에 正常人이 꿈꾸면서도 실행에 옮기지 못하는 용기 있는 행동으로 발전하게 된다. 아다다가 돈을 버리는 장면에서 '小說은 유토피아를 갈구하는 인간의 所望을 代辯한다'라는 아이러니컬한 命題를 정립해 볼 수도 있을 것이다. 아다다의 욕망은 正常人들의 가치질서를 뒤엎은 곳에 자리 잡고 있기 때문에 그녀의 욕망은 현실적으로 성취 가능성이 거의 없는 것인지도 모른다. 그러므로 아다다의 욕망이 성취되는 지점은 죽음의 지점이 될 수밖에 없을 것이다. 아다다는 받아들이기 고통스러운 人生의 逆說的(ironical)인 眞實을 우리에게 보여주고 있다.

2. 페르소나(persona)의 犧牲者

인간은 누구나 외계로부터 끊임없이 다가오는 수많은 요구에 부딪히면서 살아가고 있다. 국가로부터, 사회로부터, 부모로부터 개인에게 응할 것을 요구하는 주문이 너무나 많다. 이러한 요구에 적당히 응할 수 있는 능력이 있으면 그는 사회와 세계의 일원으로서 존속할 수 있지만 그것에 적절히 대처하지 못할 때는 落伍者의 비운을 감수해야만 한다. 인간의 활동 능력에는 한계가 있기 때문에 이 모든 요구에 응할 수는 없지만, 자신의 능력과 적성에 어울리는 요구를 적절히 취사선택하여 사회 속에서 어떤 역할을 수행하고 있음을 사회와 세계 앞에 제시할 때 인간존재로서의 의미를 인정받을 수 있다는 것이다. 이러한 인간조건은 개인의 입장에서 볼 때는 상당히 거북하고 불쾌한 것이지만, 인간이 그야말로 사회적인 동물인 이상 그것을 인간 사회의 진실로 받아들이지 않으면 안 된다. 따라서 개인에게는 자신이 감당하고 수행해야 될 役割을 갖는다는 것이 필요불가결하다. 이것은 개인이 사회와 세계에 적응하기 위한 방법이며, 사회와의 타협에 의하여 결정된 것이다. 이러한 개인의 사회에 대하여 갖는 태도와 역할을 分析心理學에서는 페르소나(persona)라고 부른다. 융(Jung)에 의하면 페르소나는, '外的 세계와 集團에 적응하려고 하는 原型的 衝動[欲求]'40)으로 규정된다. 인간이 인간사회의 한 구성원으로서 살아가기 위해서는 반드시 그 사회

---

40) Edward C. Whitmont, *The Symbolic Quest(Basic Concepts of Analytical Psychology)*, Princeton University Press, 1973, p.156 *Jung uses the term to characterize the expression of the archetypal drive toward an adaptation to external reality and collectivity.

에 적응하는 通路를 가져야 하며, 또 그렇게 하는 것이 개인으로 볼 때
도 편리하기 때문에 필연적으로 형성되는 機能 콤플렉스가 페르소나
라는 것이다.41) 페르소나는 기능 콤플렉스지만 동시에 '使命, 役割, 本
分, 道理'란 말과 다르지 않다.42) "우리의 페르소나는 우리가 세계라
는 무대 위에서 연기하는 역할(role)을 의미하며, 우리가 외적 세계에서
삶이라는 게임을 수행하기 위하여 필요로 하는 마스크(mask)와 같은
것이다."43)라는 진술을 통해서 페르소나는 콤플렉스이면서 동시에 겉
으로 나타나는 개인의 對社會的인 태도와 역할을 의미하기도 한다는
것을 알 수 있다. 또한 그것은 마스크와 같은 것으로44) 우리의 진정한
모습이 아니라는 것도 알 수 있다. 그것은 우리가 일상적으로 착용하는
의복과 같은 것이며, 소속감을 고취하는 유니폼과 같은 것이다. 그렇기
때문에 그것은 때에 따라서 착용할 수도 있으며, 경우에 따라서 갈아입
거나 바꾸어 쓸 수 있는 것이다. 우리가 직장에 있을 때는 正裝 차림이
지만 집에 돌아오면 편리한 파자마를 갈아입듯이, 또는 儀式席上에 갈
때와 야유회를 갈 때의 옷차림이 바뀌어야 하듯이 柔軟한 伸縮性을
보여 줘야 하는 것이다. 우리는 흔히 그 사람의 신분이나 지위와 관련
해서 나타나는 어떤 모습을 그 사람의 개성이라고 생각하지만 그것은
착각이다. 페르소나와 개성(individuality)은 엄연히 구별되어야 한다.
페르소나는 적응형식이고 개성, 즉 自我(ego)는 그 뒤에 숨은 자기 자
신이기 때문이다. 페르소나와 자아의 관계는 옷과 피부의 관계와 같다.
페르소나는 개인이 사회에 적응하기 위하여 필요한, 사회가 개인에게

---

41) Jolande Jacobi, <융心理學>, 洪性華 譯, 敎育科學社, 1985, pp.
　　45~46 참조.
42) 李符永, <分析心理學>, 一潮閣, 1984, p.66 참조.
43) Whitmont, 앞의 책 p.156.
44) persona는 라틴어로서, 고대 사회에서 엄숙한 의식으로 행해지던 연
　　극에서 배우가 착용했던 마스크를 뜻하는 말이라고 한다(Whitmont,
　　위의 책 p.156).

요구하는 삶의 방식이자 수단이다. 그것은 주위 환경과 均衡있게 容易
하게 교통하는 形式이다.[45]

　그런데 우리들 주변에는 이 페르소나와 자아를 구별하지 못하고 同
一視함으로써 진정한 자기 자신(a genuine ego)을 망각하고 살아가는
사람이 많다. 아니, 사회의 구조가 복잡해지고, 조직이 강화되며 생존
경쟁이 치열해지는 현대 사회에서는 어쩌면 모든 사람들이 그럴지도
모른다. 본래는 유연한 伸縮性을 가지고 있고, 또 그래야만 調和로운
人性(personality)의 발달에 공헌할 수 있게 되는 페르소나가 외부적
인 요구나 영향에 일치하려는 경향을 과도하게 보일 때 페르소나와
자아의 혼동이라는 결과를 낳게 되는 것이다. 그들의 구별이 제대로
이루어지지 않을 때 似而非 自我(pseudoego)가 형성되며, 인간성의
패턴은 판에 박은 모방(stereotyped imitation)과 집단으로부터 부여
받은 의무의 수행(dutiful performance)을 반복하는 것으로 고정된
다.[46] 이것은 인간성의 喪失, 自己喪失을 의미한다. 우리들 대부분은
여기에서 그리 멀지 않은 곳에 살고 있다. 이것은 우리들 자신을 포함
한 모든 인간을 위하여 불행한 일이 아닐 수 없다.

　여기에서 말하고자 하는 '페르소나의 희생자'란 外部的인 現實이
나 집단의 規範, 그 안에서의 자신의 역할에 고착되어 순전한 자기
자신(a genuine ego)을 망각 상실함으로써 불행에 빠지는 인간을 가
리킨다. 이런 사람은 신분이나 지위와 자기 자신을 同一視(persona
identification)하기 때문에 사고나 行動이 비인간적이 될 가능성이
크다. 그의 사고나 행동의 기준은 거의 언제나 그가 소속되어 있는
집단의 규범에 따르기 때문에 융통성이나 유연성이 거의 없다. 그
결과 그는 타인과 순수한 인간관계를 맺기가 어려울 뿐만 아니라,

---

45) J.Jacobi, 앞의 책 p.46.
46) Whitmont, 위의 책 p.156 *pseudoego는 persona와 ego를 혼동한 상
　　태.

맺고 있는 인간관계마저도 소멸해 버릴 가능성이 크다.

> 페르소나는 우리가 우리의 진정한 성질을 습성이 된 적응형식(anpassungs
> -form) 속에 숨길 수 있는 편리성 때문에 위험할 수도 있다. 그러면 페
> 르소나는 굳어진다. 페르소나는 기계적으로 된다. 페르소나는 말뜻대로
> 가면(maske, mask)이 된다. 가면 뒤에서 개인은 진정한 인간 본성을 쓸
> 데없이 소비하고 완전히 窒息한다.[47]

이들의 공통된 특성은 硬直性(stiffness), 不適切性(uncertainty), 無理하고 原始的인 行動性(compulsive primitive behavior) 등이다. 이 중에서도 경직성이 큰 특징으로 나타날 수 있다. 경직된 사고방식을 가진 사람일수록 획일적인 것을 選好하는 경향이 있다. 항상 부하 직원들에게 정장차림을 요구하는 직장의 上司의 위치에 있는 부류의 사람이 그 예가 될 것이다. 그는 더우나 추우나 늘 넥타이를 매고 복장이 자유로운 부하를 보면 불러 야단치기를 잊지 않으며, 부하직원이 결재를 받으러 가면 엄숙한 표정을 하고 목청을 착 가라앉혀 위엄을 갖추는 것도 잊지 않는다. 그의 하는 행동은 어색해 보이며, 자연스럽지 못하다. 만일 그가 넥타이와 와이셔츠를 벗는다면 그는 살가죽을 벗겨 내는 아픔을 느낄지도 모른다. 그는 옷과 살갗을 구별할 줄 모르는 사람이기 때문이다. 부하 직원은 그 앞에서는 그의 위엄을 수긍하는 표정을 짓지만 돌아서면 웃음을 터뜨리거나 경멸하리라는 것을 그는 거의 모르고 있다. 그러는 사이 그의 진정한 자기는 멀리 멀리로 숨어버리고 동시에 부하 직원들도 그로부터 멀어져 간다는 것을 그는 더욱 모르고 있다. 그는 자기를 고독하게 만들고 있으며, 자기 자신을 죽이고 있는 것이다. 신문이나 잡지에서 얼핏 보거나 방송에서 얻어 들은 것을 자기의 지식인 것처럼 남 앞

---

47) Jacobi, 앞의 책 p.47.

에서 떠들기 좋아하는 사람도 이런 부류의 인간이다. 그러나 그가 그것이 그의 참된 지식이 아니라는 것을 다행히 깨닫게 된다면 그때 그가 느끼는 자기혐오감과 참담한 심경은 우리가 보지 않아도 충분히 알 수 있는 것이다. 이 점은 다음 인용문이 잘 대변해 주고 있다.

> 페르소나를 分析하면 自我가 지금까지 자기 것이라고 생각했던 것이 자기 것이 아니라 남들의 것이었음을 알게 되며, 이러한 자각이 때로는 심각한 충격과 危機를 마련한다.[48]

또, 한번 밉게 보기 시작하면 끝까지 그 견해를 수정하지 않고 화해하기를 거부하는 사람도 잘못 형성된 페르소나(ill-formed persona)를 지니고 있는 사람이다. 이런 사람일수록 自己省察이나 自己反省을 해본적도 없고, 하려고도 않는 사람이다. 그는 자기의 페르소나에 權威와 威嚴을 부여하여 남들이 거기에 順從하고 承服하기를 바라기만 할 뿐 자신의 비인간성(nonpersonality)을 깨닫지 못하는 것이다. 결과적으로 그는 남들로부터 경원과 야유의 대상이 될 뿐이다. "페르소나의 희생자는 자신을 훌륭한 공인(public figure)으로 자처하는 까닭에 스스로를 위대하며 강력하다고 느낀다. 그러나 그는 인간(human being)이 되는 데 실패했을 뿐만 아니라, 인간이 되는 첫 계단(the first steps)도 밟아 보지 못한 사람이다."[49] 그렇다고 해서 자기의 직무에 집착하여 그것을 성실하게 수행하는 모든 사람이 페르소나의 희생자라는 것은 아니다. 직무에 임할 때의 페르소나에서 자기 자신으로 돌아올 줄 아는, 心理的 調節機制를 갖추고 있는 사람이라면 아무리 役割(직무)에 매달린다 해도 아무 문제될 것이 없다. 연극배우가 연극이 끝나면 본래의

---

48) 李符永, 앞의 책 p.69.
49) Whitmont, 위의 책 p.158.

자기로 되돌아오듯이 말이다. 다음 인용문은 이런 딜레마를 적절히 설명해 주고 있다.

> 그러면 반대로 사회적 역할을 충실히 해 나가거나 어떤 직업을 천직으로 알고 수행하는 것이 페르소나와의 盲目的 同一視를 말하는 것일까. 그것은 아무도 단언하기 어렵다. 그렇게 사는 것이 그의 가야 할 길, 그 자신의 길일진대 그에게 있어 개성화(individuation)란 그렇게 사는 것이다. 그럴 때 그것은 同一視가 아니라 자각된 選擇이다.[50]

페르소나의 희생자란 이러한 심리 기제를 갖추지 못한 사람이다. 그는 자기를 망각하거나 억압함으로써 적절하지 못한 행동을 하게 되고 그 결과 모든 것을 잃어버리는 사람인 것이다.

소설의 작중인물 가운데서도 우리는 이러한 인간의 행동 모형을 발견할 수 있다. 이러한 인물은 그 사고의 경직성 때문에 성격의 발전이나 변화를 잘 보여주지 않는다. 그 思考의 硬直性은 대체로 그의 근본적 동기로서의 性格에서부터 출발되어진다. 그는 이른바 平面的 人物型이 될 가능성이 크다. 그는 자기가 가지고 있는 행동의 패턴을 충실히 지켜 나가며, 그것을 최선의 행동으로 믿고 있다. 여기에서 자연스럽게 他人과의 乖離가 생기고 갈등이 惹起된다. 그 결과로서 그는 불행하게 되거나 파멸하게 된다. 말하자면 페르소나의 희생자가 되는 것이다. 그리고 이러한 소설 속에서의 페르소나의 희생자는 諷刺的 人物이나 아이러니적 인물이 될 가능성이 크다. 根本的 動機에 집착한 나머지 그의 태도가 고정불변이어서 현실에 어울리지 않는다든가, 보다 진설한 인간의 모습에서 멀어진다든가 하게 됨으로써 야유와 조소의 대상이 될 수도 있고, 경직된 사고나 행동으로 말미암아 의외의 결과에 봉착할 수도 있다는 점에서 그렇

---

50) 李符永, 위의 책 p.70.

다는 것이다. 이것은 그가 준행하고 있는 도덕률의 부적절성에서 연유되는 것이라 볼 수 있다. 다음에서는 김동인의 <明文>과 현진건의 <B舍監과 러브레터>를 중심으로 이 문제를 살펴보기로 한다.

2-1. 和解의 拒否와 不幸한 終末-〈明文〉의 '전판서와 전주사'

<明文>은 김동인이 기독교에 대하여 갖는 관심을 표명한 몇 작품 중의 하나다.51) 그는 기독교가 우리 전통 사회에서 어떻게 受容되었으며 그것의 功過는 무엇인가 하는 데에도 관심을 가지고 있었지만, 그보다는 그것이 인간 심성에 어떤 영향을 미쳤는가 하는 데에 더 큰 관심이 있었던 것으로 보인다. 어느 경우에는 반신반의하는 태도로('信仰으로'의 경우), 어느 때는 부정적, 비판적인 시각으로('明文'의 경우), 또 어느 때는 거룩한 것으로('이 잔을'의 경우) 바라보거나 이해하고 있다. <信仰으로>는 소위 成年式(initiation) 小說의 형태52)를 취한 소설로서 한 소녀의 성장 과정에서 기독교가 그 인격형성에 어떤 영향을 미쳤으며 어떠한 종교관을 심어주었는가 하는 문제를 다루고 있는 작품이다. 그는 여기에서 기독교가 인간과 인생에 대하여 미치는 영향력에 대한 결정적 견해 표명을 보류하고 있다. 그런가 하면, <이 잔을>에서는 기독교(예수)의 희생과 구원의 사상을 인간 예수를 통하여 감동적으로 그려나감으로써 그의 기독교

---

51) 金東仁은 長老의 아들답게 기독교에 대한 관심이 컸던 것으로 보인다. 상당수의 작품에서 성구를 인용한다든가, 기독교 그 자체를 문제 삼고 있음을 볼 수 있다, 그 대표적인 작품이 <信仰으로>, <이 잔을>, <明文> 등이다.

52) initiation소설로서는 흔히 헤밍웨이의 <殺人者들(The Killers)>과 셔우드 앤더슨의 <나는 까닭을 알고 싶다(I want to Know Why)>가 그 대표적인 예로 지적되고 있다. (Brooks & Warren, *The Scope of Fiction*,p.376, p.412 참조) <信仰으로>는 이러한 initiation 小說로서 연구되어질 만한 가치가 있는 작품이다.

에 대한 긍정적인 태도를 보여 주기도 한다. 그러나 <明文>에서는 그 태도가 분명한 것은 아니지만, 기독교가 오히려 인간성과 인간관계에 균열을 가져올 수도 있음을 비판적인 임장에서 이야기해 나가고 있다. 東仁의 기독교에 대한 기본적인 입장은 불확실한 것이지만, 이 작품에서는 그 부정적 측면에 비중을 두고 있음이 눈에 띈다.

<明文>은 傳統倫理와 기독교 윤리의 대립과 아버지와 아들의 대립이라는 별로 새롭지 않은 문제를 스토리의 골격으로 하고 있는 작품이다. 아버지와 아들의 대립은 염상섭의 <三代>에서도 그 대표적인 예를 볼 수 있거니와, 인간의 대립 구조의 原型的 양상이기도 하다. 전통윤리와 기독교의 대립은 기독교 傳來 이후 오늘에 이르기까지도 해결되지 않고 있는, 드물지 않게 볼 수 있는 갈등의 양상이다. 어떻게 보면 전연 새롭지 않은 오히려 진부하기까지 한 이 題材가 이 작품에서는 인간의 가장 고통스러운 문제에 연결됨으로써 독특한 意味網을 형성하여 보여 주고 있다. 권영민은, "그것은 아버지와 아들의 대립이 아니라, 바로 전통적인 유교관과 새로운 가치관이라 할 수 있는 기독교관과의 대립을 의미하는 것임은 물론이다."53) 라고 함으로써 <明文>에 나타난 대립 양상에서 아버지와 아들의 대립관계를 배제하고 있지만, 田主事와 그 어머니의 관계에서 밝혀지는 것처럼 그것은 전통과 기독교의 대립 뒤에 숨어 있는 사건 전개의 한 동인을 형성하는 중요한 요소가 되는 것이다. <明文>의 제재가 인간의 고통스러운 문제에 연결된다고 하는 것은 아버지와 아들이 각각 지니고 있는 페르소나가 영원한 平行線을 유지함으로써 兩者가 함께 그 희생자가 될 수밖에 없었다는 작중현실을 두고 하는 말이다. 우리가 앞서 본 것처럼 페르소나란 원만한 사회생활과 인간관계를 유지하기 위하여 선택하거나 부여받은 태도, 역할을 의미하

---

53) 권영민 編著, <한국대표명작(김동인)> 문예총서 2, 志學社, 1985, p.220.

는 것으로 그것은 경우에 따라서 잠시 벗어버릴 수도, 바꾸어 쓸 수도 있는 가면과 같은 것이다. 그렇게 하는 것은 결코 위선일 수도 없고, 이중인격일 수도 없는 것이다. 오히려 하나의 페르소나에 고착되어 버리는 것이 위선이나 이중인격을 낳을 가능성이 더 큰 것이다. 그런데 이 작품의 아버지와 아들은 서로의 페르소나를 순수한 인간으로서의 자기로 同一視(persona identification)함으로써 건너기 어려운 단절의 강을 만들어 버렸다. 이러한 잘못 형성된 페르소나(ill-formed persona)의 근저에 아들의 아버지에 대한 적대감이 놓여 있음을 우리는 또한 알아야 한다. 이것이 이 두 사람의 근본적 동기로서의 성격지표이기도 하다. 페르소나간의 대립은 오히려 표면적인 것이고 아버지와 아들의 대립이 보다 근본적인 문제라고 생각해도 無妨하다. 바꾸어 말하면 아들의 아버지에 대한 적대감이 아버지의 아들에 대한 적대감을 불러오고, 그 적대감으로 말미암아 서로의 페르소나를 더욱 두텁게 하게 되었다고 할 수 있다. 이 두 사람은 서로를 가엾게 여기는 휴머니티를 끝까지 유지하지만 특히 전주사(아들)의 경우 그것은 자신이 아버지를 배신한 悖倫兒라는 죄책감을 합리화하려는 한 機制에 불과하다는 것을 그 어머니와의 관계(전주사는 어머니를 죽이게 된다)가 증명하고 있다. 아들에게 있어 그 아버지는 아들식대로 변화되거나 아니면 극복되어야 할 대상이었기 때문에 그 아버지에 대항하기 위한 무기로서 기독교라는 페르소나를 두텁게 하고 있다고 볼 수 있다. 그 아버지는 아버지대로 외아들을 빼앗아간 기독교가 밉기 때문에 전통윤리의 가면(mask-persona)을 더욱 두텁게 하고 그 아들을 미워하는 것이다. 이들에게 있어 페르소나는 살아가기 위한 適應方式(anpassungsform)이 아니라 자기의 城을 지키는 방패이며 상대를 극복하려는 戰略과 같은 것이다. 페르소나로 武裝한 대부분의 사람들이 그렇듯이 그들도 자신이 먼저 가면을 벗어던지고 和解를 모색하기보다는 상대방이 자기의 페르소나에 굴복하기를 요구하고 있다. 그러한 상태가 계속된다면 결국 그들 사이의 화해는 영원히 이루어질 수 없음은 자명하다. 그들은 페르소나가 제대로 형성되지 않은 사람들이 사회에 잘 적응하지 못하고 정상적인 인간관계를 맺지 못하여 精神病理的인 행동을 보이는 것과 마찬가지로54) 그것이 지나치게 견고하여, 그야말로 옷과 피부를 구별하지 못하는 상태가 되면 인간관계에 단절이 오고 그 결과로서 소외와 불행의 주인공이 될 수 있음을 잘 보여주고 있다. 이 두 사람은 모두 페르소나의 희생자들로서 불행한 죽음으로 일생을 마치게 된다.

그리고 이러한 인물들은 성격의 변화와 발전을 보여주지 않는다. 그것은 작자의 어떤 의도에서 기인하기도 하지만, 본질적으로 '役割과 自身을 同一視하는 데서 오는 비인간성(a role-identified non-personality)'이 빚어내는 필연적인 결과이기도 하다. 그들은 자신이 생각하고 있는 것이나 하는 행동이 적어도 페르소나의 세계의 도덕률에 일치한다고 믿고 있기 때문에 反省하거나 교정하려고 않는다. 그 결과로서 그 생각과 행동이 보편적인 도덕률이나 인간성에서 크게 벗어나게 될 가능성이 있고, 따라서 그들은 嘲笑와 非難의 대상이 될 수 있다. 여기에서 諷刺(satire)가 발생한다. 김동인은 어느 정도 풍자를 의식하고 이 작품을 쓴 것으로 보인다. 기독교에 대한 충분한 이해가 없이 맹목적으로 신봉하는 사람들에 대한 비판적인 태도가 눈에 띄고 있기 때문이다. 우선 문체부터가 경어체로 되어 있다는 점에서 그것을 감지할 수 있다. 그리고 語調(tone)가 다분히 冷笑的(sardonic)이며, 작자가 도덕적 판단을 하는 위치에 서 있음도 보여 준다.55) 본고에서는 이 작품의 풍자적 성격을 참고하는 정도로 그치겠지만, 이 작품을 풍자 문학으로 보는 입장에서 더 깊이

---

54) 李符永, 앞의 책 p.69.
55) N. Frye, 앞의 책 pp.223~225 passim 참조.

연구해 볼 필요가 있다고 생각한다. 또, 이 아버지와 아들, 특히 아들이 봉착하게 되는 결과(사형 당함)를 보면, 그가 영락없는 아이러니의 희생자임을 알 수 있다. 이것은 어느 정도 이 작품의 풍자적 성격과 연관되는 것으로서, 페르소나의 희생자가 도달하게 되는 必 至의 결말이라 할 수 있다. '풍자가 공격적 아이러니'56)라는 프라이의 지적도 있지만 전주사의 오도된 페르소나는 아이러니적 상황을 만들어 내기에 충분한 것이다. 이하에서는 이러한 예비지식을 가지고 전주사와 그의 아버지가 페르소나의 희생자가 되는 원인과 과정, 그리고 결과를 추적해 보기로 하겠다(편의상 아버지의 경우와 전주사의 경우를 나누어서 살펴보도록 한다).

(1) 전판서

田主事의 아버지 전판서[田聖澈]는 전형적인 士大夫로서 외래 사상인 기독교를 무조건적으로 배척하는 인물로 나온다. 그의 기독교에 대한 혐오감과 기독교 信者인 아들 전주사 內外에 대한 적대감은 대단하다. 일찍이 공맹의 道를 가르쳐 자기와 같은 사대부의 길을 가게 함으로써 집안의 전통과 체면을 유지시켜 나가게 하려 했던 아들이 자신의 뜻을 거스르고 기독교로 전향했다는 것은 父子有親의 倫常을 확고히 믿고 있었던 전판서에게는 분명히 큰 충격이요 배신이 아닐 수 없다. 아들이 그렇게 하지 않으면 안 되었던 이유나 처지를 생각하기 이전에 가부장적인 권위에 손상을 입었다는 수치심과 전판서가 생각하는 가족윤리가 훼손되었다는 판단에서 그는 기독교와 아들을 미워할 수밖에 없었던 것이다. 전판서가 보기에는, 아들의 전향은 그 아버지인 전판서를 否定하는 것이요, 田門을 파괴하는 행위로밖에는 보이지 않았던 것이다. 그것은 명백한 배신이요, 不倫이 아닐 수 없다.

---

56) 위의 책 p.223 *Satire is militant irony

전판서는 전주사를 아들로 보기 어려운 심리적 국면에 놓여 있음을 알 수 있다. 이러한 전판서의 심경은 그 시대로 볼 때 어느 정도 보편성을 띄는 것이라 할 수 있다. 기독교의 교리나 가르침에 대한 이해가 충분하지 못했음은 물론이려니와 外來思想에 대한 거의 반사적인 거부반응을 보여 온 사대부 계층의 일반적인 성향으로 보면 그렇다는 것이다. 그러한 경향은 기독교 신자를 '야소군, 예수쟁이'라는 말로 불렀다는 사실만으로도 충분히 입증된다. 그들이 살아왔고, 또 살아가고 있는 그들의 사회에서의 움직일 수 없는 규범은 삼강오륜이요, 좀 더 구체적으로는 忠과 孝와 烈이었다. 그들은 忠孝烈로써 모든 것을 생각하고 행동했으며, 또 그것으로부터 그들의 권위가 유지될 수 있는 名分을 얻었던 것이다. 그들이 그들의 '사회와 용이하게 균형 있게 교통할 수 있는 행동 양식(기준)'57)이 충 · 효 · 열(삼강오륜)이었다. 이것이 바로 이들의 절대적인 페르소나였던 것이다. 동시에 그것은 그들의 권위를 유지시켜 주는 것이기도 하다. 權威란 완고한 것이며, 인간적 감응(genuine responsiveness)에는 둔한 반면 도전적 요소에는 민감한 反應을 보이기 마련이다. 권위를 信奉하는 자들은 그들의 권위를 지키기 위하여 수단과 방법을 가리지 않는다는 것은 인간이 지니고 있는 한 根原的 모습이기도 하다. 자기의 권위 수호와 위신을 지키려는 충동(drive for prestige)은 고태적인 욕망으로서 미국 서북 인디언들이 지키고 있었던 포트래취(ptlatch) 의식이 그것을 잘 보여 주는 예라고 한다.58) 전통적이고 완고한 권위는 도전을 용납하지 않으며, 그것이 사대부 계층이 기독교를 배척한 근본적인 원인인 것이다. 전판서는 바로 이러한 사고방식과 생활 의식을 가지고 있는 인물이다. 즉, 그는 자신을 권위의 化身으로 보는 그 시대 사대부들 중의 한 사

---

57) J. Jacobi, 앞의 책 p.46.
58) Marvin Harris, <문화의 수수께끼>, 박종열 譯, 한길사, 1985, pp.95~113. passim.

람인 것이다. 그는 두말할 것 없이 自我와 페르소나를 同一視(persona identification) 한 人物이며, 그 결과 스스로 아들과의 관계를 단절시킨 것이다.

> 「턴당? 四時 꽃이? 참 식물원에는 겨울에도 꽃이 퓌더라. 턴당까지 안 가도…… 魂魄이 죽지 않고 턴당엘? 홍, 너 약인 됴타. 내 말을 잘 들어라/사람이 죽는다는 것은 혼백이 죽너니라, 몸집은 그냥 남아잇고……몸집이 죽는 게 아니라 혼백이 죽어! 혼백이 턴당엘 가? 바보의 소리다. 바보의 소리야, 하하하」

> 아버지는 「비웃는듯이 이러케 대답하여 오다가 갑작이 고함첫습니다.
> 「이자식! 냥반에 집안에서 예수? 중놈가티 대구리를 깎고. 다시 내 아페서 그댓 소리를 햇다가는 목을 자르리라!」[59]

전주사가 자기 아버지에서 傳道하고자 했을 때 전판서가 보인 반응을 대화로 처리한 부분이다. 전판서도 치음에는 우스갯소리처럼 들어왔지만 아들이 머리를 깎고 전통적인 夫婦有別의 규범을 벗어나(전주사가 아내의 호칭을 바꾸어 부르고 그 지위를 격상시킨 것을 말함) 전연 생소한 생활 방식을 보이자 그는 드디어 분노를 터뜨리게 된 것이다. 인용문의 앞 대사에는 야유와 조소가 가득 차 있다. 그가 기독교의 내세관을 비웃고 있는 것은, 그의 사고와 意識이 유교적인 현세적 세계관의 훈련을 받아왔기 때문에 그로서는 자연스러운 일이다. 來世가 있다고 하는 것, 영혼은 不滅이라고 하는 사상은 그에게 있어 惑世誣民하는 邪道로 보일 수밖에 없다. 나아가 그것은 전통적인 가정윤리를 어지럽히고 전판서의 권위를 위협하는 것이기 때문에 그는 격노하게 되는 것이다. 전판서가 보기에는 중놈이나 예수 믿는 사람이나 다 엄숙한 공맹의 道에 累가 되는 것들이다. 페

---

59) 金東仁, '明文', 開闢 제55호(1925. 1), pp.2~3.

르소나가 두터워져 도저히 벗어버릴 수 없는 지경이 되면 그 사람의 사고와 행동은 경직성, 부적절성, 무리하고 원시적인 행동성으로 특정지어진다는 것을 앞서 밝힌 바 있지만, 이 대화 속에 나와 있는 그의 행동은 이러한 성질을 잘 보여 주고 있다. 그의 외골수적인 現世的 세계관(경직성), 사고와 표현의 獨斷性(부적절성), 강압적이고 위협적인 言辭(무리하고 원시적인 행동성)는 자아와 페르소나를 동일시하는 사람의 특성을 그대로 보여 주고 있다. 그는 전통 윤리와 권위를 순수자아와 동일시하는 사람임을 앞서 밝힌 바 있다. 만일 그에게 전통 윤리의 가면을 벗고 자기로 돌아오라고 한다면 아마 그는 어리둥절해 하면서 그야말로 살가죽을 벗기는 아픔을 느낄 사람이다. 그가 행동하는 이유는 자기를 버리고 기독교로 귀의한 아들에 대한 움직일 수 없는 적대감 때문이다. 이러한 근본적 동기로 보아 그는 아들과 도저히 화해할 수 없는 사람이다. 그리고 이런 사람들일수록 자신은 높은 도덕적 차원에서 사고하고 판단한다는 妄執에 사로잡혀 있다고 한다.

> 페르소나와 순수한 自我를 동일시하는 部類의 인간, 즉 늘 자신을 보다 높은 차원의 原理에 의하여 행동한다고 생각하는 자는 자신이 실제로 不道德하다는 것을 깨닫기가 어렵다.60)

전판서는 자신이 아들보다, 또는 기독교보다 우월한 도덕적 차원에서 거주하고(abiding) 있다고 믿기 때문에 그것을 경멸하고 조소할 수 있는 것이다. 그러나 독자의 입장에서 기독교의 페르소나를 쓰고 그를 보면 전판서가 오히려 우스꽝스럽고 부도덕해 보인다. 시대의 변천에 따르는 일반적 의식의 변화에 대하여 無知하다는 것이 우스

---

60) Whitmont, 앞의 책 p.158 *It is hard for this kind of person, who usually thinks of himself as abiding by the highest principles, to realize that he is really immoral.

꽝스러운 것이고(吾頭可斷 此髮不可斷과 비슷한 발상에 대하여 오늘날 우리가 어느 정도 고소를 금하지 못하는 것과 같은 경우), 아들의 입장을 이해해 보려고 하기보다는 권위로써 강압하려는 점이 부도덕하다는 것이다. 이런 점에서 전판서는 풍자적 인물이라 볼 수도 있다. 삼강오륜과 조상의 가르침을 그대로 따르는 전판서 자신은 도덕적이고 예수를 믿는 전주사(아들)는 부도덕하다는 것이 그의 판단이겠으나, 우리의 견해로는 어떤 행위든 인간성(humanity)이 결여되어 있으면 그것으로 부도덕한 것이다(이점은 전주사의 경우에도 그대로 해당된다).

전판서가 기독교를 배척하는 중요한 또 하나의 이유는 기독교의 '하나님 아버지(본문에는 하느님 아버지')가 자기의 아들을 빼앗아 갔다고 생각하기 때문이다. 전주사가 기도할 때마다 들먹이는 '하느님 아버지'가 자기 가문의 전통을 이어가야 할 아들을 迷惑하게 하여 못 쓰게 만들었다고 보는 것이다. 이러한 사정이 텍스트에는 구체적으로 明示되지는 않았으나 죽음에 임하여 그가 보여준 태도로 보아 그것은 틀림없는 것으로 보인다. '전주사가 예수를 믿기 시작한 뒤부터는 아들을 비웃노라고 매일 무당과 판수를 불러들여서, 집안을 요란하게 하는' 전판서의 심중은 아들을 빼앗긴 분노와 억울함 그 외의 다른 것은 아니다. "우리 자식 놈의 예수와 내 인복 대감과 씨름을 붙여 놓아라"라고 하면서 요란하게 웃는 것은 아들에게, '네가 그처럼 넋을 잃고 믿고 있는 예수란 종래 미신과 조금도 다를 바 없는 것이다'라는 것을 보여 주고자 하는 의도의 反語的 行動이다. 아들을 도로 찾고자 하는 것이 그의 인간적인 소망이지만 그의 페르소나는 그것을 솔직히 드려내는 것을 거부한다. 이 경우 그의 페르소나는 그의 체면이자 위신이다. 그는 위에서 본 바와 같이 체면과 위신을 도저히 포기할 수 없는 사람이다. 그렇기 때문에 그는 우회적인 방법을 써서 아들의 마음을 돌리려 했던 것이다. 그러나 그럴수록 아들의 기도는 날로 극성스러워지기만 할뿐 回心의 기미는 보이지 않는다. 그러한 아들에게 전판서는 이렇게 이야기한다.

「하하하하, 너의 한우님도, 질투는 꽤 세다. 애 내 말을 꼭 명심해서 드르라. 이 던대과는, 다른 죄악 보다도 질투라는 것을 대일 미워한다. 너도 아다십히, 첩을 두지 안는것만 보아도, 녀편네사람의 질투를 얼마나 실허하는 지 알겠지. 나는 질투심한 너의 한우님은 섬길 수 없다. 하하하하, 너의 한우님은 녀편네인가 보구나」아버지는, 별한 찌저지는 소리로 우슴치고, 문밧그로 나가 버렷습니다.61)

아버지에게는 아무 죄도 없지만 다만 한 가지 하느님 외의 神을 섬기는 것이 큰 죄악이라고 말하는 아들에게 주는 시니컬한 답변이다. 이말 속에는 전판서의 심리적 상황이 잘 반영되어 있다. 그것은, 자신이 가장 싫어하고 미워한다고 한 嫉妬가 바로 그의 마음을 지배하고 있음을 말하는 것이다. 자신의 페르소나에 가려서 보이지 않는, 아들을 빼앗긴 질투의 감정이 기독교로 投射되어 하나님을 여편네로 唾罵하게 되는 것이고, 그 감정이 그대로 아들에게 轉移되어 아들을 미워하게 되는 것이다. 당연한 결과로 전주사는 아버지의 집에서 쫓겨나고 만다.

전판서는 아들을 잃어버린 채로 십년 세월을 보내고 임종을 당한다. 자기의 임종을 보려고 온 아들을 힐끗 쳐다보고 감은 눈 아래에는 부자간의 애정이 서려있었지만, 아버지를 위해 기도하는 아들을 보자 또다시 울화가 치밀어 아들의 손을 뿌리쳐 버린다. 죽음에 임하여까지 그는 예수교인으로서의 아들은 용납할 수가 없었던 것이다. 그 와중에서도 아들은 속으로 기도하기를 그치지 않았다. 그들은 서로의 페르소나에 노예가 되어버림으로써 부자간의 화해를 영원히

---

61) '文明', p.4.

이룰 수가 없게 된 것이다. 잠시 후 전판서는 눈은 감은 채로 아들을 오라고 손짓하면서 말했다.

「기도해라! 아모 쓸데는 업지만, 네가 하고시프면 해라. 그러나 내게는 하누님보다도 네가 귀엽다. 차듸찬 애비의 손을 녹여다고……」[62]

이것을 부자간의 화해로 볼 수 없을까? 부분적으로는 화해라고 할 수 있겠지만 근본적인 화해는 아니다. 우선 전판서는 기도를 쓸데없는 것으로 보고 있으며, 기도를 하는 아들을 부른 게 아니라 인간으로서의 아들을 불렀다는 점에서 그렇다. 그에게는 기도가 필요한 것이 아니라, 찬 손을 녹여줄 아들의 따뜻한 손이 필요했던 것이다. 그것은 기도로써 해결될 수 없는 인간의 따스한 정이다. 두 번째, 그것은 예수교인으로서의 아들을 용서한 게 아니라, 아버지로서 사랑스러운 아들에 대한 血肉의 情을 확인하는 행동에 불과했다는 점에서 그렇다. 아들은 여전히 기도만 하고 있었으니까. 화해란 어느 일방의 노력만으로는 이루어질 수 없는 것이다. 전판서는 자신의 페르소나의 경직성(stiffness, rigidity), 즉 권위와 체면 그리고 위신에의 지나친 집착 때문에 아들을 잃어버린(아들 전주사에게도 똑같은 책임이 있지만) 불행한 인물이다. 그는 아들과 기독교에 대한 적대감으로 말미암아 강화된 페르소나에 의하여 희생된 인물이다.

(2) 전주사

전주사(田主事)가 대단한 예수교인이 된 것은 기독교가 제시하는 삶의 이상과 來世觀 때문이다. 이것을 듣는 순간 지금까지 자기가 배워오던 孔孟의 가르침, 그 지나친 현실적 세계관에서 脫皮하여

---

62) ‘明文’, p.7.

새로운 인생의 길을 찾게 되었다는 것이다. 그는 아내를 기독교인으로 만든 다음 그 어머니도 교인으로 만들려고 하였으나 어머니는 "네나 천당인가엘 가라"는 한마디 말로 그의 傳道를 일축했다. 이 평범하다면 평범한 한 마디의 말이 전주사와 어머니의 관계를 결정 짓는 구실을 하고 있다. 이 말로 해서 전주사는 어머니를 아버지와 동일시하게 되며, 나아가 극복해야 할 대상으로 간주하게 된다는 것이다. 아무런 단서도 주어지지 않는 첫머리부분의 한마디 말로 이렇게 판단하는 것은 지나친 비약이 될지도 모르나 이후에 전개되는 아버지와의 대립, 그리고 아버지 死後 전주사가 그 어머니에 대하여 갖는 생각, 어머니의 殺害 등으로 미루어 보아 충분히 가능한 것이다. 또, 어머니의 이 말 바로 직후부터 아버지의 기독교와 그 아들에 대한 극단적인 적대적 태도가 奔流처럼 쏟아져 나오게 된다. 즉, 그 어머니의 말은 아버지의 태도로 직접 동일시할 수 있는 충분한 근거가 되는 것이다. 아버지 생전에 어머니의 이야기가 나오는 곳은 이 부분과 전주사가 집을 쫓겨날 때 약간의 재물을 쥐어주는 대목 두 군데뿐이다. 어머니의 역할이 처음에는 이렇게 미미하게 나타나지만, 어머니는 뒤에 가서 전주사가 아버지와 갖게 되는 대립 관계를 능가하는 그와의 결정적인 대립 관계를 형성하는 주요 인물이 된다. 다시 말하거니와 어머니가 이렇게 주요 인물이 될 수 있는 것은 전주사에게 어머니는 아버지와 同一視되는 人物이기 때문이다.

전주사는 예수를 믿게 되면서부터 그 아버지로부터 심한 모욕과 박해를 받게 되고, 한편으로는 그로 인해 집안이 편할 날이 없었다.

「나는 너희에게 평화를 주랴고 온것이 아니라, 오히려 분쟁을 니르키라 왔너니라」고 한 예수의 말슴은, 고대로 이 집안에서 실현되엿슴니다. 七逆가운데 드는 무서운 죄악을, 던주사는 맛날과가티 범하엿슴니다.63)

　인용문 가운데의 성구(누가 12 : 15)는 성경 주석 학자들에 의해 여러 가지로 해석되고 있지만 여기서는 글자 그대로의 뜻으로 해석되어서 이 집안의 暗雲이 감도는 앞길을 예시해 주고 있다. 칠역64) 가운데 드는 범죄를 매일같이 범했다는 것은 전주사가 부모의 뜻을 거스르는 일을 하고 있다는 뜻으로 풀이된다. 칠역을 범한다는 것은 그 부모를 해친다는 뜻이 있으니, 전주사의 행위(주로 기도로 나타난다)는 전통 윤리로 볼 때 패륜아적인 것이 된다. 아들에게 示威라도 하듯 무당과 판수를 불러 굿을 벌이는 아버지를 위하여 '착하고 효성 있는 전주사'는 골방으로 들어가 기도를 드렸다. 그러나 아버지에게 효도를 한다는 뜻에서 하는 기도가 오히려 아버지를 화나게 만들고 있다. 그는 부모에게 효도하라는 기독교의 십계명의 가르침을 충실히 따르고 있지만, 이 집안의 현실에서는 도리어 불효가 되고 마는 것이다. 이런 점에서 전주사는 아이러니적 인물이다. 이 대목은 作者, 혹은 스토리-텔러의 語調가 다분히 비꼬는 듯한 느낌 (sarcasm)을 주고 있어 풍자적인 성격을 띠기도 한다. 전주사로서는 이 집안이 시끄럽게 된 것이 자기 때문이며, 자신의 기도가 아버지를 화나게 만든다는 것도 알고는 있을 것이다. 그럼에도 불구하고 그는 기독교식 효도인 아버지를 위한 기도로 일관하는 것은 그의 신앙심이 이제 바뀔 수 없음을 뜻하는 것이다. 전주사는 아버지를 거역하기 위하여 기도하는 것이 아니라 하느님을 모르는 아버지의 죄를 赦함 받고자 기도한다는 굳은 신념을 가지고 있는 것이다. 집안의 현실이 어떠하더라도 그것은 바뀔 수 없는 그의 信念이라 생각

---

63) '明文', p.3.

64) 六逆: 賤妨貴, 小凌長, 遠間親, 新間舊, 小加大, 淫破義, 五逆(불교): 害父, 害母, 害羅漢, 破僧, 出佛身血(李相殷 감수, <漢韓大字典>, 民衆書林, 1983, p.58). *여기서 칠역(七逆)은 新間舊(새것이 옛 것을 갈라 어지럽힌다)와 害父, 害母를 뜻하는 것으로 보인다.

하고 있다. 모든 것을 주(예수) 안에서 생각하고 행동해야 된다는 기독교적 페르소나가 전주사를 지배하고 있는 것이다. 이러한 페르소나는 아버지의 지배로부터 벗어나고자 하는 욕구와 거기에서 발전된 아버지에 대한 적대감에서 비롯된 것이다. 즉, 탈출 의지와 적대감이라는 근본적 동기가 원인이 되어 그의 페르소나는 더욱 확고해지는 것이다. 이러한 전주사의 경직된 페르소나와 앞서 본 바 있는 전판서의 페르소나의 심화된 대립이 이 서두 부분에 克明하게 나타나 있다. 그리고 전주사의 탈출의지와 아버지에 대한 적대감이 그의 행동의 근본적 동기, 즉 성격지표가 되는 이유는 보다 심층적인 인간 심리에서 해명되어야 한다. 조금만 양보하면, 집안을 화평하게 할 수 있고 또 그 정도의 융통성은 있을 법한 그가 끝까지 자신의 페르소나를 벗으려고 하지 않은 데에는 보다 근본적인 이유가 있었을 것으로 보인다. 이 경우 信心이 깊기 때문이라는, 텍스트의 내용에 의거한 앞서의 지적은 설득력이 약하다. 아니, 어떤 원인이 있고 그 결과로서 깊은 信心을 갖지 않을 수 없었다고 보는 것이 타당할 것이다. 이런 점에서, 우리 독자들이 보기에는 거의 현실성이 없다고 생각되는 이 전주사의 행동은 상당한 이유를 가진 것으로 보인다. 그것은 페르소나 同一視 이전의 아버지와 아들의 관계라는 원초적인 문제에 연결되는 것이다. 전주사가 기도하는 중요 내용은, ‘육신의 아버지’가 아버지 하느님을 ‘모르는’ 죄악을 용서하여 달라는 것이다. 자기가 알고 있는 것을 아버지가 모르고 있다는 것은 전주사의 아버지에 대한 우월감의 표현으로 볼 수 있다. 이러한 도덕적 우월감은 페르소나를 자기(ego)로 동일시하는 부류의 사람들의 특징이기도 하지만, 여기서는 아버지를 극복하고자 하는 의지에서 파생된 것으로 보인다. 아들의 아버지에 대한 극복 의지는 이유 없이 발동하는 先驗的 관념 또는 심리의 한 형태다. 프로이드는 이것을 오이디푸스 콤플렉스로 설명하고 있고, 융은 原型(archetype)의 하나로 설

명하고 있다. 또, 프레이저는 <黃金의 가지 *The Golden Bough*>에
서 아프리카의 실루크 족이 왕을 시역하는 풍습을 소개하고 있는데,
원칙적으로 왕이 쇠약해진 기미가 보이면 餓死시키거나, 絞殺하게
되어 있지만 그렇지 않더라도 언제나 그 많은 아들들 중 누구라도
아버지인 王에게 도전하여 살해하면 왕이 될 수도 있음을 보여 주
고 있다.65) 이것은 아들의 아버지에 대한 극복 의지를 實相으로 보
여 주는 좋은 예가 될 것이다. 이러한 극복 의지는 도덕률에 의하여
금지되어 있을 뿐만 아니라, 오히려 孝道라는 美德으로 置換되어
있기까지 하지만, 언제나 무의식 속에 하나의 억압된 에너지로서 살
아있는 것이다. 그런데 이런 아들의 아버지에 대한 감정은 양면성
(emotional ambivalence)을 띠고 있는 것이기도 하다. 그것은 아버지
에 대한 존경과 질시, 그리고 사랑과 극복의지의 양상을 띠는 것이
보통이다. 여기에서 존경과 사랑은 표면화되고, 또 되어도 관계없지
만, 질시와 극복의지는 드러낼 수 없는 것이기에 억압되는 것이다.
이렇게 억압되는 진실을 그림자(shadow)라고 하는데, 전주사의 경우
는 아버지에 대한 극복의지가 그의 그림자인 것이다. 이 그림자의
前面에서 그것의 모습을 가리는 것이 바로 자아로 동일시되는 페르
소나다.66) 전주사에게 있어 기독교라는 페르소나는 참으로 편리한
것이 아닐 수 없다. 그가 기독교의 삶의 理想과 내세관에 감동되어
그리로 歸依했다는 것도 일단 진실이겠지만, 그보다는 기독교가 그
의 그림자(아버지에의 극복 의지)를 교묘하게 합리화시켜 줄 수 있
었기 때문에 그것을 선택한 것으로 보인다. 전주사에게는 육신의 아
버지와 하느님 아버지는 다르지 않으며, 하느님 아버지를 믿는 것은

---

65) 프레이저(Frazer), <黃金의 가지(上)>, 金相一 譯, 乙西文化社1983,
     p.342.
66) Whitmont, 위의 책 p. 159 *There is an oppositional and compensatory
     relationship between persona and shadow.

현실의 아버지를 배신하는 것이 아니라 오히려 현실의 아버지를 구원하는 길이라 생각될 수 있다. 그렇게 함으로써 현실의 아버지를 배신한 倫理的 죄책감에서 벗어날 수 있을 뿐만 아니라 아버지를 극복하고자 하는 자신의 숨겨놓은 욕구를 실현할 수 있게 되는 것이다. 전주사가 그의 아버지를 극복하기 위해서는 전판서의 페르소나보다 우월한 것을 찾지 않으면 안 된다. 전판서가 부여하고자 하는 공맹의 道라는 페르소나를 가지고는 그 아버지를 극복하기는커녕 더 철저하게 구속되지 않으면 다행이다. 필연적으로 전주사는 아버지와 상반되면서도 아버지를 앞서가는 새로운 사상인 기독교에 귀의하게 되었고 그것으로 아버지에 대항하기 위한 무장을 한 것이다. 따라서 그는 기독교라는 그의 페르소나를 벗을 수가 없는 것이며, 그것을 벗는다는 것은 그의 아버지가 전통윤리라는 가면을 벗는 것이 고통인 것처럼 불가능한 것이다. 전주사의 페르소나는 아버지에게 대항하기 위하여, 또는 그를 극복하기 위하여 필요한 무기이자 아버지에 대한 우월감을 지속시켜 주는 妙藥이며, 동시에 기독교 사회 안에서만 통용되는 지극히 폐쇄적이고 자기 기만적인 삶의 양식(그의 생각대로라면 '삶의 이상')이다. 전주사가 기독교로 귀의하는 이유는 다음과 같은 인용문을 통해서도 설명될 수 있을 것이다.

> 사춘기 이후부터 개개인은 부모로부터 독립한다는 큰 과제에 몰두하게 되며 부모로부터 분리함으로써 비로소 인간은 아동기를 마치고, 사회라는 공동체의 한 구성원이 되는 것이다. 아들에게 있어서 이 과제는 어머니에 대한 애욕적인 욕구를 벗어나서 외부에 있는 사랑의 대상을 현실에서 택하기 위해 쓰이며, 아버지와 반목 상태에 있었으면 그와 화해하고, 또 만일 유아성 반항에 대한 반동으로 아버지의 지배를 받고 있다면 그에 대한 추종으로부터 벗어나기 위한 것이다.67) —가점필자—

---

67) S. 프로이드, <정신분석입문>, 민희식 옮김, 트밤, 1982, p.22.

이 인용문에서 가점한 부분이 전주사의 경우를 설명해 주는 어구들이다. 이 서두 부분의 사건은 전주사가 스무 살 무렵에 겪었던 일이다. 스무 살이라면 사춘기가 지나고 독자적인 사고와 판단에 의하여 생각하고 행동할 수 있는 나이로서 부모로부터 분리되어 자기의 세계를 열어가야 할 나이다. 자기의 세계란 부모가 아닌 다른 사람들과의 새로운 관계 정립을 통하여 구축하게 되는 自己式의 生活領域을 의미한다. 이러한 과정이 사회라는 공동체의 한 구성원이 되는 과정이다. 전주사가 그 부모로부터 분리되어 선택한 '사회라는 공동체'는 기독교이며, 그것은 아버지의 支配와 그에의 추종으로부터 벗어나기 위한 것이다. 어느 날 전주사가 기도를 하다가 그 아버지가 문밖에 서 있는 것을 보고 놀라는 모습이, "전주사는 아버지의 위엄 있는 얼굴에 놀라서 그만 그 자리에 굴복하고 말았습니다."라고 표현되어 있는데, 이것은 전주사가 幼兒性 反抗에 대한 反動으로서 아버지의 지배를 받고 있음을 잘 보여 주고 있다. 이런 까닭에 그는 아버지와 和解하기보다는 그 지배로부터 脫出하고 싶다는 욕구에 사로잡힐 수밖에 없고 아버지가 요구하는 전통적인 페르소나 模型(persona pattern)[68]을 추종할 수가 없게 되는 것이다. 이러한 아버지와의 관계에서 생길 수 있는 心理的 局面은 아버지에 대한, 유아기와는 또 다른 적대감으로서의 반항의식이다. 앞서 인용한 본문의 내용으로 보아 전주사가 그 아버지에 대하여 적대감, 또는 증오감을 갖는다는 것은 충분히 가능한 일이다. 이것은 被支配者가 지배자에 대하여 갖는 감정과 전혀 다르지 않다. 전주사는 아버지의 세계(父性原理)를 부정하고 대항하기 위하여, 나아가 극복하기 위하여 그것보다 우월하다고 생각되는 기독교를 선택했다고 한 앞서의

---

68) Whitmont, 앞의 책 p.156 *In childwood our roles are set by parental expectation……at first persona pattern of ego formation.

지적은 이런 점에서도 타당하다고 생각한다. 그리고 인용문에서처럼 '전주사가 아버지의 위엄 있는 얼굴에 놀라서 굴복했다'고 한 것은 아버지를 배신하고 그 아버지를 극복해야 한다는 욕구를 가진 것에 대한 전주사의 윤리적인 죄책감의 承認이라고 할 수 있다. 아버지를 배신하는 것, 아버지를 극복하고자 하는 의지는 극단적으로 禁忌視되는, 가장 중요하고도 기본적인 도덕률을 파괴하는 것이다. 기독교 윤리라고 해서 다를 바가 없는 것이다. 아버지를 위한 기도를 하다가 아버지가 보고 있다고 해서 놀라는 그 행동은 그 기도가 순수하지 못한 동기에서 비롯되었다는 것을 의미할 수도 있다. 다시 말해서, 그의 기도는 아버지를 위한 기도가 아니라 아버지의 세계를 벗어나고 싶다는, 나아가서 아버지의 페르소나를 無化시켜 버리고 싶다는 欲求의 反語的 行爲였기에 그는 그렇게 놀라고, 거기에서 오는 죄책감 때문에 굴복했다고 볼 수 있는 것이다. 전주사가 자기로 하여 그토록 反目과 不和가 극심함에도 불구하고 기도를 그치지 않는, 납득하기 어려운 행동을 하는 裏面에는 이러한 아들(전주사)과 아버지(전판서)의 관계라는 根源的 類型(archetype)의 관계가 그 원인으로 作用하고 있는 것이다. 이런 根底에서 만들어진 것이기에 전주사의 페르소나는 잘못 형성된 것(ill-formed persona)이며, 결과적으로 그는 페르소나를 본래의 자기 모습으로 혼동하는 似而非 自我의 노예가 되는 것이다.

전주사는 예수를 믿는 '죄' 때문에 그만 아버지의 집을 쫓겨나게 되었다. 현실적 안목으로 보면 축출당한 것이지만, 이것은 전주사 자신도 바라던 바였을 것이다. 아버지의 세계로부터 분리된 전주사는 기독교 신자로서 그리고 기독교인이 지녀야 할 태도를 가지고 착실히 살아갔다. 집을 나올 때 어머니가 쥐어준 천 원 값어치의 재물을 밑천삼아 잡저자(잡화상)를 시작하였다. 예수님을 믿는 것과 정직함과 겸손함을 생활신조로 하는 그의 장사는 날로 흥하여 갔고 그의 기도도 그칠 줄 몰랐다. 심지어는 공자와 맹자를 위하여서까지 기도를 하였다. 작가의 입장에서 보면, 이것은 그의 기독교에 대한 이해가 부족함과 그의 페르소나가 경직되는 데서 오는 그의 행동의 부적절성(uncertainty)을 비꼬는 것(sarcasm)이며, 동시에 나아가 이렇게 열심히 기도하고 그가 생각하는 기독교의 가르침대로 산 전주사가 지옥으로 떨어지게 되는 아이러니적 상황을 예비하는 것이기도 하다. 바깥에 나온 후 그의 생활은 표면적으로는 독실한 신자의 생활 그 자체였다. 그러는 가운데 그는 그의 아버지가 너무 인색하다는 비난이 있음을 알게 되고 아버지를 위하여 아버지의 이름으로 자기가 모은 돈을 여기저기 기부를 했다. 아버지의 명예를 회복하기 위함이었다. 아버지를 위한 아들의 당연한 도리겠지만 이 경우는 그 행위를 아버지가 어떻게 받아들이느냐 하는 것이 그것의 정당성, 적절성을 결정하게 된다. 몇 차례의 기부를 통해서 아버지의 평판이 좋아진 것을 안 전주사는 아버지의 이름(전성철)으로 예배당 짓는 데(이른바 건축헌금) 돈 천 원을 기부하고는 그것이 신문에 난 것을 보고 奇蹟이나 본 것처럼 기뻐했다.

> 「여보, 마누마 기도 드립시다……한우님이여, 제 아버지의 죄를 이것으로 얼마라도 용서하여 주십시오. 아멘. 아, 마누라 이것보오, 이것슬, 아버지도 깃버하시겠지.」[69]

이 기도를 문면 그대로 해석하면 하등 이상할 것이 없을 뿐만 아니라 오히려 전주사의 간곡한 효성이 돋보이기까지 한다. 그러나 우리가 앞서 본 바와 같이 이것은 아버지를 위한 것이라기보다는 자기만족을 위한 것이다. 그는 아버지의 평판이 좋지 못한 것을 보고 우월감을 느꼈음에 틀림없다. 아버지의 페르소나인 유교적 윤리보다

---

69) ‘明文’, pp.5~6.

자기의 기독교사상이 우월하다는 것을 그는 증명해 보이고 싶었을
것이다. 유교적 윤리와 권위의 化身인 아버지는 인색하지만 독실한
기독교 신자인 전주사 자신은 너그럽고 후하다는 것을 비교해 보임
으로써 그 아버지를 굴복시키고자 하는 충동에서 그의 慈善行爲(그
러나 어디까지나 자신은 윤리적으로 가장 효성스러운 자식이라는 것
을 확인해 보이기 위해 아버지의 이름으로 기부를 함)는 施行되어
졌다고 보는 것이다. 그렇게 함으로써 그는 그가 아버지보다 도덕적
으로 우월한 次元에 있음을 스스로 확인하고 그것을 아버지에게 증
명해 보일 수 있다고 생각한 것이다. 그러나 그러한 그의 기대는 참
담하게 무너져 버리고 만다. 아버지가 그 돈을 찾아 도로 전주사에
게 보내버린 것이다. 앞서 그의 아버지를 위한 자선행위는 아버지가
그것을 어떻게 받아들이느냐 하는 것이 중요하다고 한 것은 이 경우
를 두고 한 말이다. 아버지 전판서도 자신이 보다 높은 도덕적 차원
에 있다고 생각하는 사람이다. 아들의 '아버지 하느님'을 인복 대감
정도로밖에는 생각하지 않는 전판서가 그 사실을 알았을 때의 모욕
감은 참을 수 없는 것임은 명백하다. 그가 자신의 자존심에 상처를
입었다고 생각할 뿐만 아니라, 자신의 권위가, 그렇게 경멸하여 마지
않는 인복 대감(미신)의 수준으로까지 격하되었다고 생각함으로써
격노하게 된다는 것은 인간의 자연스러운 情이기도 하다. 서로 자신
의 페르소나가 우월하다는 생각을 가진 사람 사이에서 흔히 생길 수
있는 인간관계의 균열양상이 그대로 이들 사이에서 나타나고 있다.
결과적으로 전주사의 기대는 我田引水的이며 독선적인 것이기에 무
너질 수밖에 없는 것이다. 이들 두 사람은 모두 不道德한 사람들이
다. 자신들이 생각하고 있는 도덕이라는 것이 진정한 자기의 도덕은
아니며, 더욱이나 그것은 인간적인 따스한 정이 스며 있는 도덕이
아니라는 것을 모르는 만큼 부도덕한 것이다. 동시에 그들 둘은 자
신의 페르소나와 순수 자아를 동일시함으로써 서로 간에 건너기 어

려운 깊은 斷絶의 강을 파놓았다는 점에서 페르소나의 희생자들이다. 그리고 이 부분에 오면 전주사의 아이러니가 명료하게 나타나기 시작한다. '期待-施行-挫折'이라는 도식을 아이러니의 한 양상으로 본다면 이 대목의 전주사는 아이러니적인 인물이 아닐 수 없다. 이것은 보다 결정적인 아이러니를 준비하는 단계지만 이 대목에서의 전주사는 분명히 아이러니의 희생자이기도 하다.

그 후에도 십년 동안 전주사는 돈이 생기면 아버지의 이름으로 기부를 하고 아버지와 어머니의 영혼을 위하여 기도하기를 잊지 않았다. 그렇다고 해서 아버지와의 관계가 개선된 것은 아니다. 전주사의 이런 행동은 남들에겐 누가 뭐래도, 그리고 아버지가 어떻게 생각하든 자기의 부모에 대한 孝誠은 변함이 없음을 나타내는 것으로 이해될 수도 있다. 적어도 전주사는 기독교의 부모님께 효도하고 원수를 사랑하라는 가르침을 충실히 실행하는 것이라고 생각했음에 틀림없다. 그러나 이 경우도 아버지가 받아들여 주지 않는다면 헛된 자기 과시에 지나지 않는 것이다. 그 십 년 동안 두 사람 사이에 아무 관계 개선도 없었음은 다음에 나오는 아버지의 臨終 장면에 잘 나타나 있다. 십 년 동안의 전주사의 기부와 기도는 아버지에게 받아들여지지 않았으며, 그것은 徒勞였음을 알 수 있다. 돈을 기부하고 부모를 위하여 기도하는 것은 아버지에 대한 우월성을 지속하려는 일종의 반복 강박(repetition compulsion) 현상이라 볼 수 있다. 전주사가 자기가 한 행동에 대하여 보여주는 아버지의 배척적인 태도를 보고도 자신의 행동에 숨어 있는 否定的 側面에 대하여 한 번도 의심해 보지 않았다는 것은 현실성이 없는 이야기다. 전주사는 아버지가 왜 자신의 好意를 물리치는가 하는 이유를 어느 정도는 알고 있어야 이 작품의 플롯에 맞는 인물이 된다. 그는 그 이유를 어느 정도 알고 있었지만, 그것을 인정하는 것은 다시 아버지의 페르소나로 돌아가는 것이며 그것은 견딜 수 없는 고통이었기에 그는 眞實을 외면할 수밖에 없었던 것이다. 그는 그 진실의 일부라도 인정하려 하기는커녕 오히려 그것을 왜곡하여(아버지는 하느님을 모르기 때문에 전주사 자신을 용납하지 않는다는 생각) 아버지를 자신이 구원해야 할 대상으로 보고 있다. 이러한 자신의 모순을 은폐하고 合理化하기 위하여 아무 소용이 없는 줄 알면서도 동일한 행위를 반복하게 되는 것이다. 이것은 자기를 '보호하고자 하는 役割同一視(the protective role-identification)'와 관계 있는, 사이비 자아에서 초래되는 惡循環的 反復(the vicious circle)70) 행위다. 전주사는 일종의 偏執妄想(paranoid delusion)에 빠져있는 인물이다.

전주사는 서른이 되던 해에 아버지의 임종을 맞게 된다. 그는 죽어가는 아버지의 표정에서 따뜻한 父情을 발견하고 지금까지 '몇만 번 드린 기도 가운데서 그 중 훌륭한 기도'를 하느님께 드렸다. 처음으로 아버지의 따스한 父情을 느끼면서도, 그는 아버지의 손을 잡고, '잘못했습니다. 용서하십시오'라고 하는 대신 하느님 아버지에게 기도를 올림으로써 마지막 순간까지도 아버지와의 인간적 和解를 거부하게 되고, 전판서도 그런 아들을 물리쳐 버린다. 마지막 순간에 임하여 화해를 허용하는 아버지에 비하여 기독교인 아들은 기독교라는 페르소나에 매달릴 뿐 철저하게 비인간적이다. 그러면서도 전주사는 '이 착하지만 선지식을 모르는 애처로운 영혼을 위하여' 마음속으로 끊임없이 기도를 올렸다. 아버지를 '선지식을 모르는 애처로운 영혼'으로 보는 전주사는 이미 혈육의 정을 포기해버린, 化石化해 버린 페르소나 그 자체일 뿐이다. 그리고 '아버지를 선지식을 모르는 애처로운 영혼'으로 보는 태도는 훗날 그 어머니를 大國이 어느 쪽에 붙어 있는지도 모르는 가련한 인생이라고 생각하는 것과 전적으로 일치한다. 본장의 서두에서 전주사에게 어머니는 아버

---

70) Whitmont, 위의 책 p.157.

지에 同一視되는 人物임을 지적한 바 있지만 이런 전후의 전주사의 생각을 종합해 보면 그것이 더욱 분명해진다. 그런데 여기서 더 중요한 것은 그런 것도 모르는 가련한 인생이기에 더 살 필요가 없다고 해서 그 어머니를 살해하는 것과 똑같은 發想法이 아버지에게도 적용되었으리라는 것이다. 그것을 殺父(tarricide)意志라고 해도 무방할 것이다. 앞서 누차 전주사의 아버지에 대한 반항 의식과 극복의지에 대하여 언급했지만 그것은 살부의지와 같은 것이며, 여기서 그것이 확연히 드러나고 있는 것이다. 이 문제에 대해서는 뒤에서 다시 한 번 검토하기로 하겠다.

> 던주사는 무엇이 무엇인지 모를 범벅인 혼잡턴지에서, 어망처망하다는 듯이 눈이 멀진멀진 됴상객들을 맞고 잇섯습니다. 사실, 거리의 족으만 商人인 「田書房」에서 大家의 맛상제로 뛰여오른 던주사는 무엇이 무엇인지 분간을 못하엿습니다. 그는, 다만 한우님뿐을 힘입으랴 하엿습니다.71)

전주사가 아버지의 장례에 임하여 보여주는 태도가 잘 나타나 있다. 오직 기독교적인 페르소나에 의해서만 생활해 온 전주사가 대가의 맏상제의 역할을 제대로 해낼 리가 없다. 그에게는 기독교적 페르소나 이외의 페르소나란 있을 수 없기 때문에 환경이 조금만 바뀌어도 거기에 적응하기가 어려우리라는 것은 쉽게 이해할 수 있는 일이다. 관혼상제와 같은 人倫大事에서도 하느님만 믿고 망연히 앉아 있는 전주사의 모습에서 페르소나의 뒤에 숨어서 쪼그리고 앉아 있는 가엾은 그의 實相을 발견하게 된다. 아버지 사후 그는 아버지를 기리기 위하여 성철관이라는 공회당을 건립하는가 하면, 자선 사업을 하는 것에도 게을리 하지 않았다. 그는 돈과 영광의 생활을 하면서도 검소한 생활을 했다. 사치스러운 생활을 하려고 해도 할 수 없

---

71) '明文', p.7.

다. 그의 생활은 판에 박은 듯한 페르소나에 의하여 이루어지고 있기 때문이다. 고기는 소화를 못 시키고 인력거를 타면 발이 저리고 하기 때문에 채소나 먹고 삼 전짜리 담배를 피우며, 십 리가 넘는 길도 걸어 다니는 생활을 하는 것이다. 그것은 본받을 만한 생활태도지만 작가의 어조(tone)로 보아 결코 훌륭한 행동은 아니라는 것을 알 수 있다. 있다고 해서 사치하고 흥청망청 쓰는 것도 바람직하지 못하지만, 굳이 그렇게 하지 않아도 될 텐데 구차하게 사는 것도 결코 환영할 일은 못 된다. 전주사의 검소는 美德이라기보다는 愚行이라고 보는 것이 작가의 태도인 것 같다. 그것은 그의 기독교적인 페르소나가 지나치게 경직된 데서 오는, 스스로 자신의 행동을 제한하는 데서 오는 삶의 태도라 할 수 있다. 그는 잘못 형성된 페르소나로 하여 끝없이 자신을 窒息시키며 희생시키고 있는 것이다. 전주사가 기독교신자라는 것은 아무 문제가 되지 않는다. 전주사의 페르소나로서의 기독교가 나쁜 것이 아니라 그가 자신(ego)과 페르소나를 盲目的으로 同一視한다는 데 문제가 있다. 전주사의 그러한 동일시는 전주사 자신을 상실하게 하고 나아가 그가 사랑하는 사람들과의 관계에 파탄을 가져오게 하는 것임을 알았어야 했던 것이다. 페르소나와 자아는 분명히 구별되어야 하며, 그것이 제대로 될 때, 한 개인의 생활은 원만하고 조화롭게 영위될 수 있음은 앞서 밝힌 바 있다. 전주사의 경우를 보면 페르소나 뒤에 숨게 되면, '가면 뒤에서 개인은 진정한 인간 본성을 쓸데없이 소비하고 완전히 窒息한다'라고 하는 것이 진실임을 알 수 있다.72)

  아버지 사후 또 십여 년이 지나 아내의 나이 사십이 가까워 오는데도 後嗣가 없었다. 여기에서부터 이 집안에도 마귀의 장난이 시작되었다. 칠십이 넘어 老妄氣가 있는 어머니가 "계집년이 방정맞으니

---

72) J.Jacobi, 앞의 책 p.47.

간, 아들 하나도 못 낳고 매일 하느님, 하느님…… 하느님이 제 서
방이야"라고 괴변과 같은 말을 지껄이는 것이다. 전주사는 하느님
아버지께 죄를 짓는 이 말 때문에 어쩔 줄 몰라 하며 어머니를 위하
여 기도했다. 어머니는 후사가 없는 것은 하느님 때문이라 생각하는
것이고, 전주사는 그러한 어머니의 생각이 너무나 불경스럽고 무서
운 것이라 생각한다. 이것은 그 아버지의 전통윤리와 전주사의 기독
교 윤리간의 대립의 또 다른 양상에 다름 아니다. 이러한 전주사와
어머니의 대립은 또 한 번 전주사의 페르소나에 시련을 안겨 주게
되며 전주사를 救濟不能의 상황으로 이끌어가게 된다. 어머니는 아
들 부부를 원망하기도 하고 울기도 하며 전주사를 괴롭혔다. 심지어
는 밤중에 계집종을 전주사 방에 들여보내는 일까지 생겼다. 간음하
지 말라는 십계명을 어기는 무서운 일을 어머니는 아무렇게나 요구
했다. 그런가 하면 자기라도 아들을 낳아서 이 집의 代를 잇게 하겠
다고 드나드는 사람들에게 얌전한 영감 하나를 구하여 달래기까지
했다. 이 모든 어머니의 행동은 누가 보아도 망령임에 틀림없지만
그 裏面에는 가장 중요한 인간성이 作用하고 있음을 간과해서는 안
된다. 後嗣의 문제는 특히 한국적 풍토에서는 중요한 문제이며, 種
族保存의 本能이라는 근원적인 인간 소망에 직결되는 것이다. 여기
서는 전자와의 관계가 더 크게 작용하고 있다. 가문의 代가 끊어지
는 것을 차마 보지 못하는 것이 한국인의 전통적, 보편적 性向이라
면 어머니도 거기에서 예외일 수는 없고, 더욱이나 어머니는 아버지
와 같은 전통 윤리의 페르소나를 가지고 살아온 사람이다. 그러한
어머니이기에 비록 노망이 들었다고는 하지만 후손을 못 보는 안타
까움을 그렇게 표현하는 것은 당연한 것이다. 이 어머니에게는 가문
이나 후손 같은 것에는 관심이 없이 언제나 하느님만 찾는 아들 부
부가 증오의 대상이 되지 않을 수 없다. 그러나 전주사는 전통 윤리
같은 것은 무가치한 것이며 오히려 하느님에게 죄가 될 뿐이라는 페

르소나를 가진 사람이기에 그 어머니의 행동을 이해하지 못하고 망령으로만 간주한다. 그는 자신의 페르소나 뒤로 더욱 꼭꼭 숨기만 할 뿐, 그것을 벗어볼 엄두조차 내지 않는 것이다. 아니, 이미 그는 페르소나를 벗을 수 없는 化石化된 인간이라고 보는 것이 타당할 것이다. 페르소나가 강화되면 반대로 그 그림자는 더욱 어두워진다고 한다.73) 어두워진다는 것은 억압된 상태를 의미한다고 본다면 억압된 그림자는 항상 출구를 모색하게 되며, 投射(projection)라는 心理機制에 의하여 출구를 얻게 된다고 한다. 다시 아버지와의 관계로 돌아가 이야기해 보기로 하자. 전주사가 그 아버지에 대항하고 극복하기 위하여 그의 페르소나를 강화하면 할수록 그 극복 의지는 더욱 억압될 수밖에 없고 억압된 극복 의지는 투사될 채비를 갖추게 된다. 그런데 그림자의 투사는 가까운 同類의 사람에게 향하는 경향이 있다고 한다.74) 전주사에게 가까운 同類의 사람은 그의 아버지다. 그들의 페르소나는 서로 다르지만 그것을 이해하고 運用하는 방법에서는 두 사람이 같다고 볼 수 있다. 결과적으로 전주사는 그의 아버지에의 극복 의지를 아버지에게 투사할 수밖에 없다. 전주사 자신이 아버지를 극복해야 한다고 생각하는 것이 아니라 아버지가 나를 없애려고 한다고 생각하게 된다는 것이다. 이것은 아버지와 아들의 관계라는 원형의 투사에 해당된다.75)

전주사가 아버지의 임종에서 아버지를, '선지식을 모르는 애처로운 영혼'으로 격하시킨 것은 인용문에서 지적하고 있는 이유 때문이다. 따라서 전주사가 殺父의 충동을 받고 있다고 하는 앞서의 지적은 타당한 것이다. 그리고 전주사가 자기에게 자식이 없는 것을 아버지의

---

73) Whitmont, 위의 책 p.159.
   *The brighter the persona, the darker the shadow.
74) 李符永, 앞의 책 p.59.
75) II장 주 27)참조.

책임이라고 생각할 가능성도 있다. 아버지가 나를 없애려고 한다는 생각은 아버지가 나를 거세시키려고 한다는 생각(거세우려, **castration anxiety**)과 거의 같은 것이기 때문이다. 이러한 이유로 해서 전주사는 아버지를 극복의 대상으로 보지 않을 수 없고, 급기야는 아버지로 동일시되는(자신에게 자식을 갖지 못하게 한 책임도 져야 할) 어머니를 殺害할 생각을 하게 된 것이다. 그는 그의 아버지를 극복하기 위해서 선택했던 기독교적 페르소나에 따라서 그의 그러한 생각을 합리화한다. 전주사 자기는 독일이란 나라도 알고, 그 나라의 서울이 베를린이라는 것도 아는 데 어머니는 大國이라는 나라가 어디 붙었는지도 모르는 가련한 인생이며, 없는 손자를 용손이라는 이름까지 붙여서 내놓으라고 하며, 종놈종년들의 놀림이나 받으니 그녀에게는 산다는 것 자체가 욕된 것이라고 전주사는 생각한다. 그러므로 자기로서는 어머니를 하루라도 빨리 저 세상으로 보내드리는 것이 효도라고 결론을 내린다. 물론 전주사에게 그것은 부모에게 효도하라는 기독교의 십계명의 가르침에 따르는 것이기도 하다. 이 부분의 어조도 풍자적 성격을 띠고 있다.

> 「한우님이여. 당신은 이 세상에 죄악이 너무 퍼져슬때에, 큰洪水로서 세상을 박멸한 한우님이외다. 지금 제 어머니때문에, 저는 어머니를 미워하는 大逆의 죄를 지으며 어머니께서도 만날 고생으로 지나실 뿐 아니라, 집안의 몇 식구가 잠시도 마음을 노을 수가 업습니다. 제 어머니를 하누님압해 돌려보내는 것이 가장 착하고 덕당한 일인 줄 생각합니다.」76) —가점필자—

전주사가 하느님 아버지 앞에 자기의 입장을 밝히는 기도 내용이다. 기도 자체에 논리적 모순이 있는 것은 차치하고라도, 이것은 엄

---

76) '明文', p.10.

청난 자기중심적인 발언이 아닐 수 없다. 어머니의 고뇌와 아픈 가슴에 대한 헤아림이나 이해가 전연 없을 뿐만 아니라, 어머니에 대한 아들로서의 연민의 정이 조금도 보이지 않는다. 가점 부분에서 자신은 결코 패륜아가 아니라는, 도망갈 근거만 간신히 마련해 놓은 채, 일방적인 자기 생각만을 피력하고 있다. 또한 기독교를 엄청나게 왜곡한 데서 나오는 발상이기도 하다. 그는 자신이 信奉해 온 기독교적 페르소나를 가지고 그 기독교를 욕되게 하고 있는 것이다.

> 役割과 自信을 同一視하는 비인간성(a role-identified nonpersonality)은 인간적, 道德的 책임 의식의 발달을 저해한다. 그런 사람은 그 자신의 倫理的 原則, 혹은 인간적 감정과 가치기준을 갖지 않으며 集團的 行動原理(colletive morality)와 規定된 慣例(prescribed manners) 뒤에 자신을 숨긴다. 또 그들에게는 모든 것이 미리 판에 박은 양식(stereotyped fashion) 안에 놓여져 있는 것이기 때문에 良心의 呵責을 받지 않는다.77)

전주사는 일찍부터 페르소나와 자신을 동일시함으로써 윤리적 원칙(ethical principles)과 인간적 감정(personal feelings)을 상실했으며 자신의 개성적인 가치 기준도 만들어 갖지 못했다. 그는 자신이 소속된 사회 집단(기독교 사회)의 행동 원리와 관례를 제대로 이해하지 못하고 있으며 皮相的인, 판에 박은 기독교의 겉모습을 진실로 곡해하여 행동하기 때문에 良心의 呵責도 느끼지 못하는 人物이다. 그는 '벌써 송장으로 볼 수 있는 어떤 몸집'에 조금 손을 더하여 그 어머니를 毒殺(matricide)하고 만다. 그는 자신의 페르소나를 지키기 위하여 어머니를 희생시키고, 자신도 영원히 구원될 수 없는 윤리적 파멸에 이른 것이다.

전주사는 한 달 후 존친족 교살범이라는 죄목으로 법정에 서게 되었다. 이 부분은 인간에 의하여 이승에서 진행되는 재판 과정으로써

---

77) Whitmont, 앞의 책 p.158.

전주사가 일반적 도덕률이나 법률에 대하여 얼마나 無知하며 무감각한가를 잘 보여 주고 있다. 검사나 재판장이 審理를 하는 과정에서 전주사가 하는 대답들은 모두 그들을 아연하게 하는, 보편적인 人性을 가진 사람들에게는 납득되기 어려운 것들이다. "어차피 일년 이내에 돌아가실 수명이시고, 게다가 그 당시에도 살아 계시다고 할 수가 없는 이를 마음 편히 주무시게 한 뿐이지"라고 자신의 정당성을 입증하고 있는 전주사가 그들에게 정상적인 인간으로 보이기는 힘들다. 더구나 법조항만으로 판단하는 그들이 개인적인, 그것도 궤변이나 다름없는 논리에 귀를 기울일 리가 없다. 검사나 재판장과 전주사 사이에 의사가 소통될 리 없는 것이다. 전주사는 인간의 法으로서는 자신에게 罪를 줄 수 없다고 믿고 있으며, 자신이 죽게 되더라도 그것은 原罪일 뿐이라고 생각한다. 사람을 죽이는 일(전주사의 논리대로라면 잠재우는 것)이라 하더라도 그것이 그 사람을 위한 것이라면 오히려 善行이 될 수도 있다는 그의 강변은 이미 스스로 인간이기를 포기했음을 의미한다. 기독교의 가르침 어디를 보아도 그렇게 해도 좋다는, 더구나 얼마 남지 않은 목숨이라 해서 죽여도 좋다는 대목은 없다. 그런데 전주사는 "당신네는 모릅니다. 하느님뿐이 아시지"라고 말하고 있다. 이것은 전주사가 자신을 기독교와 동일시함으로써 자기 생각을 기독교의 가르침으로 혼동하는 데서 오는 妄想인 것이다. 이제는 전주사가 기독교에 귀의한 것이 아니라 기독교를 자기 안으로 끌어들여 자신의 사고와 행동에 타당성을 부여하는 수단으로 삼고 있음을 보여 준다. 기독교는 이제 신앙이라기보다 전주사 자신을 방어하기 위한 보호색이 되어버린 셈이다. 페르소나는 어디까지나 대사회적인 적응 방식일 뿐이며 언제나 외부세계를 향하는 것이지만, 전주사의 경우는 그것이 오히려 내부를 향하게 됨으로써 사이비 자아(pseudo-ego)를 형성하게 된 것이다. 우리는 여기서도 '집단적 행동 원리와 규정된 관례' 뒤에 조그맣게 도사리고 앉아 있는 邪惡하고 가엾은 전주사의 모습을 보게 된다.

전주사는 다음과 같은 말을 남기고 사형을 당한다.

　　나는 회개 할일이 업습니다. 한우님의 뜻대로, 어머니를 즈므시게 한
것은, 죄가 아니외다. 당신네들의 법들의 明文에, 그것을 死刑에 처한
다 햇스면, 그대로 할 것이지, 그 밧게 내마음까지 간섭지는 마러주, 나
는 한우님을 저퍼하는 예수교인이외다. 十誡命 가운데 다섯째에 父母
께 효도하라신 말씀을 지킨 뿐이외다…….78)

그는 천당 재판석에 섰다. 이 부분은 그가 그토록 믿고 있는 하느
님으로부터 재판을 받는 과정으로써 앞부분(이승의 재판)과 대응관
계에 있다. 이 마지막 부분에 오면 이 작품의 풍자적, 우화적 성격
이 두드러지게 나타나며 지금까지 사건과 일정한 거리를 유지하려고
애쓰고 있던 작가가 도덕적 판단의 기준을 가지고 재판관의 위치에
서게 된다(이 마지막 부분은 하나의 寓話로 처리되는 것도 생각해
볼 수 있지만 본장의 내용상 구체적인 언급은 피하기로 한다).

천당의 여호와가 전주사에게 양심에 쓰리던 일을 아뢰라고 하자
‘없다’고 서슴지 않고 대답했다. 전주사는 본래 良心이라는 것을 만
들어 가져 본 적이 없는 사람이기도 하다. 자기 자신의 윤리적, 도
덕적 판단의 기준을 갖지 못한 사람이었음은 앞서 밝힌 바 있다. 그
러니 양심에 가책을 느꼈을 리 만무하고 대답도 ‘없습니다’가 될 수
밖에 없다. 여호와는 다시 양심에 유쾌하던 일을 아뢰라고 하자, 자
신이 예수교인이 된 것, 아버지의 이름으로 공회당을 지은 것, 어머
니를 편히 주무시게 한 것, 세 가지를 아뢰었다. 그러자 여호와는
전주사를 지옥에 갖다가 가두라고 명령한다. 항의하는 전주사에게
여호와는 전주사의 생각이 틀렸음을 조목조목 따져가며 밝혀 보여준

---

78) ‘明文’, p.12.

다. 아버지의 이름으로 공회당을 지은 것은, 거짓 애비의 이름을 팔아서 세상을 속인 것이며 부모를 죽인 것이 효도가 될 수 없음은 自明하다고 하면서, "마음? 마음만 좋으면 아무리 죄를 지을 지라도 용서받을 줄 아느냐?"라고 묻고 있다. 世上의 도덕률과 여호와의 도덕률이 근본적인 점에서는 다를 수가 없는 것임을 전주사는 모르고 있었던 것이다. 십계명의 제 오, 네 부모를 공경하라·제육, 살인하지 말지니라·제 구, 네 이웃에 대하여 거짓증거하지 말지니라, 하는 세 항목의 계명을 범한 죄로 전주사는 지옥으로 떨어지고 만다. 전주사는 자신의 왜곡된 믿음 때문에 자신을 불행에 빠뜨린 가엾은 아이러니의 희생자이기도 하다.

전주사는 잘못 형성된 페르소나, 동기적인 면에서 부도덕한 페르소나와 자기 자신을 동일시함으로써 그 순수한 인간성을 상실하고, 나아가 사랑하는, 사랑해야 할 모든 사람들과의 관계마저도 상실해 버린, 비극적이지만 어처구니없는 인물이다. 전주사는 그가 자신의 페르소나로서 선택한 기독교, 또는 기독교적 윤리에 대한 충분한 이해가 없이 그것을 맹목적으로 신봉하고 따르는 데서 오는 불행을 보여 주는 인물이기도 하다. 그의 신앙은 盲目的, 沒理解的, 目的的 내지 理解相關的이라는 말로 그 성격이 규정될 수 있다. 맹목적, 몰이해적인 신앙은 인간을 우습게 만들 뿐만 아니라, 극단적으로는 그 인간성을 상실하게 만들 위험이 있다. 여러 신흥 사교 단체의 信者들이 그 대표적인 예가 되며, 전주사를 통해서도 우리는 그것을 볼 수 있다. 상당수의 신앙인들은 목적적, 이해 상관적 신앙의 동네에 살고 있다. 이러한 신앙은 인간을 僞善的, 自己欺瞞的으로 만들 가능성이 크다. 아버지로부터 자기를 방어하고, 그로부터 벗어나기 위해, 그리고 나아가 아버지를 극복하기 위해 기독교를 선택한 전주사의 일련의 행동에서 우리는 그것을 볼 수 있다.

그런 의미에서 다음의 인용문은 <明文>의 또 다른 각도에서의 해석이 가능하다는 점을 시사하고 있다.

> ……기독교 자체를 풍자하거나 조롱하였다기보다는 당시에 잘못 인
> 식되어 오해되고 있는 기독교를 그 수용 자세부터 경고함으로써 진정한
> 의미의 기독교 신앙을 작품의 주체성으로 다루려는 작가적 의도라고 보
> 아 무리가 없을 줄 안다.79)

전주사는 자신의 근본적 동기에 얽매임으로써 어머니에 대한 아들의 情이라는 마지막 인간성까지도 저버린, 맹목적, 몰이해적, 이해 상관적 신앙에 희생된 가엾은 인물이다. 또한, 그는 父性原理에 대한 극복 의지와 적대감이라는 근본적 동기에 의해 형성되고 강화된 자신의 페르소나에 스스로 함몰해 버린 인물이기도 하다. 전주사와 전판서는 신분과 지위, 체면과 권위에 얽매여 그 자신으로 돌아올 기회를 잃어버리고, 스스로의 인간성을 질식시킴으로써 불행하게 되거나 破綻에 이르게 되는 인간 행동의 한 모형을 보여 주는 인물들이다. 또한, 가장 양심에 유쾌했던 일이 가장 큰 죄악이 되어 전주사를 저승에 가서까지도 구원받지 못하게 했다는 이 寓話같은 이야기에서 우리는 우리들 모두에게 언제나 생길 가능성이 있는 운명적, 비극적 아이러니의 實相을 보고 있기도 하다.

2-2. 所望的 思考의 페이소스 - 〈B舍監과 러브레터〉의 'B舍監'

'B사감과 러브레터'는 현진건의 憂愁的, 感傷的이면서 사회비판적인 여타의 작품과는 달리 그의 인간 그 자체에 대한 批評精神이 나타나 있는 작품이다. B사감은 20년대의 교육적 현실이 안고 있었던 문제점을 보여 주는 인물이라는 점에서 이 작품은 對사회적 提言으

---

79) 李龍男, "東仁文學에 나타난 基督敎意識", 冠岳語學 第六輯, 1981, p.48.

로 이해될 수도 있겠으나80), 그보다는 작가의 인간성, 그 자체에 대한 관심이 더 크게 작용한 것으로 보인다. 이 작품은 기숙사라는 제한된 공간, 일단은 외부와의 연결이 杜絶된 공간에서 시작되고 끝나며, 선생(사감)과 학생이라는 인간관계 안에서만 사건이 진행된다는 점에서, 그리고 더 중요한 것은 B사감의 괴팍한 성미와 이해하기 힘든 奇行에 초점을 맞추고 있다는 점에서 그렇게 볼 수 있다는 것이다(B사감을 20년대의 시대적 상황이 빚어낸 인물의 한 유형으로 파악하는 태도는 또 다른 각도에서 그녀를 이해하는 한 방법이 될 수 있다고 보며, 필자도 다음 기회에 이 문제를 다루어 보고자 한다).

기숙사와 사감과 학생으로 인물과 공간이 설정된 작품에서는 그 이야기의 기본 골격이 그 범위를 벗어나기가 어렵다. 그런 이야기는 주어진 상황과 조건으로 보아 지극히 폐쇄적인 사회의 이야기가 될 수밖에 없으며, 등장인물도 사감과 학생으로 제한될 수밖에 없다. 그리고 평범한 선생과 학생의 관계는 소설의 제재가 되기 어렵기 때문에, 그 관계는 미묘한 갈등을 내포하는 사제간의 관계가 아닌 인간관계로 변형되지 않으면 안 된다. 외부 세력이 개입할 여지는 얼마든지 있는 것이지만, 그리고 실제 이 작품에서도 학부형과 남학생들이 그 세력으로 등장하지만, B사감은 사감으로서의 직책상의 이유와 권위로써 그것을 물리쳐버림으로 해서 그 폐쇄성은 더욱 심화된다. 기숙사는 사감과 학생 사이에 어떤 仲裁者의 개입도 허용하지 않는 절대 대립의 공간이 되어 버리는 것이다. 이 경우의 절대 대립이란 맞서는 투쟁 세력을 의미하기도 하지만, 그보다는 사감의 지배와 학생들의 복종이라는 두 개의 행동 양식만이 존재한다는 것을 의미한다. B사감의 지나친 생활지도 방법 때문에 학생들이 동맹 휴업도 하고(투쟁), 교장의 說諭(중재자)도 있었지만 이 공간에서의 그들의 관

---

80) 尹弘老, <韓國近代小說研究>, 一潮閣, 1984, p.143 참조.

계는 조금도 개선되지 않는다. 작가는 그 이유와 책임을 사감의 爲人에 묻고 있다.

이 작품은 크게 두 부분으로 나눌 수 있는데, 그 첫 부분에는 B사감과 학생들의 관계(관계라고 해봐야 일방적인 군림이지만)가 사건 요약적으로 제시돼 있으며, 뒷부분에서 사건이 본격화된다. 그런데 첫 부분에서 제시되는 B사감의 태도가 뒤의 사건의 원인으로 작용하고 있어 B사감이 배우가 되고 학생들은 B사감의 相對役에서 물러나 관객의 위치에 서게 된다. 뒷부분의 사건은 B사감의 모노드라마(mono-drama)로 되어 있다는 뜻이다. 이 전후의 사감의 태도와 행동의 원인과 결과를 이루면서 사건이 진행되고 사감의 인간적 비밀(흔히, 僞善, 이중성격으로 설명된다)이 드러나게 된다.

그녀는 우리 생활 주변에서 드물지 않게 볼 수 있는 인물이라는 생각이 든다. 그녀는, 예의바르고 정숙하며, 사소한 일에는 관심을 갖지 않으며 필요한 만큼만 여자답고 상냥하며, 남자 따위는 안중에도 없다는 표정으로 싸늘한 분위기를 만드는 그러한 여자, 그래서 同性의 여자들에게도 환영받지 못하고, 남성들에게는 혐오감을 주는 여자와 같은 부류의 인물이라는 생각이 든다. 그리고 이러한 우리의 그녀에 대한 印象的인 스케치는 그녀의 인간됨을 분석해 나가는 과정에서 거의 사실과 부합함을 알게 된다. 대개 이런 여자들은 사람에 따라서 그 원인은 다르겠지만, 경직된 페르소나를 가지고 있는 것이 보통이다. 그런 태도는 어느 정도 자존심과 관계도 있겠지만, 자존심보다는 페르소나 형성이 잘못되어 있는 데서 오는 경우가 많다. 경우에 따라서는 페르소나가 제대로 형성되지 못해서 외부 세계에 제대로 적응하지 못하는 데서 그런 태도가 나올 수도 있지만, B사감의 경우는 페르소나와 자아를 동일시하는 데서(지나치게 팽창된 페르소나 때문에) 그런 태도가 나오게 되는 것이다. B사감의 행동은 위에서 열거해 본 행동 패턴과는 비교가 안될 만큼 병적이다. 엄숙

한 표정을 짓고 목청을 착 가라앉혀 위엄 있게 꾸짖는 上司가 오히
려 부하 직원의 웃음거리가 된다는 것을 모르면 모르는 만큼 고독해
지고 자기를 질식시키는 것처럼, B사감은 같은 이유에서 고독하고
불행해질 수밖에 없는 인물이다. 이 작품이 '이색적인 작품으로서
경쾌한 희극미를 지니고 있음'[81]은 두루 인정되는 바지만, 그 이면
에는 인간이 인간에 대하여 갖는 페이소스가 짙게 깔려 있음도 부정
할 수 없다. 다음에서는 B사감이 페르소나의 희생자가 되는 과정과
이유를 추적해 보기로 한다.

다음 인용문에서 우리는 B사감이 하는 행동의 근본적 동기로서의
성격에 대한 情報를 얻을 수 있다.

> C녀학교에서 교원겸 기숙사사감노릇을 하는 B녀사라면 딱장때요,
> 독신주의자요 찰진야소군으로 유명하다. 40에갓가운 로처녀인 그는
> 죽음깨 투성이얼굴이, 처녀다운 맛이란 약에 쓰랴도 차질수업슬 뿐인가
> 시들고 꺼칠고 마르고 누러케 뜬품이 굴비를 생각나게한다.
> 여러겹줄음이 잡힌 훨렁벗겨진니마라든지 숫이적어서 법대로 쪽지거
> 나 틀어올리지를 못하고 엉성하게 그냥 빗겨넘긴 머리 꼬리가 뒤통수에
> 염소똥만하게 부튼 것이라든지, 벌서늙어가는 자최를감출길이 업섯다.
> 뾰족한 입을 앙 다물고 돗보기넘어로 쌀쌀한눈이 노릴때엔 기숙생들이
> 오싹하고 몸서리를 치리만큼 그는 엄격하고 매삽앗다.[82]
>
> －가점필자－

이 인용문의 전반부와 후반부는 서로 결과와 원인의 관계에 놓여
있다. 후반부에 나와 있는 B사감의 용모에 대한 디테일은 과장적이
지만 인상적이다. 그녀의 못생긴 용모는 거의 선천적인 것으로 보인

---

81) 李在銑, <韓國現代小說史>, 弘盛社, 1981, p.292.
82) 玄鎭建, 'B舍監과 러브레터', 朝群文壇 재5호(1925. 1), p.19.

다. 인용문의 인물묘사는 나이가 들어 볼 품이 없게 된 모습을 보여주고 있으나 그 모습은 거의 그녀의 본래의 모습이나 다름없는 것으로 볼 수 있다. 그녀가 선천적으로 못생긴 여자가 아닌 다음에야 아무리 나이를 먹었다 하더라도(그것도 사십 미만인 나이에) 그렇게 醜할 수가 없는 것이기 때문이다. B사감은 노처녀라는 이유 이전에 그 못생긴 容貌 때문에 별난 성격을 갖게 된 여인이다. <狂畵師>의 솔거가 그 용모의 醜惡性 때문에 스스로 자신을 깊은 산골짜기로 幽閉시켜 버리고 그림에 광적인 애착을 가지고 살아가는 인물이 된 것처럼, B사감도 그녀의 못생긴 얼굴로 해서 별난 성미를 지니게 된 인물이다. 용모가 한 인간의 성격 형성과 운명에 직접적, 간접적으로 작용하는 힘은 크다. 특히 여자의 경우 그것이 결정적으로, 부정적으로 작용할 수 있음은 우리들 주변에서 보아 충분히 알 수 있다. 얼굴이 못생김으로 해서 충분히 발산하지 못한 에너지를 승화시켜 용모의 단점을 극복하고 용모와는 다른 차원에서 성공한 사람(여인)도 볼 수 있지만, 대부분은 그로 인해 불행한 운명의 주인공이 된다는 것도 부인하기 어려운 일이다. 물론 용모가 추하다고 해서 저절로 異常的 성격이 되는 것은 아니다. 그것은 타인과의 접촉과 관계에서 형성되는 것이다. B사감의 용모는 여성이든 남성이든 타인에게 호감을 느끼게 할 요소는 그야말로 '약에 쓰려도 찾을 수 없는', 거부감을 느끼게 하는 모습을 하고 있다. 세상 사람들이 의식적, 무의식적으로 그녀를 멀리 하게 되고 거기에 대한 반작용으로 B사감은 그런 世人들에 대하여 반감을 갖게 된다는 것은 당연하다. 솔거의 경우가 그것을 잘 보여주고 있다. 여기에서 형성되는 B사감과 타인의 관계는 敵對的이 될 수밖에 없다. 그리하여, 그녀의 성격이 인용문 후반부의 가점 부분이 보여 주는 것처럼 挑戰的, 非情的이며 공격적으로 되는 것은 필연적이다. 그럴수록 그녀는 타인으로부터 疎外되고 고립되기 마련이다. 바로 여기에 그녀가 딱장대(온화

한 맛이 없고 성질이 딱딱한 사람)독신주의자, 찰진 야소꾼이 되지 않을 수 없는 이유가 있다. 딱장대라고 하는 것은 그녀의 경직성과 비정성을 나타내며, 독신주의자란 그녀의 남성에 대한 反語的 태도를 나타낸다. 독신주의를 표방함으로써 자신을 외면하는 남성에게 복수하고, 남성으로부터 외면당하는 자신을 구원하고 合理化83)하려는 것이다. 그런 만큼 그것은 진실이 아니다. 그녀의 독신주의가 어떤 철학적 신념에서 나온 것이 아님은 이 작품 후반부에 나오는 그녀의 대화(사실은 혼자 주고받는 말이지만)가 극명하게 밝혀주고 있다. 독신주의는 이를테면 B사감이 자기 보호와 自慰를 위해서 선택한 고육지책임을 알 수 있다. 독신주의는 그녀의 페르소나의 한 부분을 차지하게 된다. 그녀가 찰진 야소꾼이라는 것은 자연스러운 일이다. 기독교야말로 그녀가 安住할 수 있는 가장 적당한 장소이기 때문이다. 만인을 사랑으로 감싸고 포용하는 기독교의 교리야말로 고립되고 소외되어 있는 B사감이 의지할 수 있는 유일한 기둥이었을 것이다. 타인에게 호감을 주지도 못하고, 그 반작용으로 해서 타인에게서 호감을 느끼지도 못하는, 그래서 타인과의 友好的 관계를 형성할 수 없는 그녀가 기독교라는 사회 공동체의 일원이 됨으로써 세계와의 同一性을 회복하려고 하는 것은 지극히 당연하다. 그녀가 기독교 신자라는 페르소나를 쓰고 있는 한, 그녀는 외로움을 느끼지 않아도 되고 남성들로부터 외면당하는 현실적 고통도 보상받을 수 있다. 그녀는 자신이 嚴肅한 퓨리탄적인 표정을 짓고 있을 때, 남으

---

83) 合理化(rationalization)는 일종의 防禦機制(defence mechanism)라고 한다. 즉, '적절하지 못한 태도, 감정, 행동을 방어하는 것'이 합리화다(Mahoney, Abnormal Psychology, p.79) B사감이 독신주의를 선택한 것은 그녀의 행동과 대화로 보아 자연스러운 것이 아니며, 남성들로부터 외면당하는 자신의 불운한 처지를 남들에게 숨기기 위한 방편, 자신을 격하되는 것으로부터 방어하기 위한 수단임을 알 수 있다.

로부터 존재가치를 인정받을 수 있음을 터득하고 있는 셈이다.

이 '찰진 야소꾼'은 '기숙사 사감'이라는 것과 함께 그녀의 절대적인 페르소나가 된다. 그녀에게 그것은 썼다 벗었다 할 수 있는 편리한 가면이 아니라 그녀의 전 인간성을 지배하는 움직일 수 없는 절대 법칙이다. 그것을 떠나서는 그녀가 인간으로서 설 수 있는 땅을 찾기가 어렵기 때문이다. 다시 말해서, 그녀가 그것을 벗는 순간 그녀는 보잘 것 없는 한 노처녀일 뿐이며, 아무에게도 호감을 줄 수 없는, 존재의 의미가 사라진 가엾은 여인으로 轉落하게 된다는 공포감 때문에 그녀는 그것을 벗을 수가 없는 것이다. 따라서 그녀는 그것을 벗을 수가 없으며, 오히려 강화해야 할 입장에 있는 것이다. 그것을 강화해야 한다는 것이 그녀를 페르소나의 희생자로 만드는 근본적인 원인이 된다. 페르소나를 강조하면 자기 자신과는 더욱더 멀어져 자기를 완전히 상실하게 되기 때문이다. 세계와의 동일성을 회복하기 위하여 선택한 기독교가 자기 동일성의 회복을 沮害하게 된다는 아이러니가 발생하는 것이다. B사감은 페르소나에서 자아로 돌아올 수 있는 심리적 조절 기제를 만들어 갖지 못함으로써 자아와 페르소나를 동일시(persona identification)하는 혼돈에 빠진 것이다. 그녀는 '용모에서 파생된 성격→성격상 자연스럽게 선택하게 된 페르소나→페르소나와 자아의 동일시'라는 과정을 거쳐서 지나치게 엄격하고 경직된 행동을 하는 인물로 굳어지게 된 것이다.

이러한 B사감이기에 그녀가 학생들에게 엄격하게 구는 것은 당연한 일이지만, 그녀가 특히 싫어하는 두 가지는 기숙사로 날아들어오는 연애편지와 남성의 방문이다. 연애편지는 그녀가 질겁하다시피 싫어하고 미워하는 것이었다. 영문도 모르고 연애편지를 받은 여학생은 용서받지 못할 不倫을 저지른 죄인처럼 B사감으로부터 시달림과 고통을 받아야만 한다. B사감은 흡사 경찰관이 죄인을 취조하는 태도로 학생의 인격 같은 것은 안중에도 없다는 듯이 무차별 공격을 감행하는 것이다.

> 　　· · · · · · · · · ·
> 　분해서 못 견디겠다는 사람모양으로 쌕은쌕은하며 방안을 왔다갓다
> 하든 그는, 들어오는 학생을 잡아먹을 듯이 노리면서 한거름 두거름
> 코가 맛다힐 만치 밧삭 닥아들어서 딱마조선다. 웬영문인지 알지 못하
> 면서도 선생의 기색을 살피고 겁부터 집어 먹은 학생은 한동안 어쩔줄
> 모르다가 간신히 모기만한 소리로 「저를 불르셨서요」하고 뭇것다.
> 　　　　　· · · · · · ·
> 「그래 불럿다. 웨」 팍무는듯이 한 마디하고나서 매우 못맛당한 것처럼
> 교의를 우당퉁당 당겨서 철석 주저안졌다가 학생이 그저 서잇는걸보면
> 「장승이냐 웨안지를 못해?」하고 또 소리를 빽질르는 법이엇다.

> 　스승과 제자는 조그마한 책상하나를 새에 두고 마조안는다. 안즌뒤에도
> 「네 죄상을 네가 알지?」하는 것처럼 아모말업시 눈살로 쏘기만 하다가[84]
> 　－가점필자－

　연애편지를 받은 여학생을 대하는 그녀의 태도가 실감나게 표현되
어있다. B사감이 연애편지를 받은 여학생을 대하는 태도는 선생이
학생을 교유하는 것과 거리가 멀다는 것은 새삼 설명할 필요가 없다.
죄인을 대하는 순경의 태도보다 훨씬 살벌한 분위기가 조성된다. 그
녀는 학생을, 무슨 원수를 대하기라도 하는 듯이, 꼭 굴복시켜야 할
적을 앞에 두고 있는 것처럼, 적대감과 증오감을 가지고 대하고 있음
을 알 수 있다. 가점부분 행동 묘사에 그러한 적대감과 증오감이 적
나라하게 나타나 있다. 깊이 고려해 보지 않더라도 B사감은 젊고 발
랄하며 아름다운 여학생들에게 선망과 질투를 느끼고 있으리라는 것
은 쉽게 짐작할 수 있는 일이다. 더구나 그녀는 무의식의 일면에서는
한번 받아보았으면 하고 열망하지만 한 번도 받아본 적이 없는 연애
편지를 받은 여학생이 羨望的 嫉視[85]의 대상이 된다는 것은 당연하

---

84) ‘B舍監과 러브레터’, pp. 19~20.

다. 자신이 갖지 못한 것, 가질 수 없는 것을 가지고 있는 사람을 본다는 것은 논리 이전의 근원적 고통인 것이다. 이러한 고통은 自己嫌惡(self-abhorrence)를 동반하는 것이지만, 그것은 곧장 그러한 사람에 대한 시기와 증오로 발전하고 그 사람에 대한 극복 의지로 변질된다는 것을 우리는 <遺書>의 '나(○○씨)'의 경우에서 분명히 볼 수 있었다. 인용문에 나타난 B사감의 태도는 일차적으로 이러한 연유에서 초래된 것이다. 그리고 이러한 적대적인 그녀의 태도는 그녀의 페르소나 동일시, 혹은 잘못 형성된 페르소나와 깊은 관계가 있다. 정상적이라면 페르소나와 자아는 구별되어야 하겠지만 B사감의 경우는 양자의 동일시가 이루어짐으로써 페르소나가 자아를 代行하는 현상을 보여 주고 있다. 이러한 페르소나(팽창된 페르소나)는 그 이면에 반드시 어두운 그림자를 드리우기 마련이다.86) 이 인용문과 관련된 B사감의 그림자는 '자기에게 없는 것을 빼앗고 싶은 욕망'으로 볼 수 있다. 이것은 그녀의 反男性主義, 즉 남성혐오증의 반대편에 숨어 있는 에로스적 욕망과 관계있는 것으로 뒷부분의 사건(그녀의 發作的 모노드라마)을 준비하는 心的 狀況이기도 하다. 그림자는 언제나 투사될 준비를 하고 있는 무의식이다. B사감은 남성과 여학생을 떼어놓고 싶다는(그 남성을 자기에게로 돌리고 싶다는) 자기의 생각을 여학생에게 투사함으로서, 그 여학생이 자기와 남성 사이를 떼어놓으려 한다고 생각하게 될 가능성은 크다. '나는 그를 미워한다'하고 말하는 대신에 '그가 나를 미워한다'고 말하는 것이 投射이기 때문이다.87) B사감의 투사는 근원적 유형의 투사(archetypal projection)

---

85) 이 용어는 김동인의 <遺書>에 나오는 '나(○○씨)'의 심리적 상태를 나타내는 데 사용해본 바 있다. 이 말은 '타인에의 선망→자기혐오→타인에 대한 시기와 증오'라는 심리적 과정을 나타내는 말이다. 이것은 양가감정(emotional ambivalence)의 개념에 소속될 수 있는 용어라고 생각하면 될 것이다.
86) Whitmont, 앞의 책 p. 159 참조

에 해당된다. 남자와 여자의 관계, 희미하기는 하지만 남녀 간의 삼각관계도 설정해볼 수 있는 B사감의 그림자는 다분히 원형적인 성격을 갖는다. 이러한 근원적 유형은 그것이 투사되는 대상을 적대세력으로 간주하게 한다는 것을 앞서 본 바 있다('遺書', '明文'). 바꾸어 말하면, 근원적 유형이 투사되는 대상은 '사람도 아닌, 짐승 같은 사람'으로 인식된다는 것이다. 그것이 B사감의 경우는 학생들을 미워하는 형식으로 나타나게 된 것이다. 그녀의 무의식에서는 편지를 받은 여학생이 자신의 戀敵으로 간주되며, 따라서 그 여학생은 증오하고 嫉視해야 할 적대 세력이 될 수밖에 없는 것이다. 이것이 B사감이 학생들(특히 연애편지를 받은 여학생)을 공격적, 적대적으로 대하는 근본적인 이유인 것이다.

　B사감은 교육적으로 필요한 질문 이외의 질문까지 함으로써 그녀의 정신병리(psychosis)적인 심리 상태를 드러내 보여준다.

　　한번 맛나기 라도 하얏을 테니 어찌해서 남자와 접촉을 하게 되엇느냐는 등…… 자칫 잘못하야 학교에서 주최한 음악회나 바자에서 혹 보앗는지 모른다고 졸리다 못해 주서다할것 가트면 산애의 보는 눈이 어떠트냐 표정이 어터트냐 무슨 말을 건네드냐 미주알 고주안 캐고 파며 얼르고 복가서 넉넉히 십년감수는 시킨다88) —가점필자—

　여기에 나와 있는 B사감의 言行은 교사(교원)의 그것이 아니다. 학생의 생활 지도 현장에서는 나올 수 없는 질문이 읽는 사람을 민망하게 하며, B사감에 대한 憐憫의 情까지 불러일으키고 있다. 특히 가점부분을 보면, B사감이 연애편지를 받은 여학생을 증오하는 바탕에는 에로스적 욕망이 깔려 있다고 한 앞서의 지적이 명백하게 증명된다. 가점부분의 질문은 사실에 대한 정보를 얻고자 하는 행위

---

87) Calvin S. Hall, 앞의 책 p. 118.
88) 'B舍監과 러브레터', p.20.

가 아니라, B사감 자신의 남성에 대한 호기심을 충족시키고자 하는 無意識이 發露인 것이다. 그것은 그녀의 억압되어 있던 本能的 衝動(id)이 투영되어 있는 질문이다. 다시 말해서, 그것은 자아로 동일시되는 왜곡된 페르소나에 의해 극도로 억압된 그녀의 에로스적 욕구가 顚倒되어 나타난 현상인 것이다. 이 부분은 그녀의 이드가 언젠가는 奔出되리라는 가능성을 암시하고 있으며, 뒷부분의 사건에 대하여 복선 구실을 하고 있다. 그리고 이 상황에서의 그녀의 언행은, 비정상적이기는 하지만 기숙사 사감으로서의 직무를 수행한다는 점에서는 그녀의 페르소나와 어느 정도 일치하고 있다. 그런 점에서 그 질문은, 그녀로 하여금 에로스적 욕구를 표출한 자신에 대한 양심으로부터의 問責을 회피할 수 있게 해 주면서, 동시에 무의식의 일면에서는 성적 욕구의 대리충족을 얻을 수 있게 해 주는 기능을 수행하고 있다고 볼 수도 있다. 또, 그녀는 사디스트임이 분명하다. 망측한 질문과 '어르고 볶아서 넉넉히 십 년 감수는 시키는' 가학적인 행위를 통하여 학생을 괴롭힘으로써 그녀의 숨겨놓은 욕망(an underlying desire)을 달성하려고 하는 점에서 그렇다는 것이다. 이 모든 것이 앞으로의 사건 전개에 필연성을 부여하는 역할을 하고 있다. 그야말로 '문초'가 끝나면, B사감은 그녀의 반남성주의적인 辯舌로써 학생을 훈계하고 나서는 방바닥에 무릎을 꿇고 눈물까지 글썽거리며 '하나님 아버지를 찾아서 악마의 유혹에 떨어지려는 어린 양을 구해달라고' 기도를 올린다. 이 설교와 기도야말로 지금까지 학생에게 자행한 그녀의 병적인 作態를 합리화시켜주는 최대의 기구이며, 기독교의 권위를 차용한 자기 보호의 수단이다. 그녀는 잠시 자기도 모르게 자신의 일부분을 노출시켰다가 재빨리 다시 가면 뒤로 숨어 버리는 것이다. 우리는 여기서, 엄정한 퓨리탄적 페르소나 뒤에서, 본능적 욕구를 주체해 하지 못하면서도 그것이 벗겨져서 자신의 초라한 모습이 노출될까봐 오들오들 떨고 있는 가엾은 노처녀,

B사감의 모습을 보게 된다.

그녀가 싫어하는 두 번째 일은 남자가 기숙생을 면회하러 오는 일이다. 친부모 친동기간이라도 남자는 무조건 면회 사절이다. 이러한 그녀의 태도 때문에 학생들이 동맹휴업까지 하고, 그녀는 교장의 說諭까지 들었지만 조금도 달라지지 않았다. 다음 인용문은 이 대목에 대한 설명이다.

> 사십에 가까운 노처녀인, B사감은 모든 인간관계를 남자와 여자의 측면에서만 보고 가족의 관점에서는 볼 수 없는 여자임을 나타내고 있다. 부모가 찾아왔는데도 만나지 않는다는 것이 우리의 관습에 있어서 얼마나 그릇된 일인가를 깨닫지 못하고 있는 것이다. 학생들의 반항은 당연하다. B사감과 학생들의 대립은 자유에 대한 억압에 기인할 뿐 아니라 우리의 전통에 대한 몰각에도 기인하고 있다. 그러나 B사감이 자신의 태도를 그대로 유지 할 수 있었던 것이 또한 엄격한 선생이라는 인습적 권위에 의존함으로써 가능했다는 사실은 하나의 역설이다.89) —가점필자—

이 인용문에서는 부모가 찾아와도 면회를 시키지 않는 것은 사감이 전통을 몰각하고 있기 때문이라고 했지만, 텍스트에 의하면 B사감에게는 부모가 아니라 남자가 문제가 되는 것이다. 그러니까 어머니라면 면회가 가능할지도 모르지만 아버지라면 남자이기 때문에 면회가 안 된다는 것이다. 이것은 우리가 앞서 본 바와 같이 B사감의 남성에 대한 복수, 또는 남성에 대한 反語的 태도로 설명이 되어야 한다. 그리고 그녀는 전통을 몰각하고 있다기보다는 전통 윤리 그 자체를 신용하지 않는 女子로 보인다. 이것은 그녀의 기독교적인 페르소나와 관계있는 것이다. <明文>에서의 전주사가 보여주는 것처럼 기독교적인 페르소나를 쓰고서 보면 전통 윤리란 보잘 것 없는

---

89) 金仁煥, "<B舍監과 러브레터>의 構造解明", 玄鎭健 研究(새문사, 1981, p. Ⅰ-102).

인습이나 우스꽝스러운 것으로 보일 가능성은 큰 것이다. 기독교 신자들이 제사를 지내지 않는 것이 그 점을 잘 말해 주는 한 예가 될 것이다. 김인환의 지적처럼 사십이 가까운 노처녀나 독신주의는 전통 사회에서 찾아보기 어려운 기독교를 통하여 流入된 서구적 사고방식의 산물이다.90) 그러지 않아도 시집을 가보기 어려운 처지에 있는 사감에게 기독교는 그녀가 거주할 수 있는 공간을 제공해 준 구세주이며, 그렇기 때문에 움직일 수 없는 그녀의 페르소나가 될 수밖에 없다. 西歐的 思潮가 着色된 기독교적 페르소나에서 보면, 특히 B사감의 경우 전통 윤리란 가증스러운 것에 지나지 않는 것이다. 팽창된 페르소나를 가진 사람은 자신이 보다 높은 도덕적 차원에 있다고 생각하는 경향이 있음91)을 생각하면 B사감의 생각은 적어도 그녀에게는 옳은 것이다. 그러나 이것이 사실은 B사감에게는 인간적 불행이 된다는 것은 逆說이 아닐 수 없다. 그녀가 강고한 페르소나(자아와 동일시되는 페르소나)를 지니면 지닐수록 그녀의 타인과의 인간관계는 消滅되어 가며 종내는 고독하고 불행한 인간이 되어 버린다는 점에서 그녀는 페르소나의 희생자다. 인용문의 가점 부분은 바로 B사감의 페르소나의 일부분이다. 그녀는 이러한 권위에 매달림으로써 스스로를 질식시키고 있는 여인이다. 그리고 이 대목에서의 B사감은 그 비인간성과 경직성이 좀 과장되어 있다는 느낌이 드는데, 여기에서 이 작품의 풍자가 발생하고 있다.

  여기까지는 B사감의 일상적인 모습과 겉으로 드러나는 그 인간됨을 중심으로 이야기가 진행된다. 독자가 볼 수 있는 것은 그녀의 외모와 언행, 특히 연애편지를 받은 여학생을 다루는 상황에서 드러나는 언행과 면회 온 남자들을 돌려보내는 그녀의 일종의 결벽성 등이다. 그러니까 여기까지의 이야기는 B사감이 페르소나에 의하여 행동

---

90) 위의 책 p. Ⅰ-114.
91) Whitmont, 앞의 책 p.158.

하고 말하는 모습만을 볼 수 있었다는 것이다. 따라서 우리가 검토한 것은 외모와 언행에서 얻은 정보를 자료로 해서 그녀의 내면적 심리 상황을 더듬어본 것이며, 그 결과 다음의 사건이 왜 생길 수 있는가 하는 단서를 발견할 수가 있었다. 앞서 잠깐 지적한 바 있지만, 여기까지가 원인에 해당하며 뒷부분의 사건은 그 결과인 것이다. 학생들은 B사감의 상대역에서 관객의 위치로 물러나게 된다.

뒷부분에서 사건이 하나의 장면으로 나오기까지는 추리소설적 수법92)에 의하여 흥미와 긴장을 고조시켜 나가고 있다. 그해 가을부터 이상한 일이 생겼는데, 그것이 언제부터 생겼는지 알 수 없기 때문에 그 이상한 일은 그해 가을에 와서 '발각되었다'고 하는 게 나으리라고 作中話者는 해설하고 있다. 언제부터 생겼는지는 모르나 그해 가을부터 밤이면 이상한 소리를 듣는 학생들이 생겨났다. 그 소리를 듣는 학생들은 궁금해 하기도 하고 무서워하면서도 심상하게 지나왔지만, 어느 날 세 학생이 그 소리를 듣고, 소리가 나는 곳을 찾아가는 데서 수수께끼의 소리가 하나의 현실적인 장면으로 나타나게 된다. 세 학생이 처음 방에서 듣는 소리(대화)는, '간드러진 여자의 목소리→정열에 뜬 사내의 목청→아양 떠는 여자의 말씨→피를 뿜는 듯한 사내의 말'로 이어지는 뜨거운 사랑의 대화이며 키스를 동반하는 사랑의 수작이다. 대화의 내용으로 보아 사내가 적극적이며 열정적으로 사랑을 구하는 입장에 있고, 여자는 그것을 가슴 벅차게 받아들이는 태도를 취하고 있음을 쉽게 짐작할 수 있다. 이러한 대화만으로는 그것은 분명히 로미오와 줄리엣에나 나옴직한 幻想的이고 로맨틱한 사랑의 장면으로 상상될 수밖에 없다. 세 처녀는 이런 달콤한 공상에 빠져 있다가 두 번째의 대화를 듣는다. 두 번째 대화는, '매몰스럽게 내어대는 모양→사내의 애를 졸이는 간청'으로

---

92) 金仁煥, 앞의 책 p. Ⅰ-95 참조.

이어진다. 여자는 거부의 제스처를 짐짓 보이고, 사내는 달떠서 간구하는 장면이 연상된다. 세 처녀는 소리가 나는 방을 찾아내고는 깜짝 놀란다. B사감의 방이었기 때문이다. 그 사이에도 사랑을 갈구하는 사내의 목소리는 계속된다. 방문을 빠끔히 연 세 처녀는 더욱 놀라고 만다. 여학생들에게 온 연애편지가 여기저기 흩어진 가운데서 B사감이 안경을 벗은 채, 애원의 표정을 짓고 키스를 기다리는 포즈를 취한 채 남자와 여자의 목소리를 번갈아 내가며 一人劇을 펼치고 있는 것이다. B사감은 일상적인 그녀의 태도로 보아서는 도저히 상상조차 할 수 없는 해프닝을 연출하고 있는 것이다. 그러나 우리는 이미 그녀가 연애편지를 받은 여학생을 대하는 태도에서 이런 사건이 생길 수 있는 가능성을 암시받았으며, 그녀의 페르소나 분석을 통하여 異常的 행동의 징후를 발견할 수 있었다. 세 처녀가 방에서 들은 두 번의 대화는 모두 남자의 애타는 求愛가 중심 내용을 이루고 있다. 그 사랑이 성사되느냐 그렇지 못하냐 하는 결정은 여자가 하게 되어 있는 상황이다. 물론, 이 대화는 B사감의 一人二役으로, B사감의 所望的 思考(autistic or wishful thinking)[93]를 나타내고 있다. B사감은 자기에게 사랑을 고백하는 한 남자를 설정하고 그 사랑의 결정권을 자기가 쥐고 있는 입장을 취함으로써 현실적으로 거의 불가능한 에로스적 욕구의 실현을 환상을 통해 달성하려고 하는 것이다. 대개 이러한 소망적 사고는 자아에 의하여 이드가 지나치게 억압될 때 생긴다고 한다. B사감의 경우는 자아와 페르소나가 동일시된 결과로, 페르소나가 자아를 대신하고 있어 페르소나가 강조되는 만큼 이드는 억압을 받게 된다. 프로이드의 이드(id)와 융의 그림자(shadow)가 꼭 같은 것은 아니라 하더라도 다음의 인용문은 B사

---

93) 이것은 프로이드의 用語로, 自我가 이드(id)의 요구를 만족시키지 못할 때 본능적 충동이 환상을 통하여 그 욕구를 실현하게 되는 심리적 현상을 이른다(Calvin, 앞의 책 pp.61~62 참조).

감을 설명하는 데 많은 도움이 된다.

> 自我意識이 강하게 조명되면 될수록 그림자의 어둠은 짙어지게 마련
> 이다. 선한 나를 주장하면 할수록 악한 것이 그 뒤에 짙게 도사리게 되
> 며 善한 의지를 뚫고 나올 때 나는 느닷없이 惡한 충동의 祭物이 됨으
> 로써 사회적인 물의를 일으킨다. 도덕적인 결백을 신조로 내세우는 사
> 람이 性的인 추문을 일으키며 이 세상에서 '좋은 것'만을 하고자 하고
> 자기는 옳다고만 생각하는 사람이 오히려 나쁜 것에 대한 유혹에 빠지
> 기 쉽다.94)

이 인용문은, B사감이 사회적인 물의를 일으키거나 한 것은 아니
지만, B사감의 행동 패턴에 꼭 들어맞는 내용을 진술하고 있다. B사
감이 기독교인, 독신주의자, 기숙사 사감(교원)이라는 페르소나를 강
화하면 할수록 그녀의 평범한 인간으로 돌아가고자 하는 욕구와 에
로스적 욕구는 억압되고, 그것이 페르소나와 동일시되는 자아를 뚫
고 나올 때 비정상적인 작태가 연출되는 것이다. 세 처녀가 듣고 목
격한 B사감의 일인 극에는 위와 같은 심리적 배경이 있음을 알 수
있다. 이 장면을 두고 이재선은 다음과 같은 견해를 보이고 있다.

> 그러나 작가의 보다 분명하고 확실한 의도는 위선적인 인간의 표리부
> 동의 이중성을 골계적으로 또는 반어적으로, 제시하려는 데 있다. 즉 밤
> 과 낮의 생태의 이율배반, 인간 성격의 진상과 허상의 상호모순적인 면
> 모를 다루는 데 있다.95)

이 작품의 전반부에 나타나는 B사감의 일상적 세계(낮)에서의 모
습과 후반부에 나타나는 그녀의 자기만의 공간(밤)에서의 모습에서
볼 수 있는 인간 심성의 兩面性에 초점을 맞추고 이 작품을 바라볼

---

94) 李符永, 앞의 책 p.55.
95) 李在銑, 앞의 책 pp.293~294.

때 이재선의 지적은 타당한 것이다. 낮과 밤의 대비는 인간 심성의 양면성을 밝히고자 하는 사람들이 즐겨 사용하는 상징적 기제이며, B사감의 경우 그녀는 그 기제의 적용에 알맞은 인물이 되기 때문이다. 그러나 B사감의 페르소나와 그림자(혹은, 자아와 이드)의 관계를 살펴보면, 그녀가 이중인격자이거나 위선자라기보다는 가없은 페르소나의 희생자일 뿐이라는 것을 확인하게 된다. 그녀의 용모와 성격에서 필연적으로 선택하게 된 페르소나, 그 페르소나가 아니고서는 설 땅이 거의 없는 B사감이 페르소나를 자아와 동일시함으로써 진정한 자기 모습을 상실하고 가장 근원적인 에로스적 욕구도 억압하는 데서 表裏가 不同한 행동이 나타나게 되었을 뿐이라는 것이다. 그녀가 페르소나로부터 적절히 순전한 자기(a genuine ego)로 돌아올 수 있는 심리적 조절 기제를 만들어 가지고 있었다면 戲畵的인 행동을 하지는 않았을 것이다. 이 장면은 B사감이 자기로 돌아온 모습으로 볼 수도 있으나, 이드(id)와 超自我(super-ego)를 통합하고 지배하는 자아로 돌아온 것이 아니라, 곧장 이드의 충동의 세계로 멀리 退行했기 때문에 發作的인 행동이 나타난 것으로 볼 수 있다. 따라서 우리는 그녀의 행동을 위선이나 이중인격으로 규정하여 不道德性을 논하기보다는 본능적 욕구를 적절히 발산시키지(충족시키지) 못하고 살아야 하는, 그렇게 살 수밖에 없는 한 여인에 대한 憐憫의 情을 이야기해야 될 줄로 안다.

　　「정말슴이야요. 나를 그러케 사랑하셔요. 당신의 목숨가티 나를 사랑하셔요 나를 이 나를」하고 몸을 치수리는데 그 음성은 분명히 울음의 가락을 띄었다.
　　「에그머니 저게 웬일이야」첫째소녀가 소곤거린다.
　　「아마 미첫나 보아. 밤중에 혼자 닐어나서 웨 저리고잇슬구」둘째처녀가 맛방망이를 친다.
　　「에그 불상해?」하고 셋째처녀는 손으로 고인 때 모르는 눈물을 씻엇다……96) ―가점 필자―

인용문의 B사감의 말은 그대로 그녀의 소망의 표현이며 외롭고 가엾은 자신에 대한 悔恨을 나타내고 있다. 조용한 밤, 순수한 자아가 아닌 본능적 충동의 세계로 돌아오기는 하였지만, 거기서 자신의 가엾은 처지를 깨닫게 될 때 그녀의 심경의 참담함이란 보지 않아도 알 수 있는 일이다. 울음 섞인 그녀의 마지막 대사, 특히 가점 부분의 강조법은 그녀의 소망적 사고가 지니는 虛妄함과 비애감(pathos)을 잘 드러내 주고 있다. 이러한 B사감을 보는 세 처녀의 각각 다른 시각이 나타나 있지만 우리의 시선은 세 번째 처녀의 말과 행동에 집중된다. "엄격한 선생도 인간이라는 사실을 발견함으로써, 셋째 처녀로 대표되는 학생들은 사감을 넘어서서 자기 자신도 거기에 속해 있는 인간 자체를 연민하고 용서하게 되는 것이다."97)라고 하는 김인환의 지적은 셋째 처녀의 말과 관련된 작가의 B사감에 대한 태도를 적절히 설명해 주고 있다. <明文>에서 전주사를 그가 虛僞와 幻想을 깨닫지 못한 상태에서 징벌함으로써 인간의 진실을 보여주려고 한 김동인과는 달리, 현진건은 B사감으로 하여금 추한 모습이나마 자신의 일부분으로 돌아오게 함으로써 인간의 진실을 잘 말해 주고 있다.

B사감의 일차적 성격지표는 그녀의 못생긴 용모다. 그 못생긴 용모 때문에 그녀는 자신을 기독교의 세계로 도피시키며 그것을 자신의 페르소나로 삼게 된다. 그녀는 기독교와 아울러 기숙사 사감, 독신주의를 가지고 자신의 열등의식과 에로스를 糊塗하기도 한다. 그녀의 근본적 동기로서의 성격지표는 열등의식의 해소 욕구와 억압된 에로스의 분출 욕구다. 여기에서부터 그녀의 페르소나는 異常的인

---

96) 'B舍監과 러브레터', p.327.
97) 김인환, 앞의 책 p. I -106.

방향으로 강화되며 결국 그녀는 그것 때문에 스스로 불행한 운명의
주인공이 되는 것이다. B사감은, 자기의 인간적 결함과 약점을 감추
기 위하여 페르소나의 세계로 도피하는 인간이 어떻게 고독하고, 불
행하게 되는가를 잘 보여주는 인물이다. 그녀는, 차라리 자기의 인간
적 결함이나 약점을 드러내놓고 그것을 슬기롭게 극복해가는 것이
인간다운 삶이라는 진리를 반어적으로 보여 주는 인물이기도 하다.
우리는 B사감을 통하여 우리들 모두가 지금도 저지르고 있을지도
모르는 自慰的이고 自己欺瞞的인 행동의 모형을 보고 있는 것이
다.

Ⅱ. 行動模型과 人間의 眞實

인간의 행동은 본질적으로 模型化될 수 있는 성질의 것은 아니
다. 이 장의 서두에서 밝혔다시피 인간이 어떤 기준에 의하여 행동
한다면 규범이 요구하기 때문에 그렇게 하는 것이지 인간이 하고 싶
어 하는 것은 아니다. 경우에 따라서 나타나는 인간의 행동은 그 수
를 헤아릴 수 없을 만큼 많은 것이어서 그것을 통합 정리하여 모형
을 만든다는 것은 거의 불가능한 일이다. 엄밀히 말해서 행동하는
경우만큼의 행동모형이 존재한다고 보아야 할 것이다. 소설 속에 등
장하는 인물들도 그 행동의 양상에 있어서 이와 전연 다르지 않다.
무수한 소설 속에 등장하는 무수한 인물들을 몇 개의 모형을 통하여
설명하는 것은 원칙적으로 무모한 작업이다. 현실의 인간 행동이 갈
피를 잡을 수 없을 만큼 다양하고 수시로 변화하는 것처럼 소설의
작중인물도 그 행동이 변화난측한 복잡성을 보이기 때문이다. 소설
의 작중인물을 연구하려는 사람들이 늘 느끼는 것은 그들을 어느 일
정한 장소에다가 붙잡아 놓기가 어렵다고 하는 것이다. 각각의 모든

행동에 어떤 標識를 달아 주었으면 좋겠지만 그것은 인간으로서의 연구자의 능력 밖에 있는 일이다. 그러나 인물 연구를 통하지 않고서는 소설의 정체나 의미를 해명하기가 어렵기 때문에 다소 부적절하고 빗나간 감이 있더라도 그 인물들의 행동을 어떤 제한된 틀(모형) 속으로 축소시키지 않을 수 없는 것이다. 이러한 과정에서 상당수의 眞實이 가려질 수도 있고, 왜곡될 수도 있지만 그 행동을 제한된 범위로 축소하지 않으면 그나마도 인물을 설명할 수 있는 단서조차 발견하기 어렵기 때문이다. 그리고 다행히 작가는 어느 정도 작중인물을 통제하는 입장에서 그들을 창조하기 때문에 그들을 묶어 둘 수 있는 가능성은 있다고 본다. 본장은 이러한 애로와 부당성을 무릅쓰고 편의상 아이러니와 페르소나에 초점을 맞추어 작중인물의 행동 모형을 검토해 본 것이다.

여기서의 아이러니는 장르적인 개념이 아니라, 개별적인 행동이 갖는 矛盾性을 지적하기 위해 사용된 용어다. 한 개인이 외관과 진실의 차이를 지각하지 못하고 행동함으로써 자가당착적인 모순에 빠지거나, 의도와 결과가 일치하지 않음으로 하여 갈피를 잡지 못하는 지경에 이르게 된 상황을 지칭하는 용어로 사용되었다는 것이다. 일반적으로 말해서 아이러니는 그 어떤 것이 우리가 기대하도록 유도되어졌던 것과는 정반대의 것임을 우리로 하여금 발견하도록 해주는 것이다."[98]라고 하는 지적에 거의 가까운 의미를 갖는 것이다. 거의 가깝다고 한 것은 독자의 입장에서 그런 상황을 깨닫는 것보다도 행동하는 작중인물이 그런 상황에 처한 자체를 아이러니적 양상으로 보기 때문이다. 그리고 아이러니의 효과는 유머일 수도 있고 비애감 (pathos)일 수도 있으나, 여기서는 비애감에 그 초점을 맞추고 제목

---

98) Robert Stanton, 앞의 책 p.34 *General(and roughly) speaking, irony let us discover that something in the opposite of what have been led to expect.

을 아이러니의 희생자라고 붙여본 것이다. 아이러니의 희생자란 행위의 의도와 결과 사이에 모순이 발생함으로써 불행하게 되는 인물을 가리킨다는 것은 앞서 지적한 바 있다. 이러한 인물들은 어쩌면 거의 모든 소설에 등장한다고 봐야 하겠지만(특히 리얼리즘 소설은 인생을 아이러니적으로 파악하는 태도와 밀접한 관련이 있다), 본 항에서는 任意로 선택한 두 작품, 김동인의 <송동이>와 계용묵의 <白痴 아다다>를 중심으로 해서 아이러니가 작중인물의 행동의 모형이 될 수 있는 가능성을 진단해 본 것이다. 김동인의 <송동이>는 송 서방의 一代記的인 이야기지만 그의 운명을 결정하는 것은, 그의 일생에 있었음직한 무수히 많은 사건들 가운데의 단 두 개의 사건이다. 이 두 개의 사건이 송 서방을 아이러니의 희생자로 만들어 버린다. 칠성이(도련님)에게 총을 사다준 것이 칠성이가 다치는 계기가 되고 나머지 가족들과 멀어져 송 서방이 疎外되는 과정과, 강도를 잡았기 때문에 칠성이가 죽게 되고 그로 인하여 송 서방의 인간관계가 완전히 斷絶되어 버리고 송 서방은 이 세상에서 사라져 버리게 되는 과정이 아이러니의 양상을 보여 주고 있다. 好意的인 意圖가 惡運이 되어 돌아오고 그로 말미암아 이 세상을 등지는 송 서방은 분명 비극적인 아이러니의 주인공이다. 계용묵의 <白痴 아다다>는 백치의 가치관과 정상인의 가치관이 대립되는 데서 오는 아이러니를 보여 준다. 사랑(행복)으로 대표되는 백치의 인생관과 돈(재산)으로 대표되는 정상인의 인생관이 모순적으로 대치됨으로써 아다다의 아이러니가 확연히 드러난다. 돈으로 인해서 출가도 해 볼 수 있었지만, 돈으로 인해 그녀가 겪은 시련이 너무 혹독했기에 돈을 버려야 자신이 행복해질 수 있다고 믿은 아다다가(사랑과 행복을 얻기 위하여) 돈을 바다에 버리지만, 분노한 正常人인 수룡에게 죽임을 당한다는 이야기는 가장 철저한 아이러니적 양상이 아닐 수 없다. 송 서방과 아다다가 보여 주는 아이러니는 행동의 성격상 다소 다른 점이 있다 하더라도 인간 행동의 한 모형을 보여 주는 것이다. 그것은 작중인물뿐만 아니라 현실의 우리에게도 적용되는 행동 모형이라 할 수 있다.

페르소나는 分析心理學에서 사용되는 용어다. 페르소나는 개인이 사회와 세계에 적응하기 위하여 반드시 갖추어야 할 기능콤플렉스로, 확대 해석하면 한 개인의 신분·지위, 또는 태도, 입장을 뜻하는 말이다. 페르소나는 개인의 사회생활을 가능하게 하는 수단이자 개인이 사회와 교통하는 통로의 의미를 갖는다. 그것은 인간의 자기실현을 위한 수단이지 목적은 아니다. 따라서 자아의식과는 구별되어야 한다. 즉, 자아가 피부라면 페르소나는 옷과 같은 것이다. 그런데 자기의 사회적 역할(페르소나)에 지나치게 집착한 나머지 페르소나를 자기 자신(a genuine ego)으로 동일시하여 자기의 진정한 모습을 망각한 채 살아가는 사람들이 있다. 아니, 대부분의 사람이 그럴지도 모른다. 자아와 페르소나를 동일시하면 그 행동이나 사고가 비인간적이 되기 쉽다. 또, 순수한 자기의 윤리 의식이나 도덕률보다는 자신이 소속되어 있는 집단의 道德律로써 모든 것을 裁斷하려는 경향이 그 인간적 특징을 이룬다. 그들은 경직되고 不條理한 행동을 하게 되며 그 결과로 모든 인간관계에 균열이 오게 된다. 그들은 자신의 인간성을 스스로 파멸시킬 뿐 아니라, 스스로를 고립시키기도 한다. '페르소나의 희생자'란 페르소나를 왜곡하여(persona identification) 스스로 그 노예가 됨으로써 자기 자신을 상실하고, 경직되고 부조리한 행동으로 말미암아 타인으로부터 소외되어 종말에는 고독하고 불행해지거나 죽게 되는 인물을 가리키는 말이다. 본 항에서는 임의로 두 개의 작품, 김동인의 <明文>과 현진건의 <B숍監과 러브레터>를 선택하여 왜곡된 페르소나가 작중인물의 행동 모형이 될 수 있는 가능성을 진단해 본 것이다. 김동인의 <明文>의 주인공 전주사와 그 아버지인 전판서는 각기 기독교적 윤리와 전통 윤리의 페르소나를 자기로 동일시하는 인물들이다. 필연적으로 부자간에 불화와 갈등이 생길 수밖에 없는데, 전주사의 경우는 기독교적 페르소나를 통해서 그 아버지를 굴복시키려는 무의식적 욕구를 동반함으로써 두 사람의 不和와 갈등이 深化된다. 결국 두 사람은 끝내 和解하지 못한 채 사별하고 만다. 전판서는 죽으면서 화해의 제스처를 언뜻 비치지만, 아들 전주사는 아버지를 '선지식을 모르는 애처로운 영혼'으로 격하시키며 기도를 함으로써 그것을 거부하고 만다. 전주사는 그 어머니가 망령이 들자 하느님의 계명에 따라 어머니에게 효도하는 뜻에서 그 어머니를 살해하고 사형을 당한다. 그러면서도 자신의 행동은 하느님만이 아신다고 함으로써 그가 인간이 아닌 化石化된 페르소나 그 자체임을 보여 주고 있다. 전주사는 그렇게 믿고 있었던 여호와로부터도 지옥행을 선고받음으로써 두 번 죽는 불행을 겪게 된다. 현진건의 <B舍監과 러브레터>의 주인공 B舍監은 그 용모에서부터 형성된 성격으로 인하여 그녀의 예수교 信者, 舍監, 獨身主義者라는 페르소나 뒤에 숨어서 사는 인물이다. 자신의 페르소나를 지나치게 강조함으로써 자기 자신을 상실해 가고 있을 뿐만 아니라, 에로스적 욕구도 비정상적으로 억압하게 된다. 그 결과로 그녀는 이드(id)의 반란으로 말미암은 발작적 奇態를 연출함으로써 학생들의 憐憫의 대상이 되고 만다. 어느 일면에서는 B舍監은 戱畵化된 인물로 볼 수도 있지만 페르소나의 관점에서는 가엾은 운명의 주인공이다. <明文>의 전주사나 B舍監은 도달하게 된 결과는 다르지만 두 사람 모두 왜곡된 페르소나 때문에 희생된 인물들이다.

　'송동이'의 경우는 그의 성격지표랄 수 있는 예속성, 즉 예속적 삶에 안주하려는 욕구 때문에 스스로 아이러니의 희생자가 되어 버린 인물이다. 이 예속성과 아이러니의 관계는 송동이를 통하여 확인할 수 있는 인간과 인생의 가장 보편적인 진실이라고 할 수 있다. 주어진 삶의 조건을 회의하기보다는 거기에 고착되는 데서 오는 인간의 비극적 모습이 송동이를 통하여 잘 형상화되어 있다고 하겠다. 그리고 인간적 가치의 회복이라는 욕망에서부터 출발되는 '아다다'의 행동도 아이러니적 양상의 한 대표적인 예가 된다. 자신의 행복, 즉 사랑받음으로써 한 인간으로서의 가치를 확인하려고 하는 욕구가 팽창된 나머지 돈을 버리는 사건으로 하여 죽임을 당하는 아다다의 인생 역정은 인상적인 아이러니의 세계를 보여준다 할 것이다.

<明文>의 전주사나 <B舍監과 러브레터>의 B사감은 또 다른 양상으로 인간의 비극성을 보여 주는 인물들이다. 부성 원리로부터의 탈출, 또는 그것의 극복이라는 인간의 원초적, 심층적 원인에서 비롯된 기독교라는 페르소나의 강화로 말미암아 스스로를 죽음으로 몰고 가는 전주사의 모습에서 우리는 인간의 욕구와 그 욕구에서 빚어지는 자가당착적인 비극성을 목도하게 된다. 그의 성격 지표랄 수 있는 아버지에 대한 적대감에서, 아버지를 극복하겠다는 심층적 욕망에서 자신의 페르소나를 벗어버리지 못하는 전주사는 아집과 망상 속에서 살아가는 인간의 전형적인 모습을 보여주는 인물이다. 자기의 못생긴 용모 때문에 기독교라는 페르소나를 선택하고, 그 성채에서 한 발자국도 벗어나려고 하지 않는 여인, B舍監도 전주사와 같은 인물이다. 지나치게 페르소나에 고착된 나머지 자신의 본성을 과도하게 억압함으로써 戱畵的인 奇態를 보이는 그녀는 분명히 불행한 운명의 주인공이다. 그녀의 근본적 동기인 열등의식의 보상 욕구, 에로스의 충족 욕구가 회화적인 모노드라마로 나타난 것이다. 그러나 이 모노드라마 속에는 그녀의 짙은 페이소스가 깔려 있음을 간과할 수 없다. B사감은 운명적 요인에 의하여 희생된 불행한 여인이기도 하다.

이러한 아이러니와 페르소나는 소설의 플롯의 한 원리가 되는 것이다. 소설의 극적 묘미, 충격적 감동은 바로 이것들에 의하여 형성되는 것이라고 해도 별 문제는 없을 것이다.

송 서방과 아다다, 전주사와 B사감, 이들은 결코 특이한 인물들이 아니다. 그들은 나와 너, 우리들의 自畵像이라 하여도 과언은 아니다. 그들의 행동 속에서 우리는 인간을 지배하는 운명의 힘과 스스로 자신의 무덤을 파는 인간의 愚昧한 모습(인간 자신의 과오)을 보게 된다. 특히 전주사의 경우에서 우리는 자신을 省察하거나 反省할 기회를 잃어버리고 왜곡된 페르소나에 매달리는 인간일수록 얼마나 헛된 妄想과 虛僞속에서 살아가는가 하는 것을 분명히 볼 수 있다. 그리고 이들이 보여주는 행동의 특성은 이들의 경우에서만 나타나는 것이 아니라 다른 상당수의 작중인물의 행동에서도 발견될 수 있다는 점에서 아이러니와 페르소나가 작중인물이 보여주는 行動의 한 模型이 될 수 있음을 확인하게 되었다.

第4章 結　論

　소설은 작가에 의하여 만들어진 세계이기 때문에 그것은 작가의 어떤 의도나 목적에 따라서 어느 정도 통제될 수밖에 없다는 것이 소설 연구가에게는 다행스러운 일이다. 소설 속에 거주하고 있는 인물을 붙잡아 볼 수 있는 가능성(작가의 의도에 따르는 제한과 통제)이 주어져 있기 때문에 그 가능성을 찾기만 한다면 소설과 인물에 대한 연구는 성공적으로 수행될 수도 있다는 확신이 소설 연구가를 즐겁게 하는 것이다. 더욱이 소설은 인간을 설명하려 하기보다는 그려서 보여주는 경향이 강하기 때문에 철학보다 인간(작중인물)에 접근하기가 용이하다는 점도 있다. 인간을 연구한다는 점에서 철학은 문학과 형제 관계에 있지만 그 추상적 경향 때문에 소설만큼 효과적이지는 못하다. 소설은 우리로 하여금 인물을 바라보게 함으로써 자연스럽게 그를 이해하도록 해 준다. 본고는 作中人物을 바라보는 기준(이것은 소설 자체가 제공하는 것이기도 하지만)으로 성격지표를 설정하고 인물의 행동요인과 행동모형을 검토함으로써 作中人物의 해명을 試圖한 내용을 담고 있다.

　작가의 입장에서는 人物構成(characterization)의 방법이 되고, 독자의 입장에서는 인물 파악의 단서가 되는 성격지표 가운데서 가장 중요하고 확실한 것은 인물의 行動과 對話다. 여기에 한 가지 더 인물의 성격 형성과 깊은 관계가 있는 것은 그 인물의 용모다. 용모가 인물의 성격과 운명에 상당한 영향을 미친다는 것은 논리 이전의 명백한 사실이다. 이것들은 모두 작중인물의 爲人과 성격을 드러내는 기능을 수행하면서 소설의 플롯을 성립시키는 역할도 한다. 특히 행동은 어떤 원인이 작용한 결과이기 때문에 인물의 심리적 요인에 밀접하게 연결되는 것이다. 행동의 원인이 되는 심리적 요인을 根本的 動機(basic motivation)라 하고, 이것을 성격의 일반적 양상이라 한다 함은 앞서 밝힌 바와 같다. 표면적으로 드러나는 행동의 이면에 숨어 있는 심리적 요인으로서의 근본적 동기는 보다 심화된 단계의, 인물 해명의 성격지표랄 수가 있다. 소설의 궁극적인 목표가 인간성의 탐구와 해명에 있는 것이라면 근본적 동기로서의 성격지표를 통한 인물의 연구야말로 소설과 그 예술적 형식을 이해하기 위한 가장 확실한 방법이 될 것이다. 근본적 동기는 인간성의 전 영역과 관계되는 것이며, 소설은 그 인간성에 기초를 둔 예술형식이기 때문이다.

본고에서 성격지표를 통하여 그 행동의 요인을 살펴본 소설은 모두 다섯 작품이다.

김동인의 <遺書>의 주인공 '나(○○씨)'는 이른바 魔性人格(Mana-persönlichkeit)의 소유자다. '나'는, 자신을 權能의 化身으로 생각하며 마치 英雄이나 救世主가 된 것처럼 행동하는 사람이다. O와 O의 아내를 자신의 영향권 안에 두고 그들의 운명을 주재하려 하며, O의 아내와 그녀의 情夫인 A를 定罪하고 처단하려는 神聖한 審判者의 위치에 서고자 한다, 그러나 O의 아내는 나의 통치를 벗어나 A와의 情事를 계속하며, A는 나를 능가하는 세력으로 압도해옴으로써 나의 全能者的 權威를 파괴해 버린다. '나'의 自尊心이 손상을 입게 되고 '나'는 증오와 복수의 감정에 사로잡힌다. 自尊的인 사고와 行動이 한낱 妄想이었음이, 현실로 나타나는 데서 오는 열패감이 증오와 복수의 감정으로 변질되어, 나는 O의 아내를 살해하게 된다. O의 아내를 살해함으로써 O를 구원하고 그의 예술적 재능을 되찾게 되었다고 '나'는 생각하지만 그것은 한낱 자기기만에 불과한 것이다. 실제로 '나'는 자존심이 손상당한 데서 오는 심한 굴욕감과 그것을 보상받고자 하는 복수욕에서 그녀를 살해한 것이다. 나의 성격을 드러내는 지표는 자존심과 복수욕이다. 나는 오도된 자존심, 즉 自我의 팽창(inflation)이 인간에게 가져다주는 불행과 비극이 얼마나 큰 것인가를 보여 주는 인물이다.

<狂畵師>의 '솔거'는 世人에 대한 복수욕과 어머니에 대한 그리움 때문에 미인도(미녀상)를 그리려고 한다. 솔거는 추악한 외모 때문에 세상과 격리된 백악의 숲 속에 칩거하면서 화도에만 정진하지만 그의 마음속에는 언제나 자신을 소외시킨 世人들에 대한 복수욕과 그를 감싸주는 母性의 세계에 대한 그리움이 살아 움직이고 있었다. 미녀상을 그리는 것은 그의 복수욕의 실현이자 모성의 세계(용궁)로 회귀하고자 하는 소망의 표현이다. 그러나 그는 미녀상의 모델이 된 소경 처녀를 犯하고 살해함으로써 이 모든 것에 실패하고 만다. 소경 처녀는 그에게 있어 어머니와 동일시되는 여인이었기 때문이다. 그가 소경 처녀를 살해한 것은, 그녀를 범한 것은 어머니를 범한 것과 같다는 죄책감에서 온 反語的 행동이다. 솔거의 일차적 성격지표는 그의 추악한 외모이며, 근본적 동기로서의 성격지표는 복수욕(자존심)과 오이디푸스 콤플렉스다. 그는 오레스테스 原型(Orestes archetype)에 속하는 인물로서, 母性存在(理想的 여인상)에 대한 추구와 좌절을 정확히 구현한 인물이라고 할 수 있다.

<狂炎소나타>의 백성수(白性洙)는 어머니를 상실한 슬픔(탄생충격, trauma of birth)에서 끝내 헤어나지 못하고 불행한 운명의 주인공이 된 인물이다. 그는 가난 때문에 돈을 훔치고, 그 사건 때문에 어머니의 임종을 보지 못하고 갑작스럽게 모성의 세계로부터 외부세계(사회)로 내팽개쳐짐으로 해서 극심한 불안과 복수욕에 시달리면서 살아가는 인물이다. 그는 타고난 천재적 음악가지만 그 천재성을 제대로 발휘하지 못하고 있다가, 출옥하던 날 우연히 자기를 감옥으

로 보낸 담뱃가게에 放火를 하는 것을 계기로 그 천재성을 드러내게 된다. 그에게 있어 음악은 그가 돌아가고자 염원하는 母性의 세계다. 처음에는 우연히 행해진 방화가 한 번 두 번 거듭하게 되자 나중에는 습관이 되다시피 하여 급기야는 그러한 자극이 없이는 음악을 작곡할 수 없게 되어 버렸다. 그의 음악이 하나 탄생할 때는 한 가지씩의 방화, 나아가서는 그 정도가 심화되어 사체모독, 屍姦, 殺人 등의 무서운 범죄가 저질러지곤 하였다. 모성의 세계로 회귀하고자 하는 그의 소망이 위대한 음악으로서 성취될 때마다 백성수는 서서히 윤리적인 파탄의 나락으로 추락해갔다. 그는 자신의 樂園回歸의 所望이 순간적으로 실현될 때마다 한 단계씩 파멸의 늪으로 빠져들어 갔던 것이다. 백성수의 성격을 드러내는 근본적 동기로서의 지표는 복수욕과 낙원회귀의 소망이다. 백성수는 인간이 추구하는 소망과 욕망(복수욕)의 비극성과 허무성을 적나라하게 보여주는 인물이다.

<벙어리 三龍이>의 '삼룡이'는 신체적 불구자임으로 해서 자신을 억제하고 예속적으로 살아갈 수밖에 없는 불행한 운명의 주인공이다. 그러나 오생원의 집에 새색시(주인 아들의 아내)가 등장함으로써 삼룡이는 자신에 대하여 開眼하게 된다. 주인 아들이 새색시에게 가하는 폭행과 학대를 보면서 그는 새색시에게서 동류의식(동질성)을 느끼게 되고, 동시에 지금까지 숨겨져 있던 에로스(eros)를 각성한다. 삼룡이는 새색시를 보호하기 위해서 주인 아들로부터 견디기 어려운 가혹행위를 당하기도 한다. 그는 不倫의 오해를 받고 오생원집에서 쫓겨나면서 배신감을 억누르지 못하고 그 집에 불을 지른다. 삼룡이의 放火는 일차적으로 복수욕에서 기인하는 행위다. 그 불 속에서 오생원을 구하는 것은 삼룡이의 도덕적 책임감의 구현이고, 그 아들의 구원의 애소를 뿌리치는 것은 그의 복수욕의 승리다. 마지막으로 새색시를 구하여 그 무릎 위에 뉘고 미소를 머금은 채 숨을 거두는

것은 삼룡이의 自己救援의 實現이다. 삼룡이가 행동하는 근본적 동기는 복수욕과 에로스와 자기 구원의 의지다. 그의 에로스는 자기희생을 통해서만이 성취될 수 있는 비극적인 소망이다. 삼룡이는 프라이가 이른바 自己同一性의 回復의 과정을 감동적으로 보여주는 인물이다.

<불>의 '순이'는 견디기 어려운 고통의 공간에서 인간이 취할 수밖에 없는 행동의 한 전형을 보여주는 인물이다. 시대적 상황이나 사회적 제도로부터의 탈출이라고 해도 무방하겠지만, 그녀의 방화는 새로운 삶의 공간에 대한 希願이 파괴적 행위로 나타난 것이다. 동시에 그것은 폭력적인 性(남편)과 감당하기 어려운 勞役(시어머니)에 대한 자기방어적인 공격적 행위이기도 하다. 그런 의미에서 그녀의 방화는 복수의 의미를 갖는다. '순이'의 성격지표는 복수욕과 새로운 삶의 공간에 대한 소망이다.

아리스토텔레스는 '플롯은 행동의 모방'이라고 했지만, 위에서 살펴본 바와 같이 그 행동의 이면에는 그것을 가능하게 하는 근본적 동기가 있음을 알 수 있다. 플롯은 행동의 모방에 의해 구성되지만 근원적으로 그것을 성립시키는 것은 인물의 심리적 요인으로서의 근본적 동기인 것이다. 이 근본적 동기는 인물의 행동에 필연성을 부여하고 나아가 그 작품의 플롯에 인과성(the law of causality)과 논리성을 부여할 뿐만 아니라, 주제로 곧장 연결됨으로써 인간 해명의 단서를 제공하고 있음을 볼 수 있다. 위에서 살펴 본 결과에 의하면 작중인물이 행동하는 심리적 요인은, '自尊心, 復讐慾, 에로스的 欲求, 同一性 回復의 意志, 새로운 삶의 공간 摸索'으로 나타났다. 단 다섯 편의 작품을 분석해서 일반적인 어떤 결론을 내리기는 어렵겠지만, 이것들은 모두 인간성의 전 영역에 걸쳐 작용하고 있는 것들임에는 틀림없다. 다시 말해서, 위에 지적한 심리적 요인들은 평균적인 인간성으로 보아 무방한 것이다. 특히 복수욕과 같은 것은, 다섯 편 전편에 걸쳐

서 각기 상이한 상황에 있는 인물들이면서도 각 인물들이 공통적으로 보여주는 심리적 요인으로 나타나 있다. 이 복수욕을 비롯한 자존심 등은 각 작품에서 인물의 성격을 드러내는 지표가 되면서 동시에 소설의 플롯을 성립시키는 요인으로 작용하고 있다.

인간이 사회에 적응하기 위해서는 그 사회가 요구하는 행동의 패턴에 따라 행동할 필요가 있다. 그것은 자기가 원하느냐 원하지 않으냐 하는 것과는 별로 관계가 없다. 규범에 위배될 때 그 인간은 소외되기 때문이다. 作中人物의 경우는 이와는 좀 다르기는 하지만 역시 이들에게도 행동의 모형이 적용될 수 있다고 보고 인물의 행동의 특성을 추적해 본 것이 '行動模型으로 본 人物'이다. 여기서는 아이러니(irony)와 페르소나(persona)를 행동 모형으로 설정하고 논의를 진행했다. 이것은 성격지표를 통하여 규명되는 근본적 동기로서의 인간의 평균적 욕구나 의지를 토대로 해서 진행되는 작업이다.

아이러니는 이 경우 장르적 개념을 갖는 용어가 아니라 개인 행동의 모순성을 지적한 용어로 사용된 것이다. 앞날과 운명을 예견하지 못하는 우매한 인간의 행동이 전개되는 과정을 아이러니적 상황으로 파악한 것이다. 김동인의 <송동이>의 주인공 '송 서방'은 출생부터 한 집안에서만 붙박이로 종살이를 해 온 사람이다. 그에게는 종을 면하고 독립해서 살 기회가 있었지만 그것을 마다하고 황진사댁에서 사대에 걸쳐 주인을 섬겨왔다. 마지막 사 대째 주인인 칠성이의 집안은 형편없이 영락하여 송 서방이 그 집안에 더 있을 아무런 이유가 없는데도 그는 그의 아내마저 세상을 떠나 버리고 없는 그 집에서 그대로 노마님과 아씨, 칠성이를 돌보면서 살고 있다. 그렇게 하는 것이 그의 지상의 과제인 것처럼 송 서방은 그들을 위해서 행동할 때만 삶의 보람을 느꼈다. 송 서방은 예속성(thralldom)의 한 표본적인 인물이다. 그는 자신이 위치한 상황에 철저히 매달림으로써 오히려 그 상황에 의하여 희생이 된다는 점에서 아이러니의 희생자다. 또, 송 서방은 호의적인 동기에서 시행한 일이 악운이 되어 돌아왔다는 점에서도 아이러니의 희생자다. 칠성이에게 총을 사다 준 일, 도둑을 잡아 경찰에 넘긴 일 등은 모두 송 서방이 주인댁 식구들을 위하여 한 일이지만, 그것이 송 서방을 불행한 상황으로 몰고 가게 된다. 총을 사다준 것, 도둑을 잡아 경찰에 넘긴 것—이 두 사건 이후에 일어난 일에 대하여 송 서방은 책임을 질 필요가 없다. 그가 한 행동의 동기와 결과 사이에는 아무런 필연성이 없는 것이다. 그럼에도 불구하고 그는 철저하게 불행한 운명의 주인공이 된다. 동기와 결과 사이에 아무런 필연성도 없고, 그 결과에 대하여 책임이 없음에도 불구하고 책임을 느껴야 하고 불행해질 수밖에 없는 것이 아이러니의 희생자가 맞이하게 되는 운명이기도 하다.

계용묵의 <白痴아다다>의 '아다다'는 자신의 인간적 가치를 확인하고 행복해지기 위하여 하는 행동 때문에 오히려 학대받고 끝내는 죽게 되는 불행한 인물이다. 돈 때문에 시집갔다가 돈 때문에 소박맞는다는 그녀의 과거도 아이러니적 상황의 한 예가 된다. 그녀가 마지막으로 선택한 수룡, 그러나 그의 돈이 자신의 행복을 앗아갈지도 모른다는 공포감 때문에 그 돈을 바다에 버리다가 수룡에게 죽임을 당하는 그녀의 행동의 과정은 그대로 하나의 아이러니적 양상을 확연히 보여준다. 그녀는 돈과 행복, 또는 정상인과 백치라는 모순된 세력의 병치 속에서 희생된 인물이다. 송 서방과 아다다는 외관과 진실의 차이점을 깨닫지 못함으로써 불행하게 되거나 죽게 되는 인물들이다. 그들은 많은 소설 속에 등장하는 인물들의 아이러니를 전형적으로 보여 주는 인물들이다.

페르소나는 개인이 사회에 적응하거나 그 사회와 용이하게 교통하기 위해서 갖추어야 할 기능콤플렉스로서 태도, 역할, 신분(지위), 도덕 따위의 개념과 통하는 말이다. 그것은 가면(mask)과 같은 것으로 순수자아(a genuine ego)와는 별개의 것이다. 이 페르소나를 자기 자신과 혼동해서(persona identification) 자기를 영영 상실함으로써, 모든 인간관계에 파탄이 오고 사랑하는 사람들을 잃어버리며 종당에는 불행하게 되거나 죽게 되는 인물이 있다. 이런 者들을 '페르소나의 희생자'라고 명명해 보았다. 김동인의 <明文>의 주인공 '전주사'와 그의 아버지 '전판서'가 그러한 대표적인 예가 된다. 전판서는 전통윤리의 페르소나를 쓰고 그 권위에 의하여 아들을 지배하려 하며, 아들 전주사는 기독교적 윤리의 페르소나를 고수함으로써 아버지를 극복하려 하는 갈등의 양상이 나타나 있다. 아버지의 士大夫的인 권위의식과 아들의 父性原理에 대한 극복의지는 서로 한 치의 양보도 하지 않음으로써 끝내 그들은 부자간의 인간적 화해에 실패하고 만다. 작가는 전주사를 寓話的으로 처리하는 技法을 보여주기도 하지만, 전주사는 확실히 그의 페르소나 뒤에서 고독하게 죽어간 희생자다.

　현진전의 <B舍監과 러브레터>의 주인공 B사감은 기독교 신자, 기숙사 사감(교사), 독신주의자라는 페르소나에 집착한 나머지 타인과의 인간적 관계 정립에 실패한 여인이다. 그녀는 자신의 페르소나를 지나치게 강조함으로써 자기를 상실하고 불행하게 살아가는 인물이다. 그녀가 보여주는 발작적인 奇態에 대한 세 여학생의 반응은 각각 다르지만, 그 상황에서 그녀는 동정의 대상이 될 수밖에 없다. 그녀의 행동은 이중인격이나 위선으로 말해지기보다는 연민의 대상으로 설명되어져야 한다. 그만큼 그녀의 행동에는 짙은 페이소스(pathos)가 깔려 있다. B사감은 자신의 페르소나 뒤에 쪼그리고 앉아서 가엾은 자기를 향해 눈물을 흘리고 있는 여인이다. 전주사와 B사감에게 있어서 페르소나는 사회에 적응하기 위한 편리한 가면이 아니라 자기를 보호하고(self-protective) 방어하며 합리화하기 위한 수단이다. 이런 의미에서 그들은 페르소나의 희생자인 것이다. 전주사와 B사감은 자기를 상실하고 살아가는 인물들의 대표적인 예가 되는 인물이다.

송 서방과 아다다의 아이러니, 전주사와 B사감의 페르소나는 작중인물이 보여주는 행동의 한 모형이 될 수 있을 뿐만 아니라, 사건 전개에 객관성을 부여하고 플롯의 논리성 구축에 이바지하며, 주제로 연결됨으로써 인간성 해명의 한 단서가 됨을 아울러 확인할 수 있다.

본고에서 그 분석 대상이 된 작품이 각각 다섯 편, 네 편으로 제한되어 있어 어떤 일반론을 추출하기에는 부족한 감이 있다. 인물의 유형적 연구가 아닌 하나하나의 인물에 대한 집중적인 연구를 시도한 것이기에 작품의 편수에 제한을 받지 않을 수 없지만, 좀 더 많은 작품에 대한 이러한 식의 연구는 필요하다. 이러한 작업이 선행된 다음에라야 믿을 만한 인물의 유형 연구가 이루어질 수 있을 것이다. 막연하게 무슨 형 무슨 형으로 다수의 작중인물들을 도식화하는 것은 명료할 수는 있어도 과단순화(oversimplification)로 인하여 진실이 가려지거나 왜곡될 염려가 있기 때문이다. 그러므로 본고의 내용은 장편을 포함한 보다 많은 수의 작품의 연구를 통해서 수정 보완될 필요가 있다.

參考文獻

*** 資　料**

- 개　　　벽 제55호, 1925. 1.
- 朝鮮文壇 제5호, 1925. 1.
- 朝鮮文壇 제23호, 1935. 4.
- 野　　談 창간호 1935. 12.
- 靈　　臺 창간호(1924. 8)~5호(1925. 2)
- 現代評論 제7호, 1927. 8.
- 東亞日報 1929. 12. 25~1930. 1. 11.
- 朝鮮日報 1929. 8. 15(3085호)
- 中外日報 1930. 1. 1~1. 12.
- 全光鏞 編 <韓國近代小說의 理解>, 서울: 民音社, 1983.

*** 國內圖書**

- 丘仁煥, <近代文學의 形成과 現實認識>, 서울: 한샘. 1983.
- ────, <韓國近代小說研究>, 서울: 三英社, 1986.
- 권영민 編著, <김동인(한국대표명작 문예총서2)>, 서울: 志學社, 1985.
- 金永和, <現代韓國小說의 構造>, 서울: 태광문화사, 1977.
- 金用成, <한국근대소설의 인물연구>, 전주: 인동, 1986.
- 金允植, <文學批評用語事典>, 서울: 一志社, 1978.
- ────, <韓國近代作者論攷>, 서울: 一志社, 1974.
- ────·김현, <韓國文學史>, 서울: 民音社, 1973.

- 김재홍 編著, <나도향.(한국대표명작 문예총서 5)>, 서울: 志學社, 1985.
- 金治洙, <韓國小說의 空間>, 서울: 悅話堂, 1976.
- 金華榮 編譯, <소설이란 무엇인가>, 서울: 文學思想社, 1986.
- 朴東奎, <現代韓國小說의 性格研究>, 서울: 文學思想社, 1981.
- 서종택, <한국근대소설의 구조>, 서울: 詩文學社, 1982.
- 申東旭 編, <文藝批評論>, 서울: 고려원, 1986.
- 尹弘老, <韓國近代小說研究>, 서울: 一潮閣, 1984.
- 李光豊, <現代小說의 原型的 研究>, 서울: 集文堂, 1985.
- 李符永, <分析心理學>, 서울: 一潮閣, 1984.
- 李在銑, <韓國短篇小說研究>, 서울: 一潮閣, 1982.
- 李在銑·조동일 책임편집, <한국현대소설작품론>, 서울: 도서출판 문장, 1986.
- ──────, <한국현대소설사>, 서울: 弘盛社, 1981.
- 鄭尙均, <韓國古代詩文學史研究>, 서울: 翰信文化社, 1984.
- ──────, <形式文學論>, 서울: 翰信文化社, 1982.
- 曺南鉉, <小說原論>, 서울: 고려원, 1982.
- ──────, <韓國知識人小說研究>, 서울: 一志社, 1984.
- 정현기, <한국근대소설의 인물유형>, 서울: 인문당, 1983.
- 趙演鉉, <韓國現代文學社>, 서울: 盛文閣, 1972.
- 千二斗, <韓國現代小說論>, 서울: 형설출판사, 1969.
- 蔡 壎, <1920年代 韓國作家研究>, 서울: 一志社, 1982.
- 洪文杓, <韓國現代文學論爭의 批評史的研究>, 서울: 陽文閣, 1980.
- 서정주 외 編著, <現代作家論>, 서울: 형설출판사, 1985.
- 白 鐵 解說, <金東仁 研究>, 서울: 새문사, 1982.
- 申東旭 解說, <玄鎭健 研究>, 서울: 새문사, 1981.
- 李相殷 監修, <漢韓大字典>, 서울: 民衆書林, 1979.

* 飜譯圖書

- 아리스토텔레스, <詩學>, 孫明弦 譯, 서울: 博英社, 1982.
- 아지자·올리버에리·스크트릭 공저, <문학의 상징, 주제사전>, 張英洙 譯, 서울: 中央日報社, 1986.
- 벌핀치, <古代神話>, 孫明鉉 譯, 서울: 正音社, 1982.
- 캘빈 S. 홀, <프로이드心理學入門>, 黃文秀 譯, 서울: 汎友社, 1977.
- C.G. 융, <意識의 뿌리에 관하여>, 설영환 譯, 서울: 예문출판사, 1986.
- D.C. 뮤크, <아이러니 Irony>, 文詳得 譯, 서울: 서울대학교 출판부, 1982.
- 스태퍼드 클라크, <精神分析의 理解>, 李一徹 譯, 서울: 正音社, 1981.
- 엘리자베드 디플, <플롯 Plot>, 文祐相 譯, 서울: 서울대학교 출판부, 1980.
- 헨리 제임스 <小說藝術論 The art of fiction>, 尹基漢 譯 서울: 學文社, 1982.
- 이이다 신·나까이 히사오, <天才의 精神病理>, 이현수 역, 서울: 전파과학사, 1976.
- J.C. 프레이저, <黃金의 가지 The golden bough>, 金相一 譯, 서울: 올유문화사, 1983.
- J. 야코비, <융心理學>, 洪性華 譯, 서울교육문화사, 1985.
- 죠르즈 플레 編, <現代批評의 理論>, 김붕구 譯, 서울: 弘盛社, 1979.
- 마빈 해리스, <문화의 수수께끼>, 박종열 譯, 서울: 한길사, 1982.
- 로버트 C. 홀럽, <受容理論>, 崔翔圭 譯, 서울: 三知院, 1985.
- 로만 인가르덴, <文學藝術作品>, 李東昇 譯, 서울: 民音社, 1985.
- 르네 지라르, <小說의 理論>, 金允植 譯, 서울: 三英社, 1978.
- S. 프로이드, <꿈의 解析>, 張秉吉 譯, 서울: 을유문화사, 1983.

• S. 프로이드, <정신분석입문>, 민희식 옮김, 서울: 트볌, 1982.
• S. 리몬－케넌, <小說의 詩學>, 최상규 譯, 서울: 문학과 지성사, 1985.
• 월프레드 L. 궤린 外, <文學의 理解와 批評>, 정재완·김성곤 공역, 서울: 청록출판사, 1978.
• 金炳旭 編, 崔翔圭 譯, <現代小說의 理論>, 서울: 大邦出版社, 1984.

* 外國圖書
• Booth, Wayne C, *The Rhetoric of Fiction*. Chicago & London: The University of Chicago Press, 1973.
• Boulton, Majorie. *The Anatomy of The Novel*. London: Routledge & kegan Paul, 1975.
• Brooks, Cleanth: Warren, Robert penn. *Understanding Fictions*. New York: Appleton-Century-Crofts Inc., 1959.
• Brooks, Cleanth: Warren, Robert penn. *The Scope of Fiction*. New Jersey: Prentice-Hall Inc., 1960.
• Forster, E.M. *Aspects of the Novel*. New York: Penguin Books, 1974.
• Freud, S. *Civilization And It's Discontents*. New York: W.W. Norton & Company Inc., 1961.
• Freud, S. *Totem And Taboo*(*The James strachey Translation*) New York: W.W.Norton & Company Inc., 1950.
• Friedman, Norman. *Form And Meaning in Fiction*. Athens: The University of Georgia Press, 1975.
• Frye, Northrop. *Anatomy of Criticism*(*Four Essays*). Princeton New Jersey: Princeton University Press, 1973.

- Frye, Northrop. *The Educated Imagination*. Bloomington & London: Indiana University Press, 1964.
- Grant, Damian. *Realism*. London & New York: Methuen & Co. Ltd, 1985.
- Grant, Damian. *Realism*. London & New York: Methuen & Co. Ltd., 1985.
- Green, A. *Tragic Effect*. Cambridge: Cambridge University Press, 1974.
- Jung, C.G. *Psychological Type(A Revision by R.F.C. Hull of the translation by H.G. Baynes)*. Princeton New Jersey: Princeton University Press, 1976.
- Kenney, William. *How to Analyze* Fiction. New York: Monarch Press, 1966.
- Lubbock, Percy. *The Craft of Fiction*. London: Jonathan Cape Thirty Bedford Square, 1957.
- Mahoney, Michael J. *Abnormal Psychology(Perspectives on Human Variance)*. San-Francisco: Harper & Row Publishers, 1980.
- Muir, Edwin. *The Structure of the Novel*. New York: A Harbinger Book, Harcourt, Brace & World Inc.
- Neumann, E. *Amor and Psyche*. Princeton New Jersey: Princeton University Press, 1973.
- Neumann, E. *The Great Mother*. Princeton New Jersey: Princeton University Press. 1974.
- Paris, Bernard J. *A psychological Approach to Fiction*. Blooington & London: Indiana University Press, 1974.
- Pollard, Arther. *Satire*. London & New York: Methuen & Co. Ltd., 1985.

- Stanton, Robert. *An Introduction To Fiction*. New York: Holt, Rinehart And Winston, Inc., 1965.
- Welleck, Rene and Warren, Austin. *Theory of Literature*. New York: Penguin Books, 1956.
- Whitmont, Edward C. *The Symbolic Quest(Basic concept of analytical psychology)*. Princeton New Jersey: Princeton University Press, 1978.

* 關係論文
- 구인환. "김동인 소설의 미학", 이숭녕 선생 고희 기념 국어국문학 논총(1977).
- 김흥규. "황폐한 삶과 영웅주의", 문학과 지성 제27호(1977. 봄호).
- 정준섭. "동인 단편의 인물연구", 단대 대학원.(1978).
- 김경희. "「광화사」의 심리학적 연구," 김열규, 신동욱 편. 김동인 연구. 서울: 새문사(1982).
- 이용남. "동인문학에 나타난 기독교 의식", 관악어문학 제6집(1981).
- 이재선. "개인과 사회의 갈등", 문학사상7호.(1973).
- 김병욱. "나도향의 「벙어리 삼룡이」", 문장(한국소설 작품론).(1981)
- 송하춘. "한국현대소설에 나타난 작중인물 연구", 고려대학원(1980).
- 홍태식. "현진건 소설의 인물연구", 국어교육 44·45합병호(1983).
- 홍태식. "계용묵의 작품연구", 명지대학원(1981).
- 홍태식. "「白痴 아다다」硏究", 명지어문학 16호(1984).

-ABSTRACT-

A Study of Characters in Modern Korean Short Stories

By Tae-Sik Hong

Man is an unpredictable being. They say women are fickle, but this is no less true of men. The Fable of a Tree Toad is merely a miniature instance of man's caprice. Many attempts have been made to integrate human personalities with a view to delivering this world from its absurdities and inconsistencies by putting forth various indoctrinating visions, all of which have invariably ended in miseries and catastrophes, as have been manifested throughout the history of mankind. Mencius explains human nature with his theory of innate goodness, Hsuntzu with his theory of innate evilness, and others with their own variety of opinions and doctrines. None of them, however, has succeeded in explaining all those diverse and complicated aspects of human behavior, except in the inefficient, impractical realms of philosophy. The harder one tries to understand human beings, the more difficulties arise there to be solved. Anyone who tries to control the behavior of human beings and deliver them as the result is either a presumptuous daydreamer or a self-conceited narcissist. It may be that man's caprice is an expression of his will to be free. The proposition that capriciousness is immoral should be accepted as partial truth. Therefore, the best way of understanding human beings is to observe them objectively rather than to try to explain them.

Characters in novels differ little from real people. No single standard can be applied to all of them; in fact, they refuse conformity to such a standard. They are in principle free beings, and any attempt to classify them with a certain standard instantly deprives them of life. To make them alive, it is necessary to observe them objectively. However, students of novels are apt to hold them within certain limits. Such an attitude may be an evidence of man's disposition to control others, but it is also a way of satisfying his desire for knowledge. If caprice is an expression of man's free will, the satisfaction of his desire for knowledge is a way of its realization. It may not be very important, in this case, whether the result of observing, anatomizing, and analyzing characters is valid or not. What is important here is not what or how much can be attained but the fact that man's desire for knowledge can be satisfied during the process. Herein lies the necessity for studying novels. Man is a difficult being to understand, or rather, a being forever impossible to understand, but he has always been an object worth studying because of this insatiable desire for knowledge.

It is fortunate for students of novels that the world of a novel, being a world created by the author, cannot escape from being controlled by his intentions and objectives. Since there is in a novel the possibility(or the restriction and control in accordance with the intention of the writer) for finding out characters inhabiting within its world, it is encouraging for students of novels to have the conviction that the study of a novel and its characters can be successfully carried out if this possibility is found out. Besides, there is another pleasing fact that, since novels present rather than explain human beings, it is easier to approach them in a novel than in a philosophy. Though there is a close affinity between literature and philosophy in that both are studies of man, the latter is less effective due to its abstracting tendency while the former enables us to understand human beings as they really are by presenting them as naturally as possible. This thesis is an attempt to understand characters in the novel by setting up character-indicators and behavior-patterns, provided by the novel itself, as two standards to be applied in observing the characters.

Most novels adopt the method of characterization, which is generally defined to include the presentation of the appearances of the people, their dialogues and actions, their environments, personal habits, way of speech, and their attitudes toward others as well as toward themselves, etc. The surest and the most important of these so-called character-indicators are the "actions" and the "dialogues" because the "attitudes" of the characters in most cases are include in their "actions". Considering the fact that, in the drama, all the aims are achieved through the actions and dialogues of the actors, it may well be said that the "actions" and "dialogues" of a character can reflect his whole being, that is, his whole personalities. Another important indicators to be adopted here is the "appearances" of the characters. There is no man but is concerned with his own appearance, and it is a widely accepted fact that the appearance of a person is a potent influence on his personalities as well as on his fortune. It is certain that the character of a person is known by his actions, which in turn are determined by his character and should be explained as such. In other words, the actions of a person define his character while his character is the basis of explaining his actions. As Robert Stanton aptly puts it, "his basic motivation is an aspect of his general character." In this thesis, therefore, the character and the basic motivation are regarded as one and the same concept, and it follows that the character-indicators of a person are his psychological factors, that is to say, the actions(or the dialogues, the appearance, etc.) of a person are the initial character-indicators whereas his psychological factors are the fundamental ones.

In this respect, 'Characters seen through their Character-Indicators' is an investigation into the character-indicators as the psychological factors or the basic motivation centered on those characters appearing in Dong-in Kim's "Yu-seo(遺書)", "Kwanghwa-sa(狂畫師)", "Kwang-yom Sonata(狂炎소나타)", Do hyang Na's "Samryon-i, The dumb", and Chin-Kon Hyon's "Fire(불)". As the result, it has been revealed that there are at work at the root of the actions of each character such psychological factors as pride, desire for revenge, erotic lust, will to recover his identity, longing for a new space for life. These psychological factors, in fact, necessitate the actions of the character, provide logicality and the law of causality for the plot of the work, and moreover furnish the clue for understanding human beings which has direct relations to its theme. The characters, in this sense, govern the whole structure of a novel and are the frameworks of the aesthetics of the novel.

If a man is to adapt himself to the society and the world he lives in, he should act according to the behavior-patterns required by the society, whether he likes it or not, since a breach of the social norm or the moral code is sure to alienate him. Though this is not exactly the case with the characters in a novel, a pattern of behavior may also be applied to them. 'Characters seen through their Behavior-pattern'. is a study of the characteristic features of the behavior of characters in novels, based on this assumption. In this chapter, irony and persona are set up as the behavior-pattern for this purpose. Irony here is a term used not for classifying literary genre but for indicating inconsistencies in individual behavior. The developing process of the behavior of human beings too ignorant to foresee their future is regarded as an ironical situation. 'Victims of Irony' is a study of the characters victimized in ironical situations, centered on the behavior of the characters in Tong-in Kim's "Song-dong-i" and Yong-mook Kye's "Adada, The Idiot". Consequently, it was found out that victims of irony are either those who become miserable like Song-dong-i or Adada through their inability to tell the difference between appearance and reality or those victimized persons involved in such circumstances created by juxtaposing two conflicting forces. Persona, a term which has to do with the concept of attitude, role, status, moral, etc., is the functional complex each individual should be equipped with in order to adapt himself to the society or to communicate with it. It is something like a mask or an attire which can be changed as the case may be. Therefore, it is not a genuine ego. However, there are people who, confusing this persona with their genuine ego, lose their genuine egos and, as the result, break up their personal relationships, lose their beloved, and in the end suffer misery and death. Such people are designated as 'Victims of persona' here. Strictly speaking, the persona in this case is not normal but an ill-formed one. we can find typical models of such persona in Tong-in Kim's "Myong-moon(明文)", Chin-kon Hyon's "Housemistress B and the Love Letter" Mr. Chon, identifying his self with his persona, fails to reconcile himself with his father, and, as a reaction to this, commits matricide to be condemned to death. On the other hand, Housemistress B is a woman who, obsessed by her own persona, fails to come to terms with everyone around her and leads a lonely life. She is not only frowned at but pitied by three girls through her fitful eccentricities as the result of excessive self-restraint. There underlies a deep pathos in her behavior. Both Mr. Chon and Housemistress B are the hero and the heroine of wretched fates who hide themselves behind their persona, dying a lonely death or shed-ding tears of regret.

What is ascertained here is that both the irony of Song-dong-i and Adada and the personas of Mr. Chon and Housemistress B give objectivity to their behavior as well as to the incidents and lead us directly to the themes, which is sure to play a significant part in the aesthetics of the novel. In addition, such a study on characters contributes not only to the interpretation of personalities and the understanding of the novel and its artistic forms but also to the study of character classification.

To know others, one should examine oneself, and vice versa. Analyzing one's self is the first step to understanding others. It may be that trying to understand human beings with the aid of philosophy or psychology will result in superficial understanding. Though we often borrow theories and terminology from such adjacent disciplines for convenience' sake, these should be given only supplementary roles in analyzing one's self, and the interpretation of characters in a novel should naturally be started with the analysis of the student himself. If he can contemplate himself, forever haunted by primitive desires, self-deceptions, self-delusions, self-conceit, and vanity, he can surely understand to some extent those characters in a novel, no matter how complicated they may be. A novel is that which shows our hidden true beings, and by so doing it opens the way for human beings to return to their own selves. The students of novels should bear the following statement in mind: "To remedy both the conscious and unconscious elements by drawing up the unconscious elements to the level of consciousness with the bucket of language is a function of literature. For me, literature is the sacrament of confession to the world, an activity of curing myself, and a festival with which we can enrich the world."(Seong-Ki Cho, winner of the prize for Todays Author, June 2, 1985 issue of the Seoul Shin-moon)

索 引

<ㄱ>

가시적 지표 : 163
가시적인 성격지표 : 77
가치질서 : 200, 203
가학(sadism) : 156,
각성과 발전 : 141
간접 제시 : 37, 38
갈등의 조건 : 153
감정적 에너지의 轉移
(transference) : 136
강렬한 긴장감 : 177
개별적 상황의 산물 : 169
개성(individuality) : 205
개성의 普遍化 : 20
개성화(individuation) : 209
개연성 : 103, 146
개연적인 시공 : 104
개인주의 : 20
객관적 대상물 : 44
거대한 설득력 : 103

거세우려(castration anxiety) : 236
경어체 : 213
硬直性(stiffness) : 207
계급주의 문학 : 160
계용묵 : 30, 177, 261, 273, 282
고립된 인간 : 175, 184
고전적인 人物 : 22
고전주의적인 리얼리즘 : 203
고착된 관념 : 139
古態的 欲求 : 52
<故鄕> : 14
공감력 : 179
공격성 : 143, 151, 154
공격적 파괴적 리비도 : 154
공인(public figure) : 208
과단순화(oversimplification) : 172, 275
관례적 성격지표 : 41
관심 : 14, 15, 17, 21, 26, 28, 31, 46, 75, 76, 81, 96, 113, 147, 163, 181, 182, 210, 234,

292 索 引

242, 243
광적인 욕망 : 88
광적인 자기기만 : 73
광포한 힘 : 119
괴기성 : 100, 181
괴기적, 악마적 분위기 : 119
救援의 肖像 : 91
救援의 通路 : 292
구조적 造形性 : 133
구체화 : 82, 85, 141, 171
權能의 化身 : 268
권위 있는 話者 : 37
권위를 信奉하는 자들 : 215
權威와 威嚴 : 208
鬼氣 : 107, 116, 118, 119
規定된 慣例(prescribed manners) : 237
그림자(shadow, schatten) : 56
劇的 結末 : 202
극적 효과 : 148, 177
極限性 : 179
극화된 대변자 : 17
근본적인 동기 : 28, 62, 78, 136, 163, 168, 198
根源的 模型(archetype)
근원적 유형의 투사(archetypal projection) : 249

근원적인 인간의 모습 : 147
近親相姦 : 48, 92
근친상간의 욕망 : 98
近親相姦的(incertuous)인 禁忌 : 92
근친상간적인 애욕 : 100
禁忌 : 51, 52, 92, 96, 110, 155, 227
金用成<韓國 近代 小說의 人物 研究> : 26
金宇鍾 : 292, 90
기능 콤플렉스 : 205
기독교 윤리 : 211
기독교의 십계명 : 222, 236
騎士道 : 42
김동인 : 14, 30, 43, 44, 45, 50, 68, 89, 163, 177, 210, 211, 213, 248, 258, 261, 262, 268, 272, 274, 277, 282
김유정 : 24

<ㄴ>

나도향 : 25, 30, 126, 127, 135, 278, 282
나보코프(Navokov) : 18,
나탈리 사로트(Nathalie Sarraute)

: 21

樂園 : 115

낙원 회귀의 소망 : 122, 167, 169

낙원의 대체물 : 121

樂園回歸의 所望 : 270

남성혐오증 : 249

內景 : 53

內面的 欲求 : 119

內包作者 : 17, 75

冷笑的(sardonic) : 213

논리성 : 55, 96, 127, 152, 177, 181, 190, 271, 275

논평 : 37, 127, 135, 190

누보로망(Nouveau roman) : 21

能動的 주견 : 203

능동적인 의지 : 191,

<ㄷ>

單純構成 : 16

담화 : 38

代理人 : 46

代理充足 : 85

代償的 充足 : 181

對位法 : 75, 77, 79, 81, 83, 85, 87, 89, 91, 92, 93, 95, 97, 99, 101

대유적 : 166

代替物 : 115

도덕률 : 132, 171, 209, 213, 224, 227, 237, 240, 262

도덕적 양심 : 65, 94, 133

도덕적 우월감 : 223,

도덕적 원칙 : 28

道德的 義務 : 140

도덕적 차원 : 217, 229, 253

도덕적 책임감 : 188, 270

도덕적 판단 : 213, 239

導入 額子 : 293

독신주의자 : 244, 245, 246, 256, 274

同類의 사람 : 235

同類意議 : 293

同一性의 恢復(regaining of idendtity) : 293

同一視 : 17, 46, 93, 120, 137, 140, 164, 188, 206, 209, 212, 213, 215, 221, 223, 231, 233, 237

同質性 : 140, 198

同參的 狀況(participation mystique) : 73

등가물 : 154

디테일 : 106, 147, 150, 244

294 索 引

<ㄹ>

로만스(romance) : 174,
로버트 스탠톤 : 28
로브그리예(Alain Robbe Grillet)
루카치 : 201, 202
리얼리즘 : 21, 32, 146, 147,
174, 203, 261
리얼리즘 소설 : 21, 174, 261
리얼리즘 작가 : 147
리얼리즘 : 21, 32, 146, 147,
174, 203, 261
리얼리즘적 인식 : 175
리얼리티 : 28, 96, 103, 104,
127, 139, 159, 160

<ㅁ>

魔性 : 49, 97, 98, 268
마스크 : 205
말의 아이러니(verbal irony) : 189
마조히즘 : 157
明瞭化(articulation)
명칭의 유비 : 65
모노드라마(mono-drama) : 243
모멸감과 수치감 : 59

模倣的, 또는 再現的 機能 : 146
母性 : 91, 95, 99, 102, 118,
269, 270
母性本能 : 91
母性에로의 回歸(Oedipus complex)
:102
母性의 世界 : 118
母性存在(現想的 女人像) :102,
269
矛盾과 不調和 : 193
矛盾된 竝置 : 196
母親殺害(matricide) : 100
母親像 : 99, 101
모티브 : 200
模型化 : 259
模糊한 관능 : 181
無理하고 原始的인 行動性 : 207
無知와 純眞 : 175
文學的 慣習 : 24
문화적 유형 : 146
미완성(indeterminacy) : 126
美的 理念 : 104
미정 상태 : 38
美化된 죽음 : 64 145

<ㅂ>

朴東奎<現代 小說의 性格 硏究> : 26
反男性主義 : 249
반대 급부 : 123
반동블럭 : 49
反動者(antagonist) : 173
반복 강박(repetition compulsion) : 230
反小說(anti-novel) : 21
反語的 태도 : 246, 252
反語的 行動 : 218
反語的 : 52, 218, 227, 246, 252, 269
반영기능 : 146
防禦機制(defence mechanism) : 246
방해꾼(blocking character) : 50, 115
放火 : 105, 111, 116, 148, 153, 159, 160, 165, 166, 269, 270
배경 : 19, 30, 36, 40, 56, 75, 103, 104, 106, 112, 154, 161, 256
犯罪本能 : 110
辨證法的인 과정 : 201
竝置(juxtaposition) : 92
보상 : 77, 120, 121, 130, 132, 133, 190, 246, 264, 269

補償心理 : 77, 128
보상행위 : 130
補色 : 105,
普遍的인 人生圖 : 203
伏線 : 55, 71, 152, 155, 181, 183, 190
복수 의지 : 164, 167
복수심 : 77
複合構成 : 16
부모와 문화의 심리적 부산물 : 130
父性原理 : 115, 140, 226, 241, 274
不一致의 공존 : 196
父子有親 : 214
不適切性(uncertainty) : 207
父親殺害(tarricide) : 100
分離(seperation) : 165
分析心理學 : 66, 75, 204, 205, 262, 278
불행의 시공 : 118
불효의식 : 117
비극(tragedy) : 174
悲劇의 精神 : 15
비극의 플롯 : 15
悲劇的 所望 : 89
悲劇的 아이러니 : 295
悲劇的 眞實 : 203

비극적 형식 : 187, 189
悲劇的, 運命的 아이러니 : 295
비극적인 인생의 진실 : 124
비애감(pathos) : 258
飛躍 : 126,
悲願 : 102, 145
비인간성(nonpersonality) : 208
비판의 시각 : 147
批評精神 : 241
빅토르 위고 : 126, 165
빗나간 자존심 : 65, 73
<뽕> : 135,

<ㅅ>

사건 단위 : 106
사건의 강력한 추진력 : 76
사건의 操作과 進行 : 44
사고와 표현의 獨斷性 : 217
思考의 硬直性 : 209
사고의 경향 : 40
士大夫的인 權威意識 : 296
使命 : 205
사실주의 소설 : 147
사실주의 작가 : 147
似而非 自我(pseudoego) : 206
사체 모독 : 122

사회 적응 방식과 노력 : 115
사회규범적인 책임감 : 47
사회도 : 149
社會的 地位의 상승 : 199
社會化의 産物(the procuct of socialization) : 131
殺父(tarricide)意志 : 232
殺害欲望 : 156
삼각관계 : 43, 48, 71, 72, 134, 163
삼강오륜 : 215, 218
詳細化된 社會圖 : 32
上位的인 敵對勢力 : 48
상처받은 자존심 : 63, 71, 72
상처받은 자존심의 회복 : 72
相互侵透 : 15
상황의 아이러니 : (situational irony) : 189
사디스트 : 61
사디즘(sadism)적인 열정 : 88
새로운 삶의 통로 : 141
省略 : 126
생존 방식 : 120
生體驗 : 103
샤만(Shaman)적인 행동 : 74
서사시학 : 21
敍事樣式 : 296

羨望과 僞善 : 198

先驗的 觀念 : 296

선망적인 혐오감 : 77

先驗的 觀念 : 223

성격 소설 : 179

성격 : 1, 15, 17, 22, 26, 28, 29, 30, 33, 35, 36, 37, 38, 39, 40, 41, 42, 43, 45, 47, 49, 50, 52, 54, 55, 61,

성격의 플롯 : 179

性格指標(character indicator) : 296

成年式(initiation) 小說 : 296

성본능(eros)이 倒錯된 상태 : 122 (perversion) : 122

性愛的 欲求 : 138

性的 리비도(libido) : 296, 85

性的 本能(eros, sexual instinct) : 297

細部描寫 : 134

所望的 思考(autistic or Wishful thinking) : 255, 297

소설가의 자유 : 177

小說美學 : 297

小說詩學 : 297

소설의 극적 묘미, 충격적 감동 : 264

소설의 이상 : 160

소설의 일반적 양상 : 165

소영웅적 자존심 : 72

小英雄主義的 : 58

소영웅주의적인 망집 : 72

疎外와 不幸 : 189

所有慾 : 92

俗物根性(snobbism) : 198

宋河春<韓國 小說에 나타난 作中人物 硏究> : 297

受動者(patient) : 297

受容理論(reception theory) : 297

순종성 : 179

숨겨놓은 욕망(an uncherlying desire) : 65

스탕달 : 202

스토리 텔러 : 126, 136, 137, 142

스토리의 인과율 : 38

昇華(sublimation) : 141, 164

屍姦 : 122, 165, 270

시간적 거리 : 148

時代의 産物 : 146

시대인식 : 147

視點(point of view) : 16, 37

시체 애호증 : 161

試行錯誤 : 161, 202

試行錯誤 : 161, 202

信念의 竝置(juxtaposition) : 297
實際感(lifelikeness) : 28
心理小說 : 22
심리적 국면 : 39, 41, 214
심리적 딜레마 : 83
心理적 메커니즘 : 297
심리적 요인 : 41, 42, 75, 172,
268, 271, 272
심리적 인과율 : 163
心理的 調節機制 : 208
心的鬪爭 : 297
深化된 단계의 성격지표 : 42

<ㅇ>

아다다의 욕망 : 197, 199, 200,
203
아리스토텔레스 : 15, 158, 271, 279
아버지의 세계(父性原理) : 226
아이러니 양식 : 174
아이러니(irony) : 173, 174, 175,
177, 179, 181, 183, 185, 187,
189, 191, 193, 195, 197, 199,
201, 203, 272
아이러니의 구조물 : 174
아이러니의 원리 : 188, 189
아이러니의 犧牲者 : 189

아이러니적 상황 : 214, 228, 272,
273
아이러니적 인물 : 209, 222
아포리즘 : 194
악마성 : 100
악마적, 괴기적 취향 : 122
악마적인 사고 : 64
惡循環的 反復(the vicious circle)
: 298
惡緣 : 185
惡運 : 261
알레고리(allegory) : 38
暗示와 反轉 : 202
額子小說(Rhamenerzahlung) : 78
野性 : 105, 107, 118, 119
야성적 천재 : 112, 116
야유와 조소 : 209, 216
兩家感情(情緒的 兩面性) : 83
양가감정(emotional ambivalence)
: 86, 249
語調(tone) : 213
에드윈 뮈어 : 179
에로스 : 99, 100, 102, 125, 127,
129, 131, 133, 134, 135, 137,
138, 139, 141, 142, 143, 144,
145, 165, 166, 167, 249, 250,
251, 255, 257, 258, 263, 264,

270, 271

에로스의 代替物 : 142

에로스의 승화 : 144

에로스적 욕망 : 249, 250

에밀리(Amily) : 182

女性忌避症(misogyny) : 82

力動性(dynamic) : 148

逆倫的 : 51

役割 : 18, 204, 205, 208, 213, 231, 237

열등감 : 39, 51, 52, 65, 66, 77, 82, 89, 97, 99, 101

열등의식 : 56, 71, 179, 189, 258, 264

熱情 : 80, 90, 99, 105, 108, 112, 138, 164

염상섭 : 41, 211

英雄 스토리 : 175

영웅 : 25, 42, 64, 72, 73, 105, 175, 189, 282

영웅심리 : 42

영웅적 이념 : 175

예상과 결과의 乖離 : 188

예상과 결과의 불일치

예속 상태 : 129

예속성(thralldom) : 272

예속적 삶 : 263

예술 애호중 : 70

예술 : 1, 32, 45, 46, 55, 64, 70, 72, 73, 77, 79, 80, 83, 85, 86, 89, 90, 92, 104, 105, 107, 108, 109, 111, 112, 116, 118, 123, 146, 147, 165, 168, 268

예술적 포부의 실현 : 77

豫示와 상징 : 55

오레스테스 原型 : 269

오레스테스(Orestes) : 100, 165

오레스테스적 상황(Orestes situation) : 101

오이디푸스 콤플렉스 : 75, 77, 78, 79, 81, 83, 85, 87, 89, 91, 92, 93, 94, 95, 97, 99, 101, 102, 164, 165, 167, 269

오이디푸스 : 75, 77, 78, 79, 81, 83, 85, 87, 89, 91, 92, 93, 94, 95, 96, 97, 98, 99, 100, 101, 102, 164, 165, 167, 176, 184, 196, 269

오이디푸스적 상황(Oedipul situation) : 101

옷과 살갗 : 207

왜곡된 페르소나 : 251, 263, 265

外觀과 眞實 : 299

외모(외양, external appearance) : 134

외모의 묘사(seeming description) : 134
외양 : 38, 134
外形의 캐리커처 : 134
욕망 : 18, 19, 28, 29, 39, 42, 76, 80, 86, 88, 90, 91, 92, 98, 99, 101, 102, 111, 191, 197, 198, 199, 200, 201, 202, 203, 215, 249, 250, 251, 264, 270
욕망과 죽음의 문제 : 191
慾望의 代償 行爲 : 299
욕망의 한계 : 101
勇斷 : 42
偶像 : 139, 299
偶然性 : 96
友好的 局面 : 131
偶話的 : 300
운명의 극복 : 90
運命의 明暗 : 135, 202
운명의 비극성 : 135
運命의 수레바퀴 : 175
운명적 굴레 : 30
운명적 요인 : 82, 264
원수 : 50, 69, 143, 152, 155, 157, 158, 159, 166, 186, 188, 192, 230, 248
원초적 욕구 : 191

原型(archetype) : 165, 223
原形的 樣相 : 300
原形的 欲求 : 300
圓形的 人物(round-character) : 172
原形的 行動(欲求) : 300
위기(crisis) : 158
위선 : 212, 256, 257, 274
위신을 지키려는 충동(drive for prestige) : 215
유비(analogy) : 38
유아성 반항 : 225
幼兒性 反抗에 反動 : 300
柔軟한 伸縮性 : 205
유전적 배경 : 112
유토피아 : 203
육체적인 외모 : 36, 39, 135
윤리적 원칙(ethical principles) : 237
윤리적 파멸 : 122
倫理的인 책임감
윤리적인 파멸 : 73
융(Jung) : 110, 204
의도와 결과 : 260, 261
의무의 수행(dutifal performance)
의식의 평정 : 56
의지 : 1, 33, 40, 42, 43, 46, 52, 53, 55, 61, 71, 76, 78, 80, 101,

104, 108, 115, 116, 144, 145, 152, 164, 167, 169, 179, 184, 187, 191, 192, 193, 194, 195, 196, 223, 224, 227, 232, 235, 241, 246, 249, 256, 271, 272, 274

意志的 脫出 : 203

이기적인 자기애 : 60

이드(id) : 255, 257, 263

이드(id)의 반란 : 263

이야기의 제작자(story-maker) : 79

이율배반적인 행동 : 132

이재선 : 95, 97, 133, 256, 257, 282

이중인격 : 212, 257, 274

異質性 : 126

인간 심성의 양면성 : 257

인간 정신의 황폐 : 73

인간관계 : 42, 43, 64, 77, 81, 82, 84, 89, 90, 126, 128, 140, 157, 161, 168, 202, 206, 213, 229, 242, 252, 253, 262, 274

인간성(humanity) : 218

인간성의 공분모 : 125

인간성의 喪失 : 206

인간의 보편적 속성 : 30, 169

인간의 所望 : 203

인간이고자 하는 의지 : 192

인간적 가치의 추구 : 145

인간적 감응(genuine responsiveness) : 215

인간적 비밀 : 243

인간적 상황 : 167

인간적 意志 : 192

인간적 파멸 : 123

인물 논평 : 37

인물 사이의 유비 : 38

인물 중심적인 작품 : 43

인물구성 : 19, 162

인물의 유형론 : 26, 170

인물의 조종 : 61

印象的 人物 : 301

인상적 : 78, 135, 177, 244, 264

人生圖 : 195, 203

人生의 逆說的(ironical)인 眞實 : 203

人性(personality) : 206

인습의 굴레 : 86, 199

<ㅈ>

자가당착적인 비극성 : 264

자기 구원의 통로 : 141, 145

302 索　引

자기 은폐의 행위 : 84
자기 자신(a genuine ego) : 206
자기 파괴적인 모형(self destructive pattern) : 156
자기 파괴적인 행동(self destructive pattern) : 122
自己救援의 實現 : 270
自己救濟 : 76
자기동일성의 회복 : 145
自己侮蔑 : 176
自己反省 : 208
自己卑下的인 열등감 : 82
自己喪失 : 199, 206
自己省察 : 208
自己實現(selbstverwirklichung, Indivisuation) : 19
自己愛 : 67
자기의 세계 : 226
自己探索(self-realization) : 93
自己嫌惡(self-abhorrence) : 249,
자기희생 : 141, 142, 144
자만심 : 60, 72, 73, 77
自發的 : 17, 78
自我(ego) : 205
自我의 팽창(inflation) : 269
자존심 확인 : 76
자존심 : 54, 57, 60, 61, 62, 63, 64, 65, 68, 69, 70, 71, 72, 73, 76, 77, 78, 85, 88, 89, 90, 91, 92, 93, 99, 102, 164, 167, 168, 229, 243, 269, 272
자존심의 방어 : 71
자존심의 신봉 : 71
自虐(masochism) : 156
작가론 : 24, 147, 148
작가의 논평 : 190
작위적 : 181
작자의 조작성 : 96
作中人物(character) : 1
作中人物論 : 27
作中現實 : 103, 146
작품의 총체적인 파악 : 55
잘못 형성된 페르소나(ill-formed persona) : 208
잠재적인 내용 : 82
잠재적인 欲望 : 17
再構成 : 103, 146
재창조 : 116
저항 심리 : 156, 160
적대세력 : 48, 49, 65, 67, 122, 143, 151, 250
敵對와 憎惡의 감정 : 87
適應方式(anpassungsform) : 212
적응형식(anpassungsform) : 207

前景 : 86, 186
전능자로서의 권위 : 69
全能者의 위치 : 164
全能者的 權威 : 268, 302
全能的 權威 : 302
全能的인 영향력 : 64
전능한 스토리 메이커 : 96
傳達과 理解 : 303
前小說的 : 128
轉位(displacement) : 120
轉位的 客觀化 : 179
轉移(transfert) : 101
前兆(伏線) : 303
全知的 入場 : 303
全知的 作家 視點 : 126
傳統倫理 : 303
情性的 形式論理 : 303
정신병리(psychosis) : 250
精神分析學 : 75
정신적 에너지 : 130
정신적 위기 : 21
정현기<한국 근대 소설의 인물
유형> : 26
淨化 : 116, 154, 155, 159
제거의 상징성 : 71
제유(synecdoche) : 152
제임스 조이스 : 22

嘲笑와 非難 : 213
助言者 : 120
조작성 : 96, 157, 160
操作者(story-maker) : 80
조지 오웰 : 21
존재 의미 : 30
存在論的인 苦痛
(ontological Sickness) : 83
綜合的 : 135
죄책감의 投射(projoection) : 99
주견이 거세된 인물 : 62
主動과 反動 : 40
主動者(protagonist) : 173
주변적인 지표 : 39
主題的 構造 : 106, 303
죽음 : 20, 25, 63, 64, 69, 73, 78,
81, 86, 88, 91, 101, 115, 117,
119, 122, 142, 143, 144, 145, 154,
155, 156, 157, 159, 165, 166, 176,
179, 181, 188, 189, 191, 195, 196,
197, 201, 202, 203, 213, 218, 219,
244, 264
죽음의 본능(thanatos) : 122, 143
죽음의 충동 : 156
中心人物(protagonist) : 17,
仲裁者 : 242
지라르(Girard) : 198

304 索 引

직접 한정 : 37, 38
직접적인 가해자 : 136, 151
眞實性(reality) : 81
진실성과 객관성 : 195
秩序와 形式 : 23
集團的 行動原理(collective morality)
: 237

<ㅊ>

처벌 : 130, 132, 133
천이두 : 129, 130
체험적인 인식 : 161
超自我(super-ego) : 129, 257
추리소설적 수법 : 254
置換(displacement) : 92, 154
칠역 : 222

<ㅋ>

캐리커처 : 134
캐릭터 : 15, 19
콘트라스트 : 157, 196
콤플렉스 : 75, 77, 78, 79, 81,
83, 85, 87, 89, 91, 92, 93, 94,
95, 97, 99, 101, 102, 164, 165,
167, 205, 223, 262, 269, 273

클로드 브르몽 : 39, 45, 47

<ㅌ>

타나토스(thanatos) : 100
誕生과 豊饒와 成長 : 80
誕生衝擊(trauma of birth) : 114
탐미적이고 악마적인 성격 : 100
探索(quest) : 81
退行 : 116, 165, 257
退行的(regressive)
投射(projection) : 46, 111, 235
특정한 동기 : 28, 47, 48, 61,
62, 77, 78, 121, 144, 159

<ㅍ>

파괴성 : 112, 116, 154, 164
破壞와 淨化 : 154
破綻의 모습 : 190
판에 박은 모방(stereotyped imitation)
: 206
패배감 : 69
팽창된 페르소나 : 249, 253
퍼스펙티브 : 127
페르소나 模型(persona pattern)
: 226

페르소나(persona) : 204, 205, 207, 209, 211, 213, 215, 217, 219, 221, 223, 225, 227, 229, 231, 233, 235, 237, 239, 241, 243, 245, 247, 249, 251, 253, 255, 257, 272
페르소나의 희생자 : 206, 208, 209, 213, 214, 229, 244, 247, 253, 274
페이소스 : 241, 244, 264, 274
偏執妄想(pararoid delusion) : 305
평균적 욕구 : 1, 30, 272
平等의 理念 : 305
平面的 人物(flat character) : 48
平面的 人物形 : 305
포우 : 29, 100, 119
포크너 : 181
포트래취(potlath) : 215
풍경 : 38, 154
풍경의 유비 : 38
諷刺(satire) : 213
諷刺的 人物 : 209
퓨리탄적 페르소나 : 251
프라이 : 174, 189, 214
프레이저 : 116, 223, 224, 279
프로이드 : 52, 75, 86, 114, 115, 223, 225, 255, 279, 280

플롯의 前途 : 198
피보호본능 : 49

<ㅎ>

하위모방(low mimetic) : 174
하이드氏 : 111
合理化 : 231, 246
合目的的 : 162
행동 : 1, 15, 17, 27, 29, 30, 33, 34, 35, 36, 38, 39, 40, 42, 45, 46, 47, 48, 49
行動模型 : 1, 169, 170, 171, 172, 173, 174, 176, 178, 180, 182, 184, 186, 188, 190, 192, 194, 196, 198, 200, 202, 204, 206
행동의 원리 : 30, 173, 177
행동의 二律背叛的인 性格 : 125
行動者(agent) : 39
行動者(agents)와 遂行者(patients) : 173
行爲의 動機 : 28
행위자들(agents) : 167
虛構的 眞實 : 103
허구화된(fictionized) 내레이터 : 79
虛榮(vanity) : 199,
虛榮과 僞善 : 198,

虛榮의 奴隷 : 202

虛榮的 : 78

헤밍웨이 : 181, 210

헨리 제임스 : 18, 279

현실 인식 : 80, 147

현실적인 논리성 : 96

현진건 : 14, 16, 30, 147, 150, 157, 210, 241, 258, 263, 282

혐오감 : 18, 55, 66, 77, 82, 83, 84, 208, 214, 243

形象化 : 147

好意的 意圖 : 305

혼합된 소개 방식 : 37

和解 : 115, 210, 212, 226, 231, 263

환경 : 36, 38, 39, 40, 78, 115, 161, 178, 182, 206, 232

환상적 : 126, 139

환유적(metonymic) : 147

後援者 : 45

휴머니즘 : 20, 59, 72, 77, 203

휴머니즘의 실천 : 77

휴머니티 : 212

戲畵化 : 263

히로이즘(heroism) : 175

<1984년> : 21

<B사감과 러브레타> : 210

<E.A. 포우> : 100, 119

<E.M. 포스터> : 132, 172

<W.C. 부우스> : 17

<X씨> : 50, 68

■著者略歷■

·홍태식· ·강원도 동해시(북평) 출생
·서울대학교 사범대학 국어교육과 졸업
·명지대학교 대학원 문학박사
·문학 평론가
·명지전문대학 문예창작과 교수
·한국몽골문학연구회 회장
·한국국어교육학회 감사
·한국창조문학가협회 이사
·한국국어교육연구회 회원
·한국문학교육학회 회원
·한국문인협회 회원

·주요논문 : 「玄鎭健의 人物研究」, 「'白痴아다다' 研究」, 「시대성과 소설적 상상력」
「전통적 소설 담론의 유효성에 대한 고찰」 외 다수
·저   서 : 「韓國近代短篇小說의 人物研究」, 「韓國近代長篇小說의 研究」(共著),
「한국현대소설의 이해와 감상(전4권)」(편저)

韓國近代短篇小說의 人物研究

· 초판 인쇄	2005년 8월 25일
· 초판 발행	2005년 8월 25일
· 지 은 이	홍태식
· 펴 낸 이	채종준
· 펴 낸 곳	한국학술정보㈜
	경기도 파주시 교하읍 문발리 526-2
	파주출판문화정보산업단지
	전화 031) 908-3181(대표)·팩스 031) 908-3189
	홈페이지 http://www.kstudy.com
	e-mail(e-Book사업부) ebook@kstudy.com
· 등 록	제일산-115호(2000. 6. 19)
· 가 격	28,000원

ISBN   89-534-2909-9 93810 (Paper Book)
         89-534-2910-2 98810 (e-Book)